INCANDESCENTES

ŒUVRES DE HANNAH KENT
AUX PRESSES DE LA CITÉ

À la grâce des hommes, 2015
Dans la vallée, 2018

Hannah Kent

INCANDESCENTES

Traduit de l'anglais (Australie)
par Sarah Tardy

Les Presses de la Cité

Publié en Australie sous le titre original *Devotion* par Picador, une marque de Pan Macmillan Australia, en 2021.

Ce livre est une œuvre de fiction. Les noms, les personnages, les lieux et les événements sont le fruit de l'imagination de l'auteur ou sont utilisés fictivement. Toute ressemblance avec des personnes réelles, vivantes ou mortes, serait pure coïncidence.

Les Presses de la Cité, un département Place des Éditeurs
92, avenue de France – 75013 Paris

ISBN 978-2-258-20496-6
Dépôt légal : janvier 2024

Pour Heidi

RECONNAISSANCE TERRITORIALE

Ce roman a été écrit sur les terres non cédées et souveraines Peramangk et Kaurna. J'aimerais rendre hommage aux Anciens, passés et présents, de ces nations. Je reconnais les peuples des Premières Nations, revendique et honore leurs liens spirituels au Territoire, leur communauté et leur culture, et en particulier leur transmission des histoires à travers le temps et les générations.

Sois fidèle jusqu'à la mort, et je te donnerai une couronne de vie.

RÉVÉLATION 2:10

Quelques instants je t'avais abandonnée, mais avec une grande affection je t'accueillerai.

ÉSAÏE 54:7

L'amour est ta dernière chance. Il n'y a vraiment rien d'autre sur la Terre pour t'y retenir.

LOUIS ARAGON

LE
PREMIER
JOUR

mon cœur est une main qui se tend

Thea, il n'y a dans ta main de ligne sur laquelle je n'ai promené mon doigt, d'os que je n'ai entendu craquer, et le bleu de tes yeux est au monde ce que le satin est à l'intérieur du cercueil. Puissent-ils te chanter des psaumes, à toi, au duvet qui recouvre tes cuisses, aux cils tombés dans les champs que tu as travaillés. Puissent-ils déposer des rameaux sur les genoux qui se sont pliés sur le substrat fredonnant de chaque lieu où tu t'es arrêtée. Thea, si l'amour pouvait s'incarner, il serait le ligament d'une main qui s'ouvre avant de saisir. Regarde mes mains, elles se tendent vers toi. Mon cœur est une main qui se tend.

témoignage d'amour

L'heure est venue, je crois, de raconter mon histoire.

À cet instant, sous ce soleil qui déploie ses mains lustrées au-dessus du monde, je sens qu'enfin je parviens à me dissocier du temps. Quelque chose vient, et je sens qu'approche le moment de céder. Une capitulation, paisible.

Je n'ai pas peur. Plus maintenant. J'en ai vu assez pour savoir que la peur ronge les sentiments dans le cœur. Je n'ai aucune envie de voir le mien réduit à un muscle nu et tremblant. Toutefois, après tous ces événements, à l'heure où la lumière se fait miel, où l'air est un encensoir aux senteurs d'eucalyptus, je m'interroge sur les jours qu'il me reste et si, dans le cas où je disparaîtrais de ce monde sans laisser derrière moi de testament, serait perdu quelque chose de nécessaire.

Je ne pouvais pas rester avec elle. Il me semble, et cette idée perce en moi un trou béant de chagrin, que ce temps est révolu. Il me semble que j'ai vu son visage pour la dernière fois. C'est cela qui est dur. C'est ce qui m'a amenée ici, au milieu des arbres. Et je me rends compte qu'un de ces jours prochains je ne serai plus.

Telle est peut-être la raison pour laquelle je veux témoigner. C'est un besoin physique, impérieux. Il me suffit de poser les doigts sur ma bouche pour sentir mes lèvres prêtes à parler.

La lumière ruisselle. Le vent se lève. Je tourne le visage vers ce soleil qui peu à peu emplit le monde.

Je peux toujours témoigner, mais personne ne m'écoutera. Est-ce qu'une histoire que personne n'entend est une histoire diminuée ? Je ne le crois pas. Peut-être que le vent m'entendra. Le vent parviendra à porter ma voix à travers la vallée, à la coller contre l'oreille d'un enfant qui un jour cherchera à percer ces mystères profonds, se questionnera sur la transmission des miracles. Je peux m'en satisfaire.

Le témoignage d'amour est la colonne vertébrale de l'univers. Elle est la racine qui fait pousser toute histoire.

Écoute, vent. Voici mon petit filament.

AVANT

federschleissen

Une nuit, il y a des années, à l'automne 1836, allongée sous le noyer dans le verger de ma famille, j'écoutais les gouttes de pluie qui glissaient des feuilles et tombaient sur la terre. Un carillon de cloches. Les coups de tambour noirs du tronc, un chant de nuages bas dans le ciel, et moi qui flottais au cœur des cantiques de l'eau. Quelque part, derrière tous ces bruits, j'entendais mon père m'appeler. Je n'ai pas bougé. Le vent projetait des gouttelettes sur mon visage. L'humidité traversait mes vêtements.

— Hanne !

J'ai fermé les yeux. Cela faisait deux soirs, un troisième avec celui-ci, que ma mère se joignait au *Ferderschleissen* chez les Radtke. J'étais bien décidée à profiter de ces instants de liberté. Je me faufilais dehors aussitôt qu'elle sortait. J'avais 14 ans, presque 15, et je n'étais pas encore accoutumée aux fardeaux de la condition féminine, aux compagnons domestiques inanimés qu'étaient aiguilles, fil, seau et chiffon. Notre petite maison au plafond bas et aux pièces étriquées me donnait la sensation d'étouffer. La vivacité des choses me manquait.

— Hanne !

Le noyer me chantait : *Reste.*

— Hanne.

Une autre voix, plus proche. J'ai ouvert les yeux et vu mon frère, Matthias, qui de toute sa hauteur me regardait sidéré, sa lanterne à la main. La chanson de l'arbre s'est tue.

— Qu'est-ce qu'il veut ? lui ai-je demandé.

— Il ne s'apercevra de rien si tu rentres maintenant. Il te cherche sur le chemin.

Matthias a posé sa lanterne par terre pour m'aider à me relever, puis nous avons traversé ensemble le verger chargé de l'odeur entêtante de la pluie sur le terreau, des feuilles mortes, jusqu'à notre cour boueuse. Je distinguais la silhouette ronde et pâle de notre truie dans la pénombre de sa porcherie. Elle a levé la tête pour me regarder au moment où je tournais la poignée.

— Tu viens ? ai-je demandé à Matthias.

— Non. Je vais me coucher, m'a-t-il répondu en indiquant du menton le coin de la maison où se trouvait l'échelle qui montait vers le grenier.

— Tu écoutais encore ? m'a-t-il demandé après une hésitation.

— On entend mieux la nuit.

— Qu'as-tu entendu, cette fois ?

Ses yeux brillaient à la lueur de la lanterne.

— Des chants. On aurait dit que l'arbre chantait pour l'eau et que la pluie chantait pour la terre.

Il a hoché la tête.

— Allez, rentre donc. Bonne nuit.

Puis il s'est fondu dans le noir. Pendant que je refermais la porte derrière moi, papa est apparu dans le couloir, une chandelle à la main. Il s'est arrêté, a plissé son œil valide.

— Bonsoir, papa.

— Où étais-tu, Hanne ?

— Je me préparais pour aller dormir, lui ai-je dit en ôtant mes sabots.

— Mais tu n'étais pas dans ta chambre.

— Non, j'ai dû…

J'ai vaguement brandi le pouce en direction de notre cabanon, dehors.

Mon père a placé la main autour de la flamme.

— Remets tes souliers. Il faut aller chercher Mutter.

— Pourquoi ?

— Parce qu'il se fait tard.

— Elle a déjà passé deux soirées là-bas.

— *Ja*, justement. De trop longues soirées.

Là-dessus, il a fait demi-tour et s'en est allé vers la cuisine. La flamme projetait son ombre sur le mur.

— Va la chercher, a-t-il marmonné par-dessus son épaule. Ramène-la.

La nuit, plus claire à présent, avait plongé dans un froid délicieux. À cette heure, dans le village, tout sentait le porc en saumure et le feu des fourneaux. Je me suis engagée sur le petit chemin et puis, au moment où il n'a plus fait de doute que mon père ne me voyait pas, j'ai bifurqué vers le terrain de nos voisins pour couper par les champs. Je suis passée devant la petite maison des Pasche en me courbant afin de ne pas être aperçue depuis la fenêtre par Christian, le patriarche, que j'entendais prier à l'intérieur. J'imaginais parfaitement son crâne chauve briller à la lueur du feu pendant qu'il récitait sa Bible à côté de ses fils Hans, Hermann et Georg avachis devant la table, à moitié endormis. Le *Federschleissen* était organisé en vue de son mariage avec sa nouvelle épouse, la seconde, une jeune femme aux yeux toujours plissés dénommée Rosina. Elle avait l'haleine fétide et sur l'avant-bras un gros grain de beauté qu'elle grattait continuellement pendant l'office. Rosina était plus proche de l'âge de Hans que de celui de son futur époux, mais Christian et elle avaient en commun leur caractère austère et leur absence d'humour, ce qui, de l'avis général, ferait une bonne union.

— Ils pourront passer de délicieuses soirées à ne pas rire, s'était moquée ma mère en apprenant la nouvelle.

J'ai retiré mon fichu pour sentir le vent sur mon cou. Au clair de lune, les seigles fauchés semblaient doux et mélancoliques, et l'horizon plat et argenté des pâtures, des cultures et des marais ne butait que sur la forêt qui à l'est s'étirait vers la colline. Le ciel était percé par la flèche de l'église, désormais condamnée. Tout, sinon, était terne et bas, assemblage de parcelles paysannes, de chaux, de bardeaux. J'avais passé toute ma vie à Kay. Même dans un noir d'encre, j'aurais été capable de reconnaître chaque maison, chaque verger, chaque champ.

J'ai entendu retentir le rire de plusieurs femmes alors que je m'éloignais pour bifurquer vers le nord et la cour des Radtke. La porte de derrière était entrouverte, laissant passer la lumière d'une lanterne et des ombres mouvantes. Je m'étais arrêtée près du poulailler le temps de ranger mes tresses sous mon fichu quand, au coin de la maison, a résonné un toussotement discret. Samuel Radtke, un Ancien, était assis sur le billot près du tas de bûches, sa pipe à la bouche, dans le noir. Il m'a adressé un signe de tête.

— Alors comme ça on coupe à travers champs ? C'est une belle nuit pour se promener.

— Pardon, ai-je bégayé.

— Elles m'ont mis à la porte pour la soirée. Le chien a eu le droit de rester, lui, a-t-il ajouté avec un gloussement. Vas-y. Elles y sont depuis des heures.

Samuel a tiré sur sa pipe en me faisant signe d'entrer tandis qu'on s'esclaffait à nouveau.

À l'intérieur, serrées les unes contre les autres devant la grande table de cuisine, dans un caquetage ininterrompu, les femmes ébarbaient des plumes du bout des doigts, enfonçant la matière duveteuse dans des jarres de terre cuite en vue de confectionner une courtepointe pour le mariage de Frau Pasche. Quelques instants m'ont été nécessaires pour reconnaître ma mère au milieu de cette brume. Elle riait et, guère habituée à la voir ainsi, j'ai été frappée par cette beauté inédite, si évidente, si indéniable qu'elle m'a fait mal. Je n'y faisais pas attention lorsque, dans mon enfance, les gens pointaient nos différences, ou se demandaient pourquoi mon frère jumeau, Matthias, avait hérité de la lèvre supérieure charnue, des beaux yeux et cheveux noirs maternels et pas moi. Mais, à cet instant, face à ces têtes tournées dans ma direction, j'ai senti à nouveau cette comparaison silencieuse, inévitable. J'avais envie de me cacher. Tiens, voilà le coucou pondu par le bel oiseau chanteur ! La fille étrange, la disgracieuse.

Mutter Scheck, chaussée de ses petites lunettes rondes couvertes de traces de doigts, a donné un coup de coude à maman.

— Regarde, Johanne, ta petite Johanne est venue te chercher.

Maman a levé le nez vers moi.

— Tu arrives trop tôt ! Je ne suis pas prête.

Sa voix était haut perchée, gamine. Les autres femmes ont éclaté de rire et j'ai souri, sans trop savoir pourquoi ma gorge se serrait soudain.

— C'est papa qui m'envoie.

— Que veut-il ? Son histoire du soir ? Ton papa attendra.

Cette remarque a déclenché chez Mutter Scheck un ricanement nasal.

En voyant Henriette et Elizabeth Volkmann assises à côté de Christiana Radtke, j'ai compris : je n'avais pas été invitée. Christiana s'est empourprée et les autres filles m'ont souri, les lèvres pincées. J'avais envie de disparaître.

Elize Geschke a tapoté sur la place libre qui restait au bout de la table, avant de balayer d'un coup de main les tiges de plumes.

— Viens, Hanne. Viens t'asseoir avec moi.

J'ai fait passer mes jambes trop longues par-dessus le banc en évitant les regards de Christiana et de Henriette, pendant qu'Elize me pressait l'épaule et me donnait son verre à boire. Du vin doux. Maman a opiné du chef et j'ai bu une gorgée. Elize n'avait que trois ans de plus que moi, mais s'étant récemment mariée à Reinhardt Geschke, elle ne faisait plus partie du cercle des jeunes femmes. Elle m'a massé le dos quand j'ai recraché mon vin et je me suis demandé comment elle pouvait supporter de se retrouver assise à côté d'une potiche comme moi.

Elle a pitié de toi, j'ai pensé. *Elle a vu quel regard t'a lancé Christiana, elle sait qu'on t'aurait laissée de côté. Elle se montre bonne, voilà tout.*

J'ai reposé le verre sur la table avec précaution.

— Pourquoi ne pas nous aider en attendant ta mère ? m'a proposé Elize en plongeant la main dans le tas neigeux de plumes d'oie pour en déposer une grosse poignée devant moi.

Imitant les autres, j'ai commencé à les ébarber, puis à remplir la jarre posée devant Elize. Le regard acéré de Magdalena Radtke, rivé sur moi, surveillait mon travail.

Un silence bref mais général s'est installé alors que nos 20 paires de mains s'affairaient en même temps. Elize, bienveillante, s'appuyait contre moi pour me rassurer.

— Et donc, a commencé Rosina en tête de table, que pensez-vous de cette nouvelle famille installée là-haut ?

Magdalena s'est éclairci la gorge.

— J'ai entendu dire que la femme était une Wende.

Les sourcils épais d'Eleonore Volkmann ont bondi.

— Si elle est mariée à un Allemand, alors c'est une Allemande.

— C'est ce que voudrait la logique, en effet. Mais je les ai aperçus et la femme portait une coiffe. Vous savez..., a hésité Magdalena en levant une main charnue au-dessus de sa tête. Ce drôle de couvre-chef pointu...

Remarquant mon désarroi, Elize s'est penchée vers moi.

— Des nouveaux venus à Kay, m'a-t-elle expliqué en chuchotant. Nous étions en train de parler d'eux. Une famille qui loue la cabane du forestier.

Je connaissais cette maison. Une cahute délabrée plantée en face de la muraille de pins, à la lisière du village. Elle était inoccupée depuis un moment. Avec le temps, elle s'était mise à pencher vers les arbres. De loin, on aurait dit que la maison et la forêt cherchaient à se rejoindre. Je marchais souvent dans le coin pour ramasser du petit bois, et il m'arrivait de m'arrêter et de m'émerveiller devant l'image de cette construction qui, en l'absence d'habitants, cherchait à retrouver les éléments qui l'avaient façonnée. Glaise, bois, terre, herbe. Se désintégrer pour se rassembler.

— Viendront-ils rendre le culte avec nous ? a demandé ma mère.

— Mon mari dit que oui, a répondu Emilie Pfeiffer, qui vivait non loin de la forêt.

Elle a ôté son fichu pour se gratter la tête, laissant entrevoir les fils gris de sa chevelure brune.

— Herr Eichenwald, a-t-elle ajouté, l'a questionné à ce sujet. Sa femme semble amicale. Du genre franc. Elle lui a dit qu'elle était sage-femme.

— Lorsque j'étais enfant, a fait remarquer Elize à voix basse, nous vivions dans une communauté wende. Ce peuple s'est montré très bon avec nous. Les gens racontaient des histoires merveilleuses.

— Des histoires de démons et de *Wasserman*, est intervenue Magdalena.

— De *Wasserman* ? a demandé Christiana.

— Un petit homme-poisson qui vit dans une mare et noie les gens, a répondu Elize. C'est une histoire pour enfants.

Christiana a fait rire Henriette en la regardant, le visage froncé.

— Et y a-t-il des enfants ? a demandé Mutter Scheck.

— Une jeune fille, a répondu Emilie. Du même âge que les nôtres. Mais pas d'autres enfants, sinon.

— Imaginez un peu, une sage-femme avec une fille unique. Comme c'est regrettable ! a dit Magdalena en faisant claquer sa langue.

— Avez-vous rencontré cette... cette fille ? s'est enquise Christiana. Comment s'appelle-t-elle ?

Emilie a renoué son fichu.

— Elle ne nous l'a pas dit. Seule sa mère a parlé. Mais je présume qu'ils se présenteront pendant l'office. Henriette, Elizabeth et toi pourrez fraterniser avec elle à cette occasion.

Elize m'a donné un petit coup de coude.

— Et toi aussi, Hanne.

J'ai senti ma mère me jeter un coup d'œil. Je me suis demandé ce qu'elle pensait. Peut-être espérait-elle que je trouve enfin une amie. Que j'entre dans le cercle. Je l'ai vue hocher la tête pendant que je continuais à ébarber mes plumes, et lui ai souri en retour. Mais je sentais mon ventre se nouer à l'idée que Christiana puisse prendre une nouvelle sous son aile pendant que je restais l'éternelle exclue.

J'avais toujours été une enfant de la nature.

Mieux vaut sans doute le dire dès à présent.

Je recherchais la solitude. Le bonheur, pour moi, c'était jouer dans les bruissements de l'herbe, sur les terres non cultivées, à l'orée du village, écouter les bruits secs des insectes, plonger les pieds dans la neige fraîche jusqu'à tremper mes bas et engourdir mes orteils. Parfois, pour me racheter après un écart de conduite ou faire plaisir à ma mère, je m'en allais courir sur la route avec les enfants des autres vieux-luthériens. Je trouvais amusant de jeter des pierres et de jouer au cochon pendu dans les arbres avec les garçons, mais les amis de mon frère n'appréciaient guère de se faire battre à la course par la fille aux longues jambes. Leurs sœurs, quant à elles, ne m'avaient jamais inspiré que de la perplexité. Depuis toute petite, j'étais habitée par le sentiment que, sur un coup de tête, les filles pouvaient tirer un trait sur une amitié, manquant de constance en la matière. Les allégeances variaient d'un jour à l'autre comme le sable se déplace sur le lit d'une rivière, et j'étais invariablement celle qui se retrouvait à terre. Mieux valait se lier d'amitié avec un tapis de mousse, le plongeon soudain d'un poisson. Jamais l'amour que je versais dans le cours d'eau n'était éconduit.

Mais je n'étais plus une enfant et ne jouissais plus des libertés de l'enfance. Les tâches du quotidien et mes obligations envers la congrégation m'avaient propulsée parmi ces filles que je côtoyais depuis toujours sans les comprendre. Je ne connaissais d'elles que leurs visages. Christiana, Henriette et Elizabeth paraissaient accepter et afficher leur féminité avec une aise qui me rendait jalouse. Leur corps était lisse, comme le mien, mais il y avait chez elles quelque chose de contenu alors que je n'étais que longueur et déploiement. Elles étaient petites et homogènes, la rondeur de leur visage d'enfant avait laissé place à une jolie réplique de leur mère. Je n'avais de la mienne que le nom. Le sort ne m'avait même pas fait la faveur de ressembler à mon père, quoique je fusse la seule à posséder sa grande taille, chose qui l'amusait. En toute circonstance Christiana, Henriette et Elizabeth savaient quoi répondre, comment amuser l'auditoire, plaire à leurs parents et se plaire les unes aux autres. Elles se livraient ensemble à une danse dont j'ignorais les pas : même à l'intérieur de la ronde, je restais à l'écart. En de rares occasions j'avais montré qui j'étais, cherchant leur assentiment ou leur respect ; j'avais été accueillie par des yeux stupéfaits ou un mépris ouvert. Mes centres d'intérêt différaient des leurs. Une nouvelle fille de mon âge au village serait une énième manière de me rappeler que je n'étais qu'une malfaçon.

D'où leur vient de savoir être ? Je me souviens de m'être posé cette question, ce soir-là, en ébarbant mes plumes. *Comment apprend-on à savoir être ?*

Maman et moi sommes restées chez les Radtke jusqu'à plus de minuit pour aider à ranger. Christiana et moi étions chargées de balayer les tiges de plumes sur le plancher et de laver les verres et les assiettes pendant que ma mère et Magdalena enfournaient le duvet récolté dans des sacs en calicot.

— Savais-tu que c'est une sorcière ? m'a soufflé discrètement Christiana.

— Comment ? Qui ?

Le rouge m'est monté aux joues.

— Cette Wende dont elles parlaient. Frau Eichenwald.

Christiana a jeté un coup d'œil vers moi, le visage fermé. Des mèches de cheveux noirs dépassaient de son fichu.

— Ces Wendes ont le paganisme dans le sang. Ils sont pleins de superstitions. Maman m'a dit qu'ils croyaient en des choses interdites.

— Comme quoi ?

— Comme des démons qu'ils invoquent pour les aider.

Je l'ai regardée fixement.

— De quelle façon ?

Christiana s'est essuyé la bouche pour retirer des barbes de plume collées sur sa lèvre inférieure.

— Comment le saurais-je ? Je ne suis pas une *Hexe*.

— Non, je sais. Je me demandais simplement…

Sans réfléchir, j'ai tendu la main pour retirer doucement les petits bouts de plumes de sa lèvre. Christiana a planté son regard sur mes doigts.

— Tes mains sentent horriblement mauvais. Tu es allée nourrir Hulda avant de venir ?

— Non.

Elle s'est de nouveau essuyée à l'endroit où je l'avais touchée.

— Tu ne pourrais pas faire attention à ce que tu tripotes ? Tes doigts sont tout graisseux.

— Pardon.

— Peu importe.

— Christiana, je ne comprends pas pourquoi une sorcière se rendrait à l'église. Emilie dit que cette famille souhaite assister à l'office.

— Oh, je l'ignore, Hanne. Allez, donne-moi ça.

Elle m'a pris des mains mon verre et mon chiffon. Elle avait sur le visage un air narquois.

— Simplement, ne t'étonne pas si un beau jour tu vois ta truie tomber raide morte à tes pieds.

Puis elle a posé le verre sur l'étagère, s'est tournée vers moi et a ajouté :

— Non que je te souhaite de perdre ta meilleure amie.

Les larmes que j'avais retenues toute la soirée me sont montées aux yeux d'un coup. J'ai pivoté vers la table pour faire semblant de ramasser les dernières plumes.

— Grand Dieu, Hanne ! Ce n'était qu'une boutade ! s'est exclamée Christiana en me tapotant le dos. Il ne faut pas pleurer pour ça !

— Je ne pleure pas, ai-je dit la mâchoire serrée.

Je veux rentrer à la maison, pensais-je en me rasseyant. *Maman, s'il te plaît. Dépêche-toi. Je veux rentrer à la maison.*

Christiana s'est assise à côté de moi sur le banc.

— Écoute, j'avais pensé à t'inviter, tu sais, m'a-t-elle dit doucement. Mais je me suis dit que cela ne te plairait pas. Tu n'aimes pas ce genre de rassemblement, pas vrai ?

Ses mains me tapotaient toujours le dos. J'avais envie de la repousser.

— Non, ai-je répondu. Pas trop.

Le ciel était dégagé et lourd d'étoiles sur le chemin du retour. Je les entendais se lamenter pendant que nous marchions, le bras de ma mère crocheté sous le mien.

— Quelle nuit magnifique, Hanne ! m'a dit cette dernière en prenant une grande respiration. Cet air ravive l'âme.

— C'est plutôt le vin, ai-je fait remarquer.

Son haleine empestait. Maman a fait semblant de me tirer l'oreille.

— Non, c'est l'amitié.

Elle a marqué une pause avant d'ajouter :

— Quoi ? Mes lèvres sont tachées ?

— Oui. Celle du haut.

Maman s'est frotté vigoureusement la bouche avec le coin de son tablier.

— C'est mieux, comme ça ?

— Oui.

— Ah, quelle magnifique soirée ! Je suis contente que tu sois venue. Oh, regarde, un lapin !

J'ai donné un coup de pied dans les cailloux et le lapin a détalé. Maman m'a regardée d'un air interloqué.

— Qu'est-ce que tu as, enfin ?

— Rien.

Nous avons poursuivi notre chemin. Il faisait froid.

— Je n'étais pas invitée au *Federschleissen*, ai-je fini par lâcher. Contrairement à toutes les autres filles.

Maman a soupiré.

— J'ignorais que tu voulais y aller.

— Ce n'est pas ça. On ne m'a même pas proposé.

— Hanne…, a dit Maman en posant la tête sur mon épaule. Peut-être aussi que tu devrais y mettre un peu du tien.

— C'est ce que je fais.

— Non. Tu préfères rester seule et tu déclines toute occasion de venir avec moi voir Christiana chez les Radtke.

— Frau Radtke ne m'aime pas. Elle passe son temps à me jeter des regards en coin.

— Hanne, Magdalena est à la tête d'une famille de neuf personnes. Je présume qu'elle a autre chose à faire que de penser à toi.

Je suis demeurée silencieuse.

— Christiana est une jeune fille charmante, sans prétention, a-t-elle poursuivi. Si tu te montrais plus amicale avec elle, je suis sûre qu'elle accepterait de devenir ton amie.

— Elle non plus ne m'aime pas.

— Arrête.

— Elle ne m'aime pas ! Elle s'est moquée de moi.

J'ai placé mes doigts sous le nez de maman.

— Est-ce qu'ils sentent ?

— Non.

— Christiana m'a dit que si. Qu'ils puaient ! Elle me déteste.

— Hanne, arrête, m'a répété ma mère en écartant ma main. Arrête de jouer les martyres. Tu me gâches cette belle soirée.

Nous arrivions à la maison. À l'instant où nous sommes apparues au détour du virage, mon père a ouvert la porte.

— Je croyais t'avoir demandé d'aller chercher ta mère, m'a-t-il lancé.

— Oui, eh bien, la voilà, ai-je rétorqué sans même m'arrêter devant lui pour filer directement dans ma chambre, au bout du couloir, après la cuisine noire où pendaient sur leurs crochets une rangée de *Wurst.*

La voix douce de ma mère a résonné dans mon dos.

— Laisse-la, Heinrich. Elle est de méchante humeur.

Cette nuit-là, éveillée dans mon lit, j'ai attendu d'entendre les ronflements sonores de mon père pour passer par la fenêtre et aller jusqu'à l'échelle qui montait au grenier.

Matthias dormait. Voûtée sous le plafond mansardé, j'ai secoué sa jambe du bout de mon pied.

Il n'a pas bougé.

Je me suis accroupie à côté de lui pour secouer son bras.

Il s'est assis d'un bond.

— Quoi ? Que se passe-t-il ?

— Rien, ai-je murmuré. Je voulais te voir, c'est tout.

Il s'est frotté les yeux avant de se laisser retomber sur son oreiller.

— J'ai cru qu'il y avait un problème. J'ai cru qu'il y avait le feu. Je rêvais qu'il y avait le feu.

— Je peux venir ? Il gèle.

Sans mot dire, il a soulevé la couverture et je me suis glissée dessous.

— Qu'est-ce qu'il y a ? a-t-il murmuré.

— Je ne sais pas.

— Tu n'arrives pas à dormir ?

— Non.

Il s'est tourné dos à moi et je me suis rapprochée de lui, respirant sur sa peau les parfums du monde extérieur. Herbes coupées, chevaux, terre.

— Tu es triste à cause de Gottlob ?

Je n'ai rien répondu.

— Parfois, je rêve de lui, a continué Matthias. Je rêve qu'il est assis là, au bout de ce lit, et qu'il me regarde dormir.

— Tu lui parles ?

— Non. Il est assis là, c'est tout. Une fois, il m'a dit qu'il avait faim. Tu sais à quoi j'ai repensé aujourd'hui ? m'a-t-il demandé après une pause.

— Quoi ?

— Tu te souviens du jour où Otto lui avait écrasé le pied et où son ongle était devenu tout noir ?

J'ai souri.

— Oh, c'était affreux.

— Ensuite, l'ongle a fini par tomber, et il n'arrêtait pas de se plaindre. Tu te rappelles ? Il en parlait tellement que maman lui a dit de l'enterrer et de lui chanter un hymne.

Matthias s'est mis à rire. Je l'ai étreint plus fort.

— Je croyais que j'avais tout oublié, a-t-il dit.

Son rire s'est éteint.

— Je croyais que j'avais tout oublié, mais en fait j'y pense tout le temps. J'aimerais qu'ils parlent de lui plus souvent. Ils font comme si nous n'avions jamais eu de frère.

J'ai frotté ma joue contre son dos.

— Moi aussi.

Son corps me paraissait étranger. Plus fort que dans mes souvenirs. Musclé par un labeur plus dur, plus long.

— Matthias, est-ce qu'il t'arrive de penser que quelque chose ne va pas chez toi ?

Mon frère s'est retourné vers moi et j'ai senti sa main sur mon épaule, la pression de son pouce.

— Qu'est-ce que maman t'a encore dit ?

— Rien.

Il est resté silencieux.

— Non. Il ne m'arrive pas de penser que quelque chose ne va pas chez moi. À part ça, a-t-il dit en désignant du doigt l'écart entre ses dents de devant. Et je ne pense pas non plus que quelque chose n'aille pas chez toi, Hanne. À part… tu sais.

— Quoi ?

— Ta maladresse. Et ta manie de venir te glisser sous ma couverture.

J'ai levé les yeux au ciel.

— Ils nous aiment, a-t-il fini par souffler. Je crois qu'ils ont juste oublié comment le montrer.

J'ai posé ma tête sur son épaule et quand j'ai rouvert les yeux le jour s'était levé. Papa appelait Matthias de sa voix de stentor et la tête de maman dépassait par la trappe du grenier. Une drôle d'expression s'est dessinée sur son visage en me trouvant dans le lit de mon frère.

— Qu'est-ce que tu faisais ? m'a-t-elle demandé plus tard, pendant que nous préparions le repas de midi.

— Quand ?

— Ce matin.

— Tu veux dire, dans le grenier ?

Je coupais des tranches de saucisse.

— Hm.

— Je n'arrivais pas à dormir.

— Il n'est pas convenable que tu dormes avec lui, m'a-t-elle répondu.

— Nous partagions le même lit quand nous étions petits. Il m'apaise. C'est mon frère.

— Tu n'es plus une petite fille, Hanne. Tu es une femme.

J'ai poussé un grognement.

Maman a posé le plat de pommes de terre fumantes sur la table puis, sans crier gare, est sortie de la cuisine pour s'engouffrer dans l'escalier à grands pas. Quelques minutes plus tard, elle est revenue avec un seau qu'elle a posé à mes pieds. Il était rempli d'une eau dont la surface brillait de reflets roses au dessus de jupons roulés en boule. C'est alors qu'à ma grande horreur j'ai compris qu'il s'agissait du linge souillé que j'avais mis à tremper dans le cellier.

J'ai levé vers elle deux yeux contrits.

— Tu sais ce que ce seau veut dire ?

— Maman…, ai-je dit en jetant un coup d'œil vers la porte, de peur que papa ou Matthias n'arrivent et ne découvrent mes vêtements encore sales.

— Hanne.

La voix de maman était calme. Résolue.

— Cela veut dire que tu es une femme, a-t-elle conclu.

— Oui, je sais.

Ma bouche était sèche de honte.

— Le moment est venu de dire adieu à tes enfantillages. Dieu travaille à préparer ton corps pour qu'il reçoive la grâce de porter la vie, et pour cette raison tu dois, toi aussi, te préparer aux autres devoirs qui incombent aux femmes.

J'ai regardé fixement le sol, le visage écarlate, mortifiée.

— À tenir ta propre maison, Hanne. Au mariage.

J'ai voulu me pencher vers le seau, mais d'un geste rapide ma mère m'a saisi le poignet. Sa main était humide.

— Le temps est venu de réaffirmer ta foi et ta soumission au Christ, a-t-elle dit d'une voix basse et pressante. Dieu a créé pour toi une place et un rôle et, à présent que tu as grandi, tu dois les remplir. C'est une chose, lorsqu'on est enfant, que de rentrer ici en empestant… les algues et la vase de la rivière…

J'ai tiré pour dégager mon poignet, mais sa prise était ferme.

— Hanne, je n'ai pas fini. C'est une chose, lorsqu'on est petite fille, que de partager son lit avec son frère, m'a-t-elle dit en inclinant la tête pour trouver mon regard. C'en est une autre pour une femme.

J'ai laissé ma main devenir molle et fixé le seau d'eau ensanglantée tout en retenant mes larmes. Mon pouls battait dans le bout de mes doigts. J'avais envie de partir en courant. De partir en courant dans la forêt et de ne jamais revenir.

Mais soudain maman m'a attrapé la tête et l'a plaquée contre son corps en l'embrassant si fort que je sentais ses dents derrière ses lèvres.

— Me comprends-tu ?

— Oui, ai-je soufflé.

Elle a désigné le seau d'un geste de la tête.

— Tu peux aller le remettre.

Il m'est difficile de me souvenir de ces moments avec ma mère. J'aurais aimé savoir à l'époque ce que je sais à présent. Que cette distance que mettait maman entre elle et moi ne voulait pas dire qu'elle ne m'aimait pas ou me trouvait trop imparfaite, comme je le croyais alors, mais traduisait une peur qu'elle ne pouvait exprimer. Elle craignait de dire tout haut l'amour qu'elle me portait : elle ne voulait pas tenter le sort. Depuis que moi-même, à ma manière, j'ai eu un enfant, je comprends quelle terreur peut ressentir une mère à la perspective de la perte, et avec quelle facilité la superstition peut s'infiltrer dans chaque geste, même le plus infime.

Si je prie pour toi chaque soir, tu resteras.

Si je conserve tes dents, il ne t'arrivera aucun mal.

Si je ne fais pas tes louanges, j'attirerai le coup de faux qui balaiera l'être le plus doux, le plus grand, celui que j'aime le plus au monde.

Certaines fois, j'ai eu mal à cause de choses qui ne se sont jamais produites, mais auraient simplement pu.

J'en ai encore mal aujourd'hui. Si j'avais pu lire son avenir dans les entrailles des animaux, il n'y aurait plus sur cette terre une seule bête en vie.

Mais comprendre est une maigre consolation quand sont déjà passées les occasions de dire pardon. Je vois à présent que maman voulait pour moi la même vie qu'elle, et croyait que, pour parvenir à la résilience, à la maternité, à l'accomplissement, la seule voie possible passait par l'asservissement au Christ, par le conformisme, par un époux. Ces choses sont fausses, bien sûr. Je sais maintenant que le mariage n'est pas un gage de sécurité, que se conformer aux autres finit par éloigner l'âme de l'esprit. Mais à l'époque je n'ai pas pensé à tout cela. J'étais une gamine drapée dans un linceul d'ignorance. Je croyais qu'elle avait honte de moi, me trouvait sale, et cette intranquillité d'alors n'a fait que croître, se creuser au fil du temps.

Dans mon lit, ce soir-là, j'ai passé des heures à promener mes doigts sur mon visage, en me demandant si j'en avais bel et bien un.

Je me souviens d'avoir senti que j'étais faite de presque rien. Que, dans mon cas, devenir une femme voulait dire disparaître. Être enfant me manquait, être libre, sauvage, ne faire qu'un avec mon corps. Lever les bras pour repousser les vents de printemps me manquait, et croire avec extase, juste un instant, le temps d'une inspiration, que mes pieds allaient décoller, que j'allais m'envoler.

Je me souviens de m'être sentie tellement invisible que j'avais peur d'en mourir. Plus que tout au monde je désirais que l'on me touche, juste pour savoir que j'étais là.

Comme il est étrange, après tout ce qui s'est passé, alors même que me voilà, des années plus tard, chancelante devant le gouffre sous ce soleil du sud, que ces mêmes désirs, toujours, me hantent. La différence est qu'à l'époque j'étais en dormance.

Et puis.

Et puis. Et puis, et puis, et puis.

La graine s'est fendue. Le linceul s'est déchiré.

fille dans le brouillard

Tout le village a rapidement été au courant de l'arrivée de la nouvelle famille.

Friedrich Eichenwald, tonnelier, était un vieux-luthérien de la première heure, comme nous tous. Il avait raconté à Daniel Pfeiffer, le mari d'Emilie, que les siens et lui étaient venus à Kay pour vivre au milieu de croyants, après avoir vendu leur maison et la quasi-totalité de leurs effets. C'était une histoire que beaucoup d'entre nous connaissaient. Quelques années plus tôt, à peu près à l'époque où nous nous étions vu priver de la cloche de notre église et où le pasteur Flügel avait dû fuir, des communautés étrangères nous avaient tendu la main dans un élan de solidarité. Attirés par la perspective d'une vie nouvelle en Russie ou en Amérique, beaucoup de gens du village avaient vendu leurs possessions pour payer leur passage. Mais, au tout dernier moment, le roi avait refusé que soient délivrés permis et passeports, et quantité de familles n'avaient pu récupérer leurs biens. Certaines, qui avaient vendu des maisons et des fermes, s'étaient retrouvées sans logis, avec pour seules ressources des économies qui fondaient à vue d'œil. Apparemment, Herr Eichenwald jouait de la même malchance. La cabane du forestier, délabrée, était le seul logement dans ses moyens.

Quand furent connues les louables raisons qui avaient amené les nouveaux venus, mon père s'est empressé de les accueillir chaleureusement dans notre congrégation.

— Tu devrais aller parler à la femme de Herr Eichenwald, a-t-il dit à maman au petit déjeuner, quelques jours après le *Federschleissen*. Je voudrais qu'ils sachent qu'ils sont ici les bienvenus. Prends des provisions. Et emmène Hanne.

Il m'a désignée d'un geste de la tête puis a croqué dans son pain.

— Crois-tu que ce soit avisé ? a répondu maman avec une moue.

Papa a levé les yeux vers elle en mâchant.

— Que veux-tu dire ?

— Sa femme est une Wende, d'après Magdalena.

— Et quel mal y a-t-il à être une Wende ? a dit papa en suçant sur son index les miettes ramassées sur notre vieille table. La grâce de Dieu est pour tout le monde.

— Il paraît qu'elle est un peu différente.

Face à moi, Matthias m'a regardée en haussant les sourcils, la bouche pleine.

Eine Hexe, ai-je articulé en silence.

En réponse, Matthias s'est mis à loucher. J'ai lutté pour ne pas éclater de rire.

— Quoi ? a fait maman en se tournant vers moi. Qu'y a-t-il d'amusant ?

— Elle parle allemand, a poursuivi mon père. Elle est mariée à un Allemand. Son mari et elle ont enduré de rudes épreuves pour défendre leur foi. Cette foi qu'ils ont en commun avec nous, Johanne.

Il a levé les yeux et nous a regardées tour à tour, maman et moi.

— Ils ont une fille de son âge, a-t-il ajouté.

— Pourquoi suis-je obligée d'y aller ? ai-je demandé.

— Pour te faire une amie, a répondu mon père en attrapant la miche.

— J'ai déjà des amis.

— Tu te plaignais de ne pas en avoir il y a quelques jours, a glissé maman en passant le couteau à pain à mon père. Les arbres ne sont pas des amis, Hanne.

Je me suis levée si brusquement que ma chaise s'est renversée.

— Si tu comptes sortir en claquant la porte, profites-en pour nourrir la truie, a dit maman sans quitter la table des yeux.

Tout en retenant mes larmes, j'ai ramassé ma chaise et suis allée chercher le seau à grain. Tandis que je sortais par la porte de derrière, je sentais que Matthias cherchait à m'envoyer son soutien, mais un seul regard dans sa direction aurait suffi pour que je me mette à pleurer.

J'ai versé le grain dans l'auge puis, appuyée contre la poutre, je me suis attardée dans la porcherie à gratter Hulda derrière les oreilles jusqu'à avoir les ongles bien noirs. Hulda grognait de plaisir et avançait son groin sur mon avant-bras pour m'en réclamer davantage. J'ai soulevé mon jupon et enjambé la barrière pour masser son échine tout entière.

— J'aurais préféré être un cochon, lui ai-je dit.

La truie était collée tout contre ma cuisse. Ses cils étaient si longs.

— Manger, prendre le soleil et me rouler dans la boue. Puis une mort franche, rapide.

J'ai fait glisser sous ma gorge l'un de mes ongles crasseux en me demandant quelle sensation pouvait donner le couteau. Était-ce douloureux ? Tout ce sang qui jaillissait donnait-il l'impression de se vider ? Je n'avais jamais aimé voir couler le sang de la gueule béante des cochons pendus, cet égouttement du groin vers le seau.

— Alors comme ça, on prépare un meurtre ?

J'ai levé les yeux. Posté près de la clôture basse, au fond de la porcherie, Hans Pasche me regardait d'un air amusé.

— Comment ?

Hans a fait glisser son doigt sous sa gorge en m'imitant. Le rouge m'est monté aux joues.

— Je ne savais pas que tu étais là.

Il s'est penché en avant et, docilement, Hulda s'en est allée vers lui pour se voir joyeusement gratifier d'une tape sur la croupe.

— Moi aussi j'aimerais bien être un cochon, parfois, a-t-il dit.

— Ce n'est pas la peine de te moquer de moi.

Hans a levé les yeux.

— Je ne me moque pas. Être nourri, ne jamais travailler. Dormir autant qu'on veut.

Hulda a tourné sur elle-même avec un grognement satisfait et s'est laissé caresser.

— Et cette vie au soleil, au grand air…

— Elle t'aime bien, ai-je fait remarquer.

— Eh bien moi aussi, a dit Hans en se hissant sur la clôture.

Il est resté assis là un instant avant de poursuivre.

— Je t'ai vue, l'autre soir, a-t-il dit en pointant du doigt le noyer de notre verger. Qu'est-ce que tu faisais là-bas, allongée par terre ?

— Rien.

— C'est là que tu vas quand tu veux réfléchir ?

— Je ne fais rien de particulier, ai-je dit tout bas.

— Tu m'as fichu une de ces peurs ! J'étais sorti pour aller à l'étable et j'ai vu ton tablier blanc. Tu étais tellement immobile que j'ai cru que tu étais morte.

Ses mots m'ont fait blêmir.

— Enfin… pas comme Gottlob. N'y vois aucune…

— Ce n'est pas grave.

Hans s'est laissé tomber par terre pour se rapprocher de moi.

— Il y a des endroits où j'aime aller pour réfléchir, moi aussi.

J'ai reculé un peu.

— Ah bon ? Et à quoi réfléchis-tu ?

— À tout plein de choses. À partir d'ici, surtout.

Là-dessus, Hans a levé les yeux.

— Oh. Ta mère nous regarde, a-t-il dit en posant une main sur la clôture avant de sauter par-dessus pour atterrir de l'autre côté. Au revoir, petit cochon.

— Hans Pasche est en train de devenir un bel homme, m'a dit maman pendant que nous traversions le village. Tu ne trouves pas ? Christian a de grandes ambitions pour lui.

— Christian Pasche a de grandes ambitions pour tout le monde.

Maman a hoché la tête.

— Je l'entends crier sur Hans et Georg, parfois, ai-je ajouté.

— Ce ne sont pas tes affaires.

— Il les bat aussi, tu sais.

— Papa t'a déjà tapée quand tu étais vilaine.

— Seulement quand j'étais petite, et seulement parce que tu le lui avais demandé. Christian Pasche, lui, se sert d'une baguette. Je l'ai vu fouetter Georg dans la cour. Quand je l'ai dit à papa, il m'a répondu : « La bêtise est inscrite dans le cœur des enfants. Ces coups de baguette permettent de l'en faire sortir. »

— Cela ne te regarde pas, Hanne, a répété ma mère en me lançant un coup d'œil alors que nous poursuivions notre chemin sur les terres en jachère qui précédaient les pins. Que te voulait-il, Hans ?

J'ai fait passer dans mon autre main mon panier rempli d'œufs, de fromage et de saucisse pour essuyer sur ma robe ma paume moite de sueur.

— Parler, c'est tout.

— Parler de quoi ?

J'ai haussé les épaules.

— De rien.

— Dis-moi.

J'ai poussé un soupir.

— Il m'a entendue dire que j'aurais aimé être un cochon. Manger et me rouler dans la boue toute la journée. M'engraisser tranquillement.

Maman a ouvert de grands yeux. Elle s'est arrêtée et m'a regardée avec une profonde déception.

— Oh, Hanne… Tu as dit cela ? Vraiment ?

— Et alors ?

Les mots ont semblé dégringoler de sa bouche.

— Hanne… Il faut que tu arrêtes de te conduire ainsi. Si on te marie… Mon Dieu, mais regarde tes ongles ! Tu ne t'es pas lavé les mains avant de partir ?

— Quoi ? Pourquoi parles-tu de mariage ? Qu'est-ce que papa a dit ?

Maman a levé une main pour se protéger du soleil criard de l'après-midi.

— Hanne, dis-toi qu'on attend certaines choses de toi. Si tu désires avoir un jour ton propre foyer, il faut que tu commences à prendre un peu plus soin de ta personne.

— Maman…

Ma voix était toute petite dans ma bouche.

— Arrête de faire l'enfant. Arrête de dire des choses bizarres à Hans Pasche. Et puis tu étais dégoûtante quand tu es arrivée au *Ferdeschleissen*, on aurait dit que tu t'étais roulée dans la terre. Les gens remarquent ces choses-là, tu sais. Ils parlent.

J'ai ouvert la bouche pour lui répondre, mais maman a tendu la main et j'ai vu que nous avions atteint la lisière de la forêt. Un homme blond auréolé par les branches était accroupi non loin de la vieille cabane en bois, des outils à la main. Il s'est levé à notre approche pour saluer ma mère.

— Bonjour à vous.

— Bonjour, a répondu maman. Herr Eichenwald ? a-t-elle demandé en montrant le panier que je portais. Je suis venue souhaiter la bienvenue à votre femme.

Il nous a souri et a retourné son herminette.

— La maison est là-haut.

Maman a hoché la tête en me regardant.

— Essuie-toi les mains sur l'envers de ton tablier.

À la hauteur de la cabane flottait une odeur de pain chaud et de feu de bois. Une femme de forte carrure s'est présentée sur le seuil dans la lumière d'automne, secouant un chiffon plein de farine. Elle portait la coiffe blanche des Wendes serrée sur la nuque, ce qui faisait ressortir le bleu de ses yeux, ses pommettes hautes, sa peau brunie par le soleil. Elle a levé la main pour nous saluer.

— Frau Eichenwald ? l'a interrogée ma mère d'un ton solennel.

— *Ja*.

— Je suis Johanne Nussbaum. Voici ma fille. Nous voulions vous souhaiter la bienvenue à Kay.

La femme avait un grand front lisse. Elle nous a souri de toutes ses dents.

— C'est très aimable à vous. Je vous en prie, appelez-moi Anna Maria.

Maman m'a donné un petit coup de coude et je me suis avancée pour lui présenter le panier de provisions. La femme l'a accepté en me regardant de haut en bas. Étant donné ce que j'avais entendu sur la pauvreté et la précarité des Eichenwald, je m'attendais à la voir réagir avec réserve et reconnaissance, mais Anna Maria n'a fait preuve ni de l'une ni de l'autre. Son jupon était court ; il descendait à peine au-dessous des genoux. J'ai jeté un œil à ses jambes. Elles étaient nues, avec des mollets musclés.

— Et quel est ton nom, Fräulein ?

— Johanne. Mais tout le monde m'appelle Hanne.

— Peut-être avez-vous déjà croisé mon fils également, est intervenue maman. Matthias.

Un silence gêné s'est installé entre nous, faute de savoir que dire de plus. Le soleil résonnait comme un coup à mes tympans.

Maman s'est tortillée.

— Eh bien, nous n'allons pas vous déranger plus longtemps…

— Non, je vous en prie. J'oublie mes bonnes manières, a lancé Anna Maria d'un air enjoué. Entrez prendre une part de gâteau. Et boire quelque chose.

Il faisait frais dans le cabanon, et l'air était légèrement enfumé. J'ai vu maman balayer discrètement du regard le peu de mobilier, évaluer la manière dont Anna Maria tenait son logis, et conclure avec soulagement que le sol était balayé et que l'ensemble était net. Notre maisonnette à nous était modeste – une cuisine et deux petites chambres, rien de plus, le grenier au-dessus, le cellier au-dessous –, mais ma mère veillait à ce que tout soit récuré et dépoussiéré avec une régularité terrifiante. Elle pouvait se montrer hautaine avec les femmes qui ne tenaient pas bien leur foyer.

Anna Maria a posé le panier sur une table sous la fenêtre. Plusieurs jattes recouvertes d'un torchon enfariné étaient posées sous la bande étroite de soleil qui filtrait par le carreau. Elle nous a fait signe de prendre place avant de sortir trois timbales.

— J'ai une fille du même âge que toi, m'a dit Anna Maria en me souriant.

Elle a posé devant nous les trois timbales d'eau vinaigrée à l'odeur âcre avant de couper quelques tranches de *Streuselkuchen*.

— Est-elle ici ? a demandé maman.

Anna Maria a secoué la tête.

— Elle est sortie ramasser du bois, a-t-elle répondu en pointant du doigt la cheminée. Le conduit tire mal. Nous avons besoin d'alimenter généreusement le feu pour qu'il soit bien chaud.

— Voudriez-vous que je demande à mon mari de venir regarder ? À le voir, il semblerait que votre conduit manque d'un peu de mortier.

— Non, cela ira, a répondu Anna Maria en nous rejoignant à table. Friedrich se chargera de le réparer.

J'ai croqué dans ma grosse part de *Streuselkuchen*. Il était délicieux.

— Tu aimes ? a demandé Anna Maria en me regardant mâcher. Tiens, reprends-en.

Elle a poussé le moule vers moi dès qu'elle m'a vue avaler.

— Comment s'appelle votre fille ? a demandé maman en lançant un regard furtif sur les miettes tombées sur mon tablier.

— Thea, a répondu Anna Maria la bouche pleine. Enfin, Dorothea. Mais nous l'appelons Thea.

Thea. J'ai promené le mot sur ma langue.

— Elle sera contente de savoir qu'elle aura des filles de son âge à qui parler, a-t-elle poursuivi. Peut-être deviendrez-vous amies, toutes les deux ?

Je me suis tournée vers ma mère et j'ai englouti ma bouchée.

— Je n'ai pas d'amies.

Il y a eu un silence. Maman fixait le plancher et j'ai senti une horrible chaleur remonter le long de mon cou.

Anna Maria m'observait avec une curiosité bienveillante.

— Eh bien, Thea non plus, a-t-elle fini par dire en portant sa part de gâteau à la bouche.

Maman a souri.

— Ce n'est pas étonnant, puisque vous arrivez tout juste de… ?

Anna Maria a épousseté les miettes sur son tablier.

— Krosno Odrzanskie, en Silésie.

Elle m'a lancé un clin d'œil. C'était la toute première fois que j'entendais la langue slave dans sa bouche.

— *Crossen an der Oder*, a-t-elle traduit.

— C'est donc de là que vous venez ?

— J'ai grandi à Schleife. Et non… Thea…

La Wende s'est tournée vers moi et s'est laissée retomber contre le dossier de sa chaise, les mains croisées sur le ventre.

— … Thea préfère danser sur sa propre musique. Un peu comme toi, je pense, Hanne.

Maman s'est tortillée sur sa chaise.

— Nous ne pratiquons pas la danse, ici.

Anna Maria a tendu la main vers sa timbale d'eau vinaigrée.

— Naturellement.

Nous avons parcouru le chemin du retour en silence. Mon cœur battait la chamade.

— Crois-tu que cette femme soit différente ?

J'ai prononcé ces mots d'un coup, curieusement essoufflée. J'avais envie de dire à ma mère que la façon dont m'avait regardée Anna Maria m'avait donné l'impression d'être précieuse. Qu'elle semblait intéressée par moi.

Maman a agité la main.

— Elle est très aimable.

— Je dirais même plus. Elle semble…

— Aimable, voilà, m'a coupée ma mère, et la conversation s'est arrêtée là.

Je me souviens que, pendant les jours qui ont suivi notre rencontre avec Anna Maria, j'ai gardé ses mots sur ma langue comme quelque chose de sacré.

Thea préfère danser sur sa propre musique.

Ces mots, derrière lesquels transparaissait le désir du corps, m'exaltaient. Je n'avais jamais dansé de ma vie, je n'avais jamais vu personne danser et ne savais même pas, en fait, à quoi cela était supposé ressembler. Mais j'avais compris l'impulsion. Dans mon enfance, j'avais entendu les champs fredonner de vie et senti mon corps mû par l'envie de bouger au rythme de la pulsation des graines. À mesure que j'avais grandi, certains cantiques m'avaient emplie du goût de chanter avec plus que ma voix, d'envelopper de mon corps cette harmonie. Mais à l'époque je croyais aussi mes parents. Ils me mettaient en garde contre les plaisirs de la chair qui, comme tout plaisir, pouvaient conduire à l'éloignement de Dieu. Ils m'avaient donné cet avertissement à la sortie de l'église, un jour où Emilie et Daniel Pfeiffer avaient dû présenter leurs excuses à la congrégation pour comportement indécent. Quelqu'un les avait vus danser au mariage d'un cousin ; le pasteur avait été prévenu.

Comme il est difficile de croire aujourd'hui, en voyant les cultures dans la vallée en contrebas, les premières pousses de vigne qui verdoient et la fumée des cheminées qui monte en spirales au milieu de ce jour baigné d'or, qu'il fut un temps où le sol était nu. Où les nuits n'étaient habillées que par des feux et le craquement des branches qui se brisaient sous les pas. Je me demande quelles chansons pouvaient chanter ces terres alors, à l'époque où les gens qui les écoutaient n'avaient pas encore été chassés.

Les Peramangk sont le premier peuple que j'ai vu danser. Il y a longtemps, longtemps, au sortir du tout premier hiver que j'ai passé ici, alors qu'ils avaient quitté leurs baraquements sur les hautes terres pour descendre vers le village, un grand feu avait été allumé à la lisière des pâtures que le topographe avait délimitées, et leurs chants se sont répandus dans toute la vallée. Jamais je n'avais entendu pareille musique auparavant. Elle s'est infiltrée sous ma peau jusqu'à me donner l'impression d'être tissée de ce son, et puis ce son m'a tirée jusqu'à sa source. Personne ne m'a vue partir ; les villageois ne quittaient jamais leur lit au beau milieu de la nuit.

En me rapprochant du feu, j'ai vu que des hommes dansaient dans sa lumière, et la beauté et l'intensité de leurs mouvements incarnaient tout ce que j'avais toujours imaginé de la danse, leurs corps façonnés et tenus par une musique plus proche des sons que j'avais entendus dans la terre que de n'importe quel cantique de ma mère patrie.

Aujourd'hui, cette vallée a été vidée de ces choses. Les dissonances ont recouvert ses chants.

Ne pas avoir dansé davantage. Ne pas avoir dansé avec elle.

Voilà les regrets qui me rongent à présent.

Les oublis ont commencé à la maison. Une semaine de pluie drue me rendait fébrile et gauche. Je cassais des œufs par accident, renversais le lait par terre au lieu de le mettre dans la casserole, j'oubliais de fermer le portail, et l'on me suivait à la trace à cause de la terre que je laissais sur le plancher. Mes étourderies rendaient ma mère malade, et chaque tentative de réconciliation après nos disputes se soldait, Dieu sait pourquoi, par une hostilité plus grande encore, comme ce jour où elle m'avait proposé, après une journée de querelles, de me peigner les cheveux. Elle savait que je détestais accomplir moi-même cette corvée.

— Comme j'aurais aimé avoir tes cheveux, lui ai-je dit pendant qu'elle installait derrière moi un tabouret et prenait le peigne que j'avais entre les doigts.

— Tu devrais être reconnaissante à Dieu de t'avoir donné la chevelure qu'il t'a donnée.

— J'aimerais pouvoir tout couper.

Maman n'a rien dit, mais j'ai senti tout à coup le peigne me tirer violemment la tête en arrière.

— Tu me fais mal.

— Démêle-les toi-même, dans ce cas.

Les dents qui s'enfonçaient dans mon crâne me faisaient grimacer.

— J'aurais aimé avoir les cheveux de Matthias et que Matthias ait les miens. Je n'en peux plus d'être aussi laide.

Maman est sortie sans un mot. Elle est revenue quelques minutes plus tard avec les tenailles en fer de mon père et, avant même que je comprenne ce qu'elle s'apprêtait à faire, elle m'avait coupé une grosse mèche, au ras du crâne.

J'ai fait volte-face, horrifiée.

— Je vais t'en débarrasser puisque tu les détestes tant, m'a-t-elle dit. Assieds-toi, que je m'occupe du reste.

Les mains sur le trou, je me suis levée et j'ai couru dans ma chambre, où j'ai pleuré pendant une heure.

Quand maman a fini par me rejoindre et s'est assise sur mon lit en me disant que, le lendemain matin, je pourrais aller cueillir des champignons dans la forêt, j'étais si furieuse que je n'ai même pas compris les excuses qu'elle cherchait à me faire ; elle me donnait la permission d'aller passer du temps à flâner, seule, dans la nature. Je croyais qu'elle cherchait simplement à me chasser.

Je suis sortie au lever du soleil. La forêt tout entière était recouverte d'un linceul épais de brouillard, blanc et béant, obstiné. Tout était immobile et étouffé. L'eau gouttait des branches et mes jupons ont vite été mouillés lorsque je me suis agenouillée par terre, lame à la main, à la recherche des champignons dont les massifs bosselaient le tapis d'aiguilles de pin. Je respirais à pleins poumons, et j'imaginais mon corps recrachant de la poussière à chaque expiration. Le soulagement que me procurait la forêt était exquis.

Puis, tout à coup, j'ai entendu un bâton se casser, le craquement du bois, et quelqu'un est arrivé dans le brouillard.

Une apparition approchait entre les colonnes vaporeuses des troncs d'arbres. Peu à peu, la silhouette s'est précisée. Un instant, nous aurions pu nous croire sous l'eau. J'ai vu son souffle blanc se déverser tandis qu'elle soulevait un gros fagot de petit bois ; je l'ai vue à travers le nuage de mon propre souffle, que j'ai retenu pour mieux la distinguer.

Elle a levé les yeux et, me voyant la regarder, s'est figée.

J'ai expiré.

L'air chargé d'eau est resté suspendu. A retenu son propre souffle alors que nous nous observions.

La jeune fille au fagot a libéré une de ses mains qui, avec hésitation, s'est levée. J'ai levé la mienne en retour.

— Je t'ai prise pour un fantôme.

Sa voix était grave. Mal assurée.

— Et moi pareil.

— Tu m'as fait peur.

Posant son fagot sur sa hanche, elle s'est approchée de moi à travers le brouillard.

— Je m'appelle Thea.

Je suis revenue à la réalité.

— Hanne, ai-je dit.

Le voile qui flottait entre nous se dissipait à mesure qu'elle progressait. Elle avait un visage rond, aux joues lisses, et j'ai découvert que ses cheveux étaient d'un blond presque blanc, ses sourcils plus clairs que sa peau. On l'aurait dite – une vision loin d'être déplaisante – saupoudrée de farine.

Le crissement de ses pas sur les brindilles et les aiguilles contrastait curieusement avec le silence de la forêt.

— Tu n'en es pas un, alors ?

Elle a continué à avancer jusqu'à se trouver à un bras de moi. J'ai découvert les cils incolores qui entouraient des yeux d'un bleu profond. Bleu d'abysse, bleu d'hiver.

— Pas quoi ?

De l'arbre qui me surplombait est tombée une goutte de pluie, dans mon col. Je l'ai sentie ruisseler dans mon dos.

Elle a souri.

— Un fantôme.

Ses petites incisives étaient bien rangées, mais les dents suivantes étaient tordues, ai-je remarqué. Cela lui donnait un air vorace, lupin.

— Je ne crois pas, non. Sauf si je suis morte en dormant.

— Peut-être que nous sommes mortes toutes les deux en dormant. Deux fantômes, tu imagines ? Qui se racontent qu'ils sont vivants.

J'ai éclaté de rire. Je me suis demandé un instant si ce qu'elle disait pouvait être vrai. Le brouillard avait épaissi, et avec ses cheveux blancs on aurait parfaitement pu imaginer la voir disparaître dans le voile environnant.

Une douleur s'est diffusée dans ma main. Par inadvertance, j'avais refermé le poing sur ma lame.

Thea a posé son fagot par terre et ramassé le couteau que j'avais laissé tomber, en faisant attention à ne pas se couper.

— Tu t'es fait mal ?

— Pas trop.

Elle a jeté un coup d'œil à ma paume aux lignes imprégnées de sang.

— Il faudrait que tu rentres pour la laver. Et mettre un peu de miel dessus, a-t-elle dit avant de me sourire. Au moins, je sais que tu as dit la vérité.

— Comment cela ?

— Les fantômes ne saignent pas.

Elle s'est baissée pour ramasser son fagot.

— Et moi, comment saurai-je que tu n'es pas un fantôme ? lui ai-je demandé.

— Tu ne le sauras pas.

De nouveau, ce sourire ; une dent pointue qui dépasse de la lèvre.

— Ravie d'avoir fait ta connaissance, Hanne. J'espère que ta main guérira rapidement, a-t-elle ajouté.

Puis elle est partie. Je l'ai regardée disparaître dans le blanc.

Je l'ai revue pendant le culte.

Après la fermeture de notre église, les Anciens du village avaient continué de rendre l'office dans la forêt.

Pas tous les dimanches, cependant. La communion avait lieu uniquement par les soirs nuageux ou, si la nuit était dégagée, quand le ciel n'était éclairé que par un fin croissant de lune. On demandait aux familles qui souhaitaient s'y rendre d'emprunter des sentiers différents afin de ne pas éveiller les soupçons. Les cantiques étaient chantés par le nez.

Ce soir-là, c'était au tour de papa, en tant qu'Ancien, de rendre le culte. À la lumière d'une unique lanterne, les hommes et les femmes se tenaient debout, séparés en deux groupes. Maman m'a attirée vers elle, au milieu des femmes qui attendaient, un sourire pincé sur le visage, tandis que mon père s'éclaircissait la gorge, donnant à voir à l'auditoire – comme l'aurait fait n'importe quel homme défiguré tenant une bible à la main – un spectacle somme toute troublant. Une vague de murmures s'est élevée. J'ai d'abord pensé que par ces paroles étouffées les fidèles accueillaient des retardataires, mais j'ai compris peu après que parmi nous se trouvait la famille Eichenwald, et que sa présence était la cause de cette effervescence soudaine. Nous n'avions pas vu de nouvelles têtes à l'office depuis des mois.

Pendant que papa entamait la prière d'ouverture en se lamentant, comme toujours, de l'absence de notre pasteur persécuté, et en comparant notre congrégation aux premiers chrétiens qui avaient affronté l'Église comme on se jette dans la gueule d'un lion, Anna Maria s'est tournée vers moi et m'a adressé un salut de la tête. Puis elle a donné un petit coup de coude à la personne qui se tenait à côté d'elle.

C'était la fille de la forêt.

Thea.

Elle portait la même coiffe que sa mère, mais moins serrée, si bien que l'on voyait des mèches blanches s'échapper sous les lacets. Thea a jeté un coup d'œil par-dessus son épaule et nos regards se sont croisés. Elle a soutenu le mien un instant, puis s'est retournée lorsque mon père a commencé son sermon.

— Je suis né à Harthe, disait-il. Et, à Harthe, où l'on suivait la coutume et la tradition, nous honorions le Fils de Dieu.

J'ai tourné la tête vers mon frère et vu qu'il m'observait du coin de l'œil et que ses lèvres remuaient. Cette histoire faisait partie de celles que papa racontait constamment, et transformait même parfois en sermon à notre table. Nous la connaissions par cœur.

— C'est ainsi que j'ai grandi, a poursuivi mon père. Nous allions à la messe chaque dimanche comme ma mère allait frotter nos vêtements chaque lundi. Pour accomplir une corvée. Les mots des prêtres n'avaient sur moi aucun effet. Sitôt franchi les portes de l'église, je les oubliais ! Ainsi, donc, j'étais mort à l'intérieur. J'ai vécu des années sans vie spirituelle authentique. Oui, j'ai appris la parole de Dieu. Mais...

Sa main s'est levée et mon père, comme s'il avait senti que Matthias se moquait de lui, s'est approché de lui et lui a tapoté la tempe.

— Cette parole rentrait ici... et non là.

Ses doigts sont descendus vers la poitrine de mon frère.

— Mais le Seigneur ne m'a pas abandonné. Le Seigneur a attendu que je devienne un homme, que je me marie. Il a attendu l'année de mes 19 ans et, alors, Il a empli mon œil de ténèbres.

À ces mots, papa a pris la lanterne des mains de Samuel Radtke, puis l'a brandie près de son oreille pour montrer à tout le monde l'œil gauche qui gâchait son visage sans cela harmonieux, sa pupille valide glissant sur le côté. Puis, du bout du doigt, il a soulevé sa paupière inerte pour montrer à tous sa prunelle fendue au regard flou et indomptable.

— J'ai d'abord cru à de la fatigue. Mais les semaines passaient et je ne voyais toujours que du noir. Alors ma colère s'est tournée contre Dieu, a poursuivi mon père, en serrant le poing et en l'agitant vers la cime des arbres. Comment osait-Il me faire cela, à moi ? Et puis, a-t-il continué, une nuit, j'ai rêvé que j'étais dans mon verger. Tout autour de moi, les arbres étaient morts ou malades. Par terre, les fruits pourrissaient. Je me désespérais de ce spectacle, de cette désolation, quand un ange m'est apparu. *Ja, ein Engelwesen!* Il a touché son œil, puis il est parti. Il a disparu. En le cherchant, je me suis retourné, et alors j'ai vu que le verger n'était pas mort du tout. Les branches étaient lourdes de pommes d'or. De poires d'argent. Chaque feuille brillait comme une émeraude. *Ja*, le verger était baigné de gloire.

— Amen, a marmotté quelqu'un parmi les hommes en rangs.

J'ai vu opiner le crâne chauve de Christian Pasche. Hans se tenait à côté de lui, le visage impassible.

— Je me suis réveillé habité par la certitude que la puissance du Saint-Esprit m'était apparue dans mon sommeil, et que cette affliction venait de Dieu. Il m'avait fait aveugle pour que s'ouvre mon œil intérieur. J'avais été puni pour mes péchés et, pour la première fois de ma vie, je marchais sur la voie de la vertu. Mon œil ne voyait plus ce monde, mais s'était éveillé à celui d'après. *Lobe den Herrn in seinem Heiligtum!* Louez le Seigneur dans Son sanctuaire !

— Amen, a murmuré une nouvelle fois Christian Pasche. Amen.

— Cet œil, a poursuivi papa en le pointant du doigt avec respect, cet œil a vu ce qui attend ceux qui servent le Tout-Puissant. Jamais les duperies d'un roi terrestre ne l'impressionneront. Car cet œil voit ce qui attend le fidèle. Cet œil a vu le paradis.

J'ai chanté d'une voix forte et claire ce soir-là. Caché par la nuit, étouffé, face au monde, mon corps fourmillait comme il ne l'avait pas fait depuis l'enfance. L'odeur des aiguilles de pin et l'ongle de lune au-dessus de nos têtes me procuraient une telle joie de vivre que je me suis emplie de gratitude pour Dieu, à qui je devais la réalité de mon être. J'exultais, associant la divinité à l'odeur de la sève, voyant la flore comme la maison du Seigneur. Le son de ma voix sur la langue maternelle des pins a flotté autour de moi jusqu'à me montrer que la vie éternelle aurait lieu sous la cime des arbres, que les anges auraient la forme ronde et parfaite du chapeau des champignons luisants de pluie, et que leur lait safran recueilli sur mes doigts me donnerait l'onction.

Le sentiment que j'ai éprouvé à cet instant recelait quelque chose d'éternel, et pour cette raison je ne peux me rappeler ces premières rencontres sans que l'amour y figure. Le cou de Thea, ses mèches échappées et presque blanches pendant que mon père affirmait sa certitude de la réalité des Cieux sont encore gravés en moi aujourd'hui. Pourquoi m'en souviendrais-je si, quoique jeune et innocente à l'époque, je n'avais pas déjà été pétrie d'espoir inconscient ? Lorsque je revois Thea me faire face et soutenir mon regard, ma poitrine, à ce jour encore, s'emplit de lumière.

Que ne donnerais-je pas pour revivre encore et encore cet instant où elle s'est tournée vers moi dans le noir…

sacré

Au lendemain du culte, la neige menaçait. Je la sentais dans l'atmosphère et j'entendais sa masse murmurer. Elle me remplissait la tête au point de me distraire, de me faire lâcher les objets que j'attrapais pour débarrasser la table du petit déjeuner. J'imaginais la lente descente des flocons sur les champs fauchés et enviais mon père et Matthias d'être dehors ; ils seraient présents au moment où il se mettrait à neiger.

Je ne m'attendais pas à ce coup à notre porte.

Maman et moi nous sommes regardées. Au village, la plupart des femmes se contentaient de héler la personne chez qui elles s'invitaient avant d'entrer, prêtes à reprendre langue sur la dernière conversation interrompue par les corvées, les bébés, une prière ou un passage à table.

Le coup a retenti de nouveau.

S'essuyant les mains, maman est allée ouvrir. J'ai entendu des voix basses, vu un fichu rouge vif trancher sur le chemin et le ciel lourd en arrière-plan, puis ma mère m'a appelée.

Thea se tenait sur notre dalle, emmitouflée contre le froid, agrippée au panier qui avait servi à transporter le fromage, les œufs et la saucisse.

— Bonjour, a-t-elle dit. Je suis venue vous rapporter le panier.

— Fräulein Eichenwald, je présume, a dit maman.

Elle regardait ses cheveux presque blancs. À côté de l'incontestable beauté de ma mère, toutes les femmes paraissaient fades. Pourtant, à cet instant, ce n'est pas maman que j'ai trouvée la plus éblouissante. L'asymétrie de Thea la rendait plus saisissante encore, son étrangeté plus rare, plus précieuse.

Le sourire de Thea s'est un peu fané.

— Permettez-vous que j'entre ? a-t-elle demandé. *Es ist kalt.* Il fait froid.

Maman s'est ressaisie et lui a tenu la porte pendant qu'elle frappait contre le sol ses sabots de travail crottés et pénétrait dans la maison en rejetant son fichu en arrière. Nous nous sommes souri sans trop savoir que dire. Je me suis sentie rougir.

Ma mère a regardé dans le panier que Thea lui tendait.

— Qu'est-ce donc ?

Elle en a retiré un petit pot en terre.

— Un cadeau de ma mère, a expliqué Thea. Pour la coupure de Hanne.

— Sa coupure ?

Maman s'est tournée vers moi, les sourcils froncés. J'ai posé les mains à plat sur mes joues pour tenter de les refroidir.

— Je me suis coupée avec mon couteau en cueillant des champignons.

— Où ça ?

— Sur la paume.

— Montre-moi.

J'ai ouvert la main. Maman a examiné la plaie.

— Tu ne m'avais pas dit que tu t'étais blessée.

— Ça ne me fait pas mal.

— C'est profond. Ça pourrait s'infecter.

— Ce baume accélérera la cicatrisation, a précisé Thea.

Maman a hoché la tête en laissant retomber ma main.

— Ainsi, vous avez fait connaissance toutes les deux ? a-t-elle dit en posant le pot sur la table un peu trop brusquement. Hanne, offre donc quelque chose à manger à Thea.

— Oh, j'étais seulement venue vous rendre le panier. Mais merci.

— Dans ce cas, pourquoi ne la raccompagnes-tu pas, Hanne ?

Thea m'a regardée. Elle a souri. À nouveau, cette dent qui dépassait. Le fichu rouge sur ces cheveux étranges. Du sang sur la neige.

Elle a patienté le temps que je m'enveloppe dans un châle, puis m'a suivie dehors, saluant ma mère d'un signe de tête.

— Mes remerciements à Frau Eichenwald, a lancé maman.

Son regard a cherché le mien. *Sois aimable*, a-t-elle articulé en silence, avant de fermer la porte sèchement.

L'air de l'hiver m'a fait l'effet d'un coup de fouet.

— Je suis désolée, ai-je dit.

Thea a tourné la tête pour me regarder.

— Pourquoi ?

— Je ne sais pas. D'avoir dit ce qu'il ne fallait pas.

— Tu n'as rien dit du tout.

Sa main s'est tendue vers moi. Thea m'a attrapé le poignet et a déployé doucement mes doigts. Ses mains étaient fraîches, fermes.

— Comment va ta blessure ?

— Mieux, merci.

— Ta mère semblait fâchée.

J'ai retiré ma main.

— Elle est fâchée pour tout.

L'un de ses sourcils blancs s'est levé.

— Pourquoi ? Que fais-tu ?

— Si seulement je le savais.

Elle a hoché la tête en plissant le nez.

Nous avons poursuivi notre marche sur le chemin. Au-dessus de nous le ciel était bas, d'un jaune épais ; l'horizon, une ecchymose. Je distinguais mon père et mon frère qui réparaient une clôture dans le champ derrière le verger.

Thea a suivi mon regard.

— Qui est-ce ?

— Mon père et mon frère. Mon jumeau.

— Oh, vous êtes identiques ?

— Non, ai-je dit. Tout le monde pense que je suis sa sœur aînée. Parce que je suis grande.

Thea a hoché la tête.

— C'est vrai, a-t-elle dit, mais il n'y avait dans sa voix aucun jugement.

Elle acquiesçait à un constat, voilà tout.

J'ai senti ma colonne vertébrale se dérouler.

— Tu as une belle voix, tu sais, a-t-elle ajouté de but en blanc. Je t'ai entendue chanter pendant le culte. Tu as une voix claire et sincère. C'est un don.

— J'aime beaucoup chanter, ai-je reconnu.

— Oui, moi aussi, a dit Thea. La musique, c'est la liberté, tu ne trouves pas ? Parfois, quand je chante, j'ai l'impression que mon âme s'envole. Tu n'as jamais ressenti ça ? Un jour, maman m'a dit que lorsqu'on chante ensemble nos cœurs battent au même rythme.

Elle a éclaté de rire et s'est essuyé le nez sur sa manche.

J'ai ralenti le pas. Je voyais très exactement ce qu'elle voulait dire.

— Est-ce que tu...

J'ai hésité. J'avais envie de lui dire que même l'air le plus austère m'emportait, m'ouvrait au monde, me soulageait de ce poids qui constamment m'accablait, ce fardeau d'être.

— Quoi ?

Elle s'est arrêtée pour se tourner vers moi, a levé la main à sa bouche et soufflé sur le bout de ses doigts. Elle ne portait pas de moufles.

— Je peux te poser une question ? lui ai-je demandé.

— Bien sûr.

— Est-ce que tu entends des sons, parfois ?

— Comment cela ?

— Les arbres et... des choses, ai-je bégayé.

Thea a froncé les sourcils.

— Quand le vent souffle ? a-t-elle demandé.

— Non. Enfin, si, mais aussi les voix qui en proviennent. Comme des chants.

J'ai attendu de la voir réprimer un rire. Mais à la place elle a fait un pas vers moi.

— Des voix humaines ? m'a-t-elle demandé doucement.

— Non. Non, pas humaines. C'est un peu comme si quelqu'un murmurait dans ton oreille sans que tu comprennes les mots, mais qu'en te penchant un peu il te semble que tu pourrais les comprendre.

— Des bruits.

— Pas des bruits. Des sons. Comme des chants. Ou des pleurs, parfois. De la musique.

Les mots, alors, se sont échappés de ma bouche, ont jailli comme d'une source. J'ai raconté à Thea que j'étais capable d'entendre le cri perçant du soleil qui tape sur un vaste champ. Que le son de la neige qui tombe ressemble à des clochettes. Je lui ai raconté détester le silence dans la maison la journée, qu'il me paraissait mort, me donnait l'impression que la seule chose vivante était alors le feu dans l'âtre. Je lui ai raconté que j'adorais être dehors, parce que dehors le monde me chantait des chansons.

— Tu penses que je suis folle, ai-je fini par dire en la voyant rester silencieuse.

Elle me regardait avec intensité.

— Je ne suis pas folle, ai-je ajouté.

— As-tu déjà raconté à quelqu'un d'autre que tu entendais ces choses ? Tu les entends depuis toujours ?

— Toujours, ai-je dit. Je pensais que c'était normal. Matthias, mon frère, le sait. Il me croit. Ma mère, elle, pense que j'invente.

Thea a hoché la tête. Nous avons poursuivi notre chemin en relevant nos écharpes devant notre bouche pour nous protéger du froid.

— C'est peut-être pour ça que tu chantes si bien, a fini par faire remarquer Thea en se découvrant le visage. Tu entends des choses que les autres n'entendent pas.

— Je t'en prie, ne dis rien à personne. Je ne sais pas pourquoi je t'ai raconté tout cela.

— Je peux en parler à ma mère ? Elle entend des choses, elle aussi, à sa façon.

J'ai hoché la tête, soulagée de sentir son acceptation de ma personne, de mon étrangeté.

— Moi, je sais pourquoi tu me l'as raconté, a affirmé Thea.

J'ai attendu qu'elle s'explique, mais elle n'a rien ajouté et s'est contentée de glisser son bras sous le mien pour me tirer vers elle. Sentir son corps si chaud m'a surprise.

Nous avons marché en silence. Il faisait de plus en plus froid et, tandis que nous quittions le chemin et entamions la côte qui menait vers la forêt à travers le champ en jachère, la neige s'est mise à tomber et l'herbe qui nous entourait a disparu sous de gros flocons. L'air empesé bruissait ; le spectacle était incroyablement beau. À l'orée de la forêt les pins ont tissé sous nos yeux leurs jupes blanches.

Thea s'est arrêtée, a levé la tête vers le ciel. Je l'ai regardée recevoir la neige sur les joues et le menton. Elle fondait sous la chaleur de sa peau.

— On dirait que Dieu nous fait une grâce, a-t-elle dit les yeux clos. À quoi ressemble le son, Hanne ?

J'ai levé le visage, senti la neige tomber dessus. J'avais compris sa question.

— Au sacré, ai-je répondu. On dirait un son sacré.

Nous sommes restées ainsi, laissant les flocons nous recouvrir les lèvres et s'amasser au coin de nos yeux. Ils carillonnaient autour de nous comme des cloches qui tintent, et ensemble nous avons reçu l'onction, avons été bénites encore et encore.

À l'époque, je pensais que j'étais seule parce que je passais trop de temps chez moi, parce que je me sentais obligée de devenir quelqu'un qui ne me ressemblait pas. Mais j'ai fini par comprendre, après tout ce temps, que ma solitude ne venait pas seulement de ce que je voulais être vue et comprise, mais encore de ce que je voulais comprendre à mon tour les autres.

Trouver un foyer à l'amour que je portais.

Je savais ce que ressentent ceux que l'on perçoit comme étranges et isolés. N'était-ce pas la place idéale pour me lier d'amitié avec les sans-amis ? Mon cœur était tout disposé à s'ouvrir et se voir malmener.

— As-tu bien remercié Frau Eichenwald pour le baume ? m'a demandé ma mère ce soir-là en nous servant un dîner froid.

— Oui.

J'ai regardé mon frère qui entrait dans la cuisine, la figure encore mouillée par sa toilette dans la bassine. Il s'est laissé tomber sur une chaise.

— Veux-tu du lait ? lui ai-je demandé.

— Alors, à quoi ressemblent-elles ? a-t-il répondu en attrapant le broc que je lui tendais. Je t'ai vue monter vers la cabane avec la nouvelle.

— Thea.

Il m'a regardée par-dessus sa timbale.

— Tu l'aimes bien, pas vrai ?

J'ai hoché la tête.

— Matthias, essuie-toi la bouche, a marmonné ma mère.

Mon frère a fait semblant de ne pas l'entendre.

— Tu as l'air différente.

— Différente en quoi ?

— Essuie ta bouche.

Maman lui a jeté un torchon, qui a atterri sur sa tête. Matthias l'a laissé là et m'a lancé un grand sourire, du lait partout autour de la bouche.

— Plus heureuse, a-t-il répondu pendant que maman arrachait le torchon et essuyait elle-même le lait.

Papa est entré dans la cuisine et s'est assis en bout de table.

— Arrête de le traiter comme un bébé, Johanne, a-t-il bougonné.

Matthias a éclaté de rire, et ma mère a levé les bras d'un air désespéré.

— Hanne était en train de parler des Eichenwald, a dit mon frère en se resservant du lait. Elle aime bien leur fille.

Papa a hoché la tête.

— Herr Eichenwald défend avec ferveur son refus du livre de culte ordinaire. Nous avons discuté des changements dans les rites sacramentaux après le service, hier.

— Frau Eichenwald m'a invitée à déjeuner, ai-je annoncé pendant que ma mère s'asseyait en posant sur la table un plat de jambon fumé.

— Quand ?

— Dimanche prochain.

Maman a attrapé l'assiette de mon père pour empiler dessus plusieurs tranches de viande et de fromage.

— Je ne crois pas, Hanne.

— Pourquoi donc ?

— Leurs manières sont différentes des nôtres.

— Friedrich Eichenwald est aussi assidu que nous envers le Christ, a dit papa en soutenant le regard de ma mère qui lui passait son assiette. Tu peux bien la laisser y aller, pas vrai, Mutter ?

À la fin de la semaine suivante, j'ai bravé le mauvais temps pour me rendre à la cabane du forestier. Je suis arrivée le souffle court, les cheveux ébouriffés. J'avais à peine levé la main pour frapper que Thea a ouvert la porte et s'est empressée de me faire entrer.

— Il faut que tu dises à maman ce que tu m'as raconté, m'a-t-elle lancé tout de suite en me proposant une chaise.

La table était déjà dressée pour le déjeuner. Ça sentait bon l'ail et les oignons rissolés.

— Sur le monde qui chante, a-t-elle ajouté.

Anna Maria, agenouillée devant la cheminée près de la bouilloire noire qui fumait sur les braises, s'est tournée vers nous.

— Tu sembles avoir un don, Hanne.

Elle s'est levée et m'a embrassée sur la joue pour me saluer, le visage rougi par la chaleur du feu.

J'ai réprimé mon envie de m'essuyer. Je n'étais pas habituée aux marques d'affection.

— Je ne sais pas si c'est un don, ai-je bégayé. Ma mère trouve cela enfantin.

Anna Maria a échangé un coup d'œil furtif avec sa fille, qui m'a poussée doucement vers la table, sur ma chaise, avant de prendre place à côté de moi, les jambes repliées sous ses fesses. J'ai attendu qu'Anna Maria la rabroue comme l'aurait fait ma mère, qu'elle soupire, lui demande de s'asseoir correctement, mais la Wende n'a rien dit.

— À quoi ressemblaient les sons aujourd'hui ? m'a demandé Thea.

J'ai hésité, jetant un coup d'œil vers la Wende qui, debout à présent, un demi-sourire aux lèvres, attendait de m'entendre parler.

— Eh bien, le froid… le froid ressemble à un cri de surprise. Comme quelqu'un qui chante sur l'inspire. Et les arbres disent des choses en serrant la mâchoire.

J'ai baissé les yeux vers l'assiette vide, devant moi.

— Ça dépend, ai-je ajouté.

Anna Maria s'est assise en face de moi, a posé les coudes sur la table et le menton dans ses mains.

— Est-ce qu'il t'arrive de les entendre te parler à toi ? Les plantes, je veux dire.

J'ai hoché la tête.

— J'arrive parfois à comprendre des mots. Mais rarement.

Puis j'ai jeté un regard en coin à Thea.

— Je n'en parle pas souvent, ai-je dit.

La Wende continuait à me scruter. Il me semblait que ma peau allait se décoller de ma chair.

— Tu n'es pas obligée de nous révéler ce que tu entends, m'a-t-elle dit sans me lâcher des yeux. Nous n'avons pas à le savoir.

— Moi, j'aimerais bien savoir, est intervenue Thea en se penchant pour attraper une tranche de pain.

Anna Maria a tiré le plat vers elle.

— Attends le bénédicité.

Thea s'est tournée vers la porte.

— Où est papa ?

— Il arrivera quand il sera prêt. Tu peux attendre. Parle-nous de toi, Hanne. As-tu toujours vécu à Kay ?

J'ai hoché la tête.

— Oui, je suis née ici.

— Et ici la plupart des gens sont des vieux-luthériens ?

— La plupart. Il y a certaines familles qui ne se joignent pas au culte. Qui restent entre elles.

J'ai accepté le verre d'eau que me tendait Thea et bu une gorgée.

— Je crois qu'elles se rendent à l'Église de l'Union, à Skampe.

— Mais elles ne nous dénoncent pas ? Elles doivent pourtant savoir que nous ne sommes pas *Evangelisch*, comme eux.

J'ai reposé mon verre sur la table avec précaution.

— Quand les soldats ont débarqué, la première fois, beaucoup ont montré du doigt Herr Pftizer. Il habite la dernière maison à l'ouest du village. Tout le monde pensait que c'était lui qui avait écrit au commissaire pour dénoncer Flügel, notre pasteur.

J'ai jeté un coup d'œil à Thea avant de m'éclaircir la gorge.

— Notre congrégation, ai-je ajouté, ne lui adresse plus la parole, ni à lui ni à ses filles.

— Ces jeunes filles avec des fossettes ? a demandé Thea en enfonçant un doigt dans sa joue. La plus petite a un bec-de-lièvre.

— Oh, non, tu parles des sœurs Volkmann. Henriette, Elizabeth et Karoline. C'est Karoline qui a le bec-de-lièvre. D'habitude elles se joignent au culte dans la forêt, mais je suppose qu'elles devaient se trouver mal.

Anna Maria a hoché la tête.

— Dis-moi, qui est la dame avec le…

Elle a marqué une pause et pris un air sévère en se frappant la poitrine.

— … le buste imposant ? Et les cheveux noirs.

— La dame qui n'arrête pas de nous regarder pendant l'office, a ajouté Thea.

Anna Maria a acquiescé.

— Vous devez parler de Magdalena Radtke. Elle a cinq enfants. Une fille de notre âge et quatre plus jeunes. Les parents de Samuel Radtke habitent avec eux également.

Anna Maria a haussé les sourcils.

— Je voulais me présenter à elle, mais elle est partie trop vite.

Un instant, je me suis demandé si Anna Maria pouvait être au courant des rumeurs dont nous avions parlé au cours du *Federschleissen*. Je revoyais le visage de Christiana pendant que nous lavions la vaisselle et qu'elle me soufflait : *Hexe*.

— Comment s'appelle sa fille ? Celle de notre âge ? m'a demandé Thea.

— Christiana, ai-je répondu tout bas.

— À quoi ressemble-t-elle ?

La pièce, tout à coup, m'a paru très chaude. La sueur me picotait le front. J'ai sorti mon écharpe, que j'avais enfoncée sous mon col.

— Tu ne l'aimes pas, a fait remarquer Thea à voix basse.

— Je ne dirais pas ça, ai-je répondu en éclatant de rire, gênée.

Thea m'a souri.

— Tu n'es pas obligée de l'aimer, tu sais.

Mais, à ce moment-là, la porte s'est ouverte et dans un souffle de vent d'hiver est entré le père de Thea, qui s'est excusé pour le courant d'air tout en repoussant la porte avec difficulté. Il s'est effondré sur la chaise à côté d'Anna Maria, a ôté son chapeau et s'est contenté d'un signe de tête pour me saluer.

— Ça sent bon ! s'est-il exclamé.

— Voici Hanne, lui a dit Thea.

— Oui, je sais. Merci de te joindre à nous.

Il a accepté la timbale d'eau que sa fille lui tendait et l'a vidée.

— Je meurs de faim, a dit Thea.

Anna Maria a reculé sa chaise.

— J'espère bien.

Pendant que nous mangions les *Pellkartoffeln* aux herbes, le chou en saumure et la soupe de navets épaisse accompagnée de quenelles, les Eichenwald m'ont posé d'autres questions sur Kay et ses habitants. Ils ne m'en ont même pas voulu quand, gênée de me retrouver au centre de l'attention, je me suis fait tomber du chou sur les genoux, et n'ont pas émis non plus la moindre remarque quant à mes joues cramoisies – je les sentais brûlantes. Anna Maria m'a raconté avoir un peu travaillé comme guérisseuse, et comme sage-femme aussi, et chercher des personnes volontaires pour essayer ses traitements par les plantes. Je lui ai parlé de Magdalena, que nous soupçonnions de recourir à l'homéopathie, des problèmes digestifs dont se plaignait Eleonore Volkmann, et de Mutter Scheck, qui se disait bonne herboriste mais dont les compétences laissaient planer un doute puisqu'elle avait déjà enterré trois maris. (« Tout dépend si elle traitait ses maris ou elle », m'avait un jour glissé Matthias.)

— J'ignore ce qu'il en est pour les autres, ai-je conclu en soufflant sur ma soupe. En général, les gens d'ici souffrent en silence.

— Penses-tu que ton père voudrait tenter de guérir son œil ? m'a demandé Anna Maria.

J'ai hésité.

— Il ne le perçoit pas comme un problème.

Anna Maria s'est adossée contre sa chaise.

— À cause de l'ange.

— Oui, ai-je dit en hochant la tête. Son œil est sacré.

Friedrich a attrapé une nouvelle tranche de pain, et remercié d'un sourire Thea qui lui passait le beurre.

— Daniel Pfeiffer m'a raconté que Kay comptait parmi les bastions de la contestation. Que ton propre père avait reçu une amende pour avoir refusé que soit enseignée à Matthias la doctrine de l'État.

— Oui, 50 thalers.

Friedrich s'est figé, sa cuillère en l'air.

— Tant que ça ?

— Il l'a payée en vendant la robe de mariée de maman.

Le silence est retombé à table. J'ai vu Anna Maria échanger un regard avec son mari et, tout à coup, l'image m'est revenue de ces mouchoirs mouillés que j'avais trouvés froissés dans la buanderie le soir où papa avait fait cette annonce. Je n'avais jamais vu ma mère pleurer mais, à cet instant, assise en compagnie des Eichenwald, je me suis interrogée. Maman n'avait jamais dit un mot à propos de sa robe de mariée.

Pour briser le silence, j'ai raconté à Friedrich que la majorité des hommes de Kay avaient déjà reçu une amende ou été arrêtés. Les membres de la congrégation, que la solidarité et le besoin unissaient comme les points d'une broderie, s'étaient encore rapprochés sous la persécution.

— À présent, quand quelqu'un reçoit une amende, nous nous cotisons tous pour la payer.

Sans m'en rendre compte, je parlais en passant le doigt dans mon bol pour recueillir les dernières gouttes de cette délicieuse soupe. J'ai regardé Friedrich avec des yeux mortifiés.

Mais il a levé la main pour me rassurer.

— Elle serait vexée que tu ne le fasses pas, m'a-t-il dit, et sur le visage d'Anna Maria s'est dessiné un grand sourire.

Thea a posé sa cuillère et son bol et, tout en se léchant le doigt, m'a dit en souriant :

— Il n'y a pas de honte à avoir bon appétit.

Ses deux parents ont acquiescé en même temps.

Lorsqu'elle m'a raccompagnée chez moi, cet après-midi-là, son bras sous le mien, Thea m'a demandé de lui faire visiter le village.

— Il n'y a pas grand-chose à voir, ai-je dit.

— Tu peux me montrer qui vit où, a-t-elle répondu.

Nous sommes arrivées sur le chemin. En ce jour de repos, aucun homme ne travaillait dans les champs ; Kay était encore plus calme que d'ordinaire. Seule la fumée qui s'échappait en silence des cheminées indiquait que le village était peuplé.

— Alors, ici, c'est la maison des Pfeiffer, ai-je expliqué en levant le menton en direction d'une maisonnette pourvue d'une unique fenêtre.

L'allée qui menait à la porte était semée de flaques d'eau.

— Oh, oui, je les ai croisés avec maman. Ils ont deux filles.

— Oui. Et, là-bas..., ai-je dit en pointant le doigt, vois-tu la grande maison avec la chèvre attachée à un piquet ? C'est celle de Fröhlich, Gottfried Fröhlich. Il est aussi cordonnier.

Il s'était remis à neiger. J'ai défait mon bras de celui de Thea pour me couvrir la tête de mon fichu.

— Il faut que je rentre.

— Pourquoi ? Il reste encore au moins une heure avant la tombée de la nuit.

Voyant que je ne répondais pas, Thea m'a repris le bras et tirée plus avant.

— Et qui vit ici ?

— Reinhardt Gesche et sa nouvelle femme, Elize. Et le père de Reinhardt, Traugott. Charron de son état.

Nous arrivions au cœur du village, où le long du chemin s'entassaient les petites maisons derrière lesquelles s'étiraient des doigts de terre.

— Et c'est chez toi, là-bas, pas vrai ? m'a demandé Thea. C'est lui, ton cochon ?

J'ai acquiescé.

Elle s'est rapprochée de moi et m'a soufflé :

— Et là, qui est-ce ?

— Où ?

D'un signe de tête, elle a désigné la petite maison des Pasche. Hans se tenait dans la cour avec son seau à lait. À notre approche, il a levé sa main libre pour nous saluer.

— C'est Hans Pasche, ai-je dit à Thea. Le fils aîné d'un Ancien, Christian Pasche.

— Mais Christian Pasche ne doit-il pas se marier prochainement ?

— Rosina sera sa deuxième épouse. La mère de Hans est morte.

— Vous avez soif ? nous a lancé Hans en levant son seau.

On voyait encore la vapeur monter du lait chaud.

Thea a secoué la tête en riant.

Je m'apprêtais à lui dire au revoir et à la quitter, là, sur le chemin, quand j'ai aperçu plus loin près de chez moi Magdalena et Christiana. Sans réfléchir, j'ai pivoté en direction de la cour des Pasche en tirant Thea.

— Mais qu'est-ce que tu fais ? s'est-elle étonnée.

— Chhut.

Hans, surpris, nous a suivies du regard pendant que j'amenais Thea jusqu'à leur étable.

— Hanne ? a fait Thea en débarquant dans la pénombre.

J'ai posé un doigt sur ma bouche et sorti discrètement la tête au moment où Magdalena et Christiana s'arrêtaient sur notre dalle bien balayée et frappaient leurs souliers sur le sol pour se débarrasser de la neige. Christiana a levé les yeux, scruté la cour des Pasche. Je me suis cachée et l'ai entendue saluer Hans de loin.

— Ce sont les sœurs Radtke, ai-je murmuré en me tournant vers Thea.

La main posée sur le flanc de la vache des Pasche, Thea m'a regardée en haussant les sourcils.

Hans nous a rejointes dans l'étable.

— Elles sont rentrées chez toi, Hanne, si c'est pour ça que tu te caches, m'a-t-il dit après avoir posé son seau.

— Bonjour, a fait Thea en levant ses doigts gercés par le froid. Je m'appelle Thea.

Hans a hoché la tête en nous regardant tour à tour, elle et moi.

— Hans.

— Je ne veux pas qu'elle me voie, ai-je marmonné.

— Christiana ?

— Je ne savais pas qu'elles devaient nous rendre visite.

Nous sommes restés là tous les trois dans un silence gêné. Puis Thea a promené la main sur la vache et s'est tournée vers Hans en souriant.

— Elle est adorable, lui a-t-elle dit.

Hans a eu un grand sourire.

— Elle est un peu triste, la pauvre.

— Oh ?

— Mon père vient de vendre son veau.

Il a gratté la bête derrière les oreilles et collé son front contre le sien.

— Excuse-moi, Hans, ai-je dit. Fais comme si nous n'étions pas là.

Il a haussé les épaules sans s'écarter de l'animal.

— Ne t'inquiète pas. Je me cache tout le temps ici, moi aussi.

— J'ai vu immédiatement que tu ne l'aimais pas, m'a dit Thea pendant que nous longions la clôture qui séparait le terrain des Pasche de celui de mon père.

Il neigeait dru. Le blanc recouvrait lentement le brun-gris des champs nus.

— Je n'ai jamais dit ça, ai-je protesté. Simplement…

J'ai hésité. Je ne savais pas comment formuler ce sentiment d'avoir envie que Christiana m'accepte et en même temps de ne pas la supporter.

— Avec elle, j'ai l'impression que… je ne sais pas. J'ai l'impression que je ne suis rien.

J'ai pris une grande inspiration. L'air froid m'a empli les poumons.

Thea a soufflé sur ses doigts et haussé les épaules.

— Je trouve cela affreux.

Nous nous trouvions sur le champ de seigle des Pasche. La neige se piquait sur les tiges fauchées.

— Où va-t-on, maintenant ? a-t-elle ajouté.

— Je peux te montrer les autres maisons. Ou t'emmener voir la rivière. Mais il fait un peu froid.

Elle a secoué la tête.

— Emmène-moi plutôt là-bas.

Je me suis retournée. Elle pointait du doigt la flèche de l'église et le rectangle de ciel nu à l'endroit où avait pendu la cloche autrefois.

— Elle est condamnée, ai-je dit.

— Emmène-moi quand même.

Il est étrange de repenser à cette vieille église de Kay ici, sous ce soleil, avec le chant des oiseaux et le bruissement des feuilles de gommiers. Elle apparaît dans ma mémoire comme une chose morte. Même avant sa fermeture, je garde le souvenir d'un endroit sombre et froid, qui n'avait rien à voir avec Dieu. Je n'avais pas ressenti la moindre peine à l'époque où elle nous avait été interdite ; la forêt faisait une bien plus belle cathédrale et je n'ai jamais compris quand, dans ses rares moments de découragement, mon père parlait avec nostalgie de ses dimanches matin à la messe, de l'écho des voix sur le plafond qui portait encore le bleu et les dorures de sa vie catholique d'antan.

Il ne fait aucun doute que l'église de Kay a dû être réhabilitée à présent. Je plains ses fidèles. Pourquoi donc les hommes s'embarrassent-ils d'églises lorsque des cathédrales de ciel et d'eau s'offrent à eux ?

Un chœur d'oiseaux plutôt qu'une chorale. Des feuilles pour autel. Baptisez-moi de pluie et que m'auréole le soleil levant. Si, par bonheur, je puis toujours être appelée enfant de Dieu, laissez-moi trouver la grâce dans le mystère des cris de chauve-souris et les rayons de miel.

Thea et moi nous sommes faufilées entre les pierres tombales et les croix de bois bancales plus ou moins anciennes plantées dans le sol gelé pour arriver devant les lourdes portes de l'église. Le vernis s'écaillait, et la neige collait au fer forgé qui, comme des pattes, dépassait du battant. Une grosse chaîne condamnait les poignées.

Thea a posé les deux mains à plat sur les portes, puis s'est tournée vers moi.

— On entre ?

J'ai pointé la chaîne du doigt.

— Attends, a-t-elle répondu en regardant autour d'elle pour s'assurer que personne ne venait avant de coller son épaule contre le bois.

Après quelques tentatives, le battant a cédé et les portes se sont ouvertes en grinçant, retenues par la chaîne tendue.

— Tu penses que tu pourrais te glisser là-dedans ? m'a demandé Thea en regardant vers le bas.

— Non.

— Essaie.

Je me suis agenouillée et j'ai passé la tête dans l'ouverture.

— Ne lâche surtout pas. Je ne veux pas me faire broyer le cou.

— Alors dépêche-toi, a répondu Thea.

J'ai tenté de rentrer à plat ventre, en me tournant de profil pour faire passer mes épaules, non sans douleur. J'ai finalement réussi à me faufiler, même si la manœuvre m'a fait perdre mes sabots. Pendant un instant je suis restée là, couchée sur le sol de l'allée principale, les yeux levés vers l'autel, avant d'entendre la porte grincer et se refermer dans mon dos, privant l'église de toute lumière.

— Thea ?

J'ai retrouvé le battant à tâtons et collé mon oreille contre. L'idée atroce que Thea ait pu m'abandonner là, me jouer un tour odieux, m'a brusquement serré le ventre.

— Thea ?!

Silence. Puis sa voix, étouffée, de l'autre côté.

— Tire sur la poignée !

Et un poing tambourinant.

J'ai tiré de toutes mes forces sur le fer forgé. La porte s'est rouverte, déversant des rais de lumière sur les bancs en bois. Le fichu rouge de Thea est apparu dans la fente et je me suis rangée sur le côté pour la laisser entrer en rampant.

— Tu peux la refermer, m'a-t-elle dit en se relevant avec un grand sourire.

— Non, il fait nuit noire quand c'est fermé.

Elle a levé les yeux, remarqué les planches qui obstruaient les ouvertures, et retiré l'un de ses sabots afin de s'en servir comme cale. J'ai lâché la poignée. De la poussière dansait dans cette étroite bande de lumière.

— Je n'arrive pas à croire que nous soyons ici, ai-je soufflé.

— Pourquoi donc ?

— C'est… c'est un endroit sacré.

Thea a remonté l'allée principale pour se rendre à l'autel, passant la main sur chaque banc.

— Le sacré, c'est la réunion des croyants autour de la parole de Dieu, a-t-elle dit.

Le son de sa voix a résonné en écho.

— Peu importe où, a-t-elle ajouté. Et pas forcément sous un toit.

Elle s'est retournée vers moi.

— Que s'est-il passé, ici ?

— Le commissaire est venu il y a quelques années, ai-je soufflé. Nous sommes restés devant la porte et avons chanté des cantiques jusqu'à ce qu'il s'en aille. Mais ensuite il a envoyé des soldats pour faire arrêter le pasteur Flügel. Mon père et les autres Anciens leur ont barré le passage en lisant les Écritures pendant que le pasteur fuyait.

Un frisson m'a parcourue en revoyant la bouche grande ouverte de mon père qui déversait la parole de Dieu à quelques centimètres seulement des naseaux des chevaux.

— Cela a-t-il fonctionné ?

— Non. Les soldats ont forcé le passage. Et quand ils ont compris que le pasteur s'était enfui, ils ont laissé leurs bêtes souiller l'église de leur crottin. Lorsque nous avons nettoyé, toutes les femmes chantaient des cantiques, ai-je dit en m'asseyant sur un banc côté femmes. Maintenant, chaque fois que j'entends *Ein feste Burg ist unser Gott*, j'ai l'impression de sentir le crottin.

Thea s'est assise à côté de moi.

— Ils sont revenus, ai-je poursuivi. Ils cherchaient le pasteur, ils ont mis des maisons à sac. Puis ils ont arrêté des gens et cadenassé l'église.

Nous sommes restées silencieuses un moment.

— Tu entends des choses, ici ? m'a demandé Thea. Des chants ?

J'ai secoué la tête.

— Dehors seulement.

La neige fondait sur son fichu. Elle l'a ôté, secoué puis posé sur ses genoux, en boule. Dans la pénombre, ses cheveux semblaient luire.

— Tu sais, quand tu me parlais de Christiana tout à l'heure ? a-t-elle murmuré.

— Mmm.

Assise sur le banc, elle s'est appuyée contre moi.

— Eh bien, je ne pense pas que tu ne sois rien.

Le sang m'est monté aux joues.

— Merci, ai-je soufflé.

Nous sommes restées dans cette église abandonnée à la poussière et aux crottes de souris à bavarder à voix basse, à découvrir de vieux nids d'hirondelles et à promener nos doigts sur les gravures des fonts baptismaux à sec jusqu'à ce que le soleil commence à décliner. Quand j'ai fini par dire à Thea qu'elle devait veiller à repartir avant la nuit tombée, elle s'est rendue près des portes et s'est baissée pour ramasser son sabot.

Elle a levé vers moi des yeux alarmés.

— J'entends des voix.

Je me suis figée.

— Vite, a-t-elle dit en se hâtant de se rechausser. Ferme !

J'ai poussé la porte et l'église a été plongée dans le noir. Tandis que nous nous accroupissions, la main de Thea a cherché la mienne, puis l'a serrée. Nous osions à peine respirer. De l'autre côté de la porte nous parvenaient vaguement des voix féminines, des bribes de conversation.

— As-tu vu qui c'était ? ai-je demandé en me courbant pour coller ma bouche contre l'oreille de Thea.

— Oui, a-t-elle soufflé. Les sœurs Radtke. Sûrement de retour de chez toi.

Nous avons attendu en silence. Dans cette obscurité épaisse, il n'y avait plus que le murmure des voix qui, dehors, s'effaçait peu à peu, et les doigts de Thea entrelacés aux miens. Quand les voix se sont tues tout à fait, nous avons entrouvert la porte et risqué un coup d'œil dehors. Nos corps crépitaient de rire et de soulagement.

lard et abats

Notre amitié nous est tombée dessus comme la pluie sur le sol, comme les cailloux dans l'eau.

Sur leur insistance, j'ai commencé à aller déjeuner chez les Eichenwald chaque dimanche, et parfois le samedi aussi. Les offrandes de ma mère faisaient pâle figure à côté des prodiges qu'Anna Maria accomplissait en cuisine ; la Wende râlait peut-être devant sa cheminée défectueuse, délaissant soudain l'allemand pour s'énerver en langue slave, mais elle faisait des miracles avec un simple four hollandais à trois pieds. Le dimanche, jour de boulange, elle faisait cuire les unes après les autres dans ce ventre de fonte des boules de pâte lisse après avoir déposé avec précaution des charbons ardents sur le lourd couvercle. Les miches de pain brunes qu'elle en sortait exhalaient une odeur divine, et la croûte craquait à mesure qu'elles refroidissaient. Quand je lui ai demandé quel était son secret, Anna Maria m'a répondu que la veille elle faisait lever la pâte dans son lit toute la nuit, la température d'un corps étant la meilleure pour que le levain fermente. Le dimanche suivant, lorsque je lui ai dit avoir suggéré à ma mère de dormir avec ses pains de seigle pour les rendre meilleurs, Anna Maria s'est tordue de rire.

— Et que t'a-t-elle répondu ?

— De tourner ma langue dans ma bouche avant de parler.

Anna Maria a essuyé les larmes qui coulaient de ses yeux.

— Oh, mais j'espère qu'elle essaiera ! J'adore l'idée que Johanne Nussbaum partage son oreiller avec une boule de pâte à pain.

La maison de Thea était pour moi un endroit heureux, malgré les courants d'air qui s'infiltraient par les brèches des murs et le toit qui fuyait. Friedrich Eichenwald était un homme calme, satisfait de son travail et de sa famille, et l'amour qu'Anna Maria témoignait à sa fille était si vaste qu'il déteignait sur moi. Leur maison était un lieu de rires, et si au départ j'avais trouvé gênantes et curieuses ces démonstrations d'affection, je n'ai bientôt pu m'empêcher de comparer défavorablement mes parents aux Eichenwald. Anna Maria me prenait dans ses bras plus que ma propre mère, et lorsque j'entendais Friedrich parler avec sa fille je regrettais que mon père n'ait jamais affiché pour moi le même intérêt, qu'il ne me parle jamais spontanément mais toujours par le truchement de cette parole divine empruntée. Chez nous, plutôt qu'un lieu de réunion familiale, notre table était devenue la tribune devant laquelle mon père dénonçait l'Église de l'Union et se désespérait de voir s'amenuiser les chances de jouir un jour de liberté en matière de religion. Sa vision terrestre ne semblait pas s'élever plus haut que ses champs, que notre bétail. Maman ne posait jamais la main sur le cou de mon père pendant qu'elle lui servait le dîner. Papa ne la complimentait jamais sur sa beauté, pourtant bien réelle, remarquable et singulière à chaque heure de la journée. Chacun œuvrait dans sa propre sphère, séparé, éloigné de l'autre. Papa parlait à ma mère comme à un aide de camp ; il ne l'appelait jamais que Mutter. Friedrich, lui, appelait sa femme par son prénom. Le scandait.

Matthias, mon éternelle source de réconfort, m'offrait quelques moments de lumière au milieu de ce labeur et de ces critiques sans fin. La semaine, je vivais dans l'attente des rares heures que nous passions tous les deux : je chérissais les coups de pied qu'il me donnait sous la table, les haricots verts qu'il glissait sous son nez comme une moustache en pensant que maman ne le voyait pas. Mais Matthias vivait sous le joug de mon père, tandis que j'étais sous celui de ma mère.

— Je me demande parfois si je ne suis pas née dans la mauvaise famille, ai-je dit à Thea un après-midi que nous étions assises devant l'âtre d'Anna Maria, nos pieds nus tendus vers les braises.

— Pourquoi ?

Elle était ensommeillée. Je l'entendais à sa voix.

J'ai hésité. Thea pensait que tous les mariages étaient à l'image de celui de ses parents, je le savais : des mains qui se trouvent au-dessus d'une table ou s'unissent en passant, la chaleur bienveillante et constante des doigts. Elle n'hésitait jamais à m'entourer de ses bras dans un élan d'affection, et il était difficile pour moi de formuler la joie que je ressentais chaque fois qu'elle me donnait une étreinte. Je n'étais plus une enfant qu'un père porte dans ses bras, à qui l'on permet de se glisser dans le lit de son jumeau. Les baisers imprédictibles de ma mère n'étanchaient pas la soif que j'avais d'être touchée, reconnue comme digne de contact physique. J'avais envie de dire à Thea que, souvent, mon désir d'un autre corps pour légitimer le mien était si fort que je sentais encore le poids de son bras sur mon épaule longtemps après être rentrée chez moi. Ses doigts frais laissaient ma peau brûlante. J'avais envie de lui dire que, parfois, je me réveillais la nuit persuadée que nos mains étaient encore entrelacées.

— Ta famille ne fait pas comme si le corps n'existait pas, ai-je fini par lui dire.

Elle a posé la tête sur mon épaule.

Au début, malgré ses réticences, maman a manifesté à l'égard de mes absences hebdomadaires une tolérance dont elle n'avait pas fait preuve depuis mon enfance. En dehors des remarques grinçantes qu'elle me glissait à l'occasion – si j'aimais tant le *Sauergurken* d'Anna Maria, je n'avais qu'à aller vivre chez elle et lui épargner l'effort de dresser pour moi un couvert à notre table –, elle tenait sa langue et n'émettait aucun commentaire en me voyant rentrer en retard le dimanche soir, les joues rougies par le froid, du moment que j'arrivais à l'heure pour traire les vaches avec Matthias en ce seul jour de corvée commune.

— Penses-tu que maman soit soulagée d'être débarrassée de moi ? lui ai-je demandé un soir.

J'étais revenue plus tôt que d'habitude de chez les Eichenwald, et j'avais senti ma mère agacée de me voir.

Matthias s'est tourné vers moi, a ouvert la bouche. J'ai tenté de faire gicler le lait du pis dedans, mais le jet est parti dans son œil. Nous avons éclaté de rire.

— Que t'importe ? m'a-t-il dit en s'essuyant avec la manche de sa chemise. Au moins, tu n'es pas obligée de passer la journée assise à écouter papa se plaindre des calvinistes.

— Elle n'attend qu'une chose : me marier et me faire déguerpir, ai-je marmonné.

— Hanne, je doute que le problème vienne de toi. Elle semble très contente aussi quand je sors avec Hans – les fois où le père Pasche l'autorise à quitter la maison. Peut-être qu'elle aime simplement passer du temps seule.

Matthias a ramassé mon seau de lait et l'a suspendu à son épaule.

— Tu as de la chance que Thea ne soit pas obligée de rester enfermée tous les dimanches pour étudier des sermons. Imagine ce qu'endure ce pauvre Hans.

L'idée que maman puisse avoir des préoccupations à elle ne m'avait jamais traversé l'esprit avant ce jour où, un matin de la fin du mois de janvier, je l'ai trouvée pliée en deux dans le verger, curieuse silhouette au milieu du givre, un bras agrippé à la branche nue d'un pommier. Elle n'a perçu ma présence qu'au moment où j'ai posé la main sur son épaule. Elle tremblait.

Elle m'a laissée l'aider à rentrer à la maison et l'installer sur une chaise, me répétant qu'elle allait bien, avait simplement la tête qui tournait. Même les jours suivants, alors qu'elle ne mangeait plus rien et que l'odeur de la *Leberwurst* en train de cuire lui donnait la nausée, maman refusait d'admettre son malaise.

Le dimanche venu, j'ai décidé de rester à la maison pour m'occuper d'elle.

— Tu me le dirais, n'est-ce pas ? lui ai-je demandé après une journée passée à la voir sortir en courant pour vomir dans la neige. Tu me le dirais si tu étais vraiment malade ?

Je faisais la vaisselle. Comme ma mère ne répondait pas, j'ai laissé ma bassine d'eau chaude pour la prendre dans mes bras.

Maman m'a doucement repoussée.

— Hanne, j'ai besoin d'un peu de repos, rien de plus. Un peu d'espace.

Elle a ramassé une assiette dont elle a jeté les restes dans l'auge de Hulda.

Je suis restée à côté d'elle.

— Tu devrais aller parler à Anna Maria. Elle fabrique ses propres baumes et remèdes.

— Ah, vraiment ?

— Oui. Si tu me dis ce qui ne va pas, elle pourra m'apprendre comment te guérir.

Maman a poussé un soupir, puis attrapé la tasse vide de Matthias.

— J'aimerais mieux que tu fasses déjà ce que je te demande au lieu de me salir la cuisine en fabriquant des baumes.

— Je me suis juste interrompue pour te demander ce que tu as, ai-je protesté.

— Et je t'ai dit que je n'avais rien.

— Maman…

— Sincèrement, Hanne. Si tu n'as pas l'intention de faire la vaisselle, sors d'ici.

À la fin du mois de février, je me suis rassurée : les nausées de maman avaient cessé et son visage avait repris des couleurs. C'est au moment où je suis retournée à la cabane des Eichenwald que j'ai compris, grâce à Anna Maria, que maman avait dû être enceinte puis perdre le bébé.

J'étais en colère qu'elle ait laissé grandir mon inquiétude. En colère qu'elle n'ait pas partagé avec moi cet espoir, cette nouvelle miraculeuse. En rentrant, ce soir-là, je l'ai coincée dans le grenier et lui ai demandé pourquoi elle m'avait menti.

— C'était mon problème à moi, m'a-t-elle dit.

Je me suis assise dans l'escalier et l'ai regardée ouvrir un pot en terre. L'odeur des légumes fermentés a empesé l'atmosphère.

— Es-tu triste ? ai-je fini par lui demander.

— « Je me confie en l'Éternel de tout mon cœur et ne m'appuie pas sur ma sagesse », a marmonné ma mère en versant des louchées de chou en saumure dans un plat creux. « Je Le reconnais dans toutes les voies, et Il aplanira mes sentiers. »

Elle m'a tendu le *Sauerkraut* avant d'ajouter :

— Va mettre le couvert.

— Maman ?

— Oui, Hanne ?

J'ai gardé les yeux rivés sur le chou.

— Te souviens-tu, quand j'étais enfant et que je n'arrivais pas à dormir, de ces soirs où tu me laissais m'asseoir avec toi devant le feu pendant que tu cousais ?

Maman ne m'a pas regardée, mais j'ai vu ses mains cesser de transvaser.

— Je m'en souviens.

— Ces moments me manquent, parfois.

Je me suis retournée, prête à partir. Je ne voulais pas lui laisser l'occasion de me répondre avec dérision ou de me rappeler pour la énième fois que j'avais grandi. Mais je n'avais pas encore posé le pied sur la marche que je l'ai sentie m'attraper par le coude pour me faire tourner sur moi-même.

— Hanne…

Elle tenait mon bras comme si elle craignait que je m'enfuie.

— Aimerais-tu coudre avec moi ce soir ? Seulement toutes les deux, a-t-elle ajouté, et il y avait dans sa demande quelque chose de si tendre et de si conciliateur que je n'ai pu refuser.

Ce soir-là, maman a attendu que papa et Matthias se couchent pour installer deux chaises devant le feu.

— Je vais t'apprendre la broderie blanche, m'a-t-elle dit en m'adressant un rare sourire. Ainsi, tu pourras commencer à préparer ton trousseau.

Mon cœur s'est serré.

— Mon trousseau ?

— Ton trousseau de mariage. La broderie blanche est magnifique sur les nappes. Sur les robes de baptême. Ou le linge de lit.

Je suis restée coite pendant qu'elle dessinait à la craie le motif sur lequel je devais m'exercer.

— Commence avec ça, m'a-t-elle dit. Essaie d'enfiler toi-même le fil sur l'aiguille.

— Je ne sais pas pourquoi tu souhaites me marier à tout prix, ai-je dit.

— Oh, Hanne.

— Je pensais que tu voulais passer du temps avec moi ce soir.

— C'est le cas.

— Non, tu veux me faire broder je ne sais quoi pour préparer mon trousseau de mariage et te débarrasser de moi.

Ma mère a soupiré.

— Je ne veux pas me débarrasser de toi.

— Pour quelle raison n'as-tu que cela à la bouche, dans ce cas ?!

Elle a hésité, puis posé une main sur mon genou.

— Hanne, crois-moi, le mariage te mettra à l'abri pour l'avenir.

J'ai ouvert la bouche pour polémiquer, mais son visage était paisible et sincère.

— Les femmes qui ne se marient pas n'ont pas d'enfants, a-t-elle poursuivi d'une voix douce. Elles restent vivre avec leur famille, qui doit subvenir à leurs besoins. À condition qu'elles en aient une, s'entend. Prends Rosina, par exemple. Ses parents sont morts : en épousant Christian, elle sait qu'elle sera à l'abri. En sécurité. Elle aura une famille et un toit.

— Et que se serait-il passé si Rosina n'avait pas épousé Christian ?

— Elle aurait épousé quelqu'un d'autre.

— Et si personne n'avait voulu d'elle ?

Maman s'est laissée retomber contre le dossier de sa chaise et a léché le bout de son fil.

— Il y aura toujours un homme à la recherche d'une femme pour tenir son foyer.

— Mais, maman, et si elle épousait quelqu'un qu'elle n'aime pas ? Est-ce que Rosina aime le père Pasche ? ai-je ajouté après un silence.

— Hanne, ce sont des choses privées.

— Je voudrais seulement...

— L'amour vient avec le temps. Elle finira par l'aimer.

Il y avait dans sa voix quelque chose de si particulier que j'en ai senti mon crâne fourmiller. Je l'ai regardée, j'ai regardé ses cheveux rendus brillants et soyeux par le vinaigre, ses yeux noirs au-dessus de ses habits sombres.

— Et toi, aimais-tu papa quand tu l'as épousé ?

Maman a pris une grande inspiration puis a soupiré en retroussant sa lèvre supérieure.

— Toute épouse doit aimer son mari. Tout mari doit aimer sa femme.

— Mais parfois on ne peut pas s'empêcher de ne pas aimer quelque chose. Comme le lard et les abats.

Maman a souri.

— Tu adores le lard et les abats.

— Et si je n'aimais pas ?

— Alors, tu aimerais les enfants que te donneraient le lard et les abats.

Elle a tapoté ma main qui tenait l'aiguille.

— Au travail.

L'hiver a laissé place à un printemps radieux mais venteux. Les pétales soulevés par le vent s'amassaient au pied des portes et des murs, et des abeilles planaient au-dessus des fleurs en boutons. Une saison de vrombissements.

Maman a recommencé à courir dehors le matin, la main sur la bouche. Le jour où je l'ai trouvée pliée en deux à cracher dans l'herbe tendre, j'ai pensé avoir compris. Je me rappelais notre discussion dans le grenier mais ne lui avais jamais demandé si je devais m'attendre à ce que la fratrie s'agrandisse un jour. Thea, elle, en tant que fille de sage-femme, avait un regard plus mûr que moi sur ces choses et m'avait donné des conseils pour soulager les nausées de ma mère. Maman n'a pas refusé les petites tasses de thé à la menthe ni les tranches de pain sec que j'ai commencé à lui apporter. Sans doute avait-elle deviné que les Eichenwald m'avaient appris une chose ou deux.

Anna Maria s'occupait à présent de quelques femmes enceintes du coin ; celles qui l'avaient vue à l'œuvre s'accordaient pour dire que ses soins étaient sérieux, efficaces, réalisés dans les règles de l'art. Une rumeur disait même qu'elle était souvent déjà en route lorsqu'on partait requérir son aide. Celui ou celle qui la cherchait la croisait en chemin, son panier à la main. Personne excepté Christiana et Magdalena Radtke n'avait jamais osé la qualifier tout haut de *Hexe* ; jamais les souffrances endurées par les Eichenwald pour leur foi n'auraient été remises en cause, et puis, quelle sorcière aurait bien voulu souffrir au nom du Christ ? Mais cela n'a pas empêché la rumeur de se répandre. La rumeur selon laquelle Anna Maria possédait le don surnaturel de savoir à quel moment une femme allait accoucher. Je n'osais pas en parler à Thea. Elle aussi avait quelque chose de déconcertant parfois, une manière de lire dans mes pensées. Un jour, elle avait répondu à l'une de mes questions alors même que je ne l'avais pas encore posée. Quand je lui ai fait remarquer que je ne lui avais rien demandé, elle a paru surprise.

— Mais si, je t'ai entendue.

— Je n'ai pas dit un mot.

Anna Maria était arrivée pour saupoudrer sur la table un arc de farine parfaitement régulier.

— Votre rencontre est récente, mais vous êtes de vieilles amies, toutes les deux.

Puis elle m'a souri en me tendant un petit paquet enveloppé d'un chiffon.

— Tu donneras cela à Johanne. Du boudin, pour la fortifier.

Maman a donné naissance au bébé un an après la perte silencieuse de cet enfant jamais évoqué, jamais nommé. Elle m'a envoyée chercher Anna Maria à minuit, appuyée contre le cadre de la porte de ma chambre, le front couvert de sueur.

Et, comme de juste, alors que je courais à travers la forêt de pins, hors d'haleine et trébuchant, j'ai vu devant moi le fichu de la Wende qui dans le noir s'agitait au rythme de ses pas. Nous nous sommes rejointes dans le champ et elle m'a accueillie avec un grand sourire en me disant d'attendre Thea, qui suivait.

Quand Thea est arrivée, chargée d'un lourd panier, j'ai couru à elle et nous sommes rentrées ensemble chez moi. Matthias dormait sur sa banquette dans le grenier et ne s'était pas réveillé – ces derniers temps, rien ne pouvait le réveiller à part les sommations de mon père –, mais papa, lui, était levé et assis à la table vide tandis que, derrière la porte close de la chambre, résonnaient les gémissements de maman et la voix rassurante d'Anna Maria. Mon père a salué Thea d'un hochement de tête, s'est levé, rassis, a attisé le feu et allumé sa pipe avant de la frapper contre le rebord de la cheminée. Puis il a enfilé ses bottes et quitté la maison.

Tout en tenant son fichu devant le feu pour le faire sécher, Thea m'a souri par-dessus son épaule.

— Il se fait du souci pour elle, m'a-t-elle dit.

Je me suis assise par terre devant la cheminée, les jambes repliées contre la poitrine.

— Papa ne s'inquiète jamais. Il dit que l'inquiétude affaiblit la foi.

— Il est inquiet, bien sûr que si, a-t-elle répondu en s'asseyant près de moi, les yeux brillant du reflet des flammes. Les gens d'ici croient qu'ils naissent avec une quantité permanente de sang dans le corps. Il craint peut-être que l'accouchement n'entame les réserves de ta mère.

— Tu veux dire que cette idée n'est pas vraie ?

— Si elle l'était, m'a dit Thea en plissant le nez, comment expliques-tu que les femmes et les hommes puissent vivre à peu près jusqu'au même âge ?

Je me suis sentie rougir. Thea a éclaté de rire.

— Tu as l'air terriblement gênée.

— Je ne comprends pas comment tu peux parler si franchement de ces choses.

— C'est la nature. Il n'y a pas à en avoir honte !

Thea a ramassé le tison pour casser une bûche en charbons ardents.

— Maman, a-t-elle ajouté, dit que le pouvoir de création est la preuve d'un don.

J'ai serré mes genoux contre ma poitrine et planté mon regard sur le feu.

— Moi, ai-je dit, quand ça m'est arrivé, la première chose que maman m'a expliquée c'était comment laver et faire sécher mes habits pour que personne ne puisse rien deviner.

— Oh, Hanne.

À ma grande honte, j'ai senti mon menton trembler. *Ne pleure pas*, me suis-je ordonné. *Pas maintenant.*

— Hanne ? Qu'y a-t-il ?

— Rien, ai-je répondu, mais les larmes emplissaient déjà mes yeux.

À la périphérie de ma vision brouillée, Thea me regardait. J'ai enfoui ma tête entre mes genoux et respiré dans mes jupons mouillés par la neige.

Le poids familier de sa main s'est posé sur mon épaule.

— Hanne ?

J'ai appuyé mes yeux plus fort encore contre mes genoux, jusqu'à ce que des étoiles apparaissent dans le noir.

— Je ne voulais pas te faire pleurer.

— Non, je sais, ai-je dit en m'essuyant la figure du plat des mains. C'est simplement… Gottlob.

Thea a secoué la tête, désemparée.

— Gottlob. Mon frère, ai-je repris en fermant les yeux. J'avais un grand frère. Mais il est mort.

— Tu ne me l'as jamais dit, a répondu Thea après un silence.

— Non. Je suis désolée. J'aurais dû, mais… Il est vrai que tout le monde le sait ici, et je… Enfin, je pensais à lui, voilà tout, lui ai-je expliqué avec un petit sourire. C'était pendant son enterrement que, tu sais… dans le cimetière de l'église. Je portais la robe d'Eleonore Volkmann. Maman a été obligée de la frotter pour faire partir le sang.

Thea semblait dévastée.

— Hanne, m'a-t-elle dit. Mais c'est terrible !

— Oui. Ça l'a été.

À cet instant, la porte s'est ouverte et nous avons vu entrer Matthias les bras chargés de bois pour le feu, le visage pétri de sommeil. Il a regardé le couloir, puis nous deux.

— Est-ce qu'elle a… ?

J'ai secoué la tête.

Mon frère a déposé les bûches au pied du mur et s'est joint à nous devant le feu, assis en tailleur. Il a souri à Thea, plaqué ses cheveux en arrière et grimacé quand s'est élevé un lourd gémissement dans la chambre.

Thea a donné une tape légère à Matthias.

— Hanne vient de me parler de Gottlob, a-t-elle dit en hochant la tête. Je suis désolée.

Matthias a jeté un coup d'œil dans ma direction. Ses lèvres entrouvertes laissaient voir l'écart entre ses dents de devant.

— Elle ne savait pas ?

J'ai secoué la tête.

— Nos parents ne parlent jamais de lui non plus, a-t-il fait remarquer avec un haussement d'épaules.

— Et toi, tu veux ? a demandé Thea.

— Quoi donc ?

— Parler de lui.

Mon jumeau et moi nous sommes regardés.

— Comment est-il mort ? a demandé Thea.

— Il est tombé de cheval, a répondu Matthias. Il y a trois ans. Il avait 17 ans et il devait emmener notre cheval…

— Otto, l'ai-je interrompu.

— … il devait emmener Otto, notre cheval, à Skampe. C'est Hans Pasche qui l'a trouvé.

Le silence est retombé. À travers le mur, Anna Maria répétait quelque chose à ma mère, encore et encore, d'une voix rassurante et régulière.

— Papa se sent coupable, je crois, a ajouté Matthias à voix basse.

Je l'ai regardé.

— Vraiment ?

Matthias a opiné.

— Un jour, il m'a dit qu'il aurait dû demander à Gottlob de se cacher, lui aussi.

— Je me suis toujours demandé si maman se sentait responsable, ai-je fait remarquer. C'est elle qui avait demandé à Gottlob de partir à cheval.

Thea semblait perdue.

— Pourquoi Gottlob aurait-il dû se cacher ?

— Il s'était passé quelque chose peu avant son accident, ai-je expliqué. C'était au moment où les soldats cherchaient le pasteur Flügel.

— Ils étaient venus frapper à notre porte, a dit Matthias. Maman nous avait fait sortir, Hanne et moi, par la porte de derrière et ordonné de ne pas nous montrer. Nous avions rampé jusqu'au champ de seigle et y étions restés toute la journée.

— Plus tard, quand maman nous a fait rentrer, nous avons appris que Gottlob s'était fait battre. Les soldats avaient menacé de brûler notre meule de foin pour voir si le pasteur ne s'y cachait pas, alors Gottlob avait attrapé une fourche et les soldats s'étaient jetés sur lui.

— Papa s'est interposé, a poursuivi Matthias. Ils l'ont arrêté pour désaffection sous prétexte qu'il avait armé ses enfants pour s'opposer aux représentants de l'Église. Comme papa ne comprenait pas, ils ont pointé la fourche de Gottlob.

La main de Thea s'est posée sur sa joue.

— Ils ont emmené papa à Züllichau, ai-je dit. C'est pour cette raison que Gottlob devait se rendre à Skampe avec Otto. Maman voulait vendre notre cheval à une famille qui vivait là-bas, pour payer la libération de papa. Mais un peu plus tard, le même jour, Hans Pasche a vu Otto trotter tout seul sur le chemin. Il rentrait à Kay sans cavalier.

Dans la chambre a résonné un cri étouffé. Matthias et moi nous sommes regardés avec des yeux apeurés.

— Que s'était-il passé ? a soufflé Thea.

— Nous ne l'avons jamais vraiment su, a répondu doucement Matthias. Gottlob était inconscient quand Hans l'a trouvé un peu plus loin sur le chemin. Il a ramené Otto et s'en est allé chercher son père, qui a récupéré Gottlob avec sa charrette.

Je suis restée silencieuse, repensant au moment où maman avait couru dehors lorsque Hans nous avait annoncé sa triste découverte. Quand le père Pasche était revenu, elle était assise au fond de la charrette, la tête de Gottlob sur les genoux. Sur son jupon la tache de sang formait un rond parfait.

Thea me regardait les yeux écarquillés.

— Je suis sincèrement désolée, a-t-elle répété.

Matthias a hoché la tête et attrapé le tison, l'a fait tourner entre ses mains.

Je me suis essuyé le visage avec mon jupon.

Un autre cri étouffé a résonné dans la chambre.

Le tison est tombé par terre. Matthias s'est précipité hors de la cuisine.

Thea et moi sommes restées sans rien dire un moment. Puis le cri s'est transformé en un gémissement continu qui m'a soulevé le cœur.

— Et maintenant nous allons avoir un petit frère, ai-je murmuré.

— C'est une fille, a répondu Thea. Maman me l'a dit.

— Elle en sait des choses, hein ?

Thea m'a répondu par un petit hochement de tête.

— Un peu avant notre départ pour Kay, maman… maman m'a dit quelque chose d'étrange. Je ne l'ai compris qu'après t'avoir rencontrée dans la brume.

— Quoi donc ? ai-je dit.

Le feu m'avait chauffé la peau. J'ai reculé pour m'éloigner des flammes, replongeant dans l'obscurité de la cuisine.

— Qu'a dit ta mère ?

— Que je rencontrerais mon fantôme, a répondu Thea sans me regarder, la peau luisant à la lumière du feu. Ses visions lui viennent comme ça, comme des énigmes. Des poèmes.

— Comme quand j'entends parler les arbres.

— Tous ces mystères fonctionnent de la même façon.

Le silence est retombé. Thea s'est rapprochée de moi en glissant par terre. Je la sentais comme un feu, plus chaude que les braises qui rougeoyaient dans le foyer. Le gémissement s'est intensifié, suivi d'un cri grave et guttural puis, quelques secondes plus tard, des hurlements d'un nouveau-né. Thea m'a regardée, et un sourire s'est étiré sur ses lèvres tandis que des pas se faisaient entendre dans le couloir. Anna Maria est entrée dans la cuisine avec le bébé dans les bras.

— Hanne, prends ta sœur.

Sans attendre ma réponse, Anna Maria a placé avec précaution le bébé entre mes bras, tout fripé, cireux et hurlant, avant de lancer un regard pincé à Thea puis de retourner dans la chambre.

— Quoi ? Qu'y a-t-il ? ai-je demandé. C'est maman ?

— Je suis sûre que tout va bien, m'a répondu Thea. Essaie de ne pas t'inquiéter. Non, ne te lève pas. Ma mère fait ces choses depuis qu'elle a mon âge. Tiens, a-t-elle ajouté doucement. Donne-lui ton petit doigt à téter.

Je me suis exécutée, et Thea a souri face à mon étonnement.

— Elle a de la force, me suis-je exclamée en baissant les yeux vers la minuscule bouche qui s'affairait.

Au cœur du silence, j'entendais la voix d'Anna Maria dans la chambre. Grave, puissante, cadencée.

— *Ich ging über eine Brücke, Worunter drei Ströme liefen.*

— Que fait-elle ? ai-je soufflé. Pourquoi parle-t-elle d'un pont ?

Sans rien dire, Thea a caressé le tourbillon de cheveux humides sur la tête du bébé.

— *Der erste hies Gut. Der zweite hies Blut. Der dritte hies Eipipperjahn, Blut du sollst stille Stahl. In Namen Gottes, Javeh.*

— « Que le sang devienne silencieux ? » ai-je répété, gagnée par la panique. Maman est en train de saigner ? Thea, que dit ta mère ?

Thea a ouvert la bouche pour parler, puis l'a refermée. Elle m'a jeté un regard lourd.

— Ma mère, elle…

Le bébé s'est décroché de mon doigt, la bouche grande ouverte. Puis son menton s'est mis à trembloter et ses hurlements ont repris.

— Que dit-elle, Thea ?

J'étais moi-même au bord des larmes.

— C'est une sorte de prière, m'a-t-elle répondu.

Elle a pris ma sœur et lui a donné son petit doigt.

— C'est une sorte de prière, a-t-elle répété. C'est une prière. Une prière de guérison. Au nom de Dieu.

À cet instant, papa et Matthias sont rentrés tous les deux et, découvrant Thea avec le bébé, se sont approchés avec de grands yeux. Thea a tendu le bébé à mon père. Alors qu'il la tenait dans ses bras, j'ai vu que son œil valide était plein de larmes. La main posée sous son tout petit crâne, il m'a regardée.

— Comment va Mutter ?

Il y a eu le bruit d'une porte qu'on ouvre et, quelques instants plus tard, Anna Maria est apparue dans la cuisine en essuyant ses avant-bras couverts de sang à l'aide d'un tablier tout aussi souillé de rouge. Au moment où mon ventre se serrait, un immense sourire s'est dessiné sur ses lèvres. Ses dents brillaient à la lueur du feu.

— Tout va bien.

— Johanne ?

La voix de mon père était étrangement ténue, comme sur le point de se briser.

Anna Maria a acquiescé.

— Elle a perdu du sang, mais…

Elle a jeté un coup d'œil à Thea.

— … j'ai réussi à l'arrêter. Grâce à l'aide du Seigneur.

— Loué soit Son nom, a dit mon père, dont les larmes sont tombées sur le bébé qui pleurait dans ses bras. Loué soit Son nom.

pierres dans l'eau

Je pense souvent aux morts, de là-haut. Déjà, la lumière commence à se velouter, et le soleil plonge derrière l'horizon. Déjà, le jour est presque parti. Je pense à tous les corps enterrés tête vers l'est pour mieux accueillir le Christ. À tous les couchers de soleil qu'ils manquent.

Dans la congrégation, la coutume voulait que soit laissée aux morts une chance de résurrection. Trois jours aux corps pour se relever, comme l'avait fait Jésus, et, lorsqu'ils ne se relevaient point, de l'espace était pris dans la terre pour les y coucher afin qu'ils se reposent jusqu'à ce que sonnent les trompettes, que le monde soit secoué par les quatre coins comme un drap pour retourner les enterrés et compter alors leurs péchés, et permettre aux élus de gagner la maison du Seigneur. Maison de vergers d'argent. De miel sans pareil et de lait madeleine.

Ces trois jours ont teinté la disparition de Gottlob d'une sorte de cruauté supplémentaire. Sept semaines d'agonie, alité, et devoir quand même attendre pour être enterré. Ces trois jours, je m'en souviens à peine.

Seulement que les fleurs déposées par les visiteurs près de son cercueil fanaient dans l'heure.

Je me souviens, en revanche, des sept semaines.

Gottlob n'a jamais rouvert les yeux après sa chute. Il était insensible au monde. Et, pourtant, il lui a fallu du temps pour mourir. Hans a conduit Otto dans sa nouvelle ferme, à Skampe, et mon père a été relâché de la prison de Züllichau avant la moisson. Sans cheval et sans Gottlob, le travail a pris deux fois plus de temps, si bien que maman et Matthias se sont joints à lui pour rentrer les récoltes. Je me suis soudain retrouvée responsable de la préparation des repas de la famille, de la lessive, de la tenue de la maison. Quand je n'étais pas occupée par ces tâches, ma mère me faisait veiller le corps de mon grand frère mourant.

Les rideaux étaient toujours tirés ; je restais assise là dans cette pénombre interminable. Mes corvées terminées, je rentrais sans traîner pour changer les draps de Gottlob, essuyer délicatement le gruau au coin de sa bouche, retourner son corps d'homme et soigner les escarres apparues sur sa peau. Des semaines durant, je suis restée assise au chevet de mon frère mourant et, tandis que je demeurais là, mon propre corps changeait. Pendant que Gottlob mourait, ma vigueur s'affirmait. Comme si l'entité physique que j'étais, forcée de composer avec la promiscuité de cette mort prochaine, cherchait à clamer sa vitalité. Alors que je regardais se soulever les côtes de mon frère aîné, ma propre poitrine saillait douloureusement sous les coutures trop serrées de ma robe. Mes poignets, sous mes manches, s'allongeaient. Mes orteils voulaient transpercer mes bas. Déjà grande, je grandissais encore, mais la personne autrefois élancée, épicène, en symbiose avec son corps se sentait désormais en rupture avec ce dernier. Je ne reconnaissais pas ce poids nouveau, ces formes nouvelles sous mes mains ou aperçues dans le verre du cadre sous lequel ma mère avait exposé le myrte de son mariage. Jamais je n'aurais pensé devenir un jour si charnue. Ma peau avait changé d'odeur. Une nuit, dans mon lit, après une longue journée passée à écouter les poumons de mon frère se soulever et retomber en crépitant avec une lenteur atroce, j'ai pris conscience que mon corps était devenu celui d'une étrangère.

Gottlob est mort aux premières heures d'un mardi matin, sept semaines après sa chute de notre grand Otto. J'étais assise à son chevet, je somnolais, mes pieds nus posés sur le bord du lit. Dans la chambre, seul le clair de lune filtrait par les rideaux ; j'avais soufflé la chandelle depuis longtemps. Dans mon demi-sommeil, j'ai réalisé que je n'entendais plus la respiration laborieuse de mon frère, et la certitude atroce qu'il était parti m'a transpercée. Je me suis réveillée d'un coup, penchée sur lui. Sa poitrine ne bougeait plus.

Malgré les semaines de coma, il me semblait impossible qu'il ne soit plus, et pourtant. Gottlob m'avait toujours semblé tellement plus vieux que moi – nous avions cinq années d'écart ; nous n'étions pas spécialement proches. Matthias avait toujours été mon frère préféré. Mais, après avoir grimpé dans son lit et posé sa tête sur moi, j'ai passé les minutes qui ont suivi sa mort à l'imaginer marcher dans le saint verger de mon père.

Ce n'est qu'au matin du cortège funéraire, alors que Gottlob se trouvait dans son cercueil, prêt pour la *Totenbahre*, la civière, que maman a remarqué que mon corps cherchait à sortir de mes vêtements. Au dos de ma plus belle robe les boutons peinaient à fermer, et mes seins étaient écrasés contre un empiècement de tissu prévu pour une enfant. Je suis arrivée au petit déjeuner mortifiée. Il a suffi d'un regard à ma mère pour qu'elle bondisse de table et m'embarque dans ma chambre, où elle m'a sommée de me déshabiller et de passer l'une de ses robes. Qui n'allait pas. Au bord des larmes, je suis restée assise sur son lit dans mon sarrau pendant qu'elle s'en allait demander à Beate Fröhlich si, en moins d'une heure, elle pouvait solliciter les femmes de la congrégation pour me trouver quelque chose de mettable. Beate a fini par venir dans ma chambre avec une vieille robe d'Eleonore Volkmann, la seule femme de ma taille à Kay. Il aurait fallu la reprendre à la ceinture, et le vêtement sentait la moisissure, mais le temps pressait. Et, tandis que Gottlob traversait les étapes qui le ramèneraient à Dieu, civière, cérémonie, terre, j'ai senti la honte me brûler. La honte qu'en ce jour où j'enterrais mon frère, la peine de perdre mon corps d'enfant usurpe celle que j'aurais dû ressentir pour lui.

Cet après-midi-là, tandis que la congrégation déjeunait sous la tonnelle du cimetière, j'ai senti entre mes jambes une sensation nouvelle, gluante. Après avoir trouvé un coin caché derrière la rangée d'ifs, j'ai soulevé ma robe. Mes doigts sont ressortis couverts de sang. C'est à ce moment-là que mes larmes ont coulé.

Ma sœur Hermine était un bébé rose affreux. Mon père ne supportait pas ses pleurs la nuit. Lui et les autres anciens de la congrégation avaient reçu des nouvelles du pasteur Flügel, qui s'était enfui à Londres dans le plus grand secret, les exhortant à renouveler leurs démarches et demandes d'émigration, un travail dont la mise en œuvre requérait quantité de lettres à écrire et d'argumentations, et qui avait mis papa à rude épreuve, l'avait usé émotionnellement et spirituellement. Craignant que mon père n'ait guère son quota de sommeil, maman avait décidé de déménager le berceau de Hermine dans ma chambre. Toutes les deux ou trois heures, j'étais réveillée par le crescendo de ses hurlements et je me rendais, chancelante, à son lit pour la prendre et sautiller mollement sur place avec elle en attendant que ma mère arrive, la nourrisse et la rendorme. On attendait de moi que je la change, que je la baigne, la berce, la porte en plus de mes corvées quotidiennes, si bien qu'au bout du compte la présence de Hermine, ses souillures d'excréments moutarde, les traînées mousseuses que ses régurgitations laissaient dans mon dos ne m'inspiraient plus qu'un ressentiment profond. Je ne parvenais plus à me rendre chez Thea le dimanche. Lorsque j'ai dit à maman que m'occuper de Hermine était une corvée au même titre que celles qu'il était interdit d'accomplir le jour du Seigneur, elle s'est figée, m'a arraché ma sœur des bras et l'a posée dans son petit berceau.

— Ne nous occupons plus d'elle jusqu'à lundi, dans ce cas, m'a-t-elle répondu.

Je ne sais comment elle a pu supporter les hurlements qui se sont ensuivis, mais elle s'est retenue de réconforter Hermine. J'ai attendu aussi longtemps que j'ai pu, de sombre humeur, furieuse, épuisée, hésitant à gagner la cabane du forestier, mais je n'ai pas osé surenchérir sur la provocation de ma mère, et n'ai pas non plus supporté les cris atroces de ma sœur. J'ai fini par la prendre dans mes bras, pour recevoir en récompense un puissant jet de lait caillé.

En l'absence de notre pasteur, c'est à mon père qu'a incombé la tâche de baptiser ma petite sœur. Samuel Radtke avait ainsi baptisé sa dernière-née, Elizabeth, mais, en l'apprenant, les autorités l'avaient jeté en prison pour insoumission. Nous ne pouvions nous permettre que papa se retrouve au cachot, mais il nous a fait remarquer que le prix à payer pour ne pas avoir baptisé Hermine à temps serait bien plus lourd, et ainsi donc, par une nuit chaude, ma petite sœur hurlante fut-elle cérémonieusement arrosée d'eau du puits au-dessus de la table de notre cuisine.

Une semaine plus tard, les Anciens se réunissaient dans notre maison pour statuer sur la question du mariage de Christian et Rosina, et il fut conclu que, par devoir et nécessité, mon père serait de nouveau en charge d'occuper le rôle de pasteur en l'absence de Flügel.

— Peu importe que nous n'ayons plus d'église, ai-je entendu dire Christian.

Je me trouvais dans la cuisine, à faire rissoler du lard pour leur souper.

— « Car là où deux ou trois sont assemblés en mon nom, je suis au milieu d'eux », a-t-il poursuivi. Mon mariage sera reconnu par le Seigneur, sinon par le roi.

Une vague de murmures approbateurs a parcouru la tablée.

— Pourrons-nous le faire chez toi ? lui a demandé Samuel Radtke.

— Je pense que oui. Le matin. Voudrez-vous bien demander à vos femmes de préparer le petit déjeuner de noces ?

Au matin du mariage, mes parents et moi sommes arrivés de bonne heure chez les Pasche, bien boutonnés et portant la coiffe, mes pieds enfermés dans des souliers en cuir de la mère Fröhlich initialement prévus pour maman et qui me donnaient des ampoules. Alors que mon père s'était installé à table avec le père Pasche pour discuter du risque encouru si nous entonnions des cantiques, ma mère s'est empressée de m'attirer vers l'étable débarrassée de son crottin qui devait accueillir à la fois la cérémonie et le petit déjeuner de mariage. Magdalena Radtke et Beate Fröhlich, déjà sur place, décoraient l'espace de guirlandes fabriquées avec les premières fleurs sauvages et rameaux d'épicéas.

— Bonjour, Johanne, a lancé Magdalena à ma mère, les mains pleines de coquelicots. Ton aide sera la bienvenue.

Maman m'a passé Hermine.

— Sors avec elle, veux-tu, Hanne ?

Je me suis exécutée et, portant ma petite sœur sur l'épaule, je suis allée marcher dans le verger des Pasche tout rempli de petites pousses vertes et nouvelles qui susurraient. Par-delà le doux son des arbres, j'entendais la grosse voix de Christian Pasche s'échapper par les portes ouvertes à l'arrière de la maison. Puis Hans est sorti à grands pas, les joues rouges, les cheveux tout juste coupés et encore humides. Il avait l'air d'avoir envie de frapper quelqu'un. Ne voulant pas être vue, j'ai tenté de me cacher derrière un pêcher, mais dans ma hâte une branche a griffé la tête de Hermine, qui s'est mise à pleurer.

Hans m'a regardée. J'ai levé vers lui une main molle en guise de salut. Il portait sa plus belle chemise mais ne l'avait pas boutonnée jusqu'en haut, et ses yeux étaient habités par une lueur de rage.

— Tout va bien ? lui ai-je demandé.

Hans a hésité, puis marché jusqu'à moi.

— Est-ce que Matthias est là ?

Je sentais la colère se déverser de lui.

— Non, ai-je dit en caressant ma sœur du menton. Non, il devait finir de s'occuper du bétail ; il nous rejoindra pour la cérémonie.

— Très bien.

Hans s'est retourné en jetant un regard noir à la maison.

— Tu as entendu ça ? m'a-t-il demandé.

— J'ai entendu ton père qui criait. Mais je n'ai pas compris ce qu'il disait.

— C'est un hypocrite, a lâché Hans en croisant les bras.

Le voir dans un tel état me rendait nerveuse.

— « Si quelqu'un dit, j'aime Dieu et qu'il haïsse son frère, c'est un menteur ; car celui qui n'aime pas son frère qu'il voit, comment peut-il aimer Dieu qu'il ne voit pas ? »

— Jean, livre I, chapitre 4, ai-je répondu.

— Verset 20.

Hans a passé la main sur son cou.

— Mon père me hait, tu sais, a-t-il dit.

Hermine hurlait dans mon oreille. J'ai sautillé plus fort pour la bercer, tout en lançant à Hans un regard compatissant.

— Ma mère ne m'aime pas beaucoup non plus.

— Regarde ça, a-t-il poursuivi et, le visage blême, les mains fébriles, Hans a déboutonné sa chemise pour me montrer une ecchymose sur les côtes.

J'en suis restée bouche bée.

— Oh, ai-je dit. Oh, je ne pensais pas que…

Les joues rouges, il a reboutonné sa chemise.

— Hanne ?

Derrière Hans, Thea a émergé du flot régulier d'invités qui avançaient sur le chemin de la maison. Elle a brandi les mains en l'air pour nous saluer puis, après un coup d'œil en arrière, s'est faufilée le long de la maison pour courir jusqu'à nous. Hans s'est décalé d'un pas tandis qu'elle se jetait sur moi à bras ouverts, ravie.

— Oh, cela fait des semaines que je ne t'ai pas vue !

J'ai regardé Hans. Il était campé là, les yeux baissés, la chemise boutonnée jusqu'au cou, les mains enfoncées dans les poches.

Thea s'est désenchevêtrée de moi pour se tourner vers lui.

— Bonjour, Hans, a-t-elle dit.

— Bonjour, Thea, a-t-il marmonné.

Puis il nous a adressé un signe de la tête avant de s'éloigner.

— Il va bien ? m'a demandé Thea en tendant les bras vers Hermine.

— Non.

J'ai enlacé les épaules de Thea.

— Je ne crois pas, ai-je ajouté.

L'office fut bref ce matin-là. Christian et mon père avaient finalement renoncé aux cantiques, si bien qu'une fois achevé le sermon écrit par le père Pasche en personne et récité par mon père, et les vœux échangés, la congrégation s'est dirigée vers l'étable pour commencer le banquet : pain frais, pommes de terre à l'eau, *Wurst* et lard, salade, cornichons et légumes vinaigrés. Il y avait de la bière aussi et, sitôt le bourdonnement ambiant des conversations d'usage transformé en un brouhaha de festoiement, j'ai laissé Hermine à ma mère pour aller rejoindre Thea. Elle surveillait les enfants qui jouaient à grimper sur les meules de foin.

— Tu t'amuses bien ? lui ai-je demandé.

— Pas vraiment, m'a-t-elle répondu les sourcils froncés. Christiana m'a posé de drôles de questions.

— Ah oui ?

— Oui, sur maman.

— Tu veux en parler ?

Thea a hésité.

— Je crois qu'il vaut mieux passer à autre chose, pour être honnête. Veux-tu aller à la rivière ? m'a-t-elle demandé en se penchant vers moi.

J'ai souri. Thea a glissé sa main dans la mienne et, tout en balayant l'étable du regard, m'a tirée discrètement loin des bancs d'adultes qui mangeaient et bavardaient, vers la joie du soleil.

Nous avons entendu la rivière avant de la voir, cachée derrière un épais bosquet de bouleaux. Le murmure familier de l'eau s'est amplifié à mesure que nous nous faufilions entre les troncs élancés, trébuchant de temps à autre sur des branches mortes. La main de Thea était restée dans la mienne et, chaque fois que je manquais un pas, elle riait, désespérée de ne pas parvenir à me maintenir sur mes pieds.

— On dirait un faon qui apprend à marcher ! m'a-t-elle dit.

Son regard s'est posé sur la rivière, dont les flots battaient contre les berges.

— Il y a quelqu'un là-bas, a-t-elle soufflé.

— C'est Hans.

Nous l'avons regardé se pencher vers le sol, ramasser quelque chose et le jeter dans l'eau.

— Nous ferions mieux de partir.

— Que s'est-il passé ? m'a demandé Thea. Il semblait bouleversé tout à l'heure. Oh, il nous a vues.

— Hanne ?

La voix de Hans a résonné par-dessus le fracas de l'eau.

Thea m'a tiré sur le bras.

— Allons lui parler.

Je l'ai suivie à contrecœur jusqu'à la berge.

Hans tenait une pierre dans chaque main. Son visage était rouge, couvert de sueur, comme après une longue course. Il était habité par la même expression que mon frère Matthias le jour où mon père, imbibé de Christ du cœur à la moelle, l'avait tancé pour s'être endormi pendant le sermon du soir : mélange de lassitude, de honte et de colère.

— Que fais-tu ? lui ai-je demandé.

Hans a haussé les épaules et m'a tendu l'une de ses pierres.

Après une hésitation, je me suis retournée et l'ai jetée dans la rivière. Nous l'avons tous les trois regardée disparaître dans le courant.

— Ça fait du bien, pas vrai ? m'a-t-il dit.

J'ai hoché la tête.

— On peut faire encore mieux, a renchéri Thea.

Elle s'en est allée vers une très grosse pierre plantée au milieu de galets, de boue et d'herbes. Accroupie, Thea s'est mise à creuser la terre de ses doigts pour la déloger.

Puis nous l'avons transportée tant bien que mal à trois, en soufflant, jusqu'au bord, avant de la jeter le plus loin possible. Au moment de lâcher prise, j'ai perdu l'équilibre et me suis retrouvée dans l'eau. Hilares, Thea et Hans ont pataugé pour venir me chercher et m'aider à remonter sur la rive. La décharge de bonheur que j'ai ressentie aurait pu me faire pleurer.

Cet après-midi-là, nous sommes rentrés trempés chez les Pasche, en jetant en chemin des cailloux sur les arbres. Mais, alors que nous approchions de la maison, aucun bruit de fête ne résonnait plus de l'étable. À l'intérieur restaient seulement quelques membres de la congrégation amassés par petits groupes sur les bancs, en grande discussion. Reinhardt Geschke a levé les yeux et, découvrant Hans, lui a fait signe d'approcher. Elize s'est levée pour venir nous voir, Thea et moi.

— Que vous est-il arrivé ? nous a-t-elle demandé avec de grands yeux.

— Rien, a répondu Thea. Nous étions à la rivière. Hanne est tombée à l'eau et nous sommes allés la chercher.

— Où sont tous les autres ? ai-je demandé.

Elize a jeté un coup d'œil derrière son épaule, vers Reinhardt et Hans qui, à voix basse, discutaient.

— Des nouvelles sont arrivées. Les gens sont rentrés chez eux pour en parler.

Thea et moi avons échangé un regard.

— Quelles nouvelles ? a demandé Thea.

— Rentrez chez vos parents, nous a dit Elize. Rentrez chez vous, les filles. Vous allez attraper la mort.

Quand je suis arrivée par la porte de derrière, mon père, maman et Matthias étaient assis autour de la table en silence.

— Où étais-tu ? m'a demandé papa.

— À la rivière, ai-je bredouillé.

Ma mère a reculé sa chaise en la faisant racler sur le plancher, puis retiré de mes cheveux les fleurs sauvages que Thea y avait glissées. Elle les a jetées au feu.

— Qu'y a-t-il ? ai-je demandé. Elize a dit qu'il s'était passé quelque chose.

— Elize t'a vue ainsi ?

J'ai jeté un regard à Matthias, m'attendant à découvrir une mine amusée ou solidaire, mais il regardait fixement ses mains, impassible.

— Papa ? Qu'y a-t-il ?

— Le consentement a été accordé.

Un grand sanglot étranglé lui a soudain échappé.

— Le consentement a été accordé ! a-t-il répété.

Je suis restée figée, sans comprendre. Hermine s'est mise à pleurer dans son berceau, par terre, mais on aurait dit que maman ne l'entendait pas. Elle s'est laissée retomber sur sa chaise.

Papa m'a regardée. Son œil valide était trempé de larmes. Son sourire était à la fois immense et chargé de douleur.

— Louons Dieu, car nous serons bientôt libres, Hanne, a-t-il dit. Nous sommes libres de partir.

J'ai suivi du regard maman qui, lentement, a tendu la main vers la miche de pain de seigle enveloppée dans un linge, l'a attrapée, et a soudain semblé se demander à quoi servait cette chose, ce qu'elle faisait là.

— Ce sera donc la Russie ? a-t-elle demandé.

Sa voix était douce.

Papa a secoué la tête.

— L'Amérique ?

Papa a tendu la main par-dessus la table et attrapé la main libre de ma mère.

— Une colonie où nous pourrons rebâtir une vie à nous. Où nous pourrons pratiquer notre culte librement, a-t-il dit.

— Quelle colonie ?

Ma voix était une brèche dans le mur.

— La colonie du sud de l'Australie.

Matthias et moi nous sommes regardés bouche bée. Nous avions été moulés dans le creuset de notre village, ses parcelles de terre, la forêt, la rivière. Une peur m'a brusquement envahie, celle de ne plus avoir de forme, de ne plus avoir de contours si nous quittions cet endroit.

— Où cela se trouve-t-il ? a demandé Matthias.

Les pleurs de Hermine se sont intensifiés. Maman a retiré sa main de celle de mon père pour prendre le bébé.

— Ce n'est pas si loin, Matthias, a répondu papa. Le pasteur Flügel écrit que le voyage durera six mois.

— Six mois, a murmuré maman.

Hermine se cambrait, se tortillait dans ses bras.

Papa s'est adossé à sa chaise.

— Dieu sera avec nous.

Maman a déboutonné sa blouse et donné à téter à Hermine son mamelon brun.

— Avec quoi paierons-nous le passage ? a demandé Matthias.

Il était devenu très pâle. Mon père a ouvert la bouche pour lui répondre, mais Matthias a repris :

— La dernière fois que tu nous as annoncé que nous avions la permission de partir, nous avons vendu pratiquement tous nos effets.

— Pas tout.

Matthias a secoué la tête.

— Papa, regarde ce qui est arrivé aux Eichenwald. Et si le roi change encore d'avis ?

— Cela n'arrivera pas, Matthias. Dieu récompense notre foi, notre patience. Nos souffrances ! Des passeports nous seront délivrés.

Maman a décroché Hermine de son sein pour lui donner l'autre. Sa poitrine était parcourue de veines bleues. Je me suis retenue de la fixer du regard.

— Comment allons-nous payer le passage ? ai-je demandé.

— Le pasteur Flügel a passé un accord avec un gentilhomme de Londres qui nous a pris en pitié. Son agent parle allemand ; tout a été arrangé.

— Il nous prêtera l'argent ? a demandé maman.

Papa s'est tourné vers elle.

— Johanne, c'est une occasion inespérée. C'est l'œuvre du Tout-Puissant.

Matthias était resté pétrifié. Il tremblait. Hermine a recraché du lait sur le sein de maman tandis que papa se levait pour aller chercher sa bible.

La lecture de mon père, ce soir-là, fut si longue que je ne sentais même plus mon corps sur ma chaise. Sa joie, qu'il exprimait à travers ses louanges à Dieu, était incommensurable. Il exultait devant les Écritures, proclamait la parole divine comme s'il nous badigeonnait de grâce.

Les prières terminées, il a pris son pain, son fromage, et les a mangés à grand bruit, en respirant fortement par le nez tant il trouvait bon d'étancher son appétit. Je n'ai pas réussi à dîner. Matthias non plus. La voix de mon frère, lorsqu'il s'est finalement décidé à reparler, était vide de toute émotion.

— Ainsi donc, nous partons.

Papa s'est essuyé la bouche.

— Dieu soit loué.

— Et qu'en sera-t-il de tout ce que nous possédons ? ai-je demandé.

Mon père a secoué la tête tout en avalant bruyamment.

— Nous prendrons les outils. Et ce qui rentrera dans une malle. Deux malles, peut-être. Tout le reste, nous le vendrons.

J'ai balayé du regard notre petite cuisine. Il y avait peu de choses à vendre à part la table et notre modeste vaisselle, notre couteau à pain émoussé par des années d'utilisation. Six chaises en bois au vernis écaillé par le frottement des postérieurs qu'elles avaient accueillis au fil des ans. J'ai tenté d'évaluer ce que nous pourrions encore récupérer dans la cuisine et les chambres. Aucun véritable objet de valeur ; rien que les gens pourraient avoir envie d'acheter. Il y avait le tablier blanc de maman brodé de fil rouge. La couronne de myrte de son mariage, séchée et encadrée sous un ouvrage de feu ma grand-mère sur lequel elle avait brodé *Celui qui te garde ne sommeillera point*.

Je suis restée assise en silence, emplie d'une panique croissante. La porte était ouverte. Les insectes de la nuit heurtaient tour à tour le globe chaud de la lampe.

Une colonie, pensais-je. J'essayais de me figurer à quoi ressemblerait la vie dans un endroit si différent de Kay. C'était comme imaginer une nouvelle couleur. Six mois sur un navire. Je n'avais jamais vu la mer de ma vie. Mon ventre s'est liquéfié à cette simple idée.

— Le pasteur Flügel sera-t-il du voyage ?

La voix de mon frère était dure, étrangement haut perchée.

— Oui, il nous rejoindra d'Angleterre, même s'il nous prévient dans sa lettre qu'il ne voyagera peut-être pas à bord du même bateau que nous. Nous attendons que se manifestent toutes les familles de ses congrégations pour connaître le décompte des passagers. Tu as pu voir toi-même comment la nouvelle a été accueillie chez les Pasche. Tout le monde ne désire pas partir, malgré la promesse de liberté qui nous est offerte. Ces gens manquent de détermination ; leur foi est à l'image de Thomas.

À cet instant, mon cœur s'est serré. J'avais spontanément pensé que toute la congrégation de la forêt partirait. L'idée que certains souhaitent rester, même après toutes ces années d'oppression, ne m'avait pas traversé l'esprit.

— Herr Eichenwald et sa famille ont-ils dit qu'ils viendraient ? ai-je demandé.

Papa s'est gratté la barbe.

— Tous les Anciens et leur famille ont immédiatement accepté de partir. Les Volkmann et les Pfeiffer aussi. Les Eichenwald ne se sont pas encore décidés.

Un frisson de terreur m'a parcouru l'échine et m'a fait bondir de ma chaise malgré moi. Mes doigts vrombissaient et je me suis rendu compte que je vacillais, qu'il me fallait agripper le dossier de ma chaise pour ne pas m'écrouler. Toutes les têtes se sont tournées dans ma direction. Leurs traits se mélangeaient à la lueur du feu. Le bruit des insectes qui se cognaient sur le globe était insupportable.

— Hanne ?

— Excusez-moi, ai-je marmonné.

Mes pieds m'ont portée jusqu'à la porte de derrière, puis dans la nuit et le bonheur de son air frais. Je suis entrée dans le verger d'un pas chancelant et me suis effondrée au pied du noyer, adossée à son tronc tortueux.

Je n'ai pas pleuré. Je ne pouvais pas pleurer. De l'air entrait et sortait par ma bouche, mais je n'arrivais pas à respirer. Ma robe, toujours humide, me collait au corps. Matthias m'avait rejointe et s'était accroupi près de moi, ses mains étaient posées sur mes épaules, me drapaient dans mon châle. Il me disait de respirer alors que je ne le pouvais pas. Au bout d'un moment, j'ai fini par me figer ; par me calmer suffisamment pour entendre les mots qu'il me répétait en murmurant.

— Tout ira bien, me disait-il. Tout ira bien.

fébrilité

Plusieurs jours se sont écoulés avant qu'il me soit permis de traverser la forêt pour aller voir Thea. Mon temps ne m'appartenait plus, et j'avais dû attendre que se présente une occasion de m'éclipser. Est finalement arrivé un matin où Matthias et papa travaillaient, tandis que maman s'était absentée pour aller vendre quelques-unes de nos affaires dans une ville voisine ; elle avait emmené Hermine. Sitôt partie, sous un ciel d'été ronronnant de chaleur, je me suis élancée sur les parcelles de terre en direction de la cabane des Eichenwald.

Thea est apparue dehors à l'instant où j'ai poussé le portail. Ses manches étaient remontées jusqu'aux coudes, elle avait de la pâte à pain collée sur ses bras nus. En cet instant où j'allais savoir si nous serions séparées, le simple fait de la voir a réduit mon être tout entier à un battement de cœur et d'espoir. J'aurais pu tomber à genoux.

Elle m'a regardée, a hoché la tête, le visage fermé.

— Je vais me rincer. Attends-moi ici.

Ma détresse a atteint son paroxysme pendant que j'attendais. Thea allait rester ici, à Kay, cette colonne régulière de fumée continuerait de s'échapper de la cabane pendant que je croupirais dans les entrailles d'un bateau affrété pour m'éloigner le plus possible d'elle. J'allais devenir une étrangère sur une terre étrangère, prisonnière d'un cercle encore plus réduit de villageois qui ne me connaissaient que trop bien. J'allais disparaître et Thea se trouverait une autre amie. Je me suis assise dans l'herbe en retenant mes larmes. L'image de son bras sous celui d'une autre, une fille moins grande que moi, une fille avide de recueillir ses confidences, cette image me brûlait le corps. En ressortant, clignant des yeux sous le soleil, Thea a grimacé en voyant mon expression.

Elle m'a aidée à me relever de l'herbe aux senteurs douces, a rejeté en arrière mon fichu pour mieux voir mon visage.

— Par pitié, par pitié, dis-moi que tu viens aussi. Par pitié, Thea.

Elle s'est retournée vers la cabane.

— Allons à la rivière, a-t-elle murmuré.

Je l'ai suivie jusqu'au bord de l'eau sans détacher le regard de l'arrière de sa tête. Ses tresses étaient un peu lâches, et la pointe de ses cheveux effleurait le col de son chemisier. Le soleil avait fait rosir le haut de ses oreilles.

Déjà, je cherchais à la mémoriser.

Nous sommes arrivées à la rivière, haute et striée de courants au milieu des berges. Je me suis assise à côté d'elle sur une grosse bûche couverte d'un épais tapis de mousse. Elle était encore chargée de la pluie de la nuit, et je sentais l'humidité transpercer mes jupons, mais je n'ai pas bougé.

Ses yeux étaient ronds. Graves.

— Il faut que je sache, ai-je dit. Vas-tu venir ?

— Hanne… Je ne sais pas.

Ma main s'est posée sur ma poitrine. J'ai massé le creux au bas de ma gorge. J'avais l'impression d'être sur le point d'étouffer.

— Je ne veux pas partir si tu ne viens pas.

Thea a cueilli un morceau de mousse sur le tronc, l'a jeté dans l'eau.

— J'ai entendu mes parents discuter. Ils pensaient que je dormais.

— Dans ce cas, ils savent que les gens vont recevoir des passeports, ai-je soufflé.

— Oui.

— Tu dois parler à ton père. Tu dois leur parler. Leur dire qu'ils seront libérés de l'oppression.

— Il y a plusieurs sortes d'oppression, a répondu Thea. Mon père a peur que l'autorisation soit encore révoquée. Il dit qu'il ne supporterait pas un nouveau revirement.

— Dis-lui qu'il existe quelqu'un, un homme, un gentilhomme, qui prête de l'argent pour le passage à quiconque le lui demande. Il aura ensuite sa terre, et tous ensemble vous travaillerez pour que ton père puisse rembourser sa dette. C'est ce que nous allons tous faire. Et nous serons tous libres.

Thea regardait fixement la rivière.

— Mais personne parmi nous ne sait à quoi ressemble cet endroit. Et le voyage est extrêmement long. Et extrêmement périlleux.

J'ai appuyé plus fort sous ma gorge. Mes doigts ont glissé vers mon os pour empêcher le nœud de grossir.

— Tu n'as pas envie de partir.

Thea a fermé les yeux et posé la tête sur mon épaule. Elle sentait le pain et quelque chose d'autre aussi, une odeur bien à elle. Peau chaude et linge lavé au vinaigre. Pommes cuites. J'ai pressé ma joue contre ses cheveux.

— Thea ?

— Mmm.

— Je te suivrais n'importe où.

Ces mots se sont déversés dans un sanglot.

Thea n'a pas répondu et je me suis sentie balayée par la honte. Me séparer d'elle laisserait en moi une déchirure béante, mais j'ignorais ce que cette déchirure signifiait réellement. Alors qu'il m'avait été donné d'avoir une amie, j'étais incapable d'entretenir ce lien comme le faisaient les autres femmes. Elle ne me suivrait pas. Elle suivrait sa famille, comme tout le monde, comme devaient le faire les jeunes femmes, et ne garderait pour moi qu'un sentiment de pitié sachant quel besoin j'éprouvais d'elle.

Il y a quelque chose qui ne va pas chez toi, me suis-je dit, et j'ai enfoncé mes doigts plus profond dans la chair tendre à la base de mon cou.

Thea a retiré ma main.

— Qu'est-ce que tu fais ?

J'ai secoué la tête, incapable de parler.

— Regarde, tu as une marque. Tu t'es fait mal.

Ma voix était étranglée.

— Je suis désolée.

— Désolée de quoi, Hanne ?

D'avoir autant besoin de toi. De ressentir trop fort les choses.

Je me suis levée, j'ai appuyé sur mes yeux du dos des mains.

— Hanne ?

Je me suis retournée et je me suis éloignée de la rivière.

— Hanne, je t'en supplie, ne t'en va pas !

J'ai continué à marcher.

— Ne pars pas !

Sa voix m'a arrêtée comme une main. Je me suis immobilisée. Thea s'était levée du tronc. Elle se tenait face à moi. Je n'arrivais pas à interpréter son expression. Le vent a fait voler ses cheveux devant son visage et, lorsqu'elle a levé la main pour les dégager, je l'ai vue trembler.

Je suis revenue sur mes pas. Nous nous sommes rassises. Aucune de nous ne disait mot. Nous regardions l'eau couler.

— Maman doit consulter son livre, a déclaré Thea avec calme. C'est grâce à lui qu'elle saura si notre destin doit se poursuivre ici ou par-delà les océans. Elle dit que nous ne pouvons nous permettre de tout perdre une nouvelle fois.

— Comment ?

Thea s'est penchée en arrière avec une moue.

— Son livre lui dira si nous devons rester ou non.

— La Bible, tu veux dire ?

— Non, pas ce livre-là. Je parle d'un texte très puissant. Je te montrerai. Je peux te montrer maintenant, si tu veux.

Elle m'a lancé un regard en coin.

— Il n'y a personne à la maison. Ils ne rentreront pas avant le coucher du soleil, a-t-elle ajouté.

Elle m'a invitée à entrer dans la cabane, puis a fermé la porte et l'a barrée. À l'intérieur, tout était silencieux et étrangement calme, la bassine par terre à moitié remplie de pâte à pain, le couvercle posé contre le mur. Elle a déplacé avec soin le pâton qu'elle travaillait de l'autre côté de la table, puis a essuyé le plateau tout en me jetant de temps à autre un coup d'œil comme pour deviner mes pensées.

— Je t'assure, Hanne. Ce livre est sacré et précieux. Ce n'est pas de la sorcellerie.

Je n'ai su que répondre. J'ignorais de quoi elle parlait.

Elle s'est rendue devant le foyer puis, en se protégeant avec un torchon, a plongé la main dedans pour retirer une brique qu'elle a posée par terre avec précaution. Elle en a ensuite retiré une seconde.

— Elle le range exprès dans ce renfoncement, m'a-t-elle expliqué. Elle est obligée de le cacher. Ce livre ne plairait pas à certains.

Elle a sorti du trou un petit objet enveloppé dans un linge, en le tenant à deux mains. Je l'ai regardée le poser sur la table.

Un frisson m'a parcourue. Je repensais aux mots de Christiana. *C'est une sorcière.* Une image d'Anna Maria accroupie devant les cendres de l'âtre à maudire les villageois m'a soudain traversé l'esprit. Mais je ne parvenais pas à l'associer à la personne que je connaissais, cette femme au visage rubicond, entière, toujours prête à rire.

Thea guettait ma réaction.

— Tu veux voir ?

J'ai timidement hoché la tête et Thea a déplié délicatement le linge, révélant un petit ouvrage usé, relié en peau de cochon. Un vieux livre, simplement, qui ne ressemblait en rien à un grimoire magique.

— Maman m'a dit que les livres avaient été révélés à Moïse par Dieu tout-puissant sur le mont Sinaï. C'est pour cette raison qu'ils se nomment Le Sixième et le Septième Livre de Moïse. *Das sechste und siebente Buch Moses*. Maman dit que, tant que ce livre reste en sa possession, elle ne pourra pas mourir.

— C'est impossible, ai-je soufflé.

— C'est en tout cas ce qu'elle dit. Un jour, elle me le donnera, et le jour où viendra ma mort je le donnerai à mon enfant.

— Et que se passera-t-il si tu en as plusieurs ?

— Ce ne sera pas le cas, a-t-elle murmuré. Le livre ne le permettra pas.

Elle a ouvert la couverture et, furtivement, j'ai aperçu le titre qui remplissait la page d'une écriture pleine de fioritures, au-dessus d'une étoile à six branches. Thea a glissé un doigt entre les pages pour ouvrir directement le livre à la deuxième moitié.

— Voilà le Septième Livre. C'est celui dont elle se sert le plus. Il décrit surtout des remèdes à base de plantes.

Regardant par-dessus l'épaule de Thea, j'ai lu « Pour se protéger des infections » puis, sous ce titre, des indications pour faire bouillir des baies de genièvre, des clous de girofle et de la menthe.

— Tu vois ? a demandé Thea en tournant les pages. Ce sont des explications pour guérir. C'est ce que maman a utilisé quand ta mère saignait.

Le texte en caractères gothiques épais se poursuivait.

— Et ça ? ai-je demandé en lui tapant l'épaule.

Ma bouche est devenue sèche quand j'ai lu *Pour qui souhaite blesser son ennemi, écrire sur une assiette en verre à l'encre, après le coucher du soleil, « Ton malheur s'écrasera sur ta tête et ta malice s'écrasera sur ta tête ! »*. Thea a laissé retomber la page, et j'ai poursuivi la lecture : *Fumer le verre sept fois, invoquer la colère d'une personne appelée Adonaï.* Je me suis écartée de la table, le cœur battant.

— Qui est Adonaï ? ai-je soufflé. Un démon ?

Thea a secoué la tête.

— Ne t'inquiète pas. C'est simplement un autre nom qu'on donne au Seigneur.

— Vraiment ?

— Oui, bien sûr.

J'ai planté mon regard sur elle. La maison était si calme. Je n'entendais que le crépitement du feu, les battements de mon propre cœur qui s'accéléraient.

— Thea, est-ce que ta mère est une sorcière ?

Thea m'a regardée d'un air horrifié.

— Regarde, a-t-elle protesté, il est expliqué ici comment se protéger des sorcières. *Schutz gegen Hexen.*

Elle a tapoté sur la page opposée avant de pointer du doigt un coin plongé dans l'ombre sur le plafond de la cabane. Une moitié de coquille d'œuf, accrochée à un fil, s'y balançait légèrement. Je ne l'avais jamais remarquée.

— Ça s'appelle une fébrilité, m'a dit Thea. On l'accroche pour repousser les sorcières.

J'ai hoché la tête en avalant ma salive avec peine.

— Que contient le Sixième Livre ?

Thea s'est mordu la lèvre inférieure.

— Maman ne m'autorise pas à le lire.

— Pourquoi ?

— Parce qu'il contient des sceaux magiques. Des symboles avec des mots dessous, a-t-elle expliqué en apposant sa paume sur le texte. On peut conjurer des anges et des esprits avec. Même les morts.

Mes bras se sont couverts de chair de poule. Une peur terrible m'a soudain envahie, celle d'avoir découvert quelque chose de très sombre et d'interdit. Je me suis ruée vers la porte et j'ai tiré frénétiquement sur la barre.

— Hanne ?

— Je veux sortir d'ici.

J'ai vaguement eu conscience que Thea s'empressait de remballer le livre, me suppliait de rester, me disait que le livre était sacré puis m'aidait à soulever la barre. J'étais tout à coup de retour dans la lumière de l'été et le chant rassurant des oiseaux. Ma poitrine était si serrée que j'ai dû me laisser tomber à genoux dans l'herbe, front contre terre. Je tremblais de tout mon corps, j'entendais Thea près de moi, je sentais ses cheveux me frôler la joue alors que sa tête était collée contre la mienne et qu'elle me répétait, me répétait que je n'avais rien à craindre.

— Moi aussi j'avais peur. J'avais peur, mais maman m'a tout expliqué. Tu connais ma mère, tu sais qu'elle aime le Tout-Puissant, tu sais qu'elle n'est pas une *Hexe*.

Je l'ai laissée me relever la tête du sol.

— Hanne, je t'assure. Un jour elle m'enseignera comment l'utiliser. Pour faire le bien. Seulement pour faire le bien.

— Pourquoi tenais-tu à me montrer cette chose ? ai-je demandé.

— Parce qu'elle est puissante, a répondu Thea. Maman doit consulter le livre pour savoir si nous partirons et… et je pensais… je pensais que nous pourrions essayer de nous en servir aussi.

— Nous en servir ?

Thea a ouvert la bouche. Elle cherchait les bons mots.

— Pour… Pour être sûres que nous resterons toutes les deux.

Je l'ai regardée fixement.

— Le livre peut rendre cela possible ?

— Je ne sais pas. Je voulais que nous regardions.

À genoux sur le sol, Thea a glissé vers moi et m'a pris la main.

— Je suis désolée de t'avoir fait peur.

Ses joues étaient tout empourprées et, lorsque ses doigts se sont entrelacés aux miens, j'ai compris à quel point elle était bouleversée.

— Je ne veux pas que tu partes et que tu me laisses toute seule, a-t-elle soufflé.

Nous sommes restées sans mot dire pendant un long moment. Le vent s'est levé, agitant ses bourrasques autour de nous. J'ai laissé mes cheveux se soulever, me cacher le visage, j'ai respiré profondément les sons qu'il transportait, puissant afflux de douceur. Les herbes ployaient, capitulaient. *Nous nous courbons*, chantaientelles. *Nous nous courbons, nous inclinons, pour que sur nous souffle votre respiration.*

— Je n'ai pas envie d'utiliser ce livre, ai-je fini par dire.

J'ai regardé nos mains jointes, incapable un instant de distinguer ses doigts des miens.

— Je ne le connais pas. Je ne comprends pas ces choses-là, ai-je ajouté.

Thea a levé les yeux vers moi. Ils étaient rouges.

— Nous pourrions prier. Nous pourrions demander à Dieu de ne pas nous séparer.

— Ici ?

— Non. Dans la maison du Seigneur. Nous pourrions retourner à l'église, a-t-elle dit. Hanne, nous devons faire quelque chose.

— Pas à l'église, ai-je dit. Tout est mort là-bas.

Je me suis rappelé ce sentiment de toucher au divin que j'avais ressenti sous les pins le soir où mon père avait prêché, où Thea s'était tournée vers moi et m'avait regardée. Alors j'ai ajouté :

— Je sais où nous pouvons aller.

Le vent nous a poussées à travers la forêt. Main dans la main, jupons plaqués sur les jambes, cheveux dressés en l'air, nous nous sommes laissé porter jusqu'à la seule cathédrale que nous avions connue ensemble. À l'instant où nous avons pénétré derrière le bouclier de pins, au milieu de leur ombre douce et de leur paisible verdure, j'ai senti la sainteté imprégner l'air. Le vent ne pouvait plus nous atteindre, et l'immuabilité du sol de la forêt face aux cimes remuantes donnait la sensation d'un écrin protégé. Sacré.

Nous sommes arrivées dans une clairière, petite, circulaire, au milieu des arbres. Le soleil tombait en son centre, puits de clarté sur l'épais tapis d'aiguilles. J'y ai mené Thea et je me suis tournée face à elle.

— Il nous manque une bible, a-t-elle murmuré. J'ai la même impression que si nous étions parties prier ou rendre le culte sans bible.

— Je sais, ai-je dit. Je me sens nerveuse.

— Tu trembles.

— Je ne sais pas pourquoi.

— Tiens, a dit Thea, puis elle s'est penchée en avant et a ramassé deux bâtons qu'elle a placés par terre devant nous, l'un sur l'autre. Ce sera l'autel, a-t-elle ajouté.

— N'est-ce pas un blasphème ?

— Non, nous bâtissons une église pour que Dieu vienne parmi nous et entende nos prières.

Elle a hésité, regardé autour de nous.

— Hanne, qu'est-ce que chanter signifie pour toi ?

— Comment cela ?

— Tu te souviens, quand tu disais que la neige avait un son sacré ? Il nous faut ramasser ici tout ce dont le son pourrait être saint. Notre église sera construite à partir de la musique que tu entendras.

J'ai fermé les yeux et écouté. Le vent était un ruban vénéré autour des arbres.

— Comment attraper le vent ?

— Nous pouvons lever les mains vers lui, a proposé Thea.

J'ai hoché la tête.

— La mousse, ai-je dit. La mousse a un son sacré.

— Vraiment ?

— Oui. Et le lichen aussi. Le lichen est une note qui s'accorde avec le reste.

J'ai suivi du regard Thea pendant qu'elle ramassait un caillou couvert de mousse et le posait à côté des bâtons.

— Que dois-je faire du lichen ?

— Nous pourrions en tenir des morceaux à la main.

— Et quoi d'autre ? a-t-elle demandé doucement.

— Je crois que nous devrions nous agenouiller ici, et laisser le soleil tomber sur nos têtes.

Nous nous sommes exécutées, l'une en face de l'autre, devant l'autel. Le sol était doux. Je décelais les parfums de la résine et des conifères. Thea m'a donné un morceau de lichen que j'ai serré dans une main tandis que l'autre était levée vers le ciel. Bible de souffle. Thea a fait de même.

Nous avons fermé les yeux.

— Cher Dieu, a dit Thea. Nous prions pour que Tu nous entendes.

Autour de nous les arbres ont grincé. Une pomme de pin est tombée des hauteurs.

— Nous désirons plus que tout notre liberté, ai-je poursuivi. Nous prions pour ne pas être séparées.

— Par pitié, cher Seigneur, laissez-nous demeurer ensemble. Peu importe ce qu'il se passera après.

J'ai senti Thea prendre mon lichen et entrelacer ses doigts aux miens. Quelque part au-dessus des cimes a retenti le cri d'un autour. Les aiguilles des pins ont frissonné dans l'ombre. Les racines des arbres se sont enfoncées plus profond.

— Par pitié, cher Dieu, ai-je murmuré. Puissions-nous demeurer à jamais ensemble.

— Oui, a soufflé Thea. Nous prions au nom de Jésus. Amen.

J'ai ouvert les yeux : Thea ne priait plus. Tête courbée, elle me regardait avec intensité.

Le temps d'un étrange instant, j'ai eu l'intuition qu'était sur le point de se produire quelque chose d'important, que, si je ne détournais pas les yeux, une chose rare et précieuse arriverait. Les branches, subitement et sans un bruit, s'embraseraient. Les oiseaux tomberaient du ciel. Du lait se mettrait à ruisseler sur les troncs.

Thea a fermé les paupières.

— « Et tout ce que vous demanderez avec foi par la prière, vous le recevrez. »

Nous avons traversé la forêt pour retourner à la rivière, sans un mot, toutes les deux perdues dans nos pensées. J'avais mal à la tête ; l'impression que des jours s'étaient écoulés depuis que j'avais poussé le portail de la cabane.

— Penses-tu que ce sera assez ? lui ai-je demandé lorsque nous avons atteint le bord de l'eau.

— Oui, a répondu Thea.

— Quand tu sauras, il faudra que ce soit toi qui viennes me voir. Je ne sais pas quand je pourrai revenir ici. Cette attente est insupportable. Elle… elle me rend déjà malade.

— Je te laisserai un indice…

Thea a regardé autour d'elle, puis a ramassé par terre une pierre lisse sur la berge.

— Je la poserai sur le portail de la porcherie, a-t-elle dit, pour que tu la voies de ta chambre.

— Si tu pars ?

— Oui.

— Et si…

J'ai cherché mes mots.

— … Si Dieu ne nous permet pas de rester ensemble…, ai-je dit.

Thea s'est penchée vers moi.

— Cela n'arrivera pas.

— Mais si c'est le cas ?

— Je laisserai autre chose. Je nouerai mon fichu au même endroit.

J'ai pris la pierre, l'ai soupesée pour me rassurer.

— Ainsi, tu sauras.

Le silence est retombé, et nous sommes reparties en nous passant tour à tour l'indice.

— Tu le feras, pas vrai ? Tu viendras me faire savoir la réponse ? Savoir si nous resterons ensemble dans cette nouvelle vie… ce nouvel endroit…

Thea s'est appuyée contre moi. Son souffle dans mon cou. J'ai senti plutôt qu'entendu sa réponse :

— Oui.

Je n'ai pas réussi à m'endormir cette nuit-là. Mon anxiété s'était transmise à mon corps. Je ne tenais pas en place, me roulais dans mon lit à emmêler les couvertures, triturant un trou de mon matelas jusqu'à ce que son garnissage de son de seigle sorte sur le drap. Sentant peut-être mon agitation, Hermine se réveillait constamment. Lorsqu'elle est venue la nourrir, ma mère a posé une main sur mon front et m'a demandé si je me sentais bien.

— Non, ai-je dit.

— Tu es chaude.

Je me suis laissée aller contre sa paume. Une partie de moi aspirait à se confier, mais mon intuition me disait que maman avait déjà compris ma détresse, sans en saisir l'ampleur.

— Tu as à peine mangé ce soir.

— Je n'avais pas faim.

Maman a soupiré dans le noir, entre les bruits de ma sœur qui déglutissait son lait.

— C'est un grand changement. Il est normal d'appréhender cette nouvelle vie qui nous attend, m'a-t-elle dit avant de marquer une pause. Et d'appréhender le voyage, aussi. Si long.

Elle a retiré sa main pour rajuster la position de ma sœur. Je me suis rallongée, les jambes collées contre sa chaleur. Quand Hermine a fini par se rendormir, ma mère l'a reposée doucement dans son berceau et a de nouveau cherché mon front, à tâtons. Sa main sentait le bébé, le sommeil, et les graines de carvi qu'elle avait pilées pour parfumer notre pain.

— Viens coudre avec moi, m'a-t-elle dit. Et boire une tasse de lait.

Voyant que j'hésitais, elle s'est penchée et m'a embrassée.

— Il faut garder la foi, a-t-elle murmuré. Car avec Dieu rien n'est impossible.

Cette nuit-là, soulagée de pouvoir me changer les idées, j'ai terminé les derniers détails d'une nappe. En la secouant sur mes genoux, j'ai remarqué que seule cette proximité permettait de distinguer la beauté de ses détails.

— Il y a quelque chose de secret dans ce genre de broderie, ai-je murmuré.

Maman a secoué la tête.

— Pas de secret. D'humble.

— Pourquoi broder du blanc sur du blanc, alors ?

Maman a raclé le tapis de foyer avec son sabot pour repousser la cendre.

— Parce que c'est un ouvrage pour les femmes pieuses.

Nous sommes restées lovées dans l'ombre de la maison, sous l'orbe de notre lampe, absorbées par notre travail et nos pensées.

— Thea ressemble à de la broderie blanche.

— Trouves-tu ? m'a demandé ma mère. Parce que ses cheveux sont de la même couleur ?

— Parce qu'il faut la regarder de près pour remarquer sa beauté. Il y a de petits pétales autour de chacune de ses pupilles, de petits pétales jaunes, mais le reste de ses yeux est bleu.

Maman n'a rien dit. Quand j'ai levé les yeux, elle m'observait avec un regard particulier, sondeur.

— Tu avais remarqué ? lui ai-je dit.

— Non.

De nouveau, son regard s'est baissé vers son ouvrage.

Je me souviens d'avoir eu envie de continuer à parler à maman. De lui dire que Thea avait un petit grain de beauté sur le côté de l'index, presque impossible à déceler. Qu'elle avait une cicatrice sous l'oreille. Je savais qu'elle provenait d'une brûlure, une projection d'huile bouillante. Je me souviens d'avoir pris conscience, à cet instant, de mon désir de raconter à ma mère toutes ces petites choses étranges que je trouvais si plaisantes chez elle, et d'avoir compris en même temps, intuitivement mais profondément, que jamais je ne devais lui parler de ces choses minuscules, qu'elles devaient rester sous ma langue, que je devais les garder pour moi. J'ignorais ce que cachait le fait que je remarque la chair saillante qui entourait ses ongles, les mèches duveteuses qui toujours s'échappaient sur sa nuque. Mais cela signifiait quelque chose. Pour quelle autre raison me serais-je retenue d'en parler ?

Je sais à présent ce qu'elles voulaient dire.

Thea était une trouée de lumière au milieu d'un rideau. Lorsque je collais mon œil contre elle, le monde rayonnait.

Quand j'ai fini par m'endormir, ce soir-là, j'ai rêvé d'étoffes. De robes de baptême, de cols et de chemisiers brodés. De chemises du dimanche et de bas et de tabliers, jetés partout, au milieu de notre verger, sur les bardeaux de notre toit, dans notre allée. J'ai rêvé que j'errais dans notre village désert, émerveillée. Il n'y avait plus personne, tout le monde était parti. Tout le monde était parti chercher ces libertés nouvelles, et ces habits appartenaient aux absents. C'était un cimetière de vêtements. Je poursuivais mon chemin jusqu'à la porcherie, en face de ma chambre, et découvrais, le cœur lourd, un tas de vêtements empilés sur le portail. Un à un je les retirais, tranquillement d'abord, puis d'une main impérieuse, jusqu'à trouver, tout en dessous, le fichu de Thea soigneusement noué à la barre supérieure du portail. Lorsque je défaisais le nœud, une mèche de cheveux blancs tombait dans ma main et, tout aussi vite, était balayée par le vent.

Je me suis réveillée d'un coup, la gorge serrée, les grains de son du matelas collés à mes paumes. Les couvertures et les draps emmêlés autour de moi. C'était le matin ; la lumière était grise et fine. Je me suis levée et je suis allée à la fenêtre.

Et j'ai découvert là, en parfait équilibre sur le poteau du portail, près de la porcherie, la pierre de rivière de Thea.

le baiser

L'été s'était installé pour de bon, chaque jour plus long que le précédent. Le vivant voulait profiter de chaque heure de lumière : les arbres chargés de feuilles étaient pris de tressauts, les fleurs sauvages se battaient pour sortir la tête des herbes hautes. Au pied des clôtures, personne ne s'embarrassait de faucher les pissenlits et les laiterons aux longues tiges. Il régnait, au sein des familles en partance, un accord tacite selon lequel les préparatifs devaient être achevés au plus vite, avant que le sol ne tremble à nouveau. La très réelle éventualité d'une annulation de la délivrance des passeports, d'une révocation subite, teintait chaque journée d'un sentiment d'urgence. Thea et moi ne nous retrouvions plus que pendant le culte, dans la forêt. Je vivais ces moments comme une bouffée d'oxygène après une semaine de noyade dans mes corvées.

Papa a notifié notre départ et le bail de notre ferme a été cédé à une nouvelle famille. Me promenant un jour dans le verger et voyant les fruits sur les branches, j'ai songé que je ne serais plus là lorsque ces poires les feraient ployer. Le seigle, les fruits mûrs, l'avoine, tout cela serait battu, cueilli par d'autres mains, d'autres familles. La nôtre serait partie. La nôtre serait en mer au moment où les tiges seraient enceintes de leurs grains.

Des listes commençaient à circuler parmi notre congrégation. Les jours de marché étaient envahis par des familles qui vendaient leurs poules pondeuses et leurs meubles. Maman et moi accomplissions le trajet chaque semaine pour aller vendre ce que nous pouvions. Nous revenions avec des graines, du cuir pour les souliers et d'autres objets de première nécessité tels que des aiguilles ou des coupons de coton. Après avoir reçu des nouvelles du pasteur Flügel, ainsi que des lettres de l'intendant de l'Anglais qui finançait la traversée, Christian Pasche s'est érigé en porte-parole pour annoncer à toutes les familles ce qui devait être acheté et empaqueté, et quels malheurs s'abattraient sur celles qui n'emporteraient pas les quantités suffisantes de belladone, de couvertures, de têtes d'herminettes et autres lames. Vêtements de rechange, biscuits secs, bière brune et eau-de-vie, faux et scies. Sortir de la maison le matin et trouver Christian parlant par-dessus la clôture avec mon père pour lui énumérer la liste des effets que le pasteur recommandait de prendre était une vision fort peu commune. À voix basse, Matthias et moi les imitions pour nous amuser.

— Dent en or, dé à coudre, ciseaux à ongles.

— *Ja*, ne surtout pas oublier les ciseaux à ongles.

— Ni les cure-dents. Et les têtes d'allumettes.

— Et le cochon en saumure et l'encre d'Inde.

— Ou serait-ce le cochon d'Inde et l'encre en saumure ?

— Prenons les deux pour être sûrs.

Lorsque le père de Thea s'est vu attribuer la fabrication des nombreuses malles qui nous seraient nécessaires, je me suis portée volontaire pour effectuer les allers-retours entre le village et la cabane du forestier avec l'argent et les consignes des voisins. Maman a levé les yeux au ciel lorsque je lui ai annoncé mes intentions, mais m'a permis d'aider Thea à livrer les lourdes malles dans les maisons du village. Nous les portions à deux, par leur anse en corde, tout en discutant, essoufflées, des préparatifs du départ et de la vie qui nous attendait de l'autre côté. Nous étions à la fois exaltées et déboussolées : pour la toute première fois de notre existence, nos vies n'étaient pas rythmées par les saisons. Des tâches d'ordinaire réservées à l'hiver, comme découdre et repriser les vêtements, étaient réalisées sur des pas de porte ensoleillés. Des cochons qui auraient dû vivre jusqu'à l'automne étaient égorgés dans l'odorant crépuscule pour permettre aux familles d'ajouter aux denrées davantage de préparations en saumure et de savon.

Mon propre père a fini par déposer une demande de *Schweineschlachten* peu après l'annonce de notre départ imminent. Je connaissais le sort réservé aux cochons, mais j'étais très attachée à notre bonne vieille Hulda, qui nous avait donné plusieurs portées de porcelets, et je n'avais aucune envie d'assister à sa mort.

— Tu n'as qu'à dire que tu es incommodée, m'a conseillé Thea.

Nous étions sur la pente qui descendait vers le village. Nous transportions une malle, entourée par l'odeur du bois fraîchement raboté.

Je n'arrivais décidément pas à m'habituer à cette liberté de parole. Je n'ai pas su quoi dire.

— Ils ne prendront pas le risque que les *Wurst* soient gâtées, a-t-elle poursuivi. Je t'assure. C'est ce que je ferais à ta place.

— Ta mère sait que tu mens ? ai-je osé.

— Je m'en moque. Je ne supporte pas les tuailles.

Nous avons posé la malle sur l'herbe et nous sommes assises dessus sans rien dire, pour reprendre notre souffle, essuyer nos paumes moites sur nos cuisses. Le jour était assiégé de ciel.

— C'est le cri, a fini par dire Thea. C'est le cri que je trouve insupportable. Même si je sais que cette fin est inévitable, même si je sais que…

Elle a secoué la tête.

— Il y a quelque chose de brisé dans ce cri. Je le déteste. Oh, rien que d'y penser ! Je déteste les voir mourir et comprendre qu'ils meurent, et se chagriner de leur propre mort, a-t-elle ajouté en lâchant un rire forcé. C'est affreux.

— Tu as le cœur sensible.

Son sourire lupin.

— Je suis capable de tordre le cou d'un poulet. Je ne suis pas aussi sensible que tu le penses.

— Mais les poulets ne crient pas.

— Non.

— Et c'est très rapide pour eux. Il suffit d'un geste.

— Un os brisé, et c'est fini.

— Mmm. Alors qu'un cochon…

Thea a pris une grande inspiration.

— … le cochon sait que tu l'as trahi.

— Ce ne sont pas des cœurs sensibles, mais des cœurs purs, ai-je soufflé.

Thea s'est levée et m'a aidée à me remettre debout.

— Mets tes vêtements à tremper dans la bassine et ta mère ne te posera pas de questions.

J'ai fait ce qu'elle me conseillait et, même si maman n'a pas manqué de me faire sentir sa déception, je l'ai entendue expliquer à papa que je ne pourrais pas prêter main-forte à la tuaille. Quand l'heure est venue d'attraper Hulda, je me suis excusée et, après avoir rejoint mon lit, je me suis bouché les oreilles. L'attente était insoutenable. J'ai fermé les yeux et pensé à Thea. Je l'imaginais dans son propre lit, les yeux fermés très fort, les cils sur les joues. Je me suis demandé si, comme le faisait ma mère, Anna Maria fouettait le sang recueilli du cochon jusqu'à ce qu'il ne coagule plus et puisse servir aux préparations. Puis j'ai repensé à Thea et à sa suggestion de prétexter que j'étais incommodée, et ressenti un immense soulagement à l'idée qu'elle aussi connaissait cela, qu'il n'était pas contre-nature de saigner, qu'il ne s'agissait pas d'une erreur qui me caractérisait moi et moi seule comme je l'avais imaginé, mais bien, comme maman me l'avait dit, d'une chose que connaissaient toutes les femmes aptes à enfanter. C'est à cet instant que, malgré la couverture remontée sur la tête et mes oreilles bouchées, j'ai entendu l'agitation qui secouait soudain la porcherie puis, quelques minutes plus tard, le cri de panique perçant.

Pendant les deux semaines qui ont suivi, je me suis endormie sur un oreiller imprégné d'une odeur de fumée, au rythme des bruits de ma mère qui étouffait le feu et travaillait la longueur de ses saucisses. Mes rêves étaient emplis de viande.

La nuit a commencé à se déployer. Le vent se lève et des nuages se sont amassés devant la lune croissante. Il fait de plus en plus sombre. Les lumières de la vallée que je distingue à travers les arbres semblent cligner de l'œil. Il n'y a que moi, j'imagine, pour rester dehors jusqu'à cette heure. Tout le monde doit être à table ou à la prière. Je vois d'ici les bibles ouvertes, les mains lavées, la vapeur qui s'élève des assiettes de chou et de pomme de terre.

Voilà fort longtemps que je n'ai pas tenu une bible. Les Écritures que je connaissais autrefois par cœur se sont estompées sous mes propres mots, laissant place à une vérité qui me parle plus ardemment. Mais quand je ferme les yeux, je sens encore entre mes mains le poids du livre de mes parents. Je revois, au dos de sa couverture noire, mon nom et ma date de naissance écrits dans les cursives rondes de mon père. Preuve que je suis entrée dans le monde, même si j'y suis entrée pour, au bout du compte, verser sur la langue des apôtres le sel de ma propre poésie.

Notre bible était la pierre d'aimant de mon père. Il la chérissait comme aucun autre objet chez nous. Ce souvenir, bien sûr, est resté gravé aussi bien dans ma tête que dans mon corps. Le toucher de ses pages légères comme des plumes sur le bout de mes doigts humectés. La douceur de son cuir contre ma paume. Une pierre d'assise, une clef, une ancre. Je ne serais pas là sans la dévotion de mon père à cette bible. Sans cette bible, rien de tout cela ne me serait arrivé. Je ne serais pas là sous le vent froid, assise les jambes repliées contre ma poitrine sur ce tapis de feuilles de gommier et de fientes d'opossum, sans le cœur battant de Dieu, cœur de papier.

Les dernières semaines avant notre départ n'ont été qu'une danse épuisante entre impatience et peur, crainte et excitation. Je me souviens des préparatifs incessants, de ces affaires que nous emballions, déballions, remballions : le positionnement scrupuleux des haches et des fers et des mandrins, l'imbrication des bottes et des cuirs, le pliage des vêtements prévu pour occuper le moindre espace, le choix des graines que nous emmènerions. Je me souviens de l'écrémage, pour que toutes les choses que nous possédions tiennent dans ces précieuses malles, de notre maison éviscérée, rendue si étrange. Mais, surtout, je me souviens de ce sentiment de vivre un moment charnière, de me trouver à un tournant, sur le point de voir s'ouvrir l'horizon. Comme si, peu à peu, je me trouvais tirée, tirée de ce banc noir de sommeil, prête à me réveiller, prête à respirer.

Bien sûr, je sais aujourd'hui ce que recouvrait ce sentiment.

La veille de notre départ, le soir, maman s'était assise sur le palier de notre maison vide, la tête posée contre le cadre de la porte, les yeux levés vers le ciel. J'avais attendu qu'elle parte se coucher avec papa, puis épié les murmures d'une discussion. Lorsque le silence avait fini par s'installer, j'avais cru qu'ils dormaient. Mais, quand je m'étais faufilée dans le couloir, pieds nus, j'étais tombée sur sa silhouette installée devant la porte ouverte.

On l'aurait dite plus jeune avec ses cheveux noirs lâchés et sa peau baignée par le clair de lune. Une gêne étrange m'a envahie en pensant pour la première fois qu'elle n'avait pas toujours été ma mère. Qu'elle avait existé avant ma naissance, avait vécu des années dont je ne connaissais rien. Faisais-je déjà partie d'elle, alors ? Vivais-je déjà, d'une certaine manière, dans sa chair, vivais-je sa vie avec elle ? Les occasions étaient si rares de pouvoir la regarder sans qu'elle s'en aperçoive. Le jour, les fléchettes brunes qu'étaient ses yeux fusaient en continu, toujours dirigées sur moi, Matthias ou Hermine. Ces attaques étaient épuisantes. Les rares fois où j'osais la regarder longuement – par amour ou par curiosité –, je me voyais toujours accueillie par un froncement de sourcils, ou par elle qui me demandait si elle avait une cendre collée sur la figure ou me disait qu'il n'était pas poli de fixer les gens.

— Maman ?

Elle a sursauté.

— Hanne. Tu n'es pas au lit ?

— Tu es très belle, assise de cette façon.

Elle a haussé un sourcil, mais sa main s'est posée sur ses cheveux qui cascadaient sur ses épaules, et quelque chose en elle a semblé se détendre. Elle a tapoté la place libre à côté d'elle. Je l'ai rejointe.

— Hermine s'est réveillée ?

J'ai secoué la tête.

— Je n'arrivais pas à dormir.

Elle m'a regardée d'une drôle de manière.

— Tu es habillée, a-t-elle remarqué.

— Nous partons si tôt que j'ai préféré dormir avec mes vêtements.

C'était un mensonge, mais elle n'a pas semblé le relever. Elle s'est retournée vers la nuit, une nuit chaude et tranquille. Tout semblait suspendu sous le clair de lune, et les champs de blé et de seigle, dont la repousse commençait, semblaient autres, étrangers. Je me suis rapprochée de la chaleur de son corps. Cette rare immobilité m'attirait comme un aimant.

— Les étoiles seront si différentes ! a murmuré maman.

Elle a levé la main vers l'horizon.

— Que veux-tu dire ?

— Là-bas, dans le sud de l'Australie.

— Mais c'est impossible !

Elle a haussé les épaules.

— C'est ce que dit Rosina. Le père Pasche connaît ces choses-là.

— C'est pour ça que tu es venue ici ? Pour dire au revoir aux étoiles ?

— Eh bien, oui. Je leur dis adieu, a-t-elle répondu en soupirant.

J'ai levé les yeux vers le ciel sans nuages. Il me semblait impossible de ne jamais revoir le motif de ces étoiles.

— Tu n'as pas envie de partir, pas vrai ?

Maman n'a pas répondu. Nous avons regardé une chouette passer au-dessus d'une maison voisine. La chouette a disparu dans les ombres, puis des bruits se sont élevés. Suivis d'un petit cri.

— Toi et Matthias êtes nés par une nuit comme celle-ci.

— Notre anniversaire est en décembre.

— Une nuit plus froide, oui. Mais tranquille. Et claire. Pleine d'étoiles, a-t-elle ajouté.

— Elles avaient dû nous attirer dehors avec leur chant.

Maman a soupiré. Un soupir attendri, mais teinté d'agacement.

— Les étoiles ?

— Non ? Tu ne les entends pas ? ai-je dit en soufflant doucement dans le creux de son oreille. Et là ?

Maman s'est écartée de moi avec un rare sourire. Elle a fermé les yeux. Elle écoutait.

Je les entendais comme je les avais toujours entendues. Un chant discret, lointain, plus proche d'une longue lamentation que d'un air de musique. Une note, une seule, comme une imploration.

— Johanne ?

Elle a ouvert les yeux. Les étoiles étaient silencieuses.

Mon père se tenait derrière nous, debout dans l'obscurité de la cuisine nue, les yeux ensommeillés.

— Vous êtes là, a-t-il dit en se frottant la barbe. Je croyais avoir entendu des petites souris dans la cuisine.

— Maman dit au revoir aux étoiles.

— Ah bon ?

Papa a posé sa main lourde sur ma tête. J'imaginais les grains de terre incrustés dans la chair de ses doigts.

— Eh bien, c'est son affaire, a-t-il dit. Retourne au lit, Hanne. Nous partons aux premières lueurs. Dieu te bénisse.

Vexée, je me suis levée et me suis frayé un chemin dans le couloir obscur, tout en cherchant à prendre appui sur des meubles qui n'existaient plus. Arrivée devant la porte de ma chambre, je me suis retournée vers la cuisine et j'ai vu mon père assis à côté de ma mère sur le seuil de la porte, leurs têtes presque l'une contre l'autre sous le clair de lune. Je n'aurais su dire s'ils priaient ou discutaient.

Puis je suis entrée dans ma chambre, j'ai enfoui mon oreiller sous ma couverture et je suis sortie par la fenêtre.

Je n'ai pas mis longtemps à atteindre la forêt de pins sous ce ciel scintillant, même si mes yeux ont mis quelques instants à s'accommoder à l'obscurité de la canopée. Thea m'attendait déjà dans la clairière. Ses cheveux blancs semblaient luire contre les arbres rangés derrière elle en phalange. Au bruit de mes pas sur le tapis d'aiguilles, elle s'est retournée d'un coup et a couru vers moi, les yeux écarquillés, les bras grands ouverts. Nous nous sommes étreintes en riant, avant de nous dire qu'il fallait nous taire, puis de rire à nouveau.

— J'ai cru que tu ne viendrais pas, a-t-elle murmuré. J'attends depuis tellement longtemps que j'étais sur le point de rentrer chez moi.

— Je suis désolée, ai-je soufflé. Maman ne dormait pas et m'a surprise quand j'ai voulu sortir.

— Elle t'a surprise ?

— Je lui ai dit que je n'arrivais pas à dormir et j'ai fait semblant de retourner au lit. Je suis passée par la fenêtre.

Je lui ai attrapé l'épaule. Sous le clair de lune, elle semblait venir d'un autre monde.

— Je suis si contente que tu ne sois pas partie ! ai-je dit.

Son épaule s'est relâchée au contact de ma main.

— Elle ne risque pas de passer dans ta chambre, pour vérifier si tu dors ?

— Non. Hermine est avec elle ce soir. Ils ont vendu son berceau.

J'ai hésité à poursuivre, puis je lui ai demandé :

— Et si tes parents se réveillent ?

Thea a haussé les épaules.

— Ils ronflaient tous les deux. Les préparatifs les ont exténués. Je m'étais endormie moi aussi. J'aurais même pu rater notre rendez-vous, mais un cauchemar m'a réveillée, a-t-elle dit en frissonnant. C'était affreux.

— Raconte moi. Viens, asseyons-nous. Ça n'a pas l'air humide.

Nous nous sommes logées dans le sol de la forêt. Des senteurs de résine s'élevaient autour de nous.

— J'étais dans le bateau, a-t-elle commencé, et il y avait un incendie. Je brûlais dans mon lit. Mes cheveux étaient en feu. Mes ongles fondaient au bout de mes doigts.

Thea a ramassé une pomme de pin, en a fait sauter les écailles.

— Tout le monde hurlait autour de moi. Mais j'étais incapable de bouger ou de crier. De la cendre me tombait dans les yeux.

J'imaginais parfaitement la scène. Le son du bois qui éclate. Les flammes dévorant les poutres. Un feu de joie sur une gueule d'eau hurlante.

Elle a jeté la pomme de pin, l'a regardée rouler par terre dans la forêt.

— Ma dernière pensée a été : *Faites que je meure avant de me noyer*. Et puis je me suis réveillée. Mon cœur battait à tout rompre. J'ai dû tâter mes couvertures pour m'assurer qu'elles n'étaient pas en feu. Vérifier que je ne me trouvais pas sur le bateau. Que je n'étais pas en train de mourir.

— Et où étais-je, moi ?

La lune était si vive que je distinguais la trace que son oreiller avait imprimée sur le visage de Thea. Léger sillon sur la douce rondeur de sa joue.

Elle m'a lancé un long regard.

— Je ne veux pas te le dire.

— Où étais-je ?

Elle a hoché la tête.

— À quoi étais-je occupée ?

— Tu étais morte à côté de moi.

Je me suis couchée sur le sol de la forêt et suis restée ainsi, sur le dos, le regard posé à l'endroit où les plus hautes branches des pins se penchaient vers la lune, où les étoiles criaient de toute leur lumière piquée. Il y a eu un moment de silence. J'ai entendu Thea s'allonger près de moi.

— J'étais si soulagée quand je me suis réveillée ! a-t-elle murmuré. Il m'a semblé revenir à la vie. Avoir reçu un cadeau.

— C'est un cadeau. Regarde comme le ciel est beau.

— Et, tout à coup, je me suis souvenue que tu m'avais demandé de te rejoindre ici. C'était incroyable : j'étais en train de brûler vive, je t'avais perdue à jamais, et quelques instants plus tard j'étais dehors, en chemin pour te retrouver.

Sa voix était tendre.

— J'ai été graciée.

L'odeur de la sève devenait plus épaisse. Je nous imaginais toutes les deux piégées dans l'ambre.

— J'aurais dû être terrorisée par ce rêve, mais j'ai éprouvé un bonheur immense à me réveiller et à me savoir en vie. À te savoir en vie.

J'ai tourné la tête vers elle. Au contact de la chaleur de son bras contre le mien, mes cheveux se sont dressés sur ma nuque.

Thea a éclaté de rire.

— Ce n'était qu'un rêve.

Nous nous sommes souri, puis nous sommes retournées vers le ciel voilé de lumière.

— Pourquoi voulais-tu venir ici ? a murmuré Thea.

— Pour dire au revoir.

— À la forêt ?

— Mmm.

Thea a soupiré. J'ai senti sa tête se poser contre la mienne, et la douceur de ce geste a semblé faire frissonner la forêt. Le sol se courbait sous notre poids. Je nous imaginais tomber sur un écheveau de mains tendues, de racines tendues, devenir une part de la forêt, couvertes de jeunes champignons, accueillant les fourmis. Nos os, une longue expiration de la forêt.

— Je n'arrive pas à croire que nous partons.

— Nous ne reverrons jamais cet endroit.

Thea sentait le vinaigre et la fumée, et aussi cette odeur de peau bien à elle. Je me suis penchée vers elle et les larmes que j'ai brusquement senties monter m'ont surprise.

Elle s'est redressée, appuyée sur un coude, et m'a regardée de haut, le visage dans l'ombre. Ses cheveux pâles, enroulés en une couronne tressée autour de la tête, étaient éclairés par la lune.

— Tu as une auréole, ai-je soufflé.

Son regard était profond.

J'ai senti ma respiration se couper.

— Qu'y a-t-il ? ai-je demandé.

C'est à cet instant qu'elle m'a embrassée.

Sa bouche était chaude et douce et sucrée et, pendant le bref instant où ses lèvres ont touché les miennes, mon cœur a fait un bond dans lequel résonnait une compréhension, une reconnaissance absolue. Mon cœur a fondu sous sa chaleur, s'est scellé dans une alliance nouvelle.

La forêt était calme. Les arbres nous gardaient.

Thea s'est écartée, les yeux ronds. Elle n'a rien dit. Elle tremblait violemment. Ses dents claquaient. Il ne faisait pas froid.

Nous nous sommes tues.

J'ai fini par lever la main, la poser sur son épaule et la repousser doucement vers le sol. Elle est demeurée immobile près de moi, le regard rivé sur la canopée. Sans les mouvements de son torse et les tremblements de son corps, j'aurais pu la croire morte.

Nous sommes restées ainsi des années. La lune s'est nappée de cire, s'est mise à décliner, et nos cheveux se sont mêlés au sol de la forêt. Sur nos paumes ouvertes a poussé une peau de mousse.

— Au revoir, arbres, ai-je fini par chuchoter simplement pour dire quelque chose, n'importe quoi. Au revoir, écorce, mousse, oiseaux. Au revoir, Kay.

Thea n'a rien dit ; elle était un feu brûlant à mon côté.

— Au revoir, lune. Au revoir, étoiles. Nous ne vous oublierons pas.

— Ne nous oubliez pas non plus.

La voix de Thea était un bruissement de feuilles.

— Non. Ne nous oubliez pas.

Je n'ai pas dormi cette nuit-là. Pendant que les heures s'écoulaient, je revoyais et ressentais les lèvres de Thea sur les miennes, et la réponse immédiate de mon propre corps. Ce oui qui m'avait balayée de la tête aux pieds comme un souffle, comme de l'eau, comme l'esprit de Dieu. Et puis, encore et encore, le souvenir du visage incrédule de Thea, teinté aussi d'autre chose. Une soif. Une révélation.

Je n'ai pas su ce que cela signifiait et j'ai eu peur de le demander.

Je pensais au rêve de Thea. La chair qui brûle. Les poutres en feu.

Brûlons toutes les deux, ai-je prié. *Si c'est bien ce qui nous attend, alors brûlons toutes les deux.*

chanson sur la rivière

Les merles ont annoncé le lever du jour au moment où le sommeil finissait par s'abattre sur moi. La chambre était toujours noire. J'ai entendu le pas lourd de papa dans le couloir, ses coups sur les poutres du grenier pour réveiller Matthias, et j'ai repensé à Thea, à sa bouche sur la mienne.

J'étais éveillée. J'étais plus vieille que la mer.

La lumière du petit matin s'est coulée sur les murs pendant que nous prenions le petit déjeuner dans la cuisine nue, rassemblés autour de la table que mon père avait construite dans la pièce et que nous n'avions pas pu sortir. Exalté, papa parlait du voyage qui nous attendait comme d'une aventure bénite. Je ne disais rien, espérant me fondre dans le décor afin que personne ne me parle, afin de laisser dériver mes pensées vers ce qui s'était passé dans la forêt. À un moment, maman a plissé les yeux et extirpé de mes cheveux une aiguille de pin. Elle l'a pointée sur moi comme un couteau, une question, sans rien dire pour autant. J'ai enfourné du pain dans ma bouche, appuyé mes hanches contre le bord de la table. Ma mère ne pouvait pas deviner ce que j'avais fait, ce que je pensais, mais mes joues se sont quand même empourprées.

Dehors, le petit matin était lourd de rosée froide et nouvelle. Sur le chemin du village s'entassaient les familles de Kay, certaines avec des chevaux pour tirer leurs charrettes remplies de malles, d'autres les transportant dans de simples charrettes à bras. Je ne voyais pas Thea et ses parents, mais la route grouillait de monde. J'ai présumé qu'ils se trouveraient plutôt en queue de convoi, puisqu'ils arrivaient d'une habitation particulièrement éloignée.

— Ainsi donc, nous y sommes, a dit papa en nous attirant contre lui, Matthias et moi. Ce jour marque le début d'une nouvelle vie. Nous brisons nos chaînes et nous nous libérons de nos souffrances.

Il nous a pressé l'épaule.

— « Car c'est la volonté de Dieu qu'en pratiquant le bien vous réduisiez au silence les hommes ignorants et insensés, tant libres, sans faire de la liberté un voile qui couvre la méchanceté, mais agissant comme des serviteurs de Dieu. »

Il a respiré profondément, puis ajouté :

— Nous vivrons désormais en hommes libres.

Nous sommes restés quelques instants encore au milieu de cette agitation, à regarder le monde dire au revoir à celles et ceux qui avaient choisi de rester, avaient senti leur corps trop fragile pour résister à l'épopée ou s'étaient brodés trop intimement à Kay pour parvenir à rompre le fil et partir, effilochés, coupés. Magdalena Radtke serrait dans ses bras sa mère à la carrure de moineau. Elle pleurait en silence, tout le corps secoué. La vieille dame se tenait devant elle, supportant avec patience le poids de sa fille charnue, les franges de sa coiffe qui tressautaient au rythme de ses sanglots.

— Va dans la grâce de Dieu, lui a-t-elle dit. Je te reverrai dans sa gloire.

Les cinq enfants Radtke regardaient la scène depuis leur charrette, le visage déformé par le chagrin, quand brusquement le petit Franz a sauté par terre pour se précipiter vers sa grand-mère et jeter ses bras autour de ses jambes, le visage enfoui dans son tablier. Les autres enfants l'ont imité, et quelques secondes plus tard il n'était plus du tout possible de voir la grand-mère avalée par toutes ces paires de bras. Seul Samuel Radtke est resté en retrait, une main sur les rênes, l'autre à sa bouche pour se curer les dents.

— C'est l'heure, a-t-il fini par dire.

Personne ne l'a écouté.

La plupart des femmes avaient des larmes dans les yeux. Amalie Schultze pleurait à gros sanglots, arrosant le visage rouge et hurlant de sa nièce, bébé. Au mariage des Pasche, j'avais entendu Henriette Volkmann dire à Christiana sur un ton exalté que la petite était en réalité la fille d'Amalie, une bâtarde à qui elle avait donné naissance à cinq villages de là. « Comment sa sœur aurait-elle pu avoir un autre bébé huit mois seulement après le premier ? » avait cancané Henriette, le menton en avant, interloquée. Ses mots m'avaient fait rougir de gêne. J'ai continué à regarder la scène. Le père d'Amalie a pris doucement le bébé des bras de sa fille. Amalie s'est essuyé les yeux, plus calme. Elle avait arrêté de pleurer. Elle regardait fixement la petite emmaillotée, quand tout à coup elle s'est donné une grande claque sur la joue. J'ai sursauté. Personne n'a pipé mot. Amalie s'est frappée à nouveau, et un instant plus tard Mutter Scheck était à son côté, un bras autour d'elle, la guidant à travers la foule, où les premières charrettes commençaient à avancer.

— Eh bien, Heinrich. Le moment est venu. Es-tu bien sûr de vouloir embarquer ces deux polissons avec toi ?

J'ai senti quelqu'un me tirer le lobe de l'oreille et je me suis retournée. Oncle Ludwig, le frère cadet de mon père, était là. Un grand sourire aux lèvres, il me regardait, sa pipe coincée entre les dents. Il était venu de Harthe pour nous aider à faire le trajet. Papa lui avait promis sa charrette en remerciement.

Je me suis frotté l'oreille sans lui rendre son sourire. Je n'ai même pas réussi à faire semblant de le trouver drôle. Je ne voyais nulle part ni Thea ni ses parents.

— Matthias, ai-je soufflé en attrapant mon frère par la manche de son manteau. Thea n'est pas là.

Matthias a regardé autour de nous.

— Attends, m'a-t-il dit puis, prenant appui sur les rayons de bois d'une roue, il a grimpé dans la charrette et s'est posté debout sur la banquette.

Il a examiné la foule, a secoué la tête, les sourcils froncés.

— Ils sont peut-être déjà partis ?

— Matthias.

Papa a fait signe à mon frère de descendre. Sa chemise était humide de sueur à force de charger nos malles.

— Chantons une chanson en prière, a-t-il dit avant de prendre son souffle pour entonner « *Nun danket alle Gott* » d'une voix si puissante qu'il m'a fallu reculer.

Les têtes se sont tournées. J'ai entendu Matthias se joindre à lui avec réticence puis, derrière ses harmonies frêles et mal assurées, d'autres voix encore ont percé le silence. Le cantique s'est élevé dans l'air. Cela faisait longtemps que nous n'avions pas osé rendre grâce à Dieu aussi ouvertement.

Nous avons marché jusqu'à Tschicherzig pendant que le matin faisait place au soleil, ne laissant dans notre sillage que nos empreintes et les notes retombantes des cantiques que nous enchaînions. Papa était assis sur la charrette à côté d'oncle Ludwig, chantant de sa voix profonde et suave, tandis que la pipe de mon oncle répandait derrière eux une traînée de fumée. Matthias et moi marchions côte à côte, économisant notre souffle en vue du chemin qu'il restait à parcourir. Je ne pouvais m'empêcher de jeter des regards par-dessus mon épaule. Thea et ses parents n'étaient nulle part, alors même que la foule se clairsemait le long de la route.

Peut-être s'étaient-ils réveillés en retard. Ou peut-être étaient-ils partis devant, en avance, comme l'avait suggéré Matthias. Mais cela ne m'empêchait pas de me sentir envahie par la nausée. Mes yeux me brûlaient, mes bras et mes jambes étaient lourds, comme mal emboîtés.

Je repensais au baiser, n'arrêtais pas de porter le bout de mes doigts à mes lèvres pour les effleurer.

Matthias m'a donné un petit coup de coude, puis a désigné d'un signe de tête maman assise à l'arrière de la charrette, portant la coiffe, chemisier ouvert, tenant dans ses bras Hermine qui cherchait son sein et lui tapait la figure.

— Elle n'a pas dit un mot depuis que nous sommes partis, a-t-il murmuré. Hanne, regarde. Elle a les larmes aux yeux.

J'ai regardé. Maman observait fixement le village rapetisser au loin, les yeux humides, braqués sur le clocher de l'église qui sous le soleil renvoyait des reflets scintillants au-dessus du flot de chapeaux, de bonnettes et de fichus montant et descendant au rythme des pas.

— Je crois que je ne l'ai jamais vue pleurer, a-t-il dit calmement.

— Elle a veillé toute la nuit. Pour dire au revoir aux étoiles.

— Ça ne lui ressemble pas.

J'ai jeté un coup d'œil derrière nous. Toujours nulle part. Je ne la voyais nulle part.

— Hanne ? Dans quelle direction regardait-elle ?

— Vers les champs de seigle.

— Vers l'ancienne église ?

— Sans doute.

Matthias a relevé son chapeau en haussant les sourcils. Mon regard s'est posé sur le duvet qui, au-dessus de sa lèvre supérieure, fonçait. Il me paraissait injuste que l'âge adulte nous éloigne ainsi l'un de l'autre, que la nature ne me fasse pas pousser une barbe comme à lui, que mon visage se transforme en celui d'une femme et le sien en celui d'un homme.

— Elle disait adieu à notre frère, a-t-il dit, et j'ai tout de suite su qu'il avait raison. Gottlob va rester ici, a-t-il ajouté.

J'ai observé à nouveau ma mère. Son regard transperçait l'horizon.

— Gottlob est avec le Christ, ai-je dit.

Matthias a hoché la tête.

— Mais nous laissons ses os dans la terre.

Il a glissé une main dans sa poche pour en sortir une petite bouteille fermée par de la cire.

— Qu'est-ce que c'est ?

— De la terre, a-t-il répondu. Que j'ai prise sur sa tombe.

Il l'a rangée dans sa poche.

— Pour que notre frère nous suive.

Mon cœur s'est gonflé d'amour, et soudain l'envie m'a prise de lui dire que je m'étais échappée par la fenêtre et que j'avais retrouvé Thea dans la forêt. Un instant, je me suis demandé si Matthias avait déjà embrassé quelqu'un. Mais je n'ai rien dit. Nous savions tous les deux, d'instinct, que certaines facettes de nous devaient rester cachées. Ce moment dans la forêt n'appartenait qu'à moi. Alors je me suis enroulée autour de ce baiser comme une coquille autour d'une noix, pour le garder intact, le protéger.

Sous les roues des charrettes, la route n'était plus que nuages de poussière. Parmi les hommes les plus pauvres, comme Daniel Pfeiffer, certains marchaient avec leur malle attachée sur le dos. Son chapeau était noir de sueur. Emilie portait la cadette de la fratrie sur sa hanche tandis que l'aînée, Elsa, poussait une charrette à bras qui transportait une seconde malle. La petite Anna Pfeiffer s'amusait à imiter les grognements que poussait son père à mesure que la côte devenait plus raide. Malgré leur épuisement, je voyais leurs épaules tressauter sous leurs rires. Les familles des pères Pasche et Fröhlich, le cordonnier, se mêlaient en un essaim derrière leur carriole, Hans hochant la tête d'un air penaud tandis que Rosina le réprimandait pour avoir oublié quelque chose. Traugott Geschke, Reinhardt et Elize, dont le ventre était à présent bien rond, voyageaient assis dans leur propre charrette, devant nous, en chantant.

Alors que nous passions à travers les faubourgs animés de Züllichau, d'autres familles se sont raccrochées au convoi. Sous le vent qui se levait, les feuilles des haies secouaient la tête sur notre passage. Nous attirions l'attention. Des badauds se rassemblaient sur les bords de la route pour nous regarder. Une vieille dame et sa fille, tenant toutes deux par la main des enfants bruyants, ont crié à ma mère des bénédictions et des vœux. Ma mère a hoché la tête sans sourire. Deux hommes appuyés contre une rambarde nous pointaient du doigt en riant. Des filles de mon âge, courbées dans leur potager, se sont redressées, les yeux plissés.

Papa et oncle Ludwig se sont arrêtés le temps de charger dans notre charrette les malles de Mutter Scheck et d'Amalie, dont la brouette s'était cassée. Elizabeth Radtke, qui geignait et se tortillait dans les bras de Magdalena, a été donnée à ma mère. La petite a immédiatement cessé de crier pour fixer du regard Hermine, bouche bée, jusqu'à ce que ma sœur lui assène un coup sur l'oreille. Mutter Scheck, après s'être trouvé une place entre nos bagages, a observé d'un air inquisiteur ceux qui nous avaient rejoints. Le convoi formait à présent un flot épais et régulier de gens en marche vers Tschicherzig.

— Des frères et des sœurs de Rentschen et Nickern, a-t-elle constaté en hochant la tête.

Mutter Scheck s'est trituré le nez avec son mouchoir, puis l'a ouvert pour regarder dedans. Matthias et moi en avons été dégoûtés.

— Et peut-être aussi de Krummendorf, a marmonné Amalie.

Elle marchait à côté de moi, avait arrêté de pleurer, mais ses yeux étaient toujours rouges et gonflés.

Je m'en moquais. Ces gens auraient pu venir de Schönborn, de Rissen, de Schwiebus ou de n'importe quelle autre ville de la province de Züllichau ; ils étaient tous identiques. Ils portaient les mêmes habits noirs, avaient les mêmes épaules de paysans, se querellaient à voix basse par-dessus les dernières notes de « *Lasset die Kindlein zu mir kommen* » et pour les mêmes raisons : le soulier que l'enfant avait déjà perdu, l'outre d'eau oubliée. Ces gens avaient reçu des amendes, avaient été persécutés, détournés de leur foi exactement comme nous. Des gens par centaines, dont le gosier s'asséchait au fil des heures, tous destinés à embarquer sur des navires, serrés les uns contre les autres, pour une destination que nous ne parvenions même pas à imaginer. Tous pèlerins comme nous et, pourtant, je me moquais de chacun d'entre eux. Je ne voyais nulle part Thea et ses parents. Je devais la voir. Je devais être certaine que notre prière nous avait unies. Je devais être sûre que notre foi avait été récompensée.

Le fleuve Oder était une étendue de verre parfaitement lisse, vaste, brillante sous le ciel sans nuages, mais l'air était chargé de pleurs.

Le pasteur Flügel avait demandé aux Anciens de ses différentes congrégations de louer des barges pour permettre à tout le monde de rejoindre Hambourg, mais le désordre s'est installé au moment de répartir les familles, si bien que nous avons attendu des heures avant de savoir qui embarquerait où, de descendre malles et bagages et de les charger à bord. Matthias et moi avons patienté assis, adossés contre les roues de notre charrette. Nous passions le temps en arrachant des échardes sur les rayons de la roue et en nous amusant à nous piquer les bras.

— Tout va bien ? a fini par me demander Matthias. Tu ne parles pas beaucoup.

— Je ne l'ai pas vue du tout.

— Sais-tu si le bail de la cabane a été cédé à une autre famille ?

Je l'ai regardé fixement.

— Je ne sais pas, non. Oh, si seulement les femmes pouvaient arrêter de pleurer ! On croirait entendre des chats.

Matthias a ri, puis grimacé en sentant une grosse écharde se planter sous son ongle.

— *Verdammt!*

— Ne va pas attraper une infection.

— Ça saigne.

— Viens.

J'ai attrapé son pouce et pris son ongle entre mes dents pour le couper le plus court possible.

— Qu'est-ce que tu fais ?

— Je vais aspirer l'écharde, ai-je dit en positionnant son doigt entre mes lèvres. Ah, tes mains ont un goût atroce !

J'ai aussitôt regretté ces mots, repensant à ce que m'avait dit Christiana le soir du *Federschleissen.* Elle était un peu plus loin, assise avec sa plus jeune sœur, Elizabeth, qui dormait sur ses genoux. Elle avait défait la tresse de la toute petite, et démêlait des doigts ses cheveux collés.

Maman est apparue au détour de la charrette. Matthias et moi avons sursauté. Elle nous a regardés.

C'est Matthias qui a parlé le premier.

— J'ai une écharde.

— Plus maintenant, ai-je dit en retirant sur ma langue le petit morceau de bois pour le montrer à notre mère.

— Levez-vous. Nous allons partir.

Elle semblait sur le point de dire autre chose, mais elle s'est éloignée.

Matthias m'a aidée à me lever.

— Merci, m'a-t-il soufflé. J'aurais détesté mourir à cause d'une écharde avant d'arriver.

Je l'ai poussé gentiment. Le malaise qui m'avait gagnée en voyant le regard de ma mère et au souvenir des mots de Christiana m'a poursuivie tout le reste de l'attente. J'étais une godiche. J'avais les mains sales. Maman n'avait pas apprécié de me voir sucer le doigt de mon frère. Je n'osais même pas imaginer ce qu'elle aurait dit si je lui avais raconté ce que Thea avait fait. Je me sentais soudain mal et malheureuse ; une feuille morte qui attendait que le diable la fume.

Tandis que je quittais la rive pour m'engager sur la passerelle, poussée par la marée humaine, j'ai regardé l'eau basse et songé que je foulais pour la toute dernière fois cette terre. Repensant au rêve de Thea, j'ai été gagnée par le sentiment qu'elle avait peut-être raison, que quelque chose de terrible nous attendait, une chose à laquelle nous ne réchapperions pas, et les pleurs qui avaient repris de plus belle autour de nous ont transformé cette peur en certitude absolue. Partout, des gens qui s'aimaient, déchirés. Je suis restée sur place, incapable de bouger, jusqu'à ce que de ses doigts osseux Mutter Scheck me donne un coup sec entre les omoplates et m'oblige à avancer vers les mains tendues de mon père.

Une fois les barges remplies, Christian Pasche a prononcé un petit discours d'adieu à l'intention de celles et ceux restés à quai.

Je n'arrivais plus à parler. Perchée sur la pointe des pieds, le cou tendu, je scrutais la foule à la recherche de Thea. Je regardais les visages alignés sur le rivage, devant les autres barges. Toujours pas de Thea. Tandis que le père Pasche poursuivait son sermon, la voix étrangement sonore dans l'air immobile, je me suis sentie frappée par un pressentiment affreux : celui que Thea était restée à Kay. Que c'était la raison pour laquelle elle m'avait embrassée. Depuis le début, elle savait qu'elle ne partirait pas, mais n'avait pas réussi à me le dire ; elle savait que cela me briserait le cœur. Je la revoyais tremblante auprès de moi.

Thea n'était pas là. Je ne la reverrais jamais.

Tout dans mon corps s'est révolté à cette pensée. Je ne pouvais pas la laisser.

Étroitement serrée entre mes parents, j'ai collé mes mains sur mes oreilles afin de ne plus entendre ces sanglots, puis je suis repartie sur la passerelle.

Maman a fait basculer Hermine sur sa hanche pour se précipiter derrière moi et m'attraper le poignet.

— Que fais-tu ? Arrête immédiatement. Tout le monde te regarde.

— Je ne peux pas y aller, ai-je dit tout bas.

— Arrête.

— Non. Thea n'est pas là.

— Hanne !

Maman m'a tirée en arrière et je me suis mise à pleurer. Elle me regardait, folle de colère. Mais j'ai alors vu des larmes dans ses propres yeux et senti, un instant plus tard, ses doigts me relâcher. Discrètement, Matthias a attrapé mon autre main, l'épaule plaquée contre la mienne pour que personne ne nous voie.

— Je croyais que les Eichenwald venaient ? a-t-il soufflé à ma mère sans quitter des yeux le père Pasche.

Maman n'a pas répondu.

Matthias a serré ma main.

Un « amen » retentissant a fini par nous libérer de la prière. Des nuages venus de l'ouest ont envahi le ciel pendant que les ancres étaient levées et que les barges commençaient à s'éloigner. Quelqu'un a poussé un hurlement – un cri perçant étouffé qui s'est élevé au cœur de la rumeur dissonante des adieux. Je suivais du regard la silhouette de plus en plus petite d'oncle Ludwig sur notre charrette ; il agitait son chapeau en dessinant de grands arcs. J'ai jeté un coup d'œil en direction de mon père pour voir l'effet que produisaient sur lui ces au revoir. Son œil valide était fermé ; il priait encore. L'autre, à moitié ouvert, était teinté d'une ferveur sombre.

Une voix de femme solitaire s'est soudain élevée sur une barge voisine, entonnant un chant d'adoration. Je n'ai pas réussi à identifier qui chantait, mais sa voix était émoussée par l'émotion, chargée de sincérité et de douleur.

— *Abandonne ta vie, tes craintes et tes vœux, à la grâce infinie du Souverain des cieux...*

D'autres voix se sont jointes à elle, recouvrant les notes qui parfois déraillaient.

— *Lui qui trace la route, aux mondes comme aux vents, conduira sans nul doute le pas de Ses enfants...*

Tout le monde autour de moi chantait à présent à pleins poumons. Les larmes ruisselaient sur mes joues. J'ai retiré ma main de celle de mon frère et, laissant ma gorge s'ouvrir, j'ai chanté aussi fort que je le pouvais, comme si je déversais tout mon être dans les airs, comme si je m'offrais tout entière à un autel de ciel.

— *Qu'Il soit ton espérance, aux bons, aux mauvais jours.*

J'ai senti la pureté de ma voix avant même de l'entendre, et aussi les têtes se tourner et me regarder d'un air approbateur. J'ai chanté comme si ma voix était un ruban, une corde que je déroulais pour un jour retrouver le chemin de chez moi.

Le cantique est arrivé à sa fin. Quelqu'un a furtivement posé la main sur mon épaule alors qu'un Ancien entonnait « Non, rien en ma personne ». Nous regardions la foule attroupée sur le rivage : ses voix s'effaçaient à mesure que nous voguions.

— Hanne !

Mon nom, à peine audible, lointain, comme si je l'avais imaginé.

Encore. Un cri sous la poussée d'harmonies qui nous cernait. Une ponctuation délicieuse.

Je ne la voyais pas mais elle était là, sur l'une des barges. Elle m'avait entendue chanter.

Encore une fois, tandis que les nuages s'assombrissaient et que la pluie, finalement, s'annonçait.

— Hanne !

Mon nom dans sa bouche.

Il nous a fallu trois semaines pour arriver à Hambourg. Nous avons longé des canaux aux eaux si basses que tous les hommes en mesure d'aider étaient régulièrement réquisitionnés pour nous tracter depuis la terre avec des cordes. Nous avons navigué entre des montagnes où les éclusiers nous posaient des questions sur notre aventure ; les plus compatissants nous donnaient de la bière et du pain, tandis que d'autres nous huaient en nous traitant de fanatiques. À Crossen, nous sommes passés sous un pont où s'entassaient un si grand nombre de curieux que la police a dû intervenir pour rétablir l'ordre.

Chaque jour, je cherchais le visage de Thea sur le pont des autres barges. Je n'ai jamais réussi à la voir, mais j'ai aperçu une fois Friedrich : il tractait l'une des embarcations depuis un banc de sable. Cette vision m'a suffi.

Chaque jour sur notre bateau, papa, le père Pasche ou le père Radtke dirigeait la prière ou l'office, et chaque matin nous chantions tandis que le soleil se levait et que l'horizon rosissait, reflété dans l'eau. Nous chantions comme des oiseaux au jour qui se lève et à la tombée de la nuit, exaltés par cette lumière toujours changeante, et tout n'était que fleuve et ciel et coassements encourageants des grenouilles et plongeons euphoriques des canards. Plus nous nous éloignions de Kay, plus mes oreilles devenaient attentives à ces sons nouveaux. Le chuintement des roseaux, les claques du soleil sur les flots fuyant sous la chaleur, s'écartant des berges qui puaient la vase et les plumes en décomposition. Je chantais aussi fort que possible, sachant que Thea m'entendait. Je chantais pour ces musiques qui résonnaient à mes oreilles ; je sentais Dieu à mon côté. L'anxiété qui m'avait rongée au moment d'embarquer était derrière moi.

Il était rare de passer ainsi autant de temps tous ensemble. J'ai senti que mes parents, toujours préoccupés par le travail, étaient contents de pouvoir s'asseoir là, à regarder le paysage changeant. Même l'humeur de maman commençait à s'alléger. Elle me brossait les cheveux et chantait des chansons à Hermine. Un jour, je l'ai même vue réprimer un rire en voyant mon frère, encore à la lisière de la virilité, massacrer de sa voix fluctuante « Dieu, mon rocher ».

Les semaines passaient. Nous avons débouché dans la Spree, puis dans l'Elbe, quittant la Prusse. Les eaux changeaient. Puis un matin, au réveil, en sortant sur le pont, nous avons découvert des mâts et des gréements qui se dressaient, nus, bruts, au milieu du ciel comme une forêt en hiver, tandis que déjà les bateliers s'affairaient à décharger nos malles sur les quais.

Les bateaux amarrés dans le port de Hambourg étaient énormes. Noirs et imposants dans le matin gris, couverts de matelots et de soutiers que l'on voyait aller comme des fourmis, munis de crochets. Mon ventre s'est vrillé à la vue de leur coque immense dans l'odeur du port, mélange de sel, de fumée, de poisson et de déchets. Parmi nous, rares étaient ceux qui s'étaient déjà rendus dans une ville aussi grande. Serrés les uns contre les autres, nous avons attendu que quelqu'un vienne nous chercher.

La matinée s'est réchauffée. La brume s'est installée. Nous avions soif. De temps à autre, quelqu'un commençait à entonner un cantique, et les têtes alors se tournaient pour voir qui. Puis tout le monde rejoignait le chœur, malgré nos langues desséchées.

Aux alentours de midi, ceux qui possédaient encore quelques pièces pour s'acheter des vivres frais et de la boisson s'en sont allés chercher des étals, pendant que les autres décidaient de se dégourdir les jambes en se promenant un peu dans la grande ville – des constructions de trois étages et même plus, des ponts et des nuées de gens tout absorbés par leurs affaires. Maman, elle, a catégoriquement refusé de bouger. Nous devions rester près de nos malles et attendre les consignes. Ainsi donc, nous nous sommes assis sur les quais. Je triturais mes coups de soleil, regardais les mouettes et les rameurs qui passaient dans leurs petits canots. L'eau était laide, graisseuse.

— Est-ce de l'eau salée ? ai-je demandé à papa. À quel moment commence la mer ?

Papa a ôté son chapeau et passé une main dans ses cheveux, balayant le quai du regard, jetant un coup d'œil aux Anciens de Kay, plongés dans une discussion passionnée. Ils débattaient avec un homme venu les voir, une liasse de papiers à la main.

— Papa ?

Mon père est parti dans leur direction. Les hommes lui ont ouvert leur cercle, manteaux et chapeaux sombres attroupés comme un nuage d'orage, désignant l'étranger par des signes du menton, le pointant du doigt.

— Maman, a dit calmement Matthias. Que se passera-t-il s'ils ne nous donnent pas nos passeports ? S'il n'y a pas de bateau ?

— Arrête, Matthias, a-t-elle répondu en enfouissant son visage dans le cou potelé de ma sœur.

— Je vous demande pardon, Frau.

Un homme au visage rougeaud s'était campé devant nous, inquiet.

— Avez-vous besoin d'aide ? nous a-t-il demandé.

Maman a levé les yeux vers lui en fronçant les sourcils.

— Êtes-vous l'agent ?

— Quel agent ?

— L'agent pour le bateau.

— Le bateau pour… ?

Hans, remarquant qu'un inconnu parlait à ma mère, s'est approché, le torse bombé, le menton levé.

— Nous devons embarquer pour la colonie d'Australie du Sud, a-t-il déclaré. Nous attendons un agent. Et un bateau, a-t-il ajouté après une hésitation.

L'homme a sorti un mouchoir pour se tamponner le front.

— Vous voyagez tous ensemble, n'est-ce pas ? a-t-il demandé en agitant son mouchoir dans notre direction, puis vers les autres familles éparpillées sur le quai.

Certaines s'étaient remises à chanter, pour le plus grand amusement des matelots. Du haut du mât d'un gros bateau, l'un d'entre d'eux remuait les bras comme un chef d'orchestre.

L'homme, brusquement, a semblé comprendre.

— Ah, mais vous êtes les mystiques ! a-t-il dit.

Maman s'est raidie.

— Nous ne sommes pas des mystiques.

— J'ai vu débarquer le premier groupe. Il est parti il y a quelques jours. Les gens chantaient tous comme vous, ils étaient habillés comme vous. Ainsi donc, vous abandonnez votre pays ?

— C'est notre pays qui nous a abandonnés. Nous sommes des vieux-luthériens.

— Ah, mais l'Église luthérienne n'existe pas. Il y a l'Église de l'Union…

— Hérésie ! a osé ma mère.

L'homme a répondu par un sourire avant de ranger son mouchoir dans sa poche.

— Eh bien, bonne journée à vous. Et bon débarras. Bigots.

Nous l'avons regardé s'éloigner sur le quai en secouant la tête.

Maman, la mâchoire serrée, ne le quittait pas des yeux. Elle s'est retournée vers papa, qui nous regardait en faisant tourner son chapeau entre ses mains.

— Bonne nouvelle ! Le bateau est amarré à Altona. Il sera bientôt prêt, a-t-il lancé en soupirant de joie.

— Mais nous sommes à Hambourg.

— *Ja.*

— Pas à Altona.

Papa a haussé les épaules, tiré sur sa barbe.

— Ce n'est pas loin d'ici. Les barges vont rester. Nous pourrons dormir dessus jusqu'à ce que le bateau…

Je n'ai pas attendu la fin de sa phrase. Là, au cœur de l'agitation des quais, se trouvait Thea. Thea qui marchait vers moi, radieuse entre le marron terne des tonneaux et des marchandises séchées par l'attente, des habits sombres de tous ces gens dont je me moquais bien. Je me suis oubliée. J'ai bousculé Hans pour partir en courant, le visage déchiré par l'immense sourire que je ne pouvais réprimer. Mon cœur allait bondir hors de mon corps. Il battait si fort que je savais que Thea le sentait lorsqu'elle a jeté ses bras autour de moi et m'a serrée contre sa poitrine avec violence, avant de me relâcher tout aussi vite comme si je l'avais brûlée, comme si j'étais flamme.

Nous ne nous sommes rien dit. Notre course nous avait coupé le souffle. Nous ne savions pas quoi faire, nous étions heureuses, et je me souviens d'avoir porté ma main à ma poitrine pour tenter de ralentir mon cœur. En réponse, Thea a posé la main sur son propre torse. Deux mains sur deux cœurs. Deux serments. Pour affirmer quelque chose que nous ne comprenions pas encore.

Nous sommes restés à Hambourg, subissant avec lassitude les injures des uns et accueillant les autres, intrigués par nos chants qu'ils ne connaissaient pas, jusqu'au moment où l'annonce est enfin arrivée : notre bateau était presque prêt.

Les barges nous ont portés sur les derniers kilomètres de l'Elbe, jusqu'à Altona, et nous ont laissés sur les quais avec nos malles. Un soutier sensible à notre cause nous a laissés dormir dans un entrepôt inutilisé, à quelques rues du port, et, le matin venu, après la prière, nous avons été informés que les provisions nécessaires pour près de la moitié d'une année avaient presque toutes été chargées à bord du *Kristi*, et que nous recevrions bientôt l'autorisation d'embarquer. Il fut décidé que le père Pasche, devenu notre porte-parole, irait à la rencontre du capitaine pour s'assurer que tout était prêt. Nous l'avons regardé partir avec un matelot en canot, minuscule à côté du navire qui bientôt serait notre demeure pour les six mois à venir.

Maman, qui tenait Hermine dans ses bras, tout près de moi, a été parcourue d'un frisson. Toutes les femmes de Kay étaient rassemblées, les bras croisés sur le ventre, les yeux écarquillés devant cette vision.

— Il est si noir ! a soufflé Elize.

Magdalena Radtke lui a jeté un regard en coin avant de se tourner d'un air inquiet vers ma mère.

— On dirait un cercueil, Johanne.

Maman a levé un sourcil.

— Du moment qu'il flotte.

— Si Dieu refuse de nous accorder sa clémence, nous serons enterrés dans l'eau.

Eleonore Volkmann a placé sa main en visière sur son front et plissé les yeux.

— Regardez, ils apportent encore des provisions. Que peuvent donc bien contenir tous ces tonneaux ?

Elize a haussé les épaules.

— Du cochon. De la farine. De l'eau. Des harengs, ai-je entendu dire.

— Des harengs ? Je n'ai jamais mangé de hareng de ma vie, a dit Magdalena.

— Eh bien, tant qu'à devoir nous habituer à manger des choses étrangères, autant commencer par le hareng, a soupiré Eleonore.

Nous ne parvenions pas à concevoir que nous pourrions avoir besoin d'un si grand nombre de tonneaux, que le bateau ne coulerait pas sous le poids de ces monceaux de victuailles.

— Que se passera-t-il si les vivres viennent à manquer avant que nous arrivions ? a demandé Rosina.

Une voix familière a murmuré dans mon oreille :

— Nous ferons cuire les enfants !

Hans se trouvait à côté de moi, un sourire dans ses yeux marron.

— Arrête, Hans, a marmonné Rosina.

— Bonne idée, ai-je soufflé en me retournant vers le bateau. Ils pourront commencer par Hermine.

— Je t'ai entendue, a rétorqué maman.

Nous avons été transportés par petits groupes en canot jusqu'au bateau, puis aidés pour monter sur le pont par des matelots courtois, aptes à porter sans peine nos effets sur l'épaule. Un homme de grande taille, rasé de près, observait les opérations, les mains jointes dans le dos.

— C'est le capitaine, m'a soufflé Matthias.

Nous l'avons contemplé, un peu impressionnés. Voilà donc à quoi ressemblait l'homme qui allait nous conduire par-delà les mers à bord d'un assemblage de planches. Je me demandais comment on pouvait savoir faire une chose pareille.

— Il a l'air intelligent, ai-je dit.

Matthias a acquiescé. Puis nous avons courbé la tête en passant devant lui.

Une fois tous réunis sur le pont, silencieux et intimidés par la hauteur des mâts, au milieu de la grande symphonie des cordages et voiles roulées tout là-haut, le capitaine s'est éclairci la gorge, puis a ouvert largement les bras pour nous accueillir.

— Bienvenue.

Sa voix était un coup de corne de brume contre les résonances de la mer et du bois et les cris des marins qui continuaient de charger des provisions.

— Je suis le capitaine Olsen, et c'est moi qui aurai le plaisir de vous conduire jusqu'à votre nouvelle maison, Adélaïde.

Une vague soudaine d'applaudissements a éclaté. Le capitaine a souri en inclinant la tête. Il nous a rapidement expliqué le rôle de l'équipage, qui comportait moins de 20 marins, avant de désigner celui qui se tenait derrière lui, un homme aux yeux enfoncés, ombragés par d'épais sourcils. Ce dernier s'est avancé sans sourire, examinant la foule. Au-dessus du col de sa chemise, sa pomme d'Adam est montée puis redescendue.

— Voici le Dr Meissner, a poursuivi le capitaine. Il a été nommé comme médecin de bord et nous accompagnera tout au long de notre voyage. Il sera en charge de veiller à son bon déroulement, et à ce titre désignera les préposés à la préparation des repas et au nettoyage. Le Dr Meissner sera par ailleurs responsable de tout ce qui aura trait à votre vie à bord, votre santé et votre bien-être ; il vous informera des rations qui vous seront attribuées, des emplacements où vous pourrez dormir et autres éléments quotidiens. Il veillera à ce que la traversée se déroule dans la paix et le plus grand ordre possible. Si personne n'a de requête urgente à porter à mon attention, je vous invite à suivre le Dr Meissner, qui vous montrera vos quartiers au niveau de l'entrepont.

Ces mots ont incité Christian Pasche à lever la main.

— Capitaine Olsen, nous souhaitons vous remercier. C'est un grand jour pour nous. Nous quittons un lieu de tyrannie et d'oppression pour une terre où nous pourrons librement pratiquer notre culte et payer notre dette d'amour envers Dieu en glorifiant Son nom. Capitaine, nous feriez-vous l'honneur de diriger notre prière au Seigneur ?

Le capitaine Olsen a baissé la tête et accédé à sa demande. Sa voix était grave et agréable à entendre, mais a rapidement été noyée par les bourrasques qui ont balayé ses mots vers le fleuve. Au-dessus de nous, les cordes grinçaient. Ouvrant un œil, j'ai aperçu les matelots, dont les têtes étaient courbées et dont les lèvres remuaient. Froufrous des jupons. Cheveux fouettant les visages.

La prière s'est envolée vers l'océan qui s'étalait devant nous, bénissant les airs et les eaux sur lesquelles nous voyagerions, légers, en tanguant. Comme l'oiseau prouve que la terre existe bel et bien.

un rouleau d'étoffe noire

Parfois je me demande s'il me sera donné de l'entendre à nouveau. D'entendre ma voix telle qu'elle était en ce jour où nous sommes montés à bord du *Kristi*. Il doit forcément exister un lieu où le vent a emmené cette prière. Un lieu où je prie toujours. Voilà peut-être ce que je cherche, moi qui écoute, ici, dans la nuit du bush : ma propre voix, douce, qui me reviendrait, comme une consolation. Comme une pièce à conviction.

Amen. Amen. Amen.

En contrebas, dans la vallée, les lumières s'éteignent lentement. J'imagine les femmes dans les petites maisons poser les habits qu'elles reprisaient et rejoindre enfin leur lit, laissant le feu s'éteindre comme on ne l'aurait jamais fait dans leur village natal, à l'époque. La nuit est fraîche, mais pas froide. Le vent est un arc qui gratte les étoiles.

Je ne dormirai pas ce soir. Je n'ai jamais été quelqu'un qui s'endort facilement, et le sommeil à présent semble m'avoir quittée comme tout le reste. Il fut un temps où l'état d'éveil entortillait mes pensées tel un fil de fer. Il y a pourtant beaucoup à aimer dans la nuit, pour peu que l'on sache s'y abandonner.

Mes yeux ont mis un certain temps à s'accommoder à l'obscurité une fois que je suis passée par l'écoutille pour arriver dans l'entrepont. Amalie Schultze, qui descendait l'échelle derrière moi, m'a heurtée. J'ai dû poursuivre mon chemin à tâtons, une main sur l'épaule de Matthias, jusqu'à parvenir à distinguer quelque chose dans la pénombre. Nous arrivions dans le lieu où nous allions manger et dormir pendant les longs mois que durerait la traversée.

C'était un compartiment profond et étroit, dont les poutres les plus hautes dépassaient à peine le plus grand homme de notre groupe. Une table soutenue par des tréteaux occupait toute sa longueur, complétée par des bancs solidement rivetés au sol. De part et d'autre de la table, un passage, et nos couchettes en bois alignées, superposées contre les parois du bateau. De petites flammes brillaient dans de lourdes lanternes noires.

La promiscuité était grande. L'air était déjà chaud et vicié par les corps et les souffles.

— Grand Dieu, a murmuré Amalie. Comment allons-nous tous tenir ici ?

J'ai entendu les hurlements familiers de Hermine s'élever sur ma gauche, à l'endroit où maman inspectait une couchette en enfonçant la main dans le matelas nu. Les gens continuaient d'affluer par l'échelle. Quelques instants plus tard, l'espace était si restreint que nous ne pouvions plus bouger librement. Un coup de coude a atterri sur ma hanche alors que Hans tentait de se frayer un chemin avec trois gros sacs entre nous tous. Sous les ordres que lui criait Rosina, Hans m'a jeté un regard désolé.

— Silence, s'il vous plaît ! a demandé le Dr Meissner en levant les bras en l'air.

Un moment d'agitation s'est ensuivi lorsque Traugott Geschke a glissé et est tombé du haut de l'écoutille, entraînant une jeune fille dans sa chute. Cette dernière, tout en se massant la tête après avoir heurté une couchette, a éclaté en sanglots, déclenchant les pleurs compatissants de plusieurs bébés. Mon cœur battait la chamade. Nous étions trop nombreux, la salle était déjà remplie, mais d'autres passagers continuaient d'affluer, d'arriver par l'échelle, se cognant les uns aux autres et sur les bagages. On entendait des esclaffements d'indignation, de déception. Des disputes éclataient.

— Silence !

J'ai levé les yeux. Samuel Radtke, le dos voûté à cause de la poutre, se tenait sur la table. Il s'est cogné l'oreille sur une lanterne éteinte.

— Mes frères ! Arrêtez, s'il vous plaît. Écoutez notre brave docteur.

Samuel Radtke a tendu la main à Meissner pour l'aider à grimper. Le médecin l'a attrapée à contrecœur.

— Écoutez ! a-t-il lancé d'une voix austère. Vous avez entendu le capitaine ! En tant que soignant de ce navire, j'aurai autorité sur vous pendant toute la durée de ce voyage. J'attends de vous une conduite adéquate en tout temps. Chacun d'entre vous devra maintenir en bon ordre ses quartiers, et je vous prierai d'obéir lorsque je vous demanderai d'effectuer une corvée de nettoyage supplémentaire ou de ranger vos effets d'une certaine façon. Je vous saurai gré d'obéir sans discuter ! Vous devrez suivre mes consignes sans exception, mais, surtout, a-t-il ajouté en haussant le ton, agacé, pour couvrir la rumeur basse qui s'était élevée, surtout au regard des rations. Elles sont limitées, et je tiens à attirer votre attention sur ce point !

Meissner a attendu le silence avant de continuer.

— Nous disposons de 27 tonneaux de porc et de bœuf, et de 16 tonneaux de hareng. Les cuisiniers seront désignés à tour de rôle, mais sous aucun prétexte un tonneau ou un fût ne devra être ouvert sans mon autorisation préalable, et c'est moi qui indiquerai si ces denrées seront consommées avec riz, pois ou haricots.

Le médecin a poursuivi en expliquant quelles conséquences néfastes entraîneraient l'ivresse, l'inconvenance, le désordre. J'ai fini par me demander s'il ne nourrissait pas à notre encontre quelques préjugés défavorables. Ou peut-être ces mises en garde étaient-elles le fruit de traversées antérieures en compagnie de la lie de l'humanité. Les Anciens se hérissaient à mesure que la liste des offenses s'allongeait.

Lorsque enfin l'énumération des comportements délétères et de leurs conséquences s'est achevée, le docteur a pointé du doigt les petites cuisines, les barriques d'eau potable, les toilettes destinées aux femmes et aux enfants du grand compartiment et celles réservées aux femmes seules, logées dans des quartiers à part. Nos petites lampes, a-t-il précisé, devraient être éteintes avec la plus grande rigueur chaque soir à 22 heures, de même que par conditions climatiques extrêmes. Pour finir, sentant monter l'agacement général, Meissner a levé un rouleau de papier pour désigner les couchettes vides et a annoncé :

— Des lits ont été attribués à chaque famille.

— Enfin ! a soufflé Matthias. J'ai bien cru que nous arriverions à la colonie avant qu'il n'ait terminé.

— Deux personnes doivent occuper une même couchette, a poursuivi le médecin. Si vous avez un nouveau-né…

Quelqu'un a poussé un cri indigné. Il devait y avoir une erreur. Les couchettes étaient à peine assez larges pour un seul homme.

— Silence !

Meissner a tapé violemment du pied sur la table. La foule s'est tue, surprise par cette démonstration soudaine d'autorité. Le docteur s'est éclairci la gorge.

— Si vous avez un nouveau-né, il vous sera remis une boîte que vous installerez au pied de votre couchette. Le charpentier se chargera de la fixer. Tous les hommes non accompagnés seront confinés à la poupe, et toutes les jeunes femmes seules seront placées ensemble à la proue avec un chaperon, a-t-il annoncé avant de pointer du doigt l'avant de la salle. Les familles seront appelées par leur nom. Vous vous dirigerez vers votre couchette. Les échanges de couchette, sans mon consentement préalable, sont strictement interdits. Une fois votre couchette assignée, vous rangerez vos effets dans l'espace qui se situe en dessous. Des crochets sont prévus pour les passagers dormant sur les étages supérieurs.

— Mais comment allons-nous faire rentrer toutes nos affaires dans si peu d'espace ? a crié Gottfried Volkmann en désignant une couchette. Comment voulez-vous que je tienne, moi, dans un lit pareil ?

Il a donné une tape sur sa grosse bedaine.

— Un grand geste, a-t-il insisté, et j'écraserai ma petite femme. Comme une crêpe.

Une vague de rires nerveux s'est élevée. Eleonore Volkmann, plus grande que son époux, a levé les yeux au ciel.

— Le bon sens aurait voulu qu'ils installent les dortoirs à l'arrière, m'a soufflé Matthias. Nous allons nous retrouver secoués comme des bébés dans leur berceau.

— Je suis un homme raisonnable, a répondu le docteur. Certaines modifications devront sans doute être apportées, comme évoqué. Mais suivons d'abord ce qui était prévu ; nous verrons ensuite qui n'est pas satisfait.

Meissner a commencé à appeler les familles, une par une. Samuel Radtke a été désigné pour les mener à leur couchette. Le dortoir a semblé encore plus chaotique et étriqué lorsque les femmes ont commencé à déballer leur linge de lit, à secouer les draps, à les accrocher entre les couchettes pour tenter d'instaurer un semblant d'intimité.

— Eichenwald ! Friedrich !

Mon cœur a fait un bond. J'ai regardé le père de Thea lever la main. Le médecin n'a pas même levé les yeux de ses documents.

— Friedrich et Anna Maria Eichenwald, couchette basse, n° 14. Votre fille…

Le docteur a levé les yeux, repéré Thea.

— Votre fille, à la proue, a-t-il terminé.

J'ai vu Anna Maria froncer les sourcils. Le blanc de sa coiffe luisait dans la pénombre.

— Mais ses parents sont ici, a-t-elle protesté.

— Pardon, Herr…

— Docteur Meissner.

Friedrich s'est éclairci la gorge.

— Docteur Meissner, nous souhaitons voyager avec notre fille.

Le médecin a secoué la tête.

— Vous êtes un nombre impair. Mari et femme, couchette 14. Dorothea Eichenwald, à la proue.

Meissner a levé les yeux vers Thea et désigné d'un signe de tête les couchettes situées à l'avant de l'entrepont, séparées du compartiment par un rideau déjà à moitié arraché de sa corde.

Thea m'a lancé un coup d'œil furtif avant d'embrasser sa mère et de se frayer un chemin dans la foule. Je l'ai regardée soulever la corde et se glisser le long des couchettes vides, puis se laisser tomber sur l'une d'elles, en bas, tout au bout. Tournée vers moi, elle a haussé les épaules. Je lui ai répondu par un sourire, mais mon cœur était un poing.

Les noms n'en finissaient plus. L'air était de plus en plus chaud. Une rumeur disait que nous étions près de 200 âmes à bord, mais que le bateau ne comptait que 80 couchettes. Nous les avons regardées se remplir.

— Nussbaum ! Heinrich !

Mon père s'est avancé en levant la main.

Le docteur a désigné un lit sur sa gauche.

— Heinrich et Matthias Nussbaum, couchette haute, ici. Femme, fille, nouveau-né, couchette basse. Pfeiffer, Daniel !

Samuel Radtke a indiqué les deux couchettes attribuées à ma famille.

— Demandez au charpentier de vous installer une boîte pour Hermine, a-t-il dit.

Il m'a regardée avec un sourire désolé.

— Pas de chance que tu sois si grande, Hanne.

— Où est le charpentier ? a demandé maman.

— Sur le pont. N'aie pas d'inquiétude, nous n'entrerons pas sur des mers agitées avant plusieurs jours. Il reste du temps.

J'ai attendu qu'il soit retourné auprès du médecin pour m'adresser à ma mère.

— Comment pourrai-je entrer là-dedans une fois que le berceau de Hermine sera cloué au lit ? J'aurai les pieds sur sa tête !

— Il va falloir faire avec, Hanne.

— Pourquoi ne dormirait-elle pas avec nous, tout simplement ? Entre nous deux ? Il y aurait assez de…

— Non, Hanne. Hermine doit dormir en sécurité. Quand nous serons en mer, le bateau va tanguer.

— Je pourrais peut-être rejoindre Thea. À la proue, je veux dire.

Ma mère n'a pas répondu.

Je me suis assise sur la couchette. Le matelas était fin. Je m'imaginais dormir là pendant six mois, les jambes recroquevillées. Au-dessus de ma tête, le bois a grincé alors que mon père grimpait sur son lit.

— Johanne ? a-t-il dit.

— Comment est-ce ? a demandé ma mère.

— Ils ne nous ont pas laissé beaucoup de place.

Matthias avait grimpé sur notre couchette, s'accrochant au garde-corps comme au barreau d'une échelle pour regarder par-dessus.

— On dirait que tu es dans un cercueil, papa.

Maman lui a donné une tape sur les tibias.

— Ne parle pas ainsi. Allez, viens nous aider. Suspends les affaires de ton père à ce crochet.

Maman a posé Hermine sur le matelas et commencé à sortir les vêtements.

La couchette inférieure voisine avait été attribuée à Reinhardt et Elize Geschke. Tout en respirant laborieusement, Elize m'a jeté un regard contrit en clouant le drap qui servirait de séparation entre nous.

— Je ne dors plus de la nuit à cause de la petite, m'a-t-elle dit. Tu me remercieras !

La lumière qui filtrait par le panneau ouvert de l'écoutille projetait son ombre sur le drap. Je l'ai regardée finir de le clouer.

— Comment sais-tu que c'est une fille ? ai-je demandé.

— Anna Maria, a simplement soufflé Elize derrière la séparation.

Il y a eu un silence, puis le drap s'est soulevé et son visage est apparu.

— Ne le répète à personne, a-t-elle dit.

— Pourquoi ? ai-je demandé.

Mais Elize avait déjà disparu, laissant retomber le rideau.

Je ne voyais plus Thea à la proue à cause de cet écran, mais j'ai entendu le docteur envoyer là-bas Amalie, puis Henriette, avec Mutter Scheck pour chaperon. Cette dernière a accepté de servir de gardienne aux filles durant tout le voyage. D'autres jeunes filles ont aussi été appelées, mais je ne connaissais pas leur nom. Des habitantes de Tschicherzig, ai-je présumé.

Les quatre couchettes de part et d'autre des nôtres ont été attribuées aux huit membres de la famille Radtke : Samuel et Magdalena en bas, immédiatement à ma droite, les parents âgés de Samuel sur les lits inférieurs à côté, et les quatre enfants sur les lits du haut. Je me suis extirpée en rampant de la couchette que j'allais partager avec maman en entendant Christiana s'esclaffer discrètement.

Elle s'est penchée pour me regarder de son lit.

— Avec qui dors-tu ? lui ai-je demandé.

Le visage rond de la minuscule Luise Radtke est apparu au-dessus du garde-corps, souriant.

— Moi, a-t-elle dit.

Je lui ai souri en retour, non sans que s'allume en moi une petite étincelle de colère face à l'injustice de devoir partager mon lit avec maman et Hermine quand Christiana n'aurait que sa petite sœur pour compagnie. Magdalena faisait de la place pour Elizabeth dans le lit qu'elle allait partager avec Samuel. La petite pleurait. Son visage était tout rose et trempé de larmes.

— Ne tombe pas, tu te ferais mal, ai-je dit à Christiana sur le ton le plus neutre possible.

Elle a froncé les sourcils.

— Crois-tu qu'ils vont nous forcer à passer notre temps ici, sur nos couchettes ? lui ai-je demandé en jetant un coup d'œil en direction de Mutter Scheck, qui refermait le rideau nous séparant de la proue.

Christiana a reniflé.

— Papa dit que nous aurons la permission de monter sur le pont lorsqu'il fera beau. Mais où veux-tu aller, sinon ?

Elle a balayé du regard le dortoir surpeuplé.

— Ce n'est pas si mal, a-t-elle ajouté.

— On manque d'air en bas, ai-je dit.

Christiana a rangé quelques mèches de cheveux sous sa coiffe.

— Dieu ne nous demande rien que nous ne puissions supporter.

À peine avions-nous fini de nous installer sur nos couchettes et de ranger nos effets que le soutier est entré par l'écoutille en donnant un puissant coup de sifflet pour attirer l'attention. Pendant le temps bref qu'a duré l'interruption des conversations, l'homme a expliqué que 25 coffres de vêtements devraient être déchargés.

Des protestations se sont immédiatement élevées.

— Ils vous seront envoyés séparément ! a-t-il crié.

Voyant que personne ne se taisait pour l'écouter, le soutier a frappé du poing sur la première couchette venue.

— Arrêtez ! Écoutez ! Personne ne volera vos affaires. Il n'y a simplement pas de place sur le bateau, le capitaine Olsen a donc donné l'ordre que 25 coffres soient déchargés et envoyés par le prochain navire qui se rendra jusqu'à votre destination.

— Et combien de temps cela prendra-t-il ? a crié le père Radtke.

— Ordre du capitaine ! a répondu le soutier. Voyez cela avec lui.

L'homme est remonté sur l'échelle, prêt à regagner le pont, mais a soudain paru hésiter. Il s'est essuyé le front avec sa manche, puis a balayé de la main le dortoir où nous nous tenions tous, debout les uns contre les autres, épaule contre épaule, dans les allées étroites entre les couchettes et la table, devant nos vêtements encore empilés sur le long plateau où nous prendrions nos repas.

— C'est un long voyage, a-t-il dit plus doucement. Ne le rendez pas plus dur qu'il ne le sera déjà.

Maman avait le dos raide, le visage pâle.

— Mais nous avons déjà si peu !

Papa s'est penché vers elle pour lui murmurer :

— Johanne, il ne s'agit pas d'abandonner nos malles. Elles suivront après.

Il s'est retourné vers Christian Pasche, qui s'était rapproché pour poser sa main sur son épaule.

— Viens parler au capitaine avec moi, a dit ce dernier. Il est de notre droit de voyager avec nos malles.

Papa a hoché la tête. Nous les avons suivis du regard tandis qu'ils se frayaient un chemin vers l'écoutille.

Maman est restée les yeux fermés un long moment.

— Même cela, nous allons devoir le laisser.

Elle a désigné le sol, sous lequel étaient rangés nos coffres, dans une cale.

Papa et le père Pasche n'ont pas été longs. À leur retour, ils étaient accompagnés de plusieurs matelots qui aussitôt se sont affairés pour ouvrir la trappe de la cale.

— Vingt-cinq coffres doivent être déchargés, a confirmé papa. Il n'y a pas de place, voilà tout. Nous avons demandé à les entreposer sur le pont, mais le pont est plein également. Nous transportons 65 tonneaux rien que pour l'eau. Des fûts entiers de vinaigre, de bière. Toutes ces choses doivent rester dehors, et la cale est déjà pleine.

J'imaginais des cordes se rompant, des tonneaux roulant dans l'orage, du bois se fracassant.

— Mais il y a une bonne nouvelle, a dit papa. Le capitaine Olsen n'est pas un homme déraisonnable. Pour ranger nos affaires, il nous donne l'autorisation d'occuper tous les espaces que nous trouverons en plus des crochets et des couchettes. Christian et moi allons l'annoncer aux autres passagers, a-t-il poursuivi après s'être levé. Les 25 familles qui auront le plus grand nombre de coffres devront en renvoyer un, mais nous pouvons au préalable les ouvrir et garder les affaires indispensables. Tu garderas tes possessions terrestres, Johanne.

Le silence s'est installé pendant que les adultes, désireux de perdre le moins possible, triaient une dernière fois les coffres. Face à papa qui refusait de se séparer de ses outils (« Avec quoi construirai-je notre maison, sinon ? » a-t-il lancé tandis que, pour gagner de la place, je sortais la tête de ses herminettes déjà séparées de leur manche), c'est maman qui, finalement, a décidé de ce que nous abandonnerions. Je lui présentais nos affaires pendant qu'elle nourrissait Hermine, puis j'attendais de la voir opiner. Des vêtements. Des broches. Un peu d'argenterie.

— Cela pourra attendre, ai-je dit en attrapant un rouleau d'étoffe noire. Que comptais-tu confectionner avec, de toute façon ?

Maman a changé Hermine de sein.

— Je l'ai acheté pour toi, a-t-elle dit en me regardant avec un sourire chaleureux auquel je ne m'attendais pas.

— Pour moi ?

— Pour ta robe de mariage.

J'ai ri par le nez.

— Quoi ?

Maman n'a rien dit. Son sourire s'est un peu fané.

— Je n'ai que 16 ans, maman. Nous pourrons le recevoir plus tard. Si nous le recevons…, ai-je ajouté tout bas.

— Tu vas avoir 17 ans cette année.

— Justement, je n'ai pas l'intention de me marier cette année.

— J'avais 16 ans quand j'ai épousé ton père, m'a-t-elle répondu en me lançant un regard si tranchant que j'ai eu l'impression qu'il m'avait coupée. Mets-le sous le matelas.

Je me suis exécutée à contrecœur, hésitant à profiter d'un moment où maman serait appelée ailleurs, par papa ou par une autre femme, pour remettre discrètement le rouleau à sa place et l'envoyer avec les affaires qui resteraient à quai. La simple idée de dormir sur cette étoffe qui m'envelopperait le jour de mon mariage me mettait mal à l'aise.

Mais maman n'a pas bougé de sa chaise, et papa a cloué le coffre sous mes yeux.

À la tombée du jour, le capitaine nous a fait savoir qu'il nous accordait la permission de remonter sur le pont supérieur. Le tumulte du port s'était calmé, et l'agitation était retombée sur les navires à quai et dans les bâtiments environnants. À l'ouest, le ciel avait la couleur d'une pêche. Lorsque je suis arrivée sur les planches, respirant l'air à pleins poumons, j'ai cru entendre les eaux du fleuve qui, sous notre bateau, glissaient vers l'horizon en un vif courant porté par l'espoir de rejoindre la lumière.

L'anxiété qui avait régné pendant que chacun tentait de se fabriquer son espace de vie dans la salle étriquée de l'entrepont s'est dissipée comme de la vapeur au grand air. Un sentiment de paix nous a enveloppés sur le pont, si encombré de tonneaux que beaucoup d'hommes et de jeunes garçons ont été obligés de grimper dessus, faute de place pour assister à l'office du soir. Je cherchais Thea des yeux et, telle une aiguille attirée vers le nord, je l'ai trouvée. Comme si dans mon regard pesait le poids de son baiser, elle s'est tournée vers moi. Elle a souri et ce sourire m'a tirée vers elle.

Le ciel irradiait pendant ces prières sur le pont. Mon père avait demandé à diriger l'office, et sa voix était un filet jeté sur nous tous. Elle nous maintenait dans la sérénité.

— Ce n'est pas un désir de voir une nouvelle partie du monde qui nous a poussés à cette entreprise, ni un désir vain de richesses, mais la croyance que Toi seul, ô Dieu et Ta sainte parole, ont rendu pour nous nécessaire de franchir ce pas. Ainsi donc, conduis-nous vers ce lieu de Ta création, où nous pourrons vivre et prêcher Ta sainte parole dans sa vérité et sa pureté.

Je me suis sentie pure à cet instant. Je sentais s'ouvrir sous moi le champ des possibles, je me sentais poussée vers le monde, et cet inconnu qui m'attendait m'exaltait. Tout pouvait arriver.

Cette nuit-là, nous avons dormi sur le bateau. Le charpentier n'avait pas encore construit le berceau de Hermine, dont les petits bras m'ont tapé la poitrine pendant qu'elle reposait entre maman et moi. J'étais réveillée, la tête dans le creux du bras. J'écoutais les murmures des familles derrière leurs rideaux de fortune. Les planches des couchettes du haut laissaient échapper des plaintes chaque fois que leurs occupants se tournaient. Il y avait des toussotements. Le bruit empressé des pas des femmes qui accompagnaient leurs enfants aux toilettes ou le raclement du seau que l'on récupérait sous la couchette, suivi du tambourinement du jet d'urine dans le fond. Elizabeth Radtke pleurait toujours. Magdalena s'est levée, a demandé à sa belle-mère un linge mouillé.

Un peu plus tard, alors que le dortoir était presque entièrement endormi, mes joues ont chauffé en entendant Elize Geschke pousser un soupir derrière son rideau et demander discrètement à Reinhardt de masser son pied engourdi. Je n'arrivais à croire ce que je venais d'entendre, et pourtant. Je partageais désormais leur intimité tout autant qu'une araignée sur le mur. Un fantôme dans un couloir.

Le bateau était à mes yeux une entité vivante. Vivre à bord ne me procurait pas la même sensation que sur la barge, où tout semblait temporaire, libre et ouvert. Le *Kristi* ne portait pas seulement le poids de nos corps et de nos affaires, mais aussi un poids plus lourd, celui de quelque chose de vivant, doté d'une âme. Celui d'un temps à la fois limité et infini, noué dans le bois. Un peu comme dans une forêt, me disais-je en pensant à toutes ces planches au-dessus de moi et à ces arbres abattus et écorchés et offerts aux scies. Je me demandais ce qu'allaient devenir les arbres que j'avais tant aimés.

Dans le couloir de l'entrepont, la lampe de sûreté avait été éteinte. L'obscurité était absolue. J'ai levé une main devant mon visage mais, incapable de distinguer mes doigts, je les ai posés sur ma joue. J'ai touché mon nez, mes lèvres, et, ce faisant, mon corps s'est souvenu de la bouche de Thea et j'ai compris alors que ce baiser n'était pas un baiser d'adieu.

Je me demandais à quoi pensait Thea sur sa couchette. Avait-elle dû la partager avec Amalie, qui peut-être pleurait toujours à cause de cet enfant qu'elle ne pouvait clamer comme étant le sien ? Ou était-ce Henriette Volkmann qui, à la place, dormait à côté d'elle ?

J'imaginais le visage étroit de Henriette paisiblement endormi à côté de Thea. L'image d'elles deux, si proches, a éveillé quelque chose en moi, fait fondre sur moi une sorte de désir et de crainte mêlés.

Je ne saurais dire pourquoi, mais j'ai repensé alors à ce rouleau d'étoffe sur lequel je me tenais : cette robe de mariée pas encore taillée, mais qui pourtant m'attendait bel et bien. Tapi sous le matelas comme le drapeau noir d'un pays encore inconnu. J'ai soudain réalisé que mon futur mari se trouvait probablement allongé comme moi sur une couchette, au milieu de cet espace confiné. Ou bien sur l'un des autres bateaux de vieux-luthériens en partance pour la colonie, si ce n'était celui-là. Je me voyais tout de noir vêtue, les cheveux entourés d'une couronne de myrte, la tête courbée sous le poids des vœux et mes mains prises par les mains d'un homme. Je me voyais non pas allongée auprès de ma mère, comme à cet instant, mais à côté des reliefs étrangers du corps de cet homme, et, dans mes pensées, son corps n'était que peau et tendons entrelacés aux miens, de sorte que nous ne formions qu'une seule et même chair. Voilà donc quel sort m'attendait. Être attachée à lui par des tissus, des cuticules, des cheveux. À jamais enterrée sous le charnel tapis du mariage. Cette perspective m'a paniquée.

lits écroulés

Nuit noire à présent. Heure des sorcières. Heures solitaires.

Rester éveillé à ce moment de la nuit, alors que le monde dort autour de vous, est un art. Tout ce que la lumière du jour atténue – les regrets, la peine, la peur – vous comprime la poitrine jusqu'à vous empêcher de respirer. Les idées noires peuvent vous clouer au lit pour peu que vous ne soyez pas vigilant. Vous pouvez, sous leur poids, vous enfoncer dans le sol au point de vous sentir enterré vivant.

Lorsque la terre s'avachit autour de moi sous le poids de mon esprit troublé, je laisse faire. Je m'abandonne. Je pense aux os confiés aux bons soins du sol, et j'imagine les miens entre ses mains tendres. J'imagine la paix qui m'envelopperait alors, la paix que je ressentirais à me voir réclamer par une si grande beauté, une si grande bienveillance, et je laisse le vent emporter ma tristesse. Je donne mes peurs à la terre, je donne mes regrets à l'eau.

Se désintégrer pour se réunir. De poussière à poussière.

La lune se levait déjà alors que je n'existais pas pour la voir. Elle continuera à se lever lorsque je n'existerai plus. Je m'y soumets volontiers.

Quelques jours plus tard, un bateau à vapeur a tracté le *Kristi* hors de la ville, et notre navire a accompli les manœuvres nécessaires pour sortir de l'Elbe. Tout allait pour le mieux, hormis l'état d'Elizabeth Radtke. Nous avons bientôt su que la petite fille souffrait de fièvre – j'étais réveillée par ses pleurs la nuit, ainsi que par la voix inquiète de Magdalena qui demandait qu'on lui apporte de l'eau du tonneau près de la grande table. Je me suis réveillée une fois au son d'une volée de voix parmi lesquelles, en tendant l'oreille, j'ai reconnu celle d'Anna Maria. Puis il y a eu un silence bref, suivi par un soupir sec, par le nez, de la Wende.

— Si tu changes d'avis, tu sauras où me trouver, a-t-elle murmuré.

La voix de Magdalena Radtke a résonné comme un coup de fouet dans la nuit.

— Jamais de la vie.

J'ai guetté une réponse, mais je n'ai entendu que des bruits de pas qui s'éloignaient et, dans le silence qui a suivi, un sanglot brusque, étouffé.

Quelques heures plus tard, je me suis à nouveau réveillée. Christiana, Franz et Luise priaient tout bas, puis ont résonné les pas empressés de Samuel Radtke qui, chaussé de ses bottes, arrivait accompagné du Dr Meissner. Une conférence de voix basses s'est élevée, suivie du raclement d'une cuillère sur du verre. Le médecin est reparti peu après.

— Maman, ai-je soufflé.

— Mmm ?

— Maman, que se passe-t-il avec Elizabeth Radtke ?

Ma mère n'a pas ouvert les yeux, mais sa main s'est tendue et m'a touché l'épaule.

— Elle a de la température. Le voyage l'a éprouvée. Rendors-toi. Cela va s'arranger maintenant que le docteur l'a vue.

Mais, le lendemain matin, je me suis réveillée avec les pleurs de Christiana et la voix du capitaine qui, quelque part sous le pont, parlait avec Samuel et Magdalena. Ils nous ont annoncé la nouvelle, le visage blême. Plus tard ce jour-là, le corps d'Elizabeth a été évacué dans un canot et enterré à quai, près d'un endroit appelé Juelssand.

Le jour suivant, une autre petite fille de 2 ans a trouvé la mort, et, pendant que la famille attendait que le capitaine négocie une place pour l'enterrer dans une ville au bord du fleuve, la mère s'est emparée d'un couteau et a coupé les boucles de son enfant. La plupart d'entre nous venions de nous attabler et, par-dessus nos voix basses qui priaient pour remercier Dieu de ce repas, nous entendions le mari la rabrouer. La mère semblait indifférente aux réprimandes qu'il sifflait entre ses dents. Levant les yeux de mon assiette, je l'ai vue se lever de sa couchette en se cachant le visage, les mains remplies de touffes de cheveux.

La mort de ces deux enfants a fait tomber sur les passagers un voile d'austérité. Le capitaine Olsen, s'il semblait compatir au chagrin des familles, ne paraissait pas surpris par ces premières tragédies.

— Dans les entrailles d'un navire, les affections et la maladie se répandent vite, nous a-t-il dit après nos prières quotidiennes sur le pont. Nous devrions atteindre le large dans la journée, et j'espère ardemment que nous n'aurons plus à dénombrer de pertes parmi les passagers. Nous sommes près de 200 âmes à bord, et je ferai tout mon possible pour que ce décompte reste inchangé jusqu'à notre arrivée. Mais, je vous en conjure, écoutez les recommandations du Dr Meissner, suivez ses ordres. Il vous dira comment maintenir l'hygiène dans vos quartiers et tenir la maladie à distance.

Le médecin lui-même n'a pas ajouté grand-chose. Lorsque maman, inquiète de savoir nos couchettes si proches de celles des Radtke, lui a demandé comment protéger Hermine de la maladie qui avait emporté Elizabeth, Meissner lui a répondu avec brusquerie :

— Un médecin n'a pas vocation à prévenir la maladie. Il la traite.

Il a regardé les lits de la famille Radtke.

— Si vous êtes inquiète, priez, a-t-il poursuivi. Car je ne puis guérir ceux qui ne sont pas encore atteints.

Maman n'a rien dit mais, une fois le docteur parti, pensant que personne ne la regardait, je l'ai vue enfouir son visage dans le creux tendre du cou de ma sœur et, les yeux fermés, la respirer de tout son cœur.

Quelques heures après le discours du capitaine, le *Kristi* a quitté les eaux de l'Elbe pour s'engager en haute mer. Le changement s'est ressenti jusque dans l'entrepont. Le calme habituel s'est transformé en un roulis constant, sous lequel toutes les affaires de ceux qui n'avaient pas utilisé de sangles ont roulé sous les couchettes. Sur les visages se dessinaient des sourires incertains tandis qu'un voisin rendait une tasse, un sabot de bois, un bol à raser.

Plusieurs semaines s'étaient écoulées depuis que nous avions quitté Kay et, ce départ au large, après ces fleuves et rivières, après toute cette attente, nous semblait irréel. La liberté espérée depuis de si nombreuses années se profilait enfin. Prenait forme. Les gens faisaient la queue sous l'écoutille dans l'attente de monter sur le pont et de voir la côte s'éloigner. Matthias et moi nous sommes joints à ce joyeux bazar, en riant de sentir le bateau avancer sous nos pieds.

— L'océan, a dit Matthias.

Ses yeux brillaient.

— L'océan, ai-je répété.

Agrippés aux barreaux de l'échelle, nous avons émergé au milieu du vent cinglant et des esclaffements de nos compagnons de voyage.

Le pont était noir de monde ; j'ai d'abord vu la mer, suspendue. Le ciel était voilé par le souffle de l'océan qui me chatouillait les lèvres. Je les ai léchées et j'ai senti le goût du sel. Je me suis faufilée à travers la foule pour me diriger à bâbord, où la vue s'ouvrait sur l'horizon.

Là. La mer du Nord s'étalait devant nous, bouillonnement de bleu et de vert ponctué de crêtes blanches, et quelque chose en moi s'est soulevé. Mon âme était saisie par l'immensité de l'océan. Mon esprit s'est gonflé devant son incontestable divinité.

— Dieu soit loué, me suis-je écriée. Dieu soit loué !

Au cœur de la foule compacte, quelqu'un m'a pris la main. L'a serrée.

Thea.

À voir son visage lumineux, j'ai su qu'elle ressentait la même chose que moi. Dire que si nous étions restées nous n'aurions jamais su ce que cela fait de se trouver face à une telle présence ! Ce que cela fait de voir quelque chose d'aussi ancien. Ébahies, nous contemplions la mer, la respirions, les yeux grands ouverts. Nous respirions en cadence et, portée par la force des doigts de Thea fermement entrelacés aux miens, j'ai senti le temps se dissoudre entre les bras scintillants et salés de ce solide océan.

Dans la banalité de mes jours se sont glissés des moments où la vie s'est offerte à moi comme une lame. Si je ne faisais pas l'effort de me mettre en retrait, si je me laissais aller, alors je ressentais tout.

Notre bon Seigneur sait que, si je devais revivre un moment de ma vie, ce serait celui-ci. Les côtes soulevées, le cœur dévorant cette tranchante beauté. Voir l'océan pour la première fois, chaque fois. Sa main dans la mienne.

Sainte lame dans nos entrailles éberluées.

Nous sommes restées sur le pont pendant une heure. Beaucoup priaient autour de nous, la grandeur de l'océan était forcément une manifestation de la sublimité de Dieu, mais l'euphorie collective n'a pas duré longtemps. Peu de temps après l'entrée au large du *Kristi*, le mal de mer nous a frappés.

Au départ, le tangage sur le pont paraissait s'accorder joyeusement aux mouvements de la mer. Le spectacle du père Pasche ballotté comme un ivrogne de bâbord à tribord était irrésistible, et cette sensation nouvelle nous amusait beaucoup, Thea, Matthias et moi. Mais, passé l'excitation de la découverte, nous avons remarqué que plusieurs hommes et femmes se précipitaient en chancelant vers le bastingage pour se vider dans l'océan.

La vision de nos semblables touchés par des malaises aussi violents n'a rien eu pour nous rassurer, nous qui nous sentions déjà vaseux. Matthias nous a quittées, et peu de temps après Thea et moi avons décidé de redescendre dans l'entrepont pour nous étendre sur nos couchettes en attendant d'aller mieux. Le pont, qui un peu plus tôt était noir de monde, s'était vidé. Ne restaient plus que quelques matelots qui se lançaient des coups d'œil amusés.

J'ai trouvé maman allongée sur sa couchette, les yeux fermés, les lèvres pincées.

— Où est Hermine ? ai-je demandé.

— Avec Matthias. Je l'ai envoyé chercher de l'eau.

Le bateau a brusquement plongé, et un grognement collectif s'est élevé parmi ceux qui déjà avaient trouvé refuge dans leur lit. Reinhardt s'est extirpé maladroitement de sa couchette pour courir, pieds nus, main sur la bouche, jusqu'au cabinet déjà occupé. Mon estomac s'est soulevé lorsque je l'ai vu attraper un seau par terre pour vomir dedans.

Tout en gardant une main sur la table pour ne pas tomber, j'ai avancé en chancelant le long du plancher penché vers les tonneaux d'eau, devant lesquels plusieurs personnes faisaient déjà la queue pour se servir des louches. Matthias se trouvait dans un coin, voûté. Sur ses genoux, Hermine pleurait.

— Matthias ? Tu ne te sens pas bien ?

Il a levé les yeux vers moi, livide, moite de sueur.

— Peux-tu la prendre ? m'a-t-il demandé.

J'ai attrapé ma sœur et l'ai installée sur ma hanche pendant qu'il me suivait, cahin-caha, pour regagner notre couchette. Maman, penaude, épongeait notre matelas : elle venait d'être malade.

— Regarde-nous, m'a-t-elle dit. Comment veux-tu que nous survivions six mois ainsi ?

Alors que la nuit tombait, notre mal de mer a empiré. Personne n'était épargné. Nous vivions un cauchemar. Chaque passager de l'entrepont se ruait vers les toilettes, vers le premier seau à grain qu'il trouvait. Et il y avait l'odeur. Chaque fois que je croyais me sentir mieux, j'entendais de nouveaux haut-le-cœur, un bruit d'éclaboussure, et mon ventre aussitôt se soulevait. Nous étions des loques, et seule une poignée d'entre nous parvenaient de temps à autre à monter sur le pont dans l'espoir de se voir soulager par le grand air. Je ne sais combien de fois je me suis précipitée vers le bastingage pour me vider l'estomac, et chaque fois les matelots me criaient : « Sous le vent ! Sous le vent ! » À force, peut-être pris de pitié en voyant que je ne comprenais pas, l'équipage a fini par m'expliquer qu'il me fallait vomir dans le sens du vent pour éviter que les souillures ne reviennent sur le pont et sur ceux qui se trouvaient autour de moi.

Le ventre vidé, éreintée et tremblante, je posais la tête sur le plat-bord et tentais de suivre le mouvement des vagues. Je savais qu'il me fallait redescendre au plus vite dans l'entrepont pour permettre à ma mère de vomir sans avoir en plus à s'occuper d'un bébé malade et hurlant, mais il faisait plus frais là-haut, et la simple idée de devoir redescendre dans le noir, replonger dans cette puanteur, cet air chaud et vicié, me serrait la gorge et me redonnait la nausée. Je suis donc restée ainsi, mortifiée par le mal de mer et le vent et les remontrances des matelots, jusqu'à ce que mon père m'appelle et, la tête montant et descendant sur l'écoutille, me somme de venir d'un geste de l'index, son œil saint résolument fermé.

À 22 heures, ce soir-là, toutes les lampes avaient été soigneusement éteintes, et la plupart des passagers avaient sombré dans un mauvais sommeil perturbé par cette journée de malaise. J'étais étendue sur ma couchette à côté de maman et Hermine, trop faible pour résister au roulis du bateau, ballottée d'avant en arrière, des planches dures qui séparaient notre couche de celle des Geschke contre l'épaule de ma mère. De temps en temps montait en moi une impérieuse envie de rendre. Enfouissant mon visage dans mon bras, je m'efforçais alors de me concentrer sur ma respiration ; je n'avais même plus la force de me lever.

Sans doute ai-je fini par sombrer, car je me suis réveillée dans un grand fracas de bois, avec une douleur atroce au pied. Terrifiée, je me suis assise dans le noir. Ma tête a heurté quelque chose de dur. Il m'a fallu un temps pour réaliser que je ne me trouvais pas dans ma chambre, chez moi, mais à bord du *Kristi*. Cependant, je ne comprenais toujours pas ce qu'il se passait. Il faisait un noir d'encre et, même si je sentais bien le matelas sous mon corps, quelque chose de large, à quelques centimètres seulement de mon front, menaçait de m'écraser. *Nous sommes en train de couler*, ai-je pensé. *Le bateau s'est brisé. Le rêve de Thea se réalise.*

Quelque part dans l'entrepont s'est alors allumée la lueur terne d'une lampe, grâce à laquelle j'ai pu voir qu'il ne restait plus que des poutres autour de moi. La couchette supérieure qu'occupaient mon père et mon frère, ainsi que les couchettes voisines, s'étaient en partie effondrées sur les lits inférieurs. Une planche était tombée sur mon pied qui pendait dehors. Les débris avaient atterri à quelques centimètres de mon visage, retenus par la barrière qui nous séparait des Geschke.

— Hanne ? Es-tu blessée ?

Des bruissements se sont mêlés aux voix pendant que la planche était soulevée pour désincarcérer mon pied. D'autres lampes se sont allumées dans un chœur d'exclamations, projetant les ombres de nos voisins tirés de leur sommeil. J'ai vu le visage de mon père se glisser devant ma couchette.

— Où est maman ?

Je ne la sentais plus près de moi.

— Elle est ici avec Matthias et moi. Hermine aussi. Nous n'avons rien. Peux-tu bouger le pied ?

— Je crois.

— Quelqu'un est parti chercher un fer pour nous permettre de retirer le reste des planches. Il ne devrait pas tarder. Les lits se sont écroulés. Nous étions trop lourds.

J'ai tenté d'esquisser un sourire, même si je n'étais pas rassurée.

— C'est bien, ma fille. Ce ne sera plus très long.

J'ai laissé la main de papa se poser sur mon pied indemne et le serrer.

Un certain temps a été nécessaire avant que soient trouvés les bons outils, en grande partie à cause des pauses que devaient prendre ceux qui cherchaient pour aller vomir. Au moment où les derniers clous ont fini par être extirpés de la couchette ruinée et tous les débris de bois retirés, il semblait ne plus y avoir un seul passager endormi dans l'entrepont, et dans les travées s'étaient formés des attroupements tandis que les chefs de famille inspectaient leurs propres couchettes. Une fois libérée de la dernière planche au-dessus de ma tête, je me suis extraite avec l'aide de maman. Debout sur un pied, j'ai enfin pu constater l'étendue des dégâts : à la lumière des lanternes, j'ai découvert qu'une rangée entière de couchettes supérieures avait cédé en formant comme une vague, pour finalement s'effondrer au-dessus de l'endroit où je dormais.

— Pourquoi ne t'es-tu pas retrouvée prisonnière ? ai-je demandé à maman.

— J'étais malade. J'avais dû me lever pour aller vider mon seau.

L'entrepont avait des airs de scène de chaos. La table était jonchée de morceaux de bois brisé, de clous tordus et, même si la plupart des couchettes supérieures n'étaient pas tombées, il était évident que leur effondrement n'était qu'une question de temps. La plupart des affaires pendues aux crochets avaient été retirées, si bien que les enfants se retrouvaient assis sur des sacs, des draps et des piles de vêtements, clignant lourdement des yeux, hagards de sommeil, pendant que leurs parents s'indignaient en silence et partageaient leur soulagement que, grâce à Dieu, personne n'ait été tué. Tout le monde était pâle et inquiet. Maintenant que nous nous savions en pleine mer, sans aucune possibilité de regagner la terre ferme ni de nous voir attribuer l'espace nécessaire pour traverser ce fléau, l'atmosphère se tendait.

Lorsque j'ai fini par trouver une place sur l'un des bancs de la table, mon pied blessé posé sur les genoux de ma mère, je me suis aperçue que le capitaine se trouvait parmi nous, le visage froncé par l'odeur, pour constater les dégâts. Il n'a pas dit grand-chose, mais ses lèvres étaient pincées de colère, et quand mon père lui a montré les clous tordus, preuves du piètre travail des charpentiers, le capitaine a fermé les yeux comme s'il cherchait à dompter son énervement. Je les ai regardés discuter tous les deux, le capitaine jetant de temps à autre un regard à l'œil aveugle de mon père, avant de lui donner une poignée de main et de partir.

Mon père s'est frayé un chemin à travers la foule, puis a laissé tomber à côté de nous, sur le banc, ses clous tordus qui se sont éparpillés bruyamment par terre quand le bateau a tangué.

— Le capitaine Olsen nous donne l'autorisation de retirer certains lits pour les réparer. Il nous fournira des clous demain, à la première heure, lorsqu'il sera plus aisé d'en trouver.

La voix de maman était ténue.

— Où allons-nous dormir, en attendant ?

Papa a passé la main dans ses cheveux.

— Nous avons l'autorisation de trouver une place sur le pont supérieur.

— Mais il fait froid, et nous serons dehors.

Mon père a hoché la tête, puis s'est tourné vers moi.

— Es-tu blessée ?

— Non.

— Tant mieux.

— La planche aurait pu lui tomber sur la tête, Heinrich.

— Dieu soit loué, elle est tombée ailleurs.

Papa a donné une tape sur l'épaule de Matthias pour qu'ils finissent ensemble d'arracher les clous qui restaient sur les planches, afin d'éviter que quelqu'un ne se blesse dessus. Je me suis couchée sur le banc, la tête sur les habits de mon père roulés en boule. J'avais beau avoir mal, je chérissais la chaleur des cuisses de ma mère sous mon pied et sa main qui doucement allait et venait pour me caresser, alors qu'elle me croyait endormie.

Mon père a passé le jour suivant à diriger les opérations de reconstruction des couchettes. Son mécontentement grandissait à mesure que les heures passaient. Matthias m'a expliqué que leurs efforts étaient vains.

— Papa dit que ce bateau n'a pas été construit pour accueillir des émigrants. Les couchettes ont été assemblées à la hâte. Elles ne sont pas prévues pour supporter le poids de plusieurs hommes.

Après les prières, sous les derniers rayons du soleil, les Anciens se sont réunis autour du Dr Meissner pour exiger une solution. Rares étaient ceux qui auraient accepté de monter à nouveau sur ces couchettes susceptibles de céder à tout moment, et ceux qui s'en fichaient ont vite été noyés sous les protestations des occupants des couchettes du bas.

— Je n'ai pas envie de me faire écraser pendant que je dors ! s'est exclamé Gottfried Fröhlich.

— Ce serait mettre des vies en péril, a renchéri papa.

Le Dr Meissner, dans l'impasse, a fini par proposer que certains hommes dorment à tour de rôle dehors, sur le pont, entre les tonneaux et les caisses.

— Et quand nous aurons mauvais temps ? a demandé Christian Pasche.

— Si les vagues menacent de vous balayer par-dessus bord, alors bien sûr vous aurez l'autorisation de redescendre, a répondu le médecin.

— Et pour dormir où ?

Le docteur s'est pincé l'arête du nez.

— Je présume que, si les vagues sont assez grosses pour vous balayer par-dessus bord, personne ne dormira, de toute façon.

Papa l'a suivi du regard lorsqu'il est remonté vers l'écoutille, vers ses confortables quartiers.

— Viens, Christian, a-t-il dit en posant la main sur l'épaule du père Pasche. Réglons ce problème à notre façon.

Papa a appelé autour de la table les autres Anciens de Kay et, tous ensemble, munis de la liste des passagers, les hommes ont discuté de la manière de répartir l'espace entre les familles.

Je me tenais assise sur la banquette inférieure, la jambe tendue devant moi, Hermine sur les cuisses. Matthias est arrivé avec une tasse d'eau pour moi.

— Je me suis porté volontaire pour dormir sur le pont, m'a-t-il dit. J'irai à tour de rôle avec Traugott Geschke.

J'ai bu une gorgée.

— Et où dormiras-tu quand il sera là-haut ?

— À la poupe, avec les hommes non mariés. Papa et Christian ont décidé de donner les couchettes aux pères de famille en priorité.

Matthias a souri en me voyant grimacer.

— Ça ne fait rien, a-t-il poursuivi. J'imaginerai que je suis un matelot. Et je serai aussi avec Hans et Hermann Pasche. Et Daniel et Rudolph Simmel.

Puis mon frère a ajouté à voix basse :

— Hans est plus que ravi de s'éloigner de son père.

— Et papa, où dormira-t-il ?

Matthias a récupéré ma tasse vide.

— Avec maman et Hermine.

J'ai froncé les sourcils.

— Mais, si papa dort sur cette couchette, où vont-ils me mettre ?

Un instant, je me suis laissé croire que cette annonce pouvait signifier qu'il me serait permis, à moi aussi, de coucher à la belle étoile. À cette idée, une décharge d'excitation m'a envahie. Toute cette lumière fredonnant autour de moi.

— À la proue.

— À la quoi ?

— À l'avant du bateau. Avec les femmes non mariées.

Matthias a pris Hermine avec lui.

— Il reste de la place là-bas, a-t-il ajouté.

— Oh.

Il m'a regardée avec un sourire énigmatique.

— Peut-être que tu partageras la couchette de Thea.

Une fois de plus, les affaires ont été triées, réparties. Hans m'a lancé un regard euphorique tandis qu'il traînait son matelas dans le passage, prêt pour sa première nuit dehors. J'enviais presque les garçons. Lorsque j'étais redescendue dans l'entrepont à la fin de l'office, la puanteur qui y régnait après ces jours de mal de mer était si forte que j'en avais presque vomi. Et, suite à la catastrophe de la nuit et aux tentatives des hommes pour réparer les couchettes, personne n'avait eu l'occasion de nettoyer le sol et les coins de la pièce couverts de rejets âcres. Le capitaine avait assuré à mon père que le mal de mer disparaissait en général après quelques jours, que bientôt nous nous sentirions beaucoup mieux. De toute façon, imaginer le contraire était inenvisageable.

Maman, toujours affaiblie, a séparé mes vêtements des siens, m'a souhaité bonne nuit et m'a remise, boiteuse, à une Mutter Scheck dont les yeux brillaient déjà. À l'instant où mon pied s'est posé à l'avant du bateau,

Mutter Scheck a fermé d'un coup sec le rideau derrière moi.

— Il y a ici quelqu'un qui aurait besoin de bons soins, m'a-t-elle dit en me prenant par l'épaule. Ta présence lui remontera peut-être le moral. Christiana m'a dit que vous étiez inséparables, toutes les deux.

— Christiana est ici ?

Mutter Scheck a baissé la voix.

— La pauvre, elle pleure jour et nuit. Mais Elizabeth est avec Dieu désormais. Elle ne souffre plus.

Le plancher, tout à coup, s'est soulevé sous nos pieds. Mutter Scheck a tendu un bras pour garder l'équilibre, puis a continué d'avancer. Le mal de mer ne semblait pas du tout la toucher.

— Nous sommes un peu à l'étroit. Il y a donc Christiana et toi. Elsa Pfeiffer. Et quelques autres filles que tu ne connais pas, de Klemzig et Tschicherzig. Tu les rencontreras demain matin. Je les incite à se coucher tôt. Le roulis est plus supportable lorsqu'on dort. Bien sûr, tu seras peut-être malade et incapable de dormir, mais le cas échéant nous te prierons de garder le silence. Les toilettes sont ici. Attention, la porte est basse.

Mutter Scheck m'a regardée en grimaçant.

— Ottilie n'a pas réussi à y arriver à temps. Il va falloir nettoyer, a-t-elle dit.

J'ai distingué plusieurs silhouettes endormies. Des couvertures remontées jusqu'en haut de la tête. Un pied pâle qui pendait dans le passage.

Mutter Scheck m'a indiqué la couchette la plus éloignée du rideau.

— C'est ici. Dors bien. J'espère qu'il ne t'incommodera pas trop.

Elle a pointé du doigt un seau à grain qui se balançait au bout du crochet planté sur le poteau du lit, d'où sortait une puanteur de tous les diables. Puis elle s'est retournée et courbée pour rejoindre sa propre couchette, non loin du rideau.

Après avoir rangé mon sac sous la banquette, j'ai regardé à côté de moi. Thea était couchée sur le dos, contre la barre latérale, les yeux fermés, une main agrippée au lit, l'autre bras étalé sur le matelas.

— Thea ?

Rien. Elle dormait. Je me suis débarrassée de mes sabots, puis me suis glissée avec elle dans le lit, où j'ai soulevé délicatement son bras pour le rabattre le long de son corps. Thea a remué dans son sommeil. En m'accrochant au bord du matelas pour éviter que le roulis ne m'entraîne vers elle, j'ai ensuite écouté les prières du coucher de Mutter Scheck, puis le grincement du métal de la lampe qu'elle éteignait. L'obscurité soudaine m'a fait cligner des yeux.

Mon ventre était noué. J'essayais de me convaincre que cette sensation venait du fait que je ne m'étais pas encore accoutumée au manque d'aération dans l'entrepont, à la chaleur de tous ces corps réunis dans une si petite pièce, que je souffrais toujours du mal de mer. Je me répétais que cela passerait si je restais tranquille, que j'étais anxieuse à l'idée de bousculer Thea ; à chaque mouvement, à chaque sursaut du bateau, mon corps tout entier se crispait. Je ne savais pas comment me tenir si près d'elle. Je ne comprenais pas cette agitation qui m'habitait.

Les heures ont passé. Le bateau grinçait. Des rires résonnaient dans le compartiment principal. Quelqu'un a demandé que l'on se taise. J'entendais l'eau s'égoutter tandis qu'on soulevait une louche au-dessus du tonneau, puis le bruit sourd de la louche que l'on reposait. Des sanglots sur quelques couchettes au-dessus de moi. *Christiana*, ai-je pensé. Mes muscles commençaient à trembler d'épuisement à force de rester accrochée ainsi au bord du matelas. N'y tenant plus, j'ai fini par lâcher prise et me laisser rouler contre Thea.

Elle a remué, et je l'ai sentie lever un bras et le glisser autour de moi. Son poids était un baume.

— Hanne ?

Thea était couchée sur le flanc, la tête dans le creux de son bras. J'ai cligné des yeux très fort pour distinguer ses traits à la lumière de la lampe de sûreté qui se balançait dans le couloir de l'entrepont. C'était toujours la nuit. Mon oreiller était humide. Je ne me souvenais pas de m'être endormie.

— Quoi ?

— Tu pleurais.

— Oh.

J'ai entendu Mutter Scheck tousser et se tourner sur sa couchette.

— Peut-être que je rêvais, ai-je dit.

Thea a tendu la main vers moi. J'ai senti son pouce me caresser doucement la joue.

— Ton visage est mouillé.

Je me suis reculée, appuyant l'arrière de ma tête contre la barre qui nous séparait de la couchette voisine.

— Je t'ai réveillée ?

— Non. C'est le bateau. Je n'ai pas dormi une nuit complète depuis que nous sommes ici.

— Moi, je dors toujours mal de toute façon, ai-je répondu. Même à la maison. Je dors mal depuis que mes parents nous ont séparés, Matthias et moi.

— Vous dormiez dans le même lit ?

— Jusqu'à nos 10 ans. Maman raconte que même quand nous étions bébés nous pleurions dès qu'elle nous faisait dormir dans des berceaux séparés. Papa a fini par nous construire un berceau pour deux. Ils nous ont donné deux lits quand nous avons grandi, mais je me suis toujours échappée pour rejoindre Matthias. Je me glissais sous la couverture, à côté de lui, et retournais discrètement dans mon lit le matin venu.

J'ai attendu que Thea dise quelque chose, mais elle s'est contentée de sourire, curieuse d'entendre la suite. J'ai senti monter en moi une vague d'affection pour elle, pour cette manière qu'elle avait de m'écouter totalement.

— Pendant des années, nous avons trouvé des subterfuges pour dormir ensemble. Mais il a fini par déménager dans le grenier. J'y allais, parfois, mais…

J'ai hésité, sentant la honte me brûler légèrement en revoyant l'expression de maman.

— Maman m'a trouvée là-bas, un jour, et m'a interdit d'y retourner.

Thea s'est tortillée pour se rapprocher.

— J'aurais aimé avoir un jumeau.

Mutter Scheck a toussé de nouveau. J'ai dressé la tête pour voir si elle était réveillée, mais il faisait trop noir pour le dire.

— Elle ne peut pas t'entendre, m'a soufflé Thea. Tout le monde dort à part nous. Si elle nous entendait bavarder, nous le saurions tout de suite.

Je l'ai sentie sourire dans le noir, et je lui ai souri en retour.

— Ce devait être bien d'avoir Matthias. D'avoir quelqu'un qui te connaît jusqu'à la moelle. Quelqu'un qui t'aime telle que tu es.

— Nous nous donnions toujours la main, aussi.

Ma voix était plus un souffle qu'un son.

— Pendant que nous dormions, ou quand l'un de nous avait peur, ou simplement par envie, ai-je dit. Mais nous ne pouvons plus le faire maintenant.

Nous avons écouté le grincement des planches. Le sifflement du vent. Quelqu'un ronflait bruyamment dans le compartiment principal.

— Qui peut ronfler comme ça ?

— Sans doute Eleonore Volkmann.

J'ai éclaté de rire.

— Quoi ? a continué Thea. Elle a de grosses narines. Tu n'as pas remarqué comment ses narines se dilatent chaque fois que son mari lui donne des ordres ? On dirait un cheval.

— Chut, Henriette va t'entendre.

— Henriette aussi a de grosses narines. Et ses sœurs. Une étable à elles seules.

Un rire m'a échappé par le nez. Thea et moi avons toutes les deux plaqué nos mains sur nos bouches.

C'est alors que le bateau a tangué. Un bébé s'est mis à pleurer. Thea a roulé contre moi et, alors même que le bateau commençait à se dresser et que j'entendais au-dessus l'appel étouffé du veilleur de nuit sur le pont, mon cœur ne s'est pas mis à battre d'effroi, mais sous le coup d'un désir soudain dont je ne comprenais pas la cause.

La main de Thea a cherché la mienne dans le noir. Mes doigts se sont tissés aux siens.

— Est-ce que tu as peur ? ai-je soufflé.

Sa main était fraîche.

— Non, a-t-elle chuchoté.

— Moi non plus.

Ses doigts ont serré les miens un peu plus fort.

— J'aurais aimé que tu sois ma jumelle, m'a-t-elle murmuré. J'aurais aimé te connaître depuis la naissance, et avoir passé avec toi toutes ces années. J'aurais aimé dormir dans le même berceau que toi.

— Nous partageons notre lit, maintenant.

Son pouce allait et venait sur les jointures de mes doigts.

— Je n'aime pas être plus âgée que toi, a-t-elle murmuré.

— À peine. Seulement de dix-huit jours.

— Les dix-huit jours les plus tristes de mon existence.

Je sentais son souffle sur ma joue, et soudain m'est revenue l'image de Thea dans la forêt, s'écartant de moi, et la pression de ses lèvres que je croyais encore sentir si fort sur les miennes.

Le bateau tanguait. Nous nous sommes accrochées toutes les deux à notre couchette, luttant contre la force de la vague, et sous le halo vacillant de la lampe de sûreté j'ai vu qu'elle me regardait, et que brillait dans ses yeux quelque chose que je désirais calmer, une chose à laquelle je désirais répondre à ma façon.

— Puisque Dieu ne nous a pas permis d'entrer dans ce monde le même jour, peut-être nous offrira-t-il la grâce de le quitter toutes les deux en même temps, ai-je soufflé.

Je me suis immédiatement sentie bête. Thea est restée silencieuse un long moment. Le bateau s'est calmé, la lampe a cessé de se balancer, et son visage a replongé dans l'ombre. Je croyais qu'elle avait fermé les yeux, qu'elle sombrait à nouveau dans le sommeil quand j'ai entendu sa voix, douce et un peu éraillée.

— Je l'espère, a-t-elle murmuré. Je l'espère.

née de la terre

La vie sur le bateau a trouvé son rythme. Chaque matin, les moins malades se levaient à 7 heures et, si le temps le permettait, se regroupaient entre les caisses et les tonneaux sur le pont pour l'office, délivré à tour de rôle par les Anciens des différentes congrégations. Nous chantions, nous priions, et j'aimais la manière dont le fracas de l'océan diluait nos voix, nous noyait sous sa voix à lui, plus grande, plus ancienne que les nôtres, et qui se suffisait à elle-même pour chanter ses louanges. L'eau était chaude pour le café à 8 heures. Nous passions alors à table, pourvue d'un rebord dans le cas où les assiettes seraient venues à glisser. Nous avons rapidement compris, cependant, qu'il était inutile d'espérer pouvoir manger pendant le roulis. Le contenu de nos assiettes finissait invariablement sur nos genoux ou sur le voisin. Le petit déjeuner terminé, nous lavions la vaisselle et les couverts, distribuions les rations suivantes de nourriture et d'eau, puis nous nous réunissions autour de Mutter Scheck, qui attribuait les corvées du jour : qui rincerait la viande en salaison, qui se chargerait de torréfier le café ou de nettoyer la proue. Nous lavions le sol à grande eau et le frottions au sable au moins une fois par semaine, voire plus si quelqu'un avait été malade.

Quelqu'un était toujours malade.

Certaines femmes de la proue ne quittaient jamais leur couchette, surtout celles de Tschicherzig, et, même si Thea et moi les voyions décrocher leurs seaux et les entendions gémir la nuit, nous ne savions d'elles que ce que Mutter Scheck nous confiait. Ottilie, qui semblait vomir chaque repas qu'elle ingérait, était déjà veuve à l'âge de 20 ans. Deux autres Johanne, une couturière et sa cousine, voyageaient ensemble. Maria, une fille de notre âge, proche d'Ottilie, était une orpheline. Et nous connaissions Christiana, Henriette, Amalie et Elsa.

Par beau temps, Mutter insistait pour que toutes les filles du compartiment non malades montent aérer leur matelas et leurs couvertures sur le pont. Nous devions attendre que Mutter Scheck ait apposé son nez dessus et les ai reniflés pour obtenir la permission de redescendre, une pratique qui chaque fois nous laissait mortifiées, tout comme les généreuses doses de vinaigre dont Mutter les aspergeait lorsqu'elle jugeait leur odeur déplaisante. Nous devions aussi nous laver la figure et les mains chaque matin et chaque soir et, même si Mutter Scheck nous épargnait alors le reniflage, nous avions quand même droit à une inspection des oreilles, qu'elle repliait pour vérifier que nous nous étions frottées correctement. Nous nous lavions à l'eau de mer, qui me tiraillait la peau et la desséchait. Parfois, à la lumière, j'apercevais les lignes dessinées par le sel, imprimées sur le front ou le cou de Thea. Je savais qu'elle voyait les mêmes sur moi.

— Sirène, lui ai-je soufflé la première fois que je les ai découvertes sur sa peau.

— Hareng, tu veux dire, a-t-elle répondu.

L'obsession de Mutter Scheck pour l'hygiène et ses inspections ne se limitaient pas aux couchettes et aux corps. Notre constance morale était aussi scrutée de près. Il était strictement défendu à toutes les femmes célibataires de dépasser les confins de la proue après la nuit tombée, et Mutter Scheck nous dissuadait même de courir jusqu'à nos propres toilettes en cas de besoin. Elle nous avait fourni à la place des pots de chambre en fer-blanc qu'elle avait entreposés sous nos lits, et qui parfois pouvaient glisser jusqu'à l'autre bout du compartiment, sous d'autres couchettes, nous obligeant à nous coucher à plat ventre par terre pour les récupérer. La *Guzunder*, une fois trouvée et remplie, devait alors être vidée dans l'un des seaux à grain accrochés aux poteaux, qui lui-même devait être quotidiennement purgé puis récuré, si le temps le permettait. Toute femme n'ayant pas correctement refermé le couvercle du seau à grain se retrouvait de corvée de vidange pendant une semaine, voire plus, une tâche que chacune redoutait quand tanguait le bateau. Après la vaisselle, Mutter Scheck inspectait nos couverts et nos assiettes, qu'elle nous demandait ensuite de ranger sur le côté de notre couchette. Lorsque Henriette s'est plainte de les entendre tintinnabuler constamment, Mutter a sorti d'on ne savait où de la ficelle pour retenir le tout ; mon père, quant à lui, a planté dans le bois de petits crochets pour nous permettre d'y suspendre nos tasses, plus faciles alors à attraper et à faire sécher. Souvent, la nuit, je regardais nos tasses, à Thea et à moi, se balancer au-dessus de nos têtes jusqu'à ce que le sommeil arrive. Parfois aussi, quand le bateau se soulevait, j'étais réveillée par une casserole qui dégringolait et dont le manche m'atterrissait sur le nez.

Tout était supervisé, rationné, surveillé. Mais, à mesure que les semaines défilaient, je me rendais compte que Mutter Scheck, toute singulière et impitoyable qu'elle fût, avait sincèrement à cœur notre santé, même si, au quotidien, ses préoccupations se traduisaient par des injonctions publiques d'ingérer des pilules laxatives, de manger peu de porc salé et un peu plus de bouillie d'avoine. À sa manière, Mutter nous témoignait son affection. De temps en temps, nous trouvions sur nos banquettes de petits paquets : des cristaux de soude pour celle à qui ne restait plus un seul chemisier de propre ; un flacon d'huile de ricin pour celle qui, au goût de Mutter Scheck, n'utilisait pas assez régulièrement le seau à grain. Un jour, tard dans la nuit, je l'ai également vue prendre Ottilie sur ses genoux, la tenant comme un bébé, pour permettre à Maria de remplacer rapidement son matelas humide et souillé par un qui avait été aéré, et éviter ainsi à la malade un moment d'embarras une fois le jour levé.

Tous les dimanches, Thea et moi recevions la visite de nos mères. Maman me laissait Hermine l'après-midi, afin de profiter d'un peu de répit, puis, après m'avoir dit que tout le monde tenait bon, autant que possible, elle retournait à sa couchette. Anna Maria, elle, préférait s'installer à table avec Thea et moi, ou bien sur notre couchette, et nous raconter dans les moindres détails tout ce qui s'était passé pendant la semaine : une dispute qui avait éclaté entre le père Pasche et un matelot qui avait osé s'adresser directement à Rosina ; une rumeur sur un couple de Klemzig qui en réalité n'aurait pas été marié ; les dauphins qu'elle avait vus nager, bondissant des flots près du bateau ; la grande course sur le pont du cochon du capitaine qui s'était échappé de sa caisse ; le malaise qu'elle ressentait lorsqu'elle voyait comment le Dr Meissner soignait ceux qui souffraient encore du mal de mer.

— J'ai l'impression qu'il se considère au-dessus de ce travail, nous a-t-elle confié un après-midi, sans prêter attention à Hermine qui lui mâchonnait le doigt. Voyez-vous qui est Helbig, un homme de Züllichau ?

Thea et moi avons secoué la tête.

— Eh bien, cet homme est très malade. Ce matin, après une nuit à l'entendre gémir, nous sommes allés chercher le médecin. Il s'entretenait avec l'épouse de Helbig quand le ton est monté. Frau Helbig semblait affolée, elle criait sur le docteur en lui demandant comment diable son mari allait pouvoir se rétablir sans aucun remède. Tout le monde s'est tu en l'entendant. Mais, ensuite, le Dr Meissner a perdu son sang-froid et hurlé sur cette femme. Cette pauvre femme qui craignait pour la vie de son époux.

— Que lui a-t-il dit ? a demandé Thea.

— Je n'ose vous le répéter, a répondu Anna Maria en baissant la voix. Il a dit : « Ce n'est pas à vous de m'expliquer comment faire mon travail, maudite paysanne ! » Et puis, comprenant que nous l'avions entendu, il a craché par terre en nous traitant tous de « bande de chiens ».

— Il n'a aucun médicament ?

L'idée que l'homme qui tenait nos vies entre ses mains nous méprise à ce point me mettait profondément mal à l'aise.

— Si. Il les garde dans son coffre-fort, a répondu Anna Maria avant de secouer la tête. La vérité, je crois, est plutôt que ce docteur est un ivrogne et qu'il avait oublié de donner un traitement à Herr Helbig. La porte de sa cabine était entrouverte hier soir. Je l'ai vu dormir en ronflant à faire trembler les murs alors que nous étions en plein après-midi et que plusieurs enfants avaient vomi de l'eau dans l'entrepont.

Thea s'est rapprochée de sa mère sur le banc.

— Maman, ne pourrais-tu pas les aider ?

Anna Maria a hoché la tête, les lèvres pincées.

— J'ai déjà traité certaines fièvres.

Puis, tout en regardant Thea, elle a ajouté :

— Il me reste encore un peu de ce remède que nous avions conservé dans de l'eau-de-vie, mais tous les autres sont à sec, et j'ai le plus grand mal à accéder aux cuisines.

Elle a hésité.

— Certains ne voient pas d'un bon œil que je prépare des distillations.

J'ai regardé autour de moi. Assise sur sa couchette, Christiana montrait un dé à coudre à Henriette. Je l'ai entendue dire :

— Il appartient à ma grand-mère. Elle me l'a donné pour mon trousseau de mariage.

Henriette a répondu en lui décrivant les broderies d'une nappe.

Je me suis retournée vers Anna Maria.

— Tu veux parler de Magdalena Radtke ?

— Elle en fait partie, oui.

La Wende a suivi mon regard et, comme si elle l'avait senti, Christiana a levé les yeux, son dé à coudre sur l'index. Il n'y avait dans son expression aucune sympathie tandis qu'elle fixait Anna Maria.

— As-tu entendu Magdalena dire quelque chose, Hanne ? m'a demandé Thea.

— Je… je l'ai entendue. La nuit où Elizabeth est morte.

Anna Maria a posé les mains à plat sur la table.

— J'aurais sans doute pu aider cette enfant.

— Maman, si tu te proposais comme assistante auprès du médecin, peut-être que les gens…

— J'ai essayé, Thea. Mais le Dr Meissner s'en est offusqué. Il s'est contenté de me regarder avec un mépris absolu, sans même me faire la faveur de répondre… Comme si je n'avais pas donné naissance à je ne sais combien d'enfants, a soupiré Anna Maria. Et guéri celles et ceux qui n'ont pas les moyens de se payer les services de ce genre de charlatan, a-t-elle poursuivi. Mais nous ferons avec, les filles. J'aiderai ceux qui me le demandent. Fort heureusement, il y en a qui ne partagent pas la piètre opinion que Magdalena a de moi.

Thea a jeté un coup d'œil à Ottilie, qui dormait sur sa couchette non loin de nous.

— Maman, Ottilie ne mange plus rien. Elle n'arrive pas à garder quoi que ce soit. Mutter Scheck a fait venir le docteur hier, mais il ne lui a rien donné. Il nous a demandé de surveiller une éventuelle apparition de fièvre, mais n'a même pas pris la peine de poser la main sur son front pour vérifier par lui-même.

Anna Maria a secoué la tête, exaspérée.

— Le médecin est censé effectuer des rondes quotidiennes, n'est-ce pas ? a poursuivi Thea. Pour surveiller la santé de tous les passagers ? Pour s'assurer de l'hygiène ? Eh bien, nous ne le voyons presque jamais. Ottilie est malade depuis que nous sommes partis et il ne l'a appris qu'hier. Et, lors de son passage, quand Mutter Scheck a eu le malheur de se plaindre de la nourriture, il lui a répondu que certains seraient très heureux de récupérer ses rations si elle n'en voulait pas.

Il fallait reconnaître qu'il n'était pas aisé de s'habituer aux provisions dont nous disposions à bord. Le repas le plus consistant de la journée était le déjeuner, servi à 13 heures, généralement constitué de porc ou de bœuf en salaison. Des aliments lourds, qui ne convenaient pas à notre constitution. Le soir, Thea et moi énumérions parfois toutes les choses qui nous manquaient. Les poires. Les petits pois sucrés que nous écossions. Le chou cru, émincé. Les pommes acides.

Comme si elle lisait dans mes pensées, Anna Maria nous a demandé qui dans notre groupe avait été nommée cuisinière.

— Christiana, avons-nous répondu en chœur.

— Si le docteur n'a rien d'autre à nous proposer que ses inhalations de vinaigre pour nous soigner, je vais tenter de voir s'il m'est possible de vous fournir de quoi mieux vous nourrir, a marmonné Anna Maria. J'aimerais au moins pouvoir inciter les filles malades à manger un peu plus.

Le soir venu, Anna Maria est allée parler à Mutter Scheck et, le lendemain, Christiana a été suspendue de sa corvée de cuisine. Nos repas, à partir de là, se sont considérablement améliorés. Le porc en salaison était cuit avec les biscuits du bateau qui, absorbant le gras, devenaient moelleux et savoureux. Les quenelles étaient cuites dans du bouillon. Les crèmes de riz cachaient désormais parfois un précieux pruneau. Si Mutter Scheck avait vu Anna Maria profiter de ce temps en cuisine pour préparer ses décoctions, elle n'en a jamais dit mot.

Le temps se réchauffait à mesure que nous voguions vers le sud. Au moment où le *Kristi* a dépassé Madère, un mois après notre départ d'Altona, la température commençait même à devenir étouffante. Les pages de la bible se froissaient sous nos doigts moites.

L'air était si lourd, la nuit, qu'il me restait seulement la force d'inspirer et d'expirer. À côté de moi, Thea était trempée de sueur. Anna Maria nous avait raconté que Samuel Radtke lui avait montré des morceaux de cire à cacheter qui s'étaient scellés en fondant.

Mutter Scheck, toujours aussi décidée à ne pas nous voir gagnées par l'inaction, est arrivée un jour avec plusieurs aiguilles, du fil blanc et du coton.

— Autant mettre à profit votre temps sur le bateau, a-t-elle dit. Pensez à la vie que vous aurez à la colonie.

Au foyer que vous bâtirez. Profitez de ces heures : vous vous réjouirez de ne pas être tombées dans l'oisiveté lorsque nous arriverons.

Même si je détestais les corvées domestiques qui m'étaient imposées à Kay, j'ai apprécié de pouvoir désormais détourner mon esprit de l'atmosphère oppressante qui régnait dans l'entrepont, d'oublier la sueur qui ruisselait lentement le long de mon dos et trempait le haut de mon jupon, l'odeur des corps et le bruit des querelles. La chaleur mettait les gens à fleur de peau, et les rendait moins enclins à s'excuser lorsque éclataient les conflits qu'entraînait inévitablement une telle promiscuité. Anna Maria nous avait dit que plus de 40 personnes étaient désormais confinées au lit dans l'entrepont, souffrant de fièvre ; les familles étaient inquiètes. Elle avait pris l'initiative d'assainir leur couche grâce au fumage de baies de genièvre et de clous de girofle, ayant déjà utilisé toute sa gentiane et sa teinture de rhubarbe. Et cette nuit-là, dans notre lit, Thea m'a soufflé que sa mère utilisait aussi son livre, en secret, pour fabriquer des billets que pourraient porter sur le corps ceux qui acceptaient ces pratiques. Voyant mon air inquiet, Thea m'a expliqué ce que sa mère écrivait dessus : *Épargne-les tous, Adonaï, car ils sont les tiens. Ton esprit insondable est en chacun, toi qui aimes la vie.* Ces mots sont restés sur ma langue longtemps encore après que Thea s'était endormie.

Six passagères de la proue se sont ajoutées à la liste des malades. Au départ, Mutter Scheck avait cru que ces femmes mettaient simplement plus de temps que les autres à se remettre des malheurs qui nous avaient frappés au début, mais, quand Ottilie a commencé à se tordre sur sa couchette en hurlant de douleur, Mutter s'est empressée de donner l'ordre à tout le compartiment d'aller passer le reste de la journée sur le pont, à condition de ne pas rester inactives et de coudre.

Thea et moi sommes sorties par l'écoutille sous un temps chaud et maussade. La mer était calme. Sans les vagues qui, d'ordinaire, éloignaient les déchets que nous rejetions par-dessus bord, l'odeur était presque aussi infâme qu'en bas. Aucun souffle de vent ; l'air était si empesé que nous avions l'impression de nous forcer pour respirer. Devant nous s'étalait un horizon d'eau si vaste que j'en avais mal aux yeux.

Nous sommes allées nous installer sur le côté du pont, à l'endroit où les matelots n'étaient pas occupés à laver le plancher. Nous avions beau savoir que nous nous trouvions loin des côtes, n'avoir sous les yeux, devant et derrière nous, que l'océan nous faisait réellement prendre la mesure de notre insignifiance, de notre vulnérabilité. Ces pensées nous rendaient songeuses, taciturnes.

Nous n'avons rien que le ciel et nous deux, pensais-je.

Tout à coup, Thea m'a attrapé l'épaule.

— Regarde, m'a-t-elle dit.

Quelque chose bougeait à la surface de l'eau, un peu plus loin. Plus tôt cette même semaine, nous avions entendu des gens dire avoir aperçu des dauphins, mais la taille de cette créature dépassait l'imagination.

L'un des marins a donné l'alerte et d'autres passagers se sont approchés, curieux.

— Un léviathan, a lâché Thea, le souffle coupé.

Au même moment, la baleine s'est soulevée hors de l'eau, masse sombre luisante, trempée – il semblait impossible de voir ainsi s'envoler un tel poids. Jamais je n'avais rien vu d'aussi gros ; mon cœur s'est glacé dans ma poitrine. Thea m'a broyé le bras. Les gens criaient de stupeur, de terreur, tandis que la baleine décrivait un arc, se moquant des cieux, et se laissait retomber dans l'océan. Au milieu du claquement retentissant et des éclaboussures gigantesques qui se sont ensuivies, j'ai senti brièvement mon âme sortir de mon corps, comme propulsée vers le divin par mon ébahissement. Car la baleine était divine. Les vagues écumeuses sorties des flots dérangés ont atteint le *Kristi* et secoué le bateau comme si nous n'étions qu'un bouchon de liège dans un étang.

— Ah, personne ici ne verra jamais l'Australie ! a râlé dans sa barbe Gottfried Fröhlich. Nous allons tous finir par-dessus bord.

Thea s'est retournée vers moi, les yeux brillants. Sans rien dire. Je n'ai rien dit non plus. Nous n'en avions pas besoin.

Tout le monde n'a parlé que de la baleine pendant toute la matinée. Il y avait ceux, comme Thea et moi, qui jubilaient, fascinés, considérant son apparition comme un cadeau, tandis que d'autres, vrais Jérémie, voyaient la créature comme le signe d'un désastre à venir.

— Ils ont peur, me disait Thea en ne quittant pas des yeux le père Fröhlich qui, après avoir craché par-dessus le bastingage, était redescendu par l'écoutille. Il paraît que le docteur a demandé que nous accostions.

Elle m'a lancé un regard lourd.

— Comment le sais-tu ?

— Quelqu'un l'a entendu et répété à certains de nos hommes. Papa en faisait partie. C'est maman qui me l'a dit. Le Dr Meissner pense que le bateau a besoin d'un nettoyage complet et que cette pause sera l'occasion pour nous de reprendre des forces sur la terre ferme. Lui n'en est pas sûr, mais maman dit que nous sommes peut-être victimes du typhus.

— C'est une maladie grave ?

Thea a hoché la tête.

— Mais le capitaine dit que, tant qu'aucun malade n'est à déplorer dans l'équipage et que nous ne manquons pas de provisions, l'autorisation d'accoster ne nous est pas garantie.

— Es-tu inquiète ? ai-je demandé à Thea.

— Je ne sais pas. Je n'arrête pas de penser à Ottilie.

— Mmm. Mais la baleine, Thea… ne t'a-t-elle pas donné espoir ?

Thea a souri. Du revers de sa manche, elle a essuyé son front en sueur, puis s'est appuyée sur mon épaule en pointant du doigt l'ouvrage que je tenais à la main.

— Ce sera pour quoi ?

— C'est une taie d'oreiller. Je broderai dessus *Schlafe wohl.* Dors bien. Regarde, j'ai commencé la première lettre. Et j'ai aussi brodé mon initiale dessous.

— Ce ne devrait pas être un *J* pour Johanne ?

— Personne ne m'appelle comme ça.

— Je présume qu'il te faudra y adjoindre celle de ton mari, a-t-elle ajouté tout bas. Lorsque tu sauras qui est ton promis.

Je l'ai regardée fixement. Je ne lui avais pas parlé du tissu noir rangé sous la couchette, même si les conversations des mères tournaient bien souvent autour des trousseaux de mariage. À dire vrai, depuis mon installation avec Thea, je n'avais jamais vraiment repensé à ce rouleau apporté en prévision de mes noces. Ni Thea ni moi ne prenions part à ces discussions sur le mariage et notre futur foyer. Un jour, alors que la plus âgée des deux cousines, les Johanne, l'interrogeait à ce sujet, Thea avait répondu que sa mère avait emporté quelques affaires dont elle hériterait une fois mariée, mais sans préciser de quoi il s'agissait, et Johanne ne l'avait pas demandé. Nos futurs époux étaient une question que nous n'avions jamais évoquée.

Thea me regardait d'une manière étrange, anxieuse.

— Nous finirons toutes les deux mariées, je présume, a-t-elle dit.

Je n'ai pas répondu.

Elle a baissé les yeux. Je l'ai observée en train d'essayer de faire passer son fil dans le chas de son aiguille, avant de le lui prendre et de le faire pour elle.

— Voudrais-tu bien me coudre une taie d'oreiller ? m'a-t-elle demandé d'une petite voix. Quand tu auras terminé la tienne.

— Tu ne préfères pas la confectionner toi-même ?

— Je crois que ce mouchoir va déjà m'occuper pour la totalité de la traversée. Et puis, a-t-elle dit après une hésitation, j'aimerais pouvoir poser la tête sur un objet que tes mains ont touché.

La nuit qui a suivi l'apparition de la baleine, j'ai rêvé des arbres de Kay. J'ai rêvé que j'étais de retour de la colonie, que j'étais revenue voir le noyer de notre verger. Les années avaient passé ; l'arbre était vieux, tout noueux.

Quand je posais les mains sur l'écorce, je le sentais se redresser sous mes paumes, comme s'il se réveillait d'un long sommeil.

Toi, disait-il.

— Je suis revenue.

Le vent secouait les feuilles.

Je t'ai entendue chanter, disait l'arbre.

— Quel chant ?

Le chant sans fin.

Là-dessus, je me suis réveillée, mais la sensation que m'avait laissée ce rêve est restée imprimée en moi. Je me sentais profondément rassurée, comme si ma vie avait déjà été vécue, et que cette vie était belle, valait la peine.

En roulant sur le côté, je me suis aperçue que Thea ne dormait pas non plus. Nous nous sommes rapprochées.

— Tu parlais en dormant, m'a-t-elle murmuré.

— Vraiment ? Qu'ai-je dit ?

— Je ne sais pas. On aurait plutôt dit que tu chantais, en fait.

— Je rêvais de notre verger.

J'ai senti la main de Thea me lisser les cheveux.

— Celui du rêve de ton père ? Le verger du paradis ?

J'ai soulevé ma joue pour qu'elle épouse sa paume. Ses mains étaient fraîches, et redevenues douces depuis qu'elle ne travaillait plus.

— Non.

Le chant sans fin.

— Ou peut-être, ai-je ajouté, peut-être était-ce une forme de paradis.

— Raconte-moi.

J'ai donc parlé du noyer à Thea. Pas seulement de ce que l'arbre m'avait dit en rêve, mais aussi de ce qu'il me disait le jour. Je lui ai expliqué que je pensais depuis toujours que chaque chose qui poussait portait en elle son propre chant pour rendre hommage à la création. Pendant ce temps, Thea me caressait les cheveux en silence.

— J'espère que la gloire de Dieu ressemble à ton rêve plutôt qu'à celui de ton père, a-t-elle finalement dit.

— Pourquoi ?

Elle a posé son front contre le mien, et cette proximité a fait monter en moi quelque chose que je n'aurais su nommer.

— Je crois que les pommes ordinaires me manqueraient, a-t-elle dit.

Elle a hésité.

— Les choses nées de la terre, a-t-elle ajouté.

J'ai repensé à la vision de papa, à ces fruits paradisiaques brillants. Toutes ces merveilles m'ont semblé bien froides à cet instant.

Comme je regrette aujourd'hui qu'il nous ait manqué des mots à mettre sur ce que nous vivions dans ces moments ! Alors que la main de Thea se trouvait sur mes cheveux, alors que la sentir si proche me faisait vibrer tout entière comme un alléluia, comme le retour d'une fièvre, je regrette de ne pas m'être autorisée à me dire qu'il pouvait exister différentes sortes de dévotion. De ne pas avoir songé au poids d'une belle poire mûre dans ma main, à ce que m'apporterait son jus ruisselant sur mon poignet.

Comme je regrette que nous n'ayons pas sauté dans le précipice. Et qu'une fois dans le vide il n'ait plus été possible de nous arrêter, pas plus qu'il n'aurait été possible de défier la gravité.

Comme je regrette de ne pas m'être rapprochée de Thea alors. De ne pas lui avoir demandé de m'embrasser. Profondément, pour que le monde entier se retourne, accomplisse sa révolution.

Nos vies étaient fendues par la lumière. Le jour, tout se passait comme d'ordinaire, nous étions occupées par nos corvées, et interrompues à cause du temps, de la chaleur, de Mutter Scheck, des femmes malades ou de nos mères. Nous aidions parfois Anna Maria dans la cuisine. Nous faisions cuire le riz. Nous retirions les feuilles sur les tiges d'absinthe séchées. Nous étions deux amies, comme nous l'avions toujours été, à l'aise dans notre amitié.

Mais la nuit venue, lorsque nous nous retrouvions seules, éveillées, nous nous tournions l'une face à l'autre et restions ainsi étendues, proches, la tête sur le même oreiller, et mon souffle alors se coupait. Un jour, les mains de Thea se sont promenées sur mon corps. J'en tremblais, mais alors quelqu'un a remué sur sa banquette, et Thea n'a jamais osé le refaire. Le matin, je me suis demandé si ce moment avait réellement eu lieu. Nous n'en avons jamais parlé. Nous ne parlions jamais de la forêt, de ce qui était arrivé. Tout se passait comme si nous étions toutes les deux endormies et nous retrouvions dans un rêve partagé.

Dans cette obscurité que seule perforait la lampe de sûreté, tout près l'une de l'autre, dans la chaleur, je me suis retrouvée à lui dire des choses que je n'avais jamais dites à personne. Elle m'écoutait en silence, sans jamais chercher à m'interrompre, sans jamais ponctuer mes pensées d'un hochement de tête ou d'un murmure. Son silence était attentif et ouvert et parfaitement gratuit. Toute ma vie, j'avais été entourée de gens qui, implicitement ou pas, discrètement ou pas, avaient exigé des choses de moi. L'amour de mes parents ne s'était jamais manifesté que par une exigence constante de perfectionnement : devenir plus. Plus assidue dans mes prières, plus contrite, plus rigoureuse. Dieu, lui aussi, était lié à moi par le biais de requêtes. Ce que j'étais ne suffisait jamais. Le meilleur de moi-même, ce moi que les autres auraient le plus aimé, le mieux accepté, se trouvait toujours devant – une ombre sur le chemin, impossible à rattraper, quelle que fût la vitesse à laquelle je courais.

Les rares fois où je m'étais ouverte à maman des contradictions, des pulsions qui habitaient mon cœur, de mes incertitudes, elle m'avait répondu en me récitant des consignes pour les annihiler. Mais Thea, elle, ne cherchait jamais à dévier des sujets que j'amenais ; son esprit, instantanément, formulait un remède. Thea écoutait, voilà tout. Ainsi donc, là, sur le bateau, ainsi lui ai-je tout dit. La peur que j'avais que ma mère ne m'aime pas comme elle l'aurait dû. Que je me sentais anormale de n'avoir pas pleuré à l'enterrement de Gottlob. Que j'avais un chancre dans le cœur.

La réponse de Thea à cette dernière confidence est une chose qui, aujourd'hui encore, alors que je suis ici, étendue sous les trous brûlants que percent les étoiles dans la nuit, me réchauffe. Ce fut un moment de grâce auquel je me suis toujours raccrochée ensuite. Même à présent, même après le grand cataclysme, il me porte.

— « Ne dois rien à personne, si ce n'est de s'aimer les uns les autres : car celle qui aime les autres a accompli la loi. »

Jamais les Écritures n'ont si joliment parlé à mon cœur.

Une nuit, Thea et moi avons été réveillées par un grand coup au pied de notre couchette. Nous dormions dans les bras l'une de l'autre. Nous nous sommes écartées d'un bond.

Une voix a résonné dans le noir. Rauque. Apeurée.

— Ça brûle.

Quelqu'un se tenait à genoux par terre.

— Ottilie ? a demandé Thea en chuchotant.

Dans cette lumière fantomatique, j'ai vu qu'elle ne s'était pas trompée. Ottilie se tenait là, les bras croisés, se serrant le ventre. Elle saignait du nez.

— Du feu, partout, a-t-elle soufflé. Tout brûle.

— Quoi ?

— Tout est en feu, a-t-elle dit tout bas.

Elle ne semblait pas avoir remarqué pour son nez ; j'entendais le sang goutter sur notre matelas.

— Va réveiller Mutter Scheck, m'a dit Thea en s'extirpant du lit.

Je me suis exécutée et nous sommes arrivées, toutes les trois, à ramener Ottilie à sa couchette.

— Penche la tête en arrière, a dit Thea en lui appliquant un linge sur la figure.

Levant les yeux vers Mutter Scheck, elle a ajouté :

— Je crois qu'elle ne sait pas où elle est.

— Allez prévenir Johann, disait Ottilie, mais ses yeux étaient fermés. Par pitié, allez le prévenir. Dites-lui de ne pas respirer la fumée.

— Qui est Johann ? ai-je murmuré.

Mutter Scheck avait le visage grave.

— Son mari décédé.

Mutter Scheck est retournée jusqu'à sa couchette pour se rhabiller.

— Je dois aller réveiller le médecin, a-t-elle dit. Ne quittez pas la proue. Essayez de lui faire boire de l'eau.

Thea l'a retenue par le poignet.

— Pas le docteur. Allez chercher ma mère.

Mutter Scheck a hésité, fixant Thea d'un air contrit.

— D'abord le médecin, a-t-elle dit doucement. Ensuite, nous verrons.

Le Dr Meissner avait le regard froissé, exorbité de l'homme que l'on réveille en pleine ébriété.

— Elle saigne du nez, dites-vous ?

Il s'est agenouillé au chevet d'Ottilie. Thea et moi nous sommes regardées. Il sentait l'eau-de-vie à plein nez.

— Et elle a une très forte fièvre, a ajouté Mutter Scheck en lorgnant le soignant d'un air consterné. Voilà près de deux semaines qu'elle souffre, docteur. Elle s'est à peine levée de son lit.

— Et maintenant, des délires.

Ottilie s'est mise à pleurer.

— Les filles, retournez vous coucher.

Mutter Scheck a repris à Thea le linge taché de sang et l'a secoué délicatement.

— Je reste ici avec le Dr Meissner.

Nous avons observé cet homme poser l'oreille sur la poitrine d'Ottilie. Le bateau a tangué soudainement, et le médecin a basculé sur le côté. Il y a eu un bruit de verre cassé.

— Sacrebleu, a-t-il lâché en cherchant à se redresser.

Thea a ramassé par terre une fiole dont le goulot s'était brisé, répandant une poudre blanche. Elle l'a donnée au docteur qui, d'une main maladroite, a tenté de retirer les morceaux de verre tombés à l'intérieur.

— Merci, Thea, a dit Mutter Scheck.

Elle a tendu la main au docteur qui chancelait sous un nouveau soulèvement du bateau.

— Retourne te coucher.

Le lendemain matin, je me suis réveillée au son de Thea qui frottait l'extrémité de notre matelas.

— Je n'arrive pas à le faire partir, a-t-elle dit en levant les yeux vers moi.

Elle pleurait.

— Quoi ? Qu'y a-t-il ?

— Le sang.

J'ai baissé les yeux et découvert les taches au pied de notre lit. La couchette d'Ottilie était vide.

— Ta mère est-elle venue ? ai-je demandé. Je ne l'ai pas vue.

Thea a secoué la tête et sorti quelque chose de sa poche. Un papier plié. Elle me l'a tendu.

— Ouvre-le.

Je l'ai ouvert et j'y ai vu les mots que Thea avait prononcés devant moi des semaines plus tôt, tracés de l'écriture nette d'Anna Maria : l'invocation d'Adonaï.

— Magdalena et Rosina ont trouvé cela quand ils ont enlevé le corps de Helbig, a-t-elle dit. Elles comptent le montrer au pasteur lorsque nous arriverons.

J'ai jeté un coup d'œil vers l'endroit de la proue où Christiana se tressait les cheveux, en nous tournant résolument le dos.

— Il comprendra, ai-je dit en m'agenouillant à côté de Thea. Il saura qu'Adonaï est l'autre nom de Dieu.

Thea a jeté son torchon dans le seau.

— Je l'espère, a-t-elle dit. Je l'espère.

Les funérailles d'Ottilie et de l'homme nommé Helbig ont eu lieu conjointement, ce matin-là, sur le pont. La chaleur était toujours suffocante, l'air épais, brûlant. Il ne m'a pas échappé que les passagers s'étaient séparés en deux groupes, Anna Maria au centre de l'un, Magdalena au centre de l'autre.

La mort de ces deux adultes confirmait ce que beaucoup soupçonnaient déjà : une maladie circulait à bord du bateau. Trois Anciens sont allés réveiller le médecin dans sa cabine et l'ont escorté jusqu'à l'entrepont pour exiger de lui un examen des autres passagers. Au départ, le Dr Meissner a continué de prétendre qu'il ne s'agissait que du scorbut. Mais les hommes ont insisté, énumérant les symptômes communs à tous les malades. Fièvre. Délires. Maux de tête, évanouissements. Démangeaisons pour les enfants. Sous l'œil des Anciens, le médecin a examiné chaque passager malade, et quand a sonné l'heure des prières du soir chacun d'entre nous savait qu'Anna Maria avait vu juste : le *Kristi* était touché par le typhus.

baleine

La vie à bord s'est chargée d'une étrange intensité. Les couchettes étaient déjà si encombrées que nous n'avions pas la possibilité de créer un hôpital de fortune. Les malades restaient à leur place et ceux qui en avaient la force avaient rejoint les passagers qui dormaient sur le pont pour laisser plus d'air et d'espace à ceux d'en bas. D'autres encore auraient pu monter, mais la mer était de nouveau agitée, et il arrivait parfois que les vagues, en se fracassant sur la coque, projettent de l'écume et des embruns sur les draps et les couvertures. Par très mauvais temps, l'eau de mer pouvait même se répandre sur le pont et couler jusque chez nous, balayant dans les recoins du compartiment tous les objets que nous n'avions pas amarrés. L'humidité restait étouffante. Gottfried Volkmann nous faisait le récit des épidémies de typhus qu'il avait connues au cours des guerres contre la France, mais les autres l'ont fait taire. Personne n'avait envie d'entendre ses descriptions de l'odeur des cadavres. Traugott Geschke et Samuel Radtke en sont venus aux mains à cause d'une vieille querelle au sujet d'un taureau d'élevage, qui brusquement s'était ravivée. Mon père a été obligé de s'interposer. Les gens remarquaient que le médecin était presque toujours saoul. Il confondait les passagers, oubliait leur nom. Amalie Schultze a failli prendre les médicaments d'un autre parce que le médecin ne l'avait pas correctement identifiée.

Maman ne passait pas beaucoup de temps avec moi depuis mon arrivée dans la proue, excepté pour venir me donner Hermine ou la récupérer, mais après la mort d'Ottilie et Helbig les moments où elle me prenait à part sur le pont après la prière du soir se sont multipliés. Elle me demandait comment je me sentais, comment se sentaient les autres femmes de mon compartiment. Un après-midi que j'avais passé toute la journée au lit, en ouvrant les yeux je l'ai trouvée debout devant ma couchette.

— Anna Maria m'a dit que tu n'avais pas pris ton petit déjeuner, a-t-elle déclaré en s'accrochant à la couchette supérieure afin de ne pas perdre l'équilibre.

J'ignorais que la Wende dressait des comptes rendus à ma mère sur mon état de santé ; je me suis demandé si maman partageait les opinions de Magdalena, ou si la naissance de Hermine l'avait convaincue des talents d'Anna Maria.

— Je me repose seulement, ai-je dit. Ma cheville me fait mal.

La mer, déjà très agitée depuis minuit, était à présent démontée. J'avais heurté un tréteau quand le bateau avait plongé. Je m'étais foulé la cheville et m'étais cogné le tibia si fort contre le banc que j'avais cru mon os cassé. Un rond violet pommelé avait déjà commencé à apparaître sur ma peau.

— Tout va bien, je t'assure. Ce n'est que ma cheville. J'ai trébuché tout à l'heure.

— Pas de migraine ? De douleur dans le ventre ? Je te trouve chaude. Où est Thea ?

J'ai secoué la tête.

— Avec sa mère dans les cuisines. Comment va papa ?

Maman s'est assise sur ma couchette, a lissé les couvertures.

— Ton père est solide.

— Et Matthias ?

— J'ai entendu dire qu'il s'amusait comme un fou sur le pont à se faire tremper par les vagues. Il semblerait que cette aventure le rende très téméraire.

J'ai souri, mais je voyais bien que maman s'inquiétait. Elle s'est retournée vers l'écoutille, que nous apercevions derrière le rideau à moitié ouvert. De l'eau de mer stagnait au pied dc l'échelle.

— Il redescendra si le temps continue à se gâter ? ai-je demandé.

Ma mère a hoché la tête.

— Les gens songent à se sangler aux couchettes.

Comme pour nous répondre, le bateau a piqué. Nous nous sommes accrochées l'une à l'autre.

— Grand Dieu.

Maman s'est de nouveau retournée vers l'écoutille.

— Nous allons finir sous l'eau.

— Maman, tu me fais mal.

— Comment ?

— Mes bras.

— Oh.

Elle m'a lâchée, puis s'est allongée à côté de moi. Le bateau retombait. Elle a fermé les yeux. L'entrepont était plongé dans la pénombre à cause du mauvais temps, mais je parvenais à voir que le voyage avait aminci son visage. Cela lui conférait une beauté plus dure, un peu moins harmonieuse. J'ai laissé mon regard se remplir d'elle, ma mère, ce sombre joyau.

— Es-tu contente ici, avec les autres filles ?

Elle parlait sans ouvrir les yeux.

— J'apprends la broderie blanche à Thea. Quand le temps est plus calme, nous pouvons tenir une aiguille sans risquer de nous crever les yeux.

— Mutter Scheck s'occupe donc bien de vous ?

— Oui.

Maman a ouvert les paupières, pris mon menton entre ses doigts pour me tourner la tête vers elle.

— Qu'y a-t-il ?

Je m'attendais à une mise en garde. À une critique. Ses yeux, sous cette faible lumière, semblaient parfaitement noirs. Son regard me rendait nerveuse.

— Quoi ?

— Je remercie Dieu pour toi, a-t-elle soufflé, semblant se parler à elle plus qu'à moi.

C'est à cet instant qu'un cri a retenti depuis l'écoutille. Nous avons dressé la tête en même temps et vu deux personnes à terre, balayées par de l'eau.

Maman s'est redressée d'un coup.

— Oh non, c'est Elize ! s'est-elle écriée.

Je n'ai pas eu le temps de répondre qu'elle s'était précipitée vers le compartiment principal, alors même que le roulis la projetait contre les parois du bateau. Partie.

Thea est rentrée après l'extinction des feux. Je l'ai entendue longer les couchettes en chancelant, puis elle a grimpé sur notre matelas. J'ai soulevé la couverture pour qu'elle puisse se glisser près de moi.

— Tu as les pieds mouillés, ai-je soufflé.

— Désolée.

— Ne t'excuse pas. Tiens.

Je me suis rapprochée d'elle et j'ai couvert ses pieds avec les miens pour les réchauffer.

— C'est mieux ?

— Mmm.

— Quelle heure est-il ?

— Minuit.

— Où étais-tu ? Je te croyais dans les cuisines.

— J'y étais. Maman avait besoin de quelqu'un pour tisonner le feu avec tout ce roulis, m'a répondu Thea. Et puis Elize est tombée.

— Je sais. Comment va-t-elle ?

— Georg Pasche est tombé de l'échelle en descendant par l'écoutille. Il a atterri sur elle alors qu'elle se rendait aux toilettes. Georg va bien, mais pour Elize la chute a déclenché le travail.

— Mais le terme est encore loin.

— Elle est enceinte de cinq mois.

Je sentais les doigts de Thea se promener distraitement sur l'intérieur de mon bras.

— Reinhardt est venu chercher maman dans les cuisines. Je l'ai accompagnée pour lui prêter main-forte. C'est pour cette raison que je rentre si tard. Je l'ai aidée à donner naissance au bébé.

— Oh. Thea…

Dans le noir, la voix de Thea était ténue.

— Elle tient dans une main d'Elize. Je n'avais jamais vu de…

— Elle est vivante ? C'est une fille ?

Thea a hoché la tête.

— Mais elle est si petite, Hanne, a-t-elle soufflé. Je suis partie. Maman et moi sommes parties, pour qu'Elize et Reinhardt…

Mais elle n'a pas pu terminer sa phrase. J'ai passé les bras autour d'elle et l'ai laissée pleurer sur mon épaule.

Reinhardt et Elize ont nommé leur fille Esther, en hommage à la mère d'Elize. Nous avons appris le lendemain matin que Traugott l'avait baptisée quelques minutes avant qu'elle ne meure. Elle avait vécu trente minutes entières. Son corps était plus étroit que la brique utilisée pour lester le linceul.

Les Anciens sont allés trouver le capitaine après l'office, dans l'espoir de le convaincre de prêter attention à la proposition prétendument émise par le Dr Meissner, et d'accoster dans le prochain port. Nous nous tenions debout, en silence, pendant qu'ils lui parlaient, le regard rivé sur Olsen, qui hochait la tête en écoutant. Il semblait compatir. Le ciel, ce matin-là, était d'un gris sombre, et la mer couverte de crêtes blanches par les bourrasques. Je me sentais nerveuse, comme si planait sur moi une menace que je n'avais pas le pouvoir d'arrêter. Une vague scélérate. Une mutinerie. L'océan était partout, agité, intranquille, grondant comme une femme en colère.

— Que dit-il ? m'a demandé Thea à voix basse.

— Je n'arrive pas à entendre. Il y a trop de vent.

Mutter Scheck nous a demandé de nous taire.

Quelques minutes plus tard, le capitaine s'est écarté des Anciens pour s'adresser à nous tous.

— Je comprends que nombre d'entre vous désirent que nous nous arrêtions à Port de Praia afin de procéder à la désinfection du bateau et que les malades puissent recouvrer leurs forces ailleurs que dans ces regrettables conditions.

Une vague de murmures approbateurs s'est élevée.

Sur le visage d'Olsen s'est alors dessinée une expression de regret profond.

— Malheureusement, je ne peux permettre que nous jetions l'ancre pendant toute la durée que nécessiterait la rémission des malades. Une telle attente nous coûterait trop cher. Nous ne disposons pas à bord des fonds nécessaires en monnaie étrangère pour payer le nettoyage du bateau.

Le capitaine a ajouté quelque chose, mais le vent a balayé les mots sortis de sa bouche.

— Comment ? a crié Daniel Pfeiffer. Répétez !

Le capitaine a lancé plus fort :

— Nous ne disposons d'aucun moyen de crédit sur les îles du Cap-Vert !

Les gens incrédules commençaient à pester. Je ne m'attendais pas non plus à ce refus.

— Je comprends que vous soyez déçus, a dit le capitaine en tendant les mains devant lui comme pour s'excuser. Je comprends que beaucoup d'entre vous aient peur. Et c'est pour cette raison que je souhaiterais vous rassurer en vous parlant du Brésil. Dans le cas où la situation viendrait à empirer, où la maladie toucherait mon équipage, j'envisagerais un arrêt à Bahia. Vous avez toute ma sympathie, a-t-il poursuivi. C'est pourquoi j'aimerais vous offrir…

À nouveau, sa voix a été noyée par le vent, comme une voile qui se rompt.

— J'espère vous mettre ainsi un peu de baume au cœur.

— Qu'a-t-il dit ? a demandé Mutter en se tournant vers moi, les sourcils froncés.

— Qu'est-ce qui va nous mettre du baume au cœur ? a crié Christian Pasche.

— Plus fort, s'il vous plaît, capitaine !

Le capitaine Olsen s'est accroché au garde-corps pour hurler :

— Le cochon ! Je vous offre le cochon !

Personne parmi nous n'avait fait monter de bétail à bord, même si le bateau abritait des poules pondeuses et de la viande fraîche destinée au capitaine, ainsi que ce cochon qu'Olsen, aux dires de certaines rumeurs, considérait comme une sorte d'animal de compagnie, ainsi qu'une chèvre qui bêlait piteusement chaque fois que des vagues se fracassaient sur le pont. Deux jours plus tard, passé le mauvais temps et le délai de jeûne de l'animal, Mutter Scheck a insisté pour que ses filles montent sur le pont afin de participer à la tuaille.

Un bon gros cochon, se disait-elle pendant qu'elle grimpait vers l'écoutille. *Nous n'allons pas bouder notre plaisir.*

C'était une journée chaude, peu venteuse, et pendant les rares moments de stabilité du bateau retentissait le brouhaha sincère, corrosif, des gens qui riaient et tentaient de profiter un maximum de l'événement. Amalie, Christiana, Thea et moi nous tenions sur le pont en compagnie de trois autres femmes, à regarder les jeunes hommes qui, dans une ambiance bon enfant, se chamaillaient pour savoir qui égorgerait l'animal, encouragés par leurs pères et les matelots.

Papa a passé une corde autour du cou du cochon pour le tenir aussi tranquille que possible après que Hans et Matthias avaient fait sauter les clous de sa caisse pour le libérer en partie.

— Il est très fort, non ? a murmuré Christiana sans s'adresser à personne.

— Le cochon ?

— Hans, a-t-elle répondu en levant les yeux au ciel.

Mutter Sheck s'est raidie, mécontente.

— *Halt's Maul, so fliegt dir keine Mücke hinein.* Ferme la bouche, et les moustiques n'y rentreront pas, Christiana.

Les hommes ont sorti la bête. Un cri de joie collectif a retenti, mais le cochon, apeuré par ce bruit inattendu, s'est aussitôt rué sur le pont, prenant par surprise papa qui, cramponné à sa corde, s'est fait traîner sur les genoux. Les gens riaient. Papa a ri lui aussi, poussant un rugissement sitôt remis sur pied. Il a ensuite donné plusieurs tapes sur la croupe de l'animal. Le cochon a couiné, provoquant de nouveaux rires.

— Je me sens mal.

Thea n'avait pratiquement pas dit un mot de la matinée. J'ai remarqué qu'elle nous avait tourné le dos et regardait la mer, au loin.

— C'est vrai ? lui ai-je demandé.

— Je veux retourner en bas.

— Thea, c'est Daniel Pfeiffer qui va s'en charger. Ils ne laisseront pas les garçons faire n'importe quoi.

— S'il te plaît, Hanne.

J'ai vu qu'elle tremblait.

— Je ne peux pas regarder.

Mutter Scheck profitait de la bonne humeur générale. J'ai attendu qu'elle arrête de s'esclaffer pour lui taper sur l'épaule.

— Qu'y a-t-il, Hanne ? m'a-t-elle demandé en souriant toujours.

— Thea ne se sent pas bien.

Le sourire de Mutter Scheck s'est envolé, et ses yeux se sont tournés en papillotant vers Thea qui m'attendait, livide, devant l'écoutille.

— Fièvre ?

— Je crois qu'elle est juste un peu fatiguée.

— Tu es sûre ?

— Oui, j'en suis sûre. Je suis fatiguée moi aussi. Nous avons si peu dormi ces derniers jours !

— Allez-y, dans ce cas, a-t-elle dit en se retournant déjà vers le cochon que l'on capturait. Mais ne sortez pas de la proue.

Les hurlements frénétiques de la bête se sont atténués une fois en bas, mais Thea était au bord des larmes quand nous avons regagné notre couchette.

— Je déteste ça, a-t-elle dit. Je déteste ça. Je n'arrive pas à comprendre pourquoi tout le monde aime tant regarder ce spectacle. Hanne, parle-moi. Chante-moi quelque chose. Dis-moi quelque chose.

— Très bien.

Je lui ai pris la main.

— Pense à la vie qui nous attend, lui ai-je dit. Imagine à quoi elle ressemblera. Nous allons devoir apprendre l'anglais, tu sais.

Une vague de rires tonitruants a retenti au-dessus de nous, suivie d'un hurlement strident du cochon.

— Essaie de ne pas écouter.

— Tu connais l'anglais, toi ? m'a-t-elle demandé.

— Je sais dire *Wasser*.

— Comment le dit-on ?

— *Water*. C'est Matthias qui me l'a appris. J'ai oublié tout le reste.

— Parle-moi encore de nos vies.

— Un jour, nous aurons nos propres fermes. Nous ferons en sorte qu'elles soient côte à côte. Et nous planterons nos vergers. Il y aura des arbres à noix. Des arbres fruitiers. Des vignes. Imagine : tous les fruits que nous voudrons, nous pourrons les cueillir. Nos enfants joueront dans l'herbe et grimperont aux branches, et nous cueillerons des prunes, des pommes et des abricots. Il y aura des champs de céréales, aussi. Et plus jamais nous ne serons obligées de revoir l'océan.

— Continue.

— Et tu ne seras pas obligée d'élever des cochons. Tu auras des vaches. Des poules. Un cheval, peut-être. Un gentil cheval calme qui te soufflera sur les doigts quand il fera froid, par les matins d'hiver, pour te réchauffer. Un cheval avec de grands yeux noirs.

— Ce serait bien.

— Nous nous verrons tous les jours. Nous serons assises côte à côte à l'église. Je donnerai ton prénom à ma fille.

Thea s'est tournée vers moi et m'a attirée vers elle pour me serrer très fort dans ses bras.

— Promets-le-moi, m'a-t-elle dit.

— Te promettre quoi ?

— Que tout sera comme tu le dis. Que tu donneras mon nom à ta fille.

— Et tu seras sa marraine.

Un grand cri de joie a éclaté sur le pont. Le cochon ne criait plus.

— Ça y est, il est mort, je crois.

— Dieu merci, a dit Thea en respirant. Dieu merci.

Peu de temps après, la fumée des cuisines rendait l'air de l'entrepont gris et visqueux à cause de la graisse de porc. À table, des ovations retentissaient à l'arrivée des plats. Les os étaient rongés jusqu'à la moelle. Le gras chiqué dans les bouches. Les croustillantes oreilles craquaient sous les dents.

Mutter Scheck est arrivée dans la proue d'un air victorieux, tenant entre ses mains une assiette remplie de chair rose tendre et luisante.

— Allez, les filles, nous a-t-elle dit. Venez vous régaler !

J'ai jeté un coup d'œil à Thea, couchée à côté de moi. Elle a secoué la tête.

— Hanne ! m'a lancé Mutter Scheck en me faisant signe d'approcher. Dépêche-toi, sinon il ne restera plus rien.

— Je n'ai pas faim, ai-je répondu, et j'ai senti Thea se détendre à côté de moi.

— Pas faim ? a répété Mutter en se précipitant vers moi pour poser une main graisseuse sur mon front. Je te trouve chaude. Thea ? Toi aussi ?

Elle nous a considérées toutes les deux.

— Un peu de viande vous ferait du bien. Vous redonnerait des forces.

— Donnez-la aux autres, a-je dit en me rallongeant.

Thea a trouvé ma main et l'a serrée.

— Merci, m'a-t-elle murmuré. L'odeur m'a donné la migraine toute la journée. J'ai l'impression qu'on m'a fendu le crâne avec un hachoir.

— As-tu besoin de boire ?

Thea a hoché la tête.

J'ai attrapé sa tasse sur son crochet, puis je me suis extirpée de la couchette pour aller chercher la louche. J'entendais les hommes rire plus loin derrière le rideau, la voix de mon père demandant à Rudolph Simmel de faire descendre les garçons pour qu'on leur donne leur part. La voix de Magdalena Radtke leur enjoignant de goûter aux pieds de porc. C'était sa spécialité, disait-elle.

Après avoir rempli la tasse de Thea, je suis retournée jusqu'à notre couchette, mais mon ventre gargouillait.

— Ils s'amusent bien, pas vrai ? a-t-elle soufflé, une main devant les yeux.

— Le moral semble être un peu remonté.

Je lui ai donné l'eau. Thea a froncé le nez en buvant.

— Qu'y a-t-il ?

Elle s'est essuyé la bouche avec sa manche.

— Où est-ce que tu l'as prise ? m'a-t-elle demandé.

— Dans le tonneau d'eau.

— Elle a un goût étrange.

— Vraiment ?

J'ai repris la tasse et posé mes lèvres au même endroit que les siennes. Cette eau était croupie, tournée. Son goût m'a donné la nausée. Je l'ai recrachée dans le récipient.

— C'est immonde.

— Tu es bien sûre de l'avoir prise dans le tonneau d'eau ?

— Évidemment.

— Elle semble empoisonnée.

— Tu l'as avalée ?

Thea a ouvert les yeux et m'a répondu en me regardant fixement :

— Oui.

Nous sommes allées le dire à Mutter Scheck, qui à son tour l'a dit aux Anciens. Nous avons fini par comprendre que seuls quelques tonneaux d'eau étaient en réalité des tonneaux qui n'avaient jamais servi auparavant à d'autres choses. Tous avaient abrité d'autres liquides, et l'eau qu'on y avait entreposée avait pris le goût de leur passé : whisky, vin, vinaigre. Nous ne pouvions rien y faire, a dit le Dr Meissner aux Anciens. Il fallait soit attendre la pluie, soit nous habituer au goût

– ou à la soif. Il n'était pas responsable des erreurs de l'agent maritime.

Le malaise et le mécontentement se sont répandus dans l'entrepont à mesure que les passagers se répétaient les commentaires du médecin.

Même Mutter Scheck ne pouvait cacher sa colère.

— Cet homme est un idiot. Il nous laisse avoir soif puis nous impose des rations de poisson salé.

Les maux de tête de Thea ont persisté pendant la nuit et la journée du lendemain ; à mes yeux, l'eau du tonneau en était responsable. J'ai demandé à Mutter Scheck la permission de me rendre dans le compartiment principal pour puiser là-bas de l'eau dans un autre tonneau. Pendant un jour et demi, je suis parvenue à me convaincre que grâce à cette bonne eau l'état de Thea s'améliorerait. Mais, une fois celui-ci vide, un autre a été ouvert, encore pire que celui de la proue.

À mesure que les jours passaient et que la température montait, encore et toujours, nous avons abandonné l'idée de boire de l'eau pure et nous pincions déjà le nez par réflexe. J'attendais d'avoir soif au point que ma langue reste collée sur mon palais pour aller soulever la louche. J'avais des haut-le-cœur. Des crampes au ventre. Lorsque je me rendais aux toilettes, je restais les poings serrés, pressés contre les parois de cet espace étriqué. Je continuais d'attribuer les maux de tête persistants de Thea à l'eau viciée. Pendant cinq jours, sa faiblesse n'a fait qu'empirer, jusqu'à ce que ses migraines deviennent si atroces qu'elle gémissait continuellement de douleur. Anna Maria venait chaque jour, utilisait du genièvre pour enfumer notre couchette, lui donnait ses toutes dernières doses de remèdes, mais je voyais bien la détresse de la Wende face au peu de moyens dont elle disposait.

J'essayais de rassurer Thea. Le soir, je lui tenais la main, lui caressais les cheveux, j'allais chercher des linges humides que je posais sur son front, mais elle ne supportait pas leur odeur, aussi nauséabonde que l'eau des tonneaux. Je sortais en douce par l'écoutille pour aller demander de l'eau de mer au veilleur de nuit. Le sel séchait sur ses cheveux blancs. Je le frottais avec mes doigts pendant qu'elle essayait de s'endormir.

— Bientôt, nous boirons à nouveau de l'eau pure, lui murmurais-je. Les puits que nous creuserons seront remplis d'eau claire. Je planterai un poirier tout près du tien pour donner à son eau un goût sucré.

Les coins de sa bouche ont tressailli sous le sourire qu'elle tentait d'esquisser.

— Cela te fait mal de parler ?

Elle a hoché la tête.

— Repose-toi, dans ce cas. Je reste avec toi.

— Est-ce que je suis malade ? m'a-t-elle demandé. Est-ce que je vais mourir ?

Un tourbillon de panique est monté en moi. J'ai senti mes entrailles tomber, ma bouche s'ouvrir, béante, puis je me suis ressaisie.

— Bien sûr que non, lui ai-je dit, puis j'ai souri et posé ma main sur son front.

Il était en feu.

Thea a pris ma main, l'a posée contre sa joue et l'a tenue là, sondant mon visage comme si elle ne me croyait pas.

— J'ai l'impression de mourir.

— Ce n'est que cette eau dégoûtante, lui ai-je dit. Dès qu'il pleuvra, dès que nous arriverons, tout ira mieux.

— Hanne.

Ses yeux étaient d'un bleu chaud.

— Tu n'es pas en train de mourir.

— Tu ne m'abandonneras pas, n'est-ce pas ? Je t'en supplie… reste avec moi.

Je l'ai regardée poser un baiser dans le creux de ma main.

— Je suis là, ai-je dit. Je ne partirai pas.

— Promets-le-moi.

— Je te le promets.

À présent que j'y arrive, que j'arrive au grand tournant de mon existence, le goût infâme de cette eau revient lentement sur ma langue et ne me quitte plus. Il me tapisse le gosier, même aujourd'hui, après toutes ces années, même ici, dans cette vallée, sous le ciel qui se nacre à l'approche de l'aube.

Cette nuit-là, j'ai vu Thea se recroqueviller comme une feuille sous une flamme. J'ai vu toutes ses couleurs s'envoler. Je l'ai vue devenir poussière.

— Hanne.

Je me suis réveillée. Thea était livide, couverte de sueur. Son odeur n'était plus la même ; elle sentait la viande avariée.

— Aide-moi, disait-elle, les paupières closes. Aide-moi.

Je suis allée réveiller Mutter Scheck. Quelqu'un est allé chercher Anna Maria. J'ai cédé ma place sur la couchette et déplacé mes affaires sur le lit d'Ottilie, resté inoccupé depuis sa mort. J'avais la bouche sèche. Je n'arrivais pas à croire que Thea avait pu contracter la maladie, alors même que j'avais senti la fièvre en elle toute la nuit, alors même que je l'avais tenue au-dessus du seau. Mutter Scheck et Anna Maria parlaient à voix basse. Je n'arrivais pas à saisir ce qu'elles se disaient, mais je crois avoir entendu Anna Maria hausser le ton, indignée. À 22 heures, Christiana s'est levée sans un mot pour éteindre les lanternes, et peu de temps après Mutter Scheck s'est préparée à se coucher en récitant ses prières. Elle a prononcé le nom de Thea.

Elle n'est pas en train de mourir. Je ne cessais de me le répéter. *Elle ira mieux, bientôt.*

Je n'ai pas dormi cette nuit-là. J'entendais Anna Maria s'occuper de Thea dans le noir, lui apporter de l'eau bouillie, l'exhorter à la boire. J'entendais la cuillère tinter contre la fiole. J'entendais les bruits graves et intimes du corps de Thea qui rejetait toute substance susceptible de lui remplir le ventre ou de la guérir. Quand nous avons allumé les lanternes, le matin venu, leurs flammes ont illuminé une scène grise. La Wende, qui veillait toujours sa fille, avait la mine sombre.

— Va-t-elle mieux ?

Anna Maria a tourné la tête vers moi. Son regard s'est posé sur le mien. Ses yeux étaient bienveillants et inquiets.

— Pas encore.

— Qu'est-ce qu'elle a ? ai-je demandé.

— Une fièvre nerveuse.

Sa voix était douce. Pleine de bleus.

— Le typhus, a-t-elle ajouté.

— Je pensais que ce n'était qu'une migraine, ai-je dit. À cause du cochon.

Ma propre voix me paraissait étrangère. Je ne la reconnaissais pas.

Thea, dans le lit, a poussé un gémissement. Anna Maria s'est retournée vers elle.

— Que puis-je faire ? ai-je demandé.

— Prier pour elle, m'a répondu Anna Maria sans cesser de regarder sa fille.

Elle lui a caressé la joue et a répété :

— Prier pour elle.

Je n'ai pas osé quitter ma couchette ce jour-là. Je priais, je priais jusqu'à avoir l'impression que mes mots étaient une sorte de talisman, qu'ils tourbillonnaient autour de Thea, qu'ils la retiendraient dans ce monde du moment que je continuais de prier.

Je n'ai pas mangé. La nuit venue, j'espérais que Thea sente le poids de mon regard, et que ce poids l'apaiserait, la protégerait. J'ai prié, les yeux ouverts. *Dieu tout-puissant. Épargnez-la, faites qu'elle guérisse. Seigneur, épargnez-la et faites qu'elle guérisse. Épargnez-la. Épargnez-la.*

J'ai fini par m'endormir, trahie par mon corps. À mon réveil, l'entrepont se soulevait au rythme d'une lente respiration, au rythme du sommeil et des grincements du bois. L'air était lourd. Les lanternes se balançaient sous les mouvements réguliers du bateau et, sous leur lueur, j'ai vu Anna Maria assise près de Thea. J'ai d'abord cru qu'elle priait, mais en entendant ensuite la voix de Thea j'ai compris qu'Anna Maria tenait entre ses mains un livre qu'elle pressait contre le torse de sa fille.

— Accepte-le, répétait-elle. Accepte-le.

Thea cherchait à repousser le livre avec les dernières forces qu'il lui restait, et quand Anna Maria a parlé de nouveau j'ai entendu des larmes dans sa voix.

— Je t'en supplie, disait-elle. Je t'en supplie, tu dois l'accepter.

Je n'ai pas entendu la réponse de Thea. J'ai attendu, mais Thea et sa mère ne parlaient plus. Anna Maria s'est levée, s'est rendue d'un pas chancelant jusqu'au tonneau d'eau. J'ai fermé les yeux pour qu'elle ne sache pas que je l'avais vue.

J'ai rêvé d'eau. J'ai rêvé que je sondais les rivières qui coulaient sous la coque du bateau. J'étais accroupie par terre, une main tendue devant moi, l'autre munie d'un couteau. Je plantais sa lame par terre, dans le bois, et les planches cédaient. L'eau jaillissait comme d'une source. De l'eau fraîche et pure. Elle chantait le chant des neiges fondues, des rochers, des lieux de silence. Je la regardais s'infiltrer sur le plancher, monter jusqu'aux couvertures des couchettes basses. Je posais ma main à sa surface, et lorsque je levais les yeux je voyais Thea boire, mettre ses mains en coupelle, les porter à sa bouche, et l'eau ruisselait sur son menton, sur ses vêtements.

— L'eau de la vie, lui disais-je, et Thea tendait les bras vers moi.

Et puis je suis tombée de mon lit et me suis réveillée.

J'ai mis quelques instants à comprendre ce qu'il se passait. La proue était plongée dans un noir absolu, mais il y avait autour de moi des voix et des cris. Il y avait de l'eau partout, comme dans mon rêve, mais alors le bateau s'est penché et je me suis sentie entraînée par terre. Je me suis cognée contre un objet dur, et c'est là que j'ai compris que cette eau n'était pas de l'eau pure, mais de l'eau de mer.

J'ai voulu crier, mais les mots sont restés bloqués dans le fond de ma gorge. J'étais étranglée par la peur. J'ai tendu la main tandis que le bateau tanguait à nouveau. Ma main a trouvé une cheville. J'ai entendu Christiana pousser un cri aigu.

— Christiana ?

— Hanne ?

Des mains se sont posées sur moi, m'ont aidée à me relever, m'ont ramenée à mon lit. Le matelas était trempé.

— Christiana, c'est toi ? Pourquoi fait-il si noir ?

— La lampe de sûreté s'est éteinte.

J'entendais le bruit de l'eau de mer sur le plancher. On aurait dit que l'entrepont tout entier était inondé et, soudain, encore une fois, le bateau a violemment plongé, le fracas de l'eau a retenti autour de nous, puis les bruits des couverts, des assiettes, des caisses dont les cordes avaient cédé ; toutes ces choses qui tombaient des couchettes, des crochets, sortaient des espaces où nous les avions rangés pour glisser partout sur le plancher.

— Notre père qui êtes aux Cieux...

La respiration rapide de Christiana étranglait ses mots. Les enfants hurlaient. En dépit de ma terreur, mon esprit a capté la voix de Mutter Scheck qui appelait au calme. De mon père, à l'autre extrémité de la proue, qui criait à quelqu'un d'« allumer cette foutue lampe ». Mon esprit savait que mon corps tremblait, que mes yeux cherchaient désespérément à voir quelque chose dans le noir, à trouver un objet auquel je puisse m'accrocher. Où était ma couchette ? Où était passée Thea ?

Christiana m'a agrippé le bras.

— Ton royaume viendra...

— Thea !

Ma voix a déraillé en prononçant son nom. J'ai voulu crier à nouveau, mais ma gorge était remplie de fil barbelé. Impossible de crier. Les ongles de Christiana étaient plantés dans le creux de mon bras.

Une faible lueur est entrée dans la proue. Derrière le rideau arraché de sa corde, je voyais l'autre extrémité de l'entrepont, où Samuel Radtke, accroché d'une main à la grande table, refermait le clapet de la lampe de sûreté. L'eau lui arrivait jusqu'aux jambes.

— Papa !

Mon père se tenait aux barreaux de l'échelle, sous l'écoutille, la barbe et les cheveux trempés par l'eau qui déferlait du pont. Il appelait quelqu'un au-dessus. Samuel Radtke a lâché la table pour le rejoindre, avant de tomber sous les mouvements du bateau. Il s'est relevé. Ils criaient pour se parler, mais je ne parvenais pas à distinguer ce qu'ils se disaient par-dessus les rugissements de l'océan, dehors, et le fracas de l'eau et de toutes nos affaires qui valsaient sur le plancher.

Un énorme craquement a retenti. Christiana a hurlé, s'est cramponnée à moi comme si elle se noyait.

— Nous allons sombrer !

— Je crois que c'était le tonnerre.

En me retournant, j'ai découvert Anna Maria couchée près de Thea, un bras autour d'elle, l'autre accroché au poteau de la couchette. Ni l'une ni l'autre ne criait.

Christiana m'a secouée.

— Que font-ils ?

J'ai suivi son regard et vu nos deux pères qui, debout sur l'échelle, tentaient de faire sortir quelque chose par l'écoutille, avant d'aider les matelots à clouer les battants.

Quelques instants plus tard, seul un filet d'eau gouttait encore dans l'entrepont. Même si le bateau tanguait toujours violemment, les hurlements que poussaient les gens au milieu de l'obscurité complète avaient cessé. La lueur de la lampe de sûreté avait rassuré tout le monde, même si elle avait mis en évidence la violence des vagues.

Papa s'est rapproché de la proue et a adressé un signe de tête à Mutter Scheck, toujours sur sa couchette, blême, agrippée aux planches au-dessus de sa tête.

— Est-ce que tout va bien ? m'a-t-il lancé en se retenant alors que le bateau se fracassait sur une nouvelle vague.

J'ai hoché la tête. Ma voix m'avait quittée.

— C'est le grain, a-t-il crié. Juste un gros coup de grain. Tout le monde a été pris par surprise. Il y avait trop d'eau pour que tout s'écoule par les dalots.

Le soulagement de le voir était tel après toutes ces semaines de séparation que je n'ai pas pu retenir mes larmes. J'avais besoin de me rapprocher de lui. J'ai attendu que le bateau se redresse pour repousser Christiana et m'en aller en chancelant vers lui. Il m'a entourée de son bras libre.

— As-tu foi en notre Dieu qui est au ciel ? m'a-t-il demandé en me serrant fermement.

Je sentais sa force et sa chaleur sous ses vêtements détrempés.

— Hanne, écoute-moi, m'a-t-il dit en me regardant dans les yeux. As-tu foi ?

— Oui, papa, mais…

— Seuls ceux qui ont renoncé à leur foi doivent avoir peur.

Papa s'est plaqué contre la paroi du bateau pour tenir en équilibre avant de poser la main sur ma joue.

— « Ne vend-on pas cinq passereaux pour deux sous ? Cependant, aucun d'eux n'est oublié devant Dieu. »

Il parlait vite, peinait à reprendre son souffle.

— « Et même les cheveux de votre tête sont tous comptés. Ne craignez donc point : vous valez plus que beaucoup de passereaux. » Hanne, retourne sur ta couchette et prie, et sache que Lui qui voit tout a les yeux sur toi.

Et, sur ces mots, papa a attendu que le bateau se redresse pour me repousser vers la pénombre de la proue.

Le grain a soufflé toute la nuit et encore le lendemain. Le matin venu, l'air de l'entrepont était tellement saturé que j'en avais le tournis. Je me tenais aussi immobile que possible sur la couchette d'Ottilie, le corps ballotté par les mouvements du bateau, le regard rivé sur Thea. J'entendais sa respiration laborieuse en dépit du bruit des Anciens qui, derrière le rideau, se disputaient. Mon père et Christian Pasche refusaient catégoriquement de rouvrir les écoutilles, de crainte que l'eau n'arrive jusqu'aux réserves. Samuel Radtke répondait que les malades allaient mourir d'asphyxie.

Épargnez-la, pensais-je. *Épargnez-la.*

J'imaginais les poumons de Thea, je souhaitais qu'ils se remplissent d'air. Je retenais ma respiration dans l'espoir de consommer moins d'air pour lui en laisser un peu plus.

Je me demandais où était passé le livre d'Anna Maria.

Les heures se sont écoulées. Nous vivions un enfer. Je commençais à voir des points lumineux à cause de cette obscurité latente, et mon cœur battait si fort que toute ma chair palpitait sous ses coups, sous les rebonds de mon sang. Je n'ai bientôt plus rien senti, hormis les difficultés que j'éprouvais pour respirer. La chaleur était une main plaquée sur ma bouche. Nous allions tous mourir. Nous allions tous finir étouffés. Par l'air ou par l'eau.

J'ai vaguement compris que le capitaine parlait, vaguement entendu un cri lui répondre : « Ouvrez les écoutilles ou nous allons tous suffoquer ! », avant de sombrer. Ma dernière vision fut celle de Thea, flamme blanche au milieu de la nuit.

L'eau de la tempête a détruit neuf sacs de biscuits. Voilà la seule chose que je me rappelle clairement avant que le voile de la maladie ne déforme mes souvenirs.

Mutter Scheck se tient au pied de ma couchette avec une brosse. Elle me dit que la tempête a détruit une partie de nos provisions. Neuf sacs de biscuits ont pris l'humidité ; le capitaine a donné l'ordre aux passagers de monter sur le pont pour retirer la moisissure avec des brosses, afin que nous puissions les manger.

Je lui réponds que je vais me lever ; je crois le lui répondre, du moins. Je ne suis pas sûre d'avoir parlé ; ma bouche est si sèche que je n'arrive plus à déglutir. J'ai un poing dans la gorge. Je vois Mutter me regarder, puis laisser tomber sa brosse et poser une main sur mon front.

Sa main est fraîche, délicieusement fraîche et, lorsqu'elle l'enlève, la disparition de ses bienfaits m'arrache un gémissement.

Elle s'en va chercher de l'eau. Je bois, et je retrouve ce goût, eau de whisky, devenu celui de notre eau quotidienne. Mon oreiller est mouillé. J'enfonce ma joue dedans pour calmer le feu qui me brûle la peau, pour faire cesser les coups qui battent à mes tempes.

Mutter s'en va. Je sens la brosse contre mon pied.

Neuf sacs de biscuits, me dis-je. Pain de la vie. Eau de la vie. Chair et sang gâtés, détruits.

Je me souviens d'autre chose, aussi, mais je ne suis pas sûre que ce soit réellement arrivé.

Je me souviens de m'être sentie soulevée de mon matelas et portée. Je me souviens de la pression de plusieurs mains sur mon corps, une sensation désagréable. Cela s'est certainement produit. Je me souviens d'avoir ouvert les yeux et vu Thea à côté de moi. Ils avaient dû déplacer l'une de nous, ou nous avoir déplacées toutes les deux. Mais nous étions couchées l'une à côté de l'autre. Peut-être dans un coin aménagé pour les malades ? Où étaient les autres ? Je ne me souviens que de ses yeux et de l'océan dans ses yeux et de cette montée d'amour à l'idée qu'elle était encore là, encore en vie, encore avec moi.

Les mains de maman sur ma bouche, des doigts sur mes dents pour m'écarter la mâchoire, et le son de ma propre voix qui protestait. J'ai compris, à présent, qu'elle cherchait à me nourrir. L'odeur du bouillon sur mon oreiller. De la carcasse de porc.

Obscurité. Lumières à des endroits peu ordinaires. La voix d'un homme, les poils dans ses narines alors qu'il me regarde, de dessus. Pomme d'Adam saillante sous un col ; cette vision me donne une sensation d'étranglement, exerce une pression sur mon cou.

Chaleur du corps de Thea. Soleil. Feu. Explosion d'une étoile.

Lampes allumées, lampes éteintes. La soif, terrible. Les heures rêches, écrasantes, de noir total pendant lesquelles je suais et voyais des formes émerger de toute part. Des silhouettes. Des rats passent en courant sur mon cou, me mordent les lèvres. Je hurle en me débattant, j'entends ma voix et, sans comprendre qu'elle m'appartient, je ressens de la pitié pour la pauvre âme qui hurle.

Anna Maria me baise le front. Le son de son baiser à Thea.

La voix de ma mère. Ses mains sur la cuillère et le flacon. Mots des prières autour de moi. Souffle d'air neuf et frais sur moi, mains de ma mère glissant le long de mon cou, soulevant le poids lourd de ma tête, le bout de ses doigts sur ma bouche. Une cuillère sur ma langue, dure contre mes dents. Un liquide. Une amertume granuleuse.

Je l'avale.

Voilà comment cela s'est passé. Il y a eu une tempête, puis la tempête s'est arrêtée. J'allais bien, et puis plus.

J'avais mal, et puis plus.

Je m'en souviens parfaitement. La disparition subite de cette douleur. Ce soulagement qui vous balaie, le bonheur de ce répit, si grand que mes lèvres se sont courbées pour épouser le nom de Dieu.

Des souffles autour de moi. Une lumière vacillante remplie de visages. De l'amour sous des paumes moites. Un papier sur mon cœur.

— Que Dieu soit loué, elle survivra. Elle remercie son Sauveur.

La voix de maman. J'ai compris qu'elle avait pleuré. Maman, elle qui ne pleurait jamais.

M'abandonnant à la courbe de sa main comme si des remèdes allaient en sortir.

— Elle remercie son Sauveur.

Je me souviens.

Thea près de moi. Les yeux rendus brillants par l'effort de mourir. Anna Maria, hurlant comme une louve, le visage caché derrière ses mains. Une voix masculine disant : « Bénis sont les morts qui meurent entre les mains du Seigneur. »

Je me souviens d'avoir regardé Thea et que tout, autour de nous, s'est effacé. Les planches brisées du pont et les bols d'eau et les brosses à biscuit incrustées de moisissures et les mères étouffant sous l'amour. Tout s'est effacé. Il y avait les assauts de l'océan affamé contre le bateau et il y avait Thea. J'ai plongé mon regard dans le sien et su au plus profond de moi que nous étions tout l'une pour l'autre.

Quelque part au-dessous de nous, dans les vastes profondeurs, j'entendais le chant d'une baleine.

Thea ne parlait pas, mais je savais qu'elle ne voulait pas mourir.

J'ignore comment, mais mes mains ont trouvé les siennes.

Son regard tourné vers moi, elle a alors cligné des yeux, et ses cils blancs se sont fermés. La paix s'est répandue en elle.

Le chant de la baleine était de plus en plus fort. Je sentais ses vibrations à travers l'eau. Je sentais ce chant s'abattre sur le bateau, sentais le bois transporter ses notes, sentais onduler les poutres. Le chant est arrivé jusqu'à notre couchette. Les fibres de la couverture en laine ont transmis à mon corps le cri de la baleine. J'étais devenue son chant. J'étais devenue cette vibration. J'étais devenue ce cri. La baleine était en moi, m'habitait. Mon sang est devenu le chant de l'eau et mon cœur a cessé d'écouter.

La main de Thea dans la mienne.

La baleine est passée. La musique s'est effacée.

J'ai attendu le battement de mon cœur.

Il n'est pas revenu.

LE
DEUXIÈME
JOUR

APRÈS

tourbillon du temps

Après m'être fait prendre dans le tourbillon du temps, me voilà, ici, comme une fleur devenue papier, décrochée de la terre.

Je suis pourtant là.

Jamais dans ma vie ne m'a été donnée l'occasion que passe ce qui est arrivé. C'était le grain ou l'ivraie. Le bois mort ou le fruit frais. J'ai grandi en croyant au saint verger de mon père et à ses trésors de grâce. Je croyais en l'enfer, si souvent évoqué par le pasteur Flügel. L'enfer était un grand feu de branches stériles. « Et la fumée de leurs tourments monte aux siècles des siècles. »

Mais je ne suis pas fumée. Et, bien que j'aie connu des tourments, ils ne sont pas les points sombres que cousent les aiguilles d'une pieuse imagination. Ils sont la soif, les simples désirs de mon être vivant. Soif d'être vue. Soif de toucher et d'être touchée. Soif d'amour.

D'amour. S'il existe une explication au fait que j'aie continué, ce doit être cela. L'amour m'a coulée dans ce monde, et ainsi donc j'y demeure.

Le soleil revient encore. Feu repoussant la nuit.
Un nouveau jour se lève.

albatros

Les derniers moments de ma vie restent en moi comme des absences. Absence de douleur. Absence de battements de cœur. Soulagement. Confusion. L'attente que ma vie se poursuive et la brève et merveilleuse seconde pendant laquelle j'avais su, même alors, que tout était fini.

Ensuite, une douce et cotonneuse obscurité.

J'ai passé des jours à tenter d'assembler les mots pour décrire cet enfoncement dans le rien. Le langage est une chose étriquée, exiguë ; il ne peut contenir ce phénomène. Les choses de l'esprit vont beaucoup plus loin que la frontière la plus reculée des mots. Mais ce sentiment d'obscurité demeure avec moi. Comme si tout ce qui devait se passer s'était déjà passé. La dormance d'une graine.

Je le sens parfois, pendant ces heures entre chien et loup. Même en cet instant où le soleil se déverse sur la vallée, où ses rayons touchent les branches les plus hautes des arbres et font rosir leur tronc, je sens l'obscurité scintiller à la périphérie de ma vision. Cela me fait penser que, bientôt, je retournerai dans son absoluité.

Ou, plutôt, qu'elle viendra à moi, et que je m'y abandonnerai. Je céderai et me recroquevillerai dans ce rien qui recèle la possibilité de tout.

Pour l'heure, je suis là. Assoiffée et intranquille et mécontente et trop pleine d'amour. Pour l'heure, je suis là pour raconter cette histoire au vent dans l'espoir qu'il la garde sous son aile. Peut-être que, quelque part, à un moment, quelqu'un entendra ma voix et saura que, même si je suis partie, ce que j'ai ressenti reste. Ce que nous ressentions l'une pour l'autre.

Il y avait l'obscurité. Et puis.

Et puis. Et puis. Et puis plus.

Une radiance soudaine. Une lumière insoutenable. J'étais aveuglée par cette lumière crue, j'étais au cœur d'une flamme. J'ai fermé les yeux, mais la lumière se déversait toujours au-dessus et au-dessous de moi. Je me suis couvert la figure avec mon bras.

Je revenais d'un lieu serein, un lieu de trêve. Et puis la lumière est arrivée et m'a donné forme.

Au loin, le clapotement de l'eau, l'ombre tendue d'une voile. Mes mains étaient posées sur de la toile. De la toile de voile. Je sentais en son centre la colonne vertébrale de la couture.

La lumière s'est atténuée et j'ai ouvert les yeux et vu du bleu. Vu l'océan, un miroir parfait.

Une ombre est passée au-dessus. Plumes sur le soleil.

Un ange, j'ai pensé.

Les ailes sont devenues de plus en plus larges et un souvenir a remué en moi. La poudre et la douleur et la baleine. Et Thea.

Où était Thea ?

Ailes, plumes embrasées de lumière.

La toile sous mes mains. J'ai remarqué les gens, les têtes courbées. Où était-elle ? Là, avec moi ?

Les ailes se sont rapprochées, battant sur le ciel. Le faisant onduler. Coupant la lumière de ses lames de plumes.

Thea ?

Il y a eu le murmure de pages qui se tournent sous le souffle du vent.

La lumière alors a pâli et j'ai compris que l'ange était un albatros. Ailes ouvertes au vent, bras en croix sous le soleil. Saint hôte du ciel.

Mon père chantait. J'ai cligné des yeux au son du cantique et vu que je me trouvais au grand air, sur le pont du *Kristi*, au cœur d'un attroupement de passagers solennels. Des voix se sont élevées. Tout autour de moi, des visages familiers, des chants.

J'ai ouvert la bouche mais, avant que les mots ne puissent trouver l'air, j'ai baissé les yeux et vu que mes mains étaient posées sur un corps, enveloppé dans une toile à voile cousue jusqu'au menton afin que la foule puisse lui faire un adieu.

C'était mon propre visage.

Tu es en train de rêver, me suis-je dit. *Ce n'est pas possible.*

Quelqu'un m'avait mouillé les cheveux pour les peigner en arrière. Je les ai touchés, les ai sentis humides.

C'est un rêve. Tu vas te réveiller.

Mais je ne me suis pas réveillée.

Les lèvres de ce visage pâle étaient entrouvertes. J'ai posé dessus le bout de mon doigt et me suis figée de peur en les sentant si froides et si raides alors que la main que j'avais tendue, elle, était vivante. J'ai promené mes doigts sur ma propre bouche et constaté que ma peau était chaude et douce. Je ne comprenais pas comment je pouvais me trouver à la fois près de mon propre corps et l'habiter toujours et le reconnaître, moi, vivante.

Pétrifiée par le choc, j'avais peur de continuer à bouger. Un fil pendait sur la voile, sur le dernier point de couture, et au bout était accrochée l'aiguille, brillant sous le soleil. Attendant la fin du cantique.

Je ne comprenais pas pourquoi, sachant que tout cela n'était qu'un rêve, je ne me réveillais pas.

Je suis là, pensais-je. *Je suis toujours là.*

Le cantique s'est fané. Un sanglot a brisé le silence, j'ai tourné la tête et vu Magdalena Radtke qui pleurait, les yeux rendus petits par les larmes, le bras crocheté à celui de ma mère.

Le soulagement m'a balayée.

— Maman !

J'ai marché vers elle, jeté les bras autour de son cou et attendu qu'elle me rende mon étreinte.

Rien.

J'ai reculé d'un pas.

Son regard n'a pas cherché le mien.

J'ai posé mon front contre le sien, sentant contre ma peau les cheveux échappés de sa coiffe, mais elle regardait devant elle, regardait le matelot qui recouvrait mon visage de la toile.

— Non, maman, ai-je dit. Ce n'est pas moi. Je suis ici. Regarde-moi !

Mes doigts lui caressaient la joue. Je cherchais son regard.

— Regarde-moi !

Elle ne bougeait pas, comme si un lourd fardeau pesait sur ses épaules, en équilibre, et qu'au moindre mouvement ce fardeau allait tomber et l'écraser.

Ce n'est qu'au moment où le matelot a cousu le tout dernier point en passant par le nez que son regard s'est détourné. Une aiguille que l'on passe pour s'assurer de l'insensibilité. Broderie pour les morts qui périssent parmi les flots.

J'avais peur et mon cœur était blessé. Je ne comprenais pas ce qui arrivait.

Un cauchemar, me suis-je dit. *Ce n'est qu'un cauchemar.*

Le matelot a adressé un signe de tête à mon père. Papa a placé ses mains lourdes sur le linceul. Puis Matthias – mon frère ! – s'est avancé hors du groupe d'hommes qui se tenait épaule contre épaule, et les autres l'ont retenu lorsqu'il s'est penché vers le corps. Les larmes glissaient sur son visage et Matthias les laissait faire. Je connaissais mon frère. Je savais combien il avait honte de pleurer. Ces larmes étaient les mêmes que celles qu'il avait versées pour Gottlob, silencieuses et pleines de colère. Elles ruisselaient de son nez, de son menton pendant que papa lui attrapait les épaules et l'aidait à se redresser. Matthias s'est dégagé. Papa l'a attrapé par la nuque, secoué légèrement pour le calmer. Il a cessé de pleurer.

Et puis, ma mère. Bras le long du corps. Visage de pierre, blanche comme le lait.

Maman s'est avancée près du linceul et n'a pas pleuré.

Mon père a approché sa bouche de son oreille ; son œil saint dérivait vers l'océan qui attendait. Il lui a murmuré quelque chose.

Maman a secoué la tête.

Papa a opiné du chef en regardant les matelots, et ils ont fait basculer mon double dans la mer. Tout le monde a froncé le visage, attendant un bruit d'éclaboussure qui n'est jamais venu, que personne n'a jamais entendu. Je suis restée debout sur le pont, les yeux rivés sur l'endroit où se trouvait le linceul. Ma bouche lentement s'est remplie d'eau de mer. Je l'ai crachée sur les lattes sèches du plancher et j'ai constaté qu'elle ne laissait pas de trace par terre. Je suis tombée à genoux. L'océan se déversait de mes cheveux sans qu'une seule goutte ne touche le bois. À quatre pattes à présent, jc me suis sentie sombrer dans un froid si total, si entier que j'en suis restée abasourdie. Je percevais les coins durs des briques sur mes chevilles, les briques me tiraient vers le fond tandis que mes bras en apesanteur se soulevaient. Des sédiments s'amassaient sous ma langue.

J'ai vomi de la vase sur le pont du *Kristi* pendant que la foule se dispersait. Je pleurais et mes larmes étaient l'Atlantique, et personne ne me voyait, personne ne voyait que je me noyais sur le pont. J'ai levé les yeux, la vision brouillée par l'eau salée, et j'ai vu Eleonore Volkmann qui se dirigeait vers l'écoutille avec Hermine dans les bras. Je lui ai attrapé la cheville, mais elle est passée en m'ignorant. Passée à travers moi. Ma sœur pleurait, j'ai crié son nom, mais ma voix a jailli comme un petit poisson d'argent. Je l'ai regardée frétiller sur le pont, à l'insu de tout le monde.

J'ai perdu connaissance. J'ai disparu de moi-même. Et, quand je me suis réveillée, j'étais coincée entre deux tonneaux de hareng. Il flottait une odeur de poisson pourri, et alors j'ai vu que les tonneaux étaient ouverts et que les harengs salés étaient gâtés ; leur chair se délitait.

Plusieurs familles se tenaient dans l'air épais. Des disputes avaient éclaté, les mains étaient plaquées sur les visages pour se protéger de cette puanteur. Le médecin se trouvait parmi elles. J'ai attendu près des tonneaux assez longtemps pour finir par comprendre que certains réclamaient leur ration de hareng tandis que d'autres exigeaient qu'on la leur réserve pour des jours où la température serait moins chaude. Le Dr Meissner avait donné l'autorisation qu'un nouveau tonneau soit ouvert. Les harengs n'étaient plus bons, et ceux qui avaient demandé à obtenir dès à présent leur ration étaient rouges de colère.

— Par pitié, ai-je dit. Je veux me réveiller.

Personne ne m'a entendue. J'ai reconnu Gottfried Fröhlich et je me suis rapprochée de lui alors qu'il plongeait la main dans le tonneau pour jeter un morceau de poisson au pied d'un homme de Tschicherzig aux joues creuses.

— Herr Fröhlich ?

Des postillons se collaient sur son menton tandis qu'il criait au médecin :

— Vous nous portez malheur !

— Herr Fröhlich !

Je l'ai touché. Il était en chemise, avait roulé ses manches jusqu'aux coudes. Mes doigts se sont posés sur les poils drus de ses avant-bras. J'ai grimacé, m'attendant à le voir se retourner vers moi, mécontent, mais Herr Fröhlich a continué à crier et, lorsque le docteur a posé une main sur son épaule pour le calmer, il l'a violemment repoussé avant de partir à grands pas en direction de l'écoutille.

— Herr Fröhlich, s'il vous plaît. S'il vous plaît, écoutez-moi, ai-je dit.

Mais je n'étais rien pour lui et il ne m'a pas entendue.

Je l'ai suivi à travers l'écoutille. Mes yeux s'accommodaient à la lumière fantomatique de l'entrepont. Tout était plus ou moins comme dans mon souvenir, à ceci près que les passagers semblaient avoir été portés par un effort commun. Du linge propre séchait entre les poutres. Les enfants jouaient par terre, enjambés par les hommes qui portaient dans les cuisines de l'eau et du petit bois.

Tandis que Herr Fröhlich partait d'un pas furieux vers sa couchette, je suis restée campée là, sans trop savoir que faire, au début de l'entrepont. Que s'était-il passé ? Étais-je toujours malade ?

Retourne te coucher, me suis-je dit. *Tu dois avoir de la fièvre, tu délires, ou bien c'est un cauchemar, tu as rêvé que tu étais morte. Retourne au lit. Retourne avec Thea. Elle ne va pas bien, elle a besoin de toi. Tu lui avais promis de ne pas la laisser.*

J'ai marché jusqu'à la proue, tendu une main pour soulever le rideau. J'ai vu ma main le saisir. Ma main le tirer, mais en ce même instant j'ai aussi vu que le rideau ne bougeait pas.

Je perds la tête, me suis-je dit.

L'eau de mer me remplissait le fond de la gorge tandis que je titubais vers notre couchette. Les cheveux blancs de Thea étaient répandus sur l'oreiller, visibles même dans la pénombre. Lorsque je suis arrivée près d'elle, ma bouche était remplie d'océan. Je me suis hissée sur la couchette et l'eau de mer s'est déversée sur les couvertures.

Je me suis essuyé la bouche et rapprochée, rapprochée d'elle en rampant. Les yeux de Thea étaient fermés ; elle ne s'est pas réveillée. Je me suis rassise à genoux et je lui ai secoué les épaules.

— Thea, réveille-toi.

La maladie avait gommé la rondeur de son visage. On aurait dit quelqu'un qui avait toqué à la porte de la mort, mais elle vivait encore. Le pire, pour elle, était passé.

— Thea, il m'arrive quelque chose.

Elle ne se réveillait toujours pas.

— Thea, s'il te plaît. Il faut que tu m'aides.

Mutter Scheck est passée devant moi. Elle nettoyait ses lunettes avec un chiffon.

— La fièvre semble être un peu redescendue, disait-elle. Je crois qu'elle va bientôt tomber.

Je me suis sentie déborder de soulagement. Et puis, tout à coup, je me suis retournée et j'ai compris que Mutter parlait à Anna Maria, assise sur la couchette d'Ottilie. La dernière couchette que j'avais occupée. Il n'y avait plus de couverture, le drap avait été arraché. J'ai senti monter la nausée.

— Je remercie Dieu, a dit Anna Maria.

— Dors, si tu veux, lui a dit Mutter en s'asseyant près d'elle. Je peux rester ici au cas où elle se réveille.

— Mutter ?

Je suis descendue du lit de Thea pour m'approcher d'elles.

— Non. Elle demandera, si elle se réveille.

— Tu veux le lui dire ?

Anna Maria a hoché la tête.

Elles ne m'ont pas regardée. Je suis tombée à genoux devant elles.

— Anna Maria. Mutter Scheck. Par pitié, écoutez-moi. Par pitié, aidez-moi !

— Peut-être vaudrait-il mieux attendre que son état se soit amélioré, a suggéré Mutter Scheck.

La Wende a désigné le matelas nu sur lequel elles étaient assises.

— Que dis-tu ? Comment pourrais-je lui mentir ?

Mutter a donné une tape bienveillante sur l'épaule d'Anna Maria.

— Eh bien, si tu te sens fatiguée, réveille-moi.

Les mains d'Anna Maria étaient posées sur ses cuisses. Je les ai attrapées, entrelaçant mes doigts aux siens. Je sentais la chaleur, la force qu'ils renfermaient.

— Anna Maria, me vois-tu ? Où est ma couverture ?

Elle a frémi, porté les mains à sa poitrine.

— Sincèrement, Frau Eichenwald, a encore dit Mutter. Je ne parle pas seulement de Thea. Je sais que d'autres choses vous préoccupent.

La mère de Thea n'a pas répondu. Elle observait ses doigts comme s'il y avait quelque chose dessus, comme si elle s'était brûlée.

— Frau Eichenwald ?

Mutter la regardait d'un air inquiet.

— Qu'y a-t-il ? a-t-elle insisté.

— Rien, a répondu Anna Maria.

— Est-ce que tout va bien ?

— Oui, Mutter.

Elle a posé le bout de ses doigts sur sa bouche et fermé les yeux.

— Vous avez raison. Je suis fatiguée.

Elle a hésité, observé la proue, avant de s'en retourner à la couchette de sa fille. Je l'ai regardée poser un baiser sur le front de Thea et s'agenouiller auprès d'elle pour prier. Mais, alors même qu'elle louait le nom de Jésus, ses yeux se promenaient partout dans le compartiment. Attentifs. Aux aguets.

Je voulais mon frère. Matthias me rassurerait comme il l'avait toujours fait. Il me reconnaîtrait, m'expliquerait que mon esprit était toujours brûlant de fièvre et que je m'étais levée seule de mon lit. Il me sourirait, et mes peurs et mes doutes fondraient tous en un instant.

Je suis montée par l'écoutille, retournant dans la lumière et l'odeur de poisson pourri. Deux matelots, le visage protégé par des foulards, jetaient par-dessus bord des pelletées de harengs figés. Des passagers les regardaient en se pinçant le nez.

Où était Matthias ?

J'ai marché jusqu'à l'extrémité opposée du pont, contournant les provisions et les tonneaux entassés au centre, quand soudain, dans un trou entre deux caisses de bois, sont apparus mon frère et Hans. Ils s'étaient faufilés à l'intérieur de cet espace étroit. Ils étaient assis en silence, la main de Matthias posée sur son torse. Ses doigts massaient sa peau, à l'emplacement de son cœur.

— Matthias, ai-je dit en m'agenouillant près d'eux. Matthias, c'est moi.

Mon frère s'est mis à se frapper la poitrine de son poing.

Hans lui a attrapé le bras. Matthias cherchait à le repousser pour continuer à se frapper, mais Hans était plus fort.

— Je sais, répétait-il. Je sais.

Et, sur ces mots, Hans a pris mon frère dans ses bras et l'a serré très fort, dans un geste protecteur, même si Matthias résistait.

Je tremblais.

Matthias a cessé de lutter. Son corps s'est ramolli.

— Que vais-je faire, maintenant ? a-t-il demandé, la voix étouffée par l'épaule de Hans.

Hans s'est écarté pour adosser mon frère contre une caisse et l'a pris par le col, comme pour l'empêcher de s'effondrer.

— Tu vas vivre, a dit Hans, avant de baisser la tête pour trouver son regard, le soutenir. Tu vas trouver un moyen de vivre ta vie.

Matthias a fermé les yeux. Hans l'a lâché.

Ma langue était grosse dans ma bouche, et mon corps anesthésié. Je ne comprenais pas ce que je voyais, je ne comprenais vraiment pas ce que voulait dire Hans. Je n'étais pas prête à comprendre. Je suis retournée à l'écoutille, fuguant vers l'entrepont.

Un cauchemar, me disais-je. *C'est un cauchemar.*

Elizabeth Volkmann, la sœur de Henriette, était en train de dresser la table pour le repas de midi. Un bébé qui marchait à quatre pattes dans le passage est arrivé jusqu'à ses pieds.

— Elizabeth ? Est-ce que tu m'entends ?

Elle n'a pas levé les yeux. Après avoir installé les assiettes elle s'est retournée, est repartie vers les cuisines en s'essuyant les mains sur son tablier.

Il y avait un couteau sur la table. Je l'ai ramassé, j'ai posé sa lame sur ma paume, sur la cicatrice laissée par la blessure que Thea avait vue saigner, qu'elle avait guérie. Je l'ai enfoncée.

Si c'est un rêve, ce geste, forcément, me réveillera, me suis-je dit, les mains tremblantes. *Forcément, la lame ne me fera rien.*

Un mélange de sensations floues s'est élevé en moi alors que la lame s'enfonçait. J'ai appuyé plus fort ; attendu le sang. Le sang est arrivé, rouge comme dans la vraie vie. Mais le filet qui lentement ruisselait le long de mon poignet puis de mon bras avait quelque chose de vaporeux. Il s'échappait comme de la fumée s'élève d'une bougie que l'on souffle.

Quand j'ai enlevé le couteau, la blessure s'est évaporée.

Puis j'ai vu que, alors que je tenais le couteau, il était posé sur la table.

L'horreur m'a gagnée.

J'ai plongé la main dans une carafe et y ai senti l'eau fraîche. Je l'ai poussée. La carafe a roulé, déversé un liquide évanescent, mais quand mon regard est revenu vers la table la carafe était restée à sa place.

Tu es devenue folle, me suis-je dit. *Tout cela est fou.* Je me suis effondrée, accroupie, et j'ai enfoui mon visage entre mes cuisses. Mon corps tremblait.

Et, tout à coup, le bébé qui marchait par terre à quatre pattes m'est passé à travers. Ses mains potelées cherchaient à attraper une couverture défaite, et elles franchissaient les limites de ma peau sans que me parvienne d'autre sensation qu'un vague inconfort, une pression.

Je l'ai laissé me passer à travers et me suis effondrée par terre. J'ai pleuré, apeurée, déboussolée, et les larmes qui roulaient sur mes joues s'évaporaient. Je suis restée assise là un moment, à pleurer alors que les gens s'affairaient autour de moi, me traversaient, s'installaient autour de la table à tréteaux, récitaient les prières et commençaient à manger. Je pleurais et me balançais en les entendant murmurer, rompre le pain, avaler.

Je ne me suis relevée qu'au moment où mes larmes avaient cessé de couler, suspendues tel un nuage au-dessus de ma tête. Il était 17 heures. Je l'ai su car on demandait l'eau chaude, et un mouvement général agitait les couchettes alors que les passagers se levaient pour aller prendre le thé. J'ai passé mes mains sur mon visage, je me suis avancée en chancelant vers la table et assise au milieu des anciens villageois de Kay qui soufflaient sur leur tasse. Je regardais leur visage, prononçais leur nom, mais personne ne me voyait, personne ne réagissait.

Quelqu'un parlait de ma mère. Les gens disaient qu'ils s'inquiétaient pour elle. Je me suis retournée. Magdalena se levait du banc ; Elize Geschke lui passait une tasse. J'ai suivi Magdalena jusqu'à la couchette de mes parents, le ventre tenaillé par une incertitude teintée d'espoir. Ils me reconnaîtraient forcément. Si je ne cessais de répéter leur nom, ils finiraient par entendre ma voix.

De son côté du lit, maman était recroquevillée autour de Hermine, qui dormait contre son ventre, la bouche ouverte, les joues rouges. Les yeux de ma mère étaient fermés.

— Johanne ?

Magdalena s'est penchée sur elle.

— Johanne, veux-tu boire du thé ? Il est sucré.

Maman a remué, tenté d'esquisser un sourire.

— Non, merci. Je me repose un peu.

Magdalena s'est assise au bord du lit, mal à l'aise.

— Cela fait trois jours. Je sais que tu ne bois pas assez.

Maman n'a pas répondu.

— Je ne bougerai pas d'ici tant que tu n'auras pas bu ce thé, Johanne.

Maman s'est redressée et, appuyée sur un coude, a accepté la tasse. Après avoir pris une petite gorgée, elle a grimacé.

— Trop chaud ?

— Très sucré.

— Tu dois reprendre des forces.

Magdalena observait attentivement maman.

— Bois tout, a-t-elle ajouté.

J'ai regardé ma mère boire, placer la main sous son menton lorsque le breuvage a coulé. Le visage de Hermine s'est tendu de détresse avant de se déformer, amorce silencieuse de hurlements. Maman a rendu la tasse à Magdalena et s'est rallongée.

— Vas-tu la nourrir ? lui a demandé Magdalena en désignant ma sœur du menton.

— Donne-la à cette femme de Klemzig.

— Johanne, tu dois nourrir ta fille. Allez, viens, maintenant.

Je n'avais jamais entendu Magdalena parler d'une voix si douce, et à cet instant j'ai compris qu'elle aimait ma mère. Qu'elle tentait d'être gentille.

— Je lui donnerai bientôt le sein. Je suis..., a dit maman en posant une main sur son visage. Je suis fatiguée, voilà tout.

— Dois-je aller chercher Heinrich ?

— Non, non. Il est avec le capitaine. Pour l'aider à trouver une solution à toutes ces querelles. Tous ces...

Elle a jeté les doigts en l'air.

— Tous ces ennuis avec le docteur.

Je me suis rapprochée.

— Maman ? ai-je dit. Est-ce que tu m'entends ?

Ma voix était ténue.

Hermine criait à présent. À table, les gens se retournaient pour voir. Je les ai vus échanger des regards.

— Eh bien, si c'est comme ça, a soupiré Magdalena.

Elle a posé la tasse par terre et pris ma sœur dans ses bras. Je me suis décalée tandis qu'elle se levait, Hermine sur la hanche.

— Allez, viens, ma petite. Allons te donner à manger, a-t-elle dit.

— Merci, a dit maman derrière sa main.

— Repose-toi, a répondu Magdalena. Si c'est ce dont tu as besoin. Dors. Dieu soit avec toi.

Les hurlements de Hermine ont faibli à mesure que Magdalena s'éloignait entre les rangées de couchettes. Elle l'a ensuite donnée à une jeune femme au visage rubicond et aux cheveux châtain clair. Je ne l'ai pas reconnue. La jeune femme a d'abord semblé surprise puis, lorsque Magdalena a pointé un doigt dans la direction de ma mère, elle s'est montrée pleine de générosité. Elle a ouvert son chemisier et mis Hermine au sein. Les jambes dodues de son propre bébé endormi pendaient de la banquette.

— Maman ?

Je me suis assise à l'endroit où s'était trouvée Magdalena et j'ai posé la main sur l'épaule de ma mère. Son corps se soulevait au rythme de sa respiration.

— Maman, ai-je dit. Je suis là. C'est moi, Hanne.

Elle n'a pas répondu.

— Maman ?

Ma voix était usée.

— S'il te plaît. Je suis là, maman. Regarde-moi !

Elle n'a pas fait un geste. J'étais de l'air.

La colère avait déclenché dans mon esprit un tourbillon si violent que je ne parvenais plus à garder le fil d'aucune réflexion ; je n'arrivais plus à penser. Je suis retournée à la proue ; sinon je ne savais pas où aller.

Anna Maria dormait sur la couchette d'Ottilie, les jambes repliées contre la poitrine, la bouche ouverte d'épuisement. Je me suis installée à côté de Thea, puis glissée sous la couverture avec elle.

Thea a remué. Ses lèvres bougeaient.

— Reste.

Je me suis rassise, craignant d'avoir mal entendu.

— Thea ? Tu es réveillée ?

Ses yeux étaient fermés.

— Qu'as-tu dit ? ai-je demandé.

— Reste.

Quel soulagement. Je n'arrivais pas à le croire. Elle savait que j'étais là.

— Thea, ai-je murmuré. Thea, Thea !

Je me suis rapprochée d'elle et suis demeurée parfaitement immobile. À un moment, je n'ai plus entendu que son cœur. Je suis restée ainsi jusqu'à sentir les vibrations de son pouls ténébreux dans ma poitrine, jusqu'à imaginer que les battements de son cœur étaient les miens, puis je lui ai embrassé le front. Je me moquais de savoir qui pouvait me voir ; ce baiser, je l'ai donné pour moi. Pour tenir à distance ma propre peur.

Je suis restée couchée près de Thea les trois jours suivants. J'attendais qu'elle me parle à nouveau dans son sommeil, mais aucun indice ne m'a fait comprendre qu'elle sentait ma présence. Je craignais d'avoir imaginé sa voix. Anna Maria venait tous les jours, matin et soir, agitait des branches de genévrier fumantes au-dessus d'elle, et chaque fois je la voyais s'attarder, le regard rivé sur les coins de la banquette, où je tentais de dessiner avec les doigts des arabesques de fumée.

— Anna Maria, murmurais-je. C'est Hanne.

Mais Anna Maria a continué à agiter les branches vers moi avec un regard plein de doute, sans me parler.

J'attendais de me réveiller de cet exil. J'attendais que Thea se réveille. J'ai repris ma vie telle que je la vivais avant de tomber malade. Toute la semaine suivante, je me suis réinsérée dans les vieux sillons tracés par celle que j'avais été. Je faisais comme toujours, feignant de ne pas voir toutes les choses étranges ; je ne l'aurais pas supporté. Je n'étais pas prête à me demander pourquoi tout avait changé. Quand les autres femmes de la proue se préparaient pour l'office du matin, je les suivais sur le pont et me joignais à leurs voix pour prier. Je prenais place à la table du petit déjeuner, me servais lorsque personne ne le faisait pour moi, et, si je voyais le gruau au bout de ma cuillère, le manger était comme ingérer de l'ombre. Rien n'avait de goût. Je me lavais la figure, me tressais les cheveux, je veillais à mon hygiène. Je ne pouvais rien faire d'autre ; je ne savais que faire d'autre. Je priais constamment ; mes supplications m'avaient fait des bleus aux genoux.

Je me distrayais en regardant Thea. Je souhaitais ardemment qu'elle se remette. Je laissais Anna Maria seule lorsqu'elle la baignait et lui donnait à boire des breuvages qui coulaient au coin de ses lèvres, mais chaque nuit je la serrais contre moi pendant qu'elle dormait. Je ne la perdais jamais de vue, je pensais sans cesse à elle et parvenais à me convaincre que je la guérissais par ma volonté et mes prières seules. Thea continuait de dormir, heure après heure, mais à la fin de chaque jour la fièvre avait un peu baissé. Les forces lui revenaient dans les bras, les jambes. D'une voix rauque, elle commençait à demander des choses à sa mère.

De l'eau.

Toujours de l'eau.

J'écoutais Anna Maria donner des nouvelles de la vie à bord à sa fille endormie. Elle lui parlait des querelles qui quotidiennement éclataient au sujet des provisions, des quantités préparées, tantôt trop grandes, tantôt trop petites. Le vent avait fait souffler sur le bateau une belle poussière rouge qui avait rendu les voiles marron. La poussière provenait des déserts d'Afrique de l'Est. Friedrich avait réussi à en prélever sur un petit tas qui s'était formé au pied des écoutilles.

— Tiens, en voilà une pleine fiole.

J'ai regardé la Wende la faire tourner dans ses mains. J'étais allongée près de Thea, la tête sur son oreiller.

— Montre-la-moi.

Je me suis retournée. Les yeux de Thea étaient ouverts. Elle regardait sa mère.

Anna Maria a sursauté.

— Thea ?

— Je peux la voir ?

Mon cœur a volé comme une flèche. Je me suis redressée sur un coude, penchée sur elle. *Vois-moi, s'il te plaît*, ai-je pensé. *Je t'en supplie. Je t'en supplie. Je sais que tu es la seule à pouvoir me voir.*

— Comment te sens-tu ?

Sa mère retenait ses larmes.

Thea a tenté d'esquisser un sourire.

— Mieux. Je peux la voir ?

Anna Maria a fermé les yeux, courbé la tête pour cacher son visage. Sa coiffe a tressauté.

— Maman.

— Dieu soit loué. Dieu soit loué.

La bouche d'Anna Maria s'est fendue en un sourire immense.

— Tiens ! Tiens, regarde, mon étrange fille. Il savait que tu voudrais la voir. Oh, Seigneur, merci ! a-t-elle dit.

Elle a aidé Thea à s'adosser contre l'oreiller puis, les yeux remplis de larmes, lui a donné la fiole.

Thea l'a fait tourner entre ses mains.

— Je suis là, moi aussi, ai-je soufflé.

J'avais peur de la toucher. Peur qu'elle ne me sente pas.

— Quand cela s'est-il passé ? a demandé Thea à sa mère. Quand sommes-nous passés près du désert ?

— Un peu après avoir franchi l'équateur.

— L'équateur ?

Anna Maria s'est essuyé les yeux et lui a raconté le jour où Christian Pasche s'était plaint au capitaine lorsque les matelots avaient organisé leur cérémonie de Neptune en jetant de l'eau sur ceux qui passaient pour la première fois la ligne de l'hémisphère Sud.

— Il était persuadé qu'ils cherchaient à épouvanter les femmes enceintes, a raconté la mère de Thea en riant. Quand bien même lesdites femmes s'amusaient drôlement sur le pont en jetant à leur tour des seaux d'eau sur les matelots ! Elles ont apprécié de pouvoir se rafraîchir par la même occasion.

— Hanne se trouvait parmi elles ?

Je tremblais. L'eau de mer montait dans ma gorge.

Le sourire d'Anna Maria s'est envolé.

— Thea, tu te souviens sans doute que… Hanne était malade, a-t-elle dit avec précaution.

Non, me suis-je dit. *Non, non.*

— Elle va mieux, a répondu Thea en fronçant les sourcils. Elle était là.

— Là ?

— Je l'ai vue. La nuit. Elle était ici, allongée près de moi.

Anna Maria n'a rien dit. Son front s'est plissé.

J'ai senti l'eau tremper ma tresse. Ruisseler dans mon dos.

— Thea…

Anna Maria, accroupie, s'est levée. Elle s'est assise sur la couchette près de sa fille.

Le bas de ma robe s'est soulevé, comme en suspens dans l'eau. J'avais l'impression de ne plus rien peser, d'être emplie de froid.

Thea a secoué la tête.

— Non.

— Hanne n'a pas réussi à aller mieux.

La voix d'Anna Maria était sombre.

— Non.

— Elle est morte devant le Christ.

L'océan rugissait dans mes oreilles. Je n'entendais plus Thea. L'eau remplissait la proue, me soulevait du sol. J'ai vu le visage de Thea se froncer de douleur, la fiole lui tomber des mains, ses mains repousser sa mère, mais je n'arrivais pas à entendre ce qu'elle disait. Mon gosier débordait d'eau salée. J'ai levé les mains vers mon visage et senti l'aiguille dans mon nez.

L'eau est arrivée jusqu'à la lanterne. La flamme s'est éteinte sous l'écume. Autour de moi, les ténèbres se sont abattues.

Je suis morte, ai-je pensé.

Je suis morte.

compter tous mes os

La douleur a brouillé les moments qui ont suivi. À un moment, je me suis mise à genoux pour prier. J'ai prié jusqu'à m'en abîmer la langue, cherchant des réponses, des éclairages. Si vraiment je n'étais plus de ce monde, comment expliquer que je demeure sur ce bateau ?

Le tissu conjonctif qui reliait l'ossature de ma vie – ma famille, mes travaux, les saisons à travers lesquelles je me voyais grandir – avait toujours été Dieu. La Bible, mon cartilage. La prière, mes tendons. Jamais je n'avais douté de mon père lorsqu'il me disait que j'avais été rachetée par l'amour du Christ. Que la mort m'ouvrirait la vie éternelle dans le Royaume du Seigneur. Qu'au commencement était la Parole de Dieu ; jamais je n'avais douté de cette Parole. Cette Parole était sacro-sainte. Elle m'avait assuré que mon âme éternelle resterait unie à mon corps mortel jusqu'à ce que la mort les sépare ; que, si je mourais dans la foi, mon esprit trouverait un sanctuaire auprès de la présence du Christ.

Pourquoi n'étais-je donc pas dans ce sanctuaire ? J'étais morte dans la foi. Je ne connaissais rien d'autre que la foi. Je n'avais jamais douté, jamais cherché à me désarrimer de l'Église, jamais je n'avais envisagé la possibilité d'une altérité, d'autres vérités.

Mes pensées revenaient constamment à cette vision que j'avais eue, à contre-jour devant le soleil, de cette sainte volée de plumes. Avais-je été jugée, et la soif qui m'animait percée à jour ? Une fois de plus, je sentais revenir ce sentiment d'être contrefaite, que mon essence même ne valait pas la peine. L'idée que la grâce de Jésus ne m'ait pas incluse dans son cercle, ne m'ait pas couverte ainsi que la Parole le promettait, cette idée me réduisait à un cri. Je priais pour recevoir le pardon. Si j'avais pu gratter le sol en sachant que dessous se trouvait la rédemption, je l'aurais gratté jusqu'à en avoir les doigts en sang.

Et pourtant, et pourtant. Où était l'enfer que nous avait promis le pasteur Flügel ? Si j'avais été damnée, pourquoi me trouvais-je encore parmi ceux que j'aimais, que je savais sanctifiés par le sang de Jésus ?

Je suis désaimée et abandonnée par Dieu, ai-je pensé. Je suis restée couchée par terre, la joue enfoncée sur les lattes granuleuses du plancher, sans rien sentir d'autre que mon âme déchirée. Des heures ont passé. Des jours, peut-être. Je recommençais à prier, à tendre les mains vers Dieu, désespérément. Le psaume de la Croix me traversait, et je m'entendais murmurer « Je suis comme de l'eau qui s'écoule, et tous mes os se séparent : mon cœur est comme de la cire… Je suis comme de l'eau qui s'écoule… », puis le monde se brouillait autour de moi et je retombais, grelottante, dans les ténèbres.

Mourir n'est pas la même chose que vivre. Le temps qui tranquillement défile ne s'applique qu'aux cœurs battants. Les morts bégaient. Les aiguilles de mon horloge, plutôt que de pointer des chiffres, se pointaient elles-mêmes. Il m'est arrivé, depuis que je suis morte, de me réveiller brusquement, comme si j'avais perdu connaissance, et de me retrouver dans des endroits inconnus. Je suis présente, et puis quelque chose me submerge et, lorsque je reviens à moi, je suis ailleurs. Il en était ainsi en ce moment où j'étais effondrée sur le plancher de ce bateau qui ne portait plus ma masse vivante, où je ne pouvais plus faire semblant d'être autre chose qu'une morte. Je me suis abattue sur moi-même. Le temps s'est arrêté et moi avec.

J'ai été élevée dans un genre de foi qui ne laisse guère de place au doute. Dieu avait toujours fait partie de moi comme ma propre moelle, et, lorsque j'ai découvert que mes os étaient creux, que leur musique, calquée sur n'importe lequel des cantiques que j'avais appris, était fausse, ma colère a été réelle. Quoi d'étonnant que je ne sois pas parvenue à accorder mon esprit et mon corps en ces premiers temps ? J'étais disloquée. Mon axe était brisé.

La compréhension que j'en ai à présent – que le monde tourne autour d'un mystère plus profond que tout ce que le langage pourra jamais formuler – est une chose que je n'avais pas en moi alors. Je sais maintenant que mon intellect est trop petit pour contenir mon esprit. Cet esprit qui, je l'espère, me maintient.

Il faisait noir quand je me suis réveillée. J'étais recroquevillée par terre, au pied du lit de Thea, le corps ballotté par un roulis régulier. Il y avait autour de moi le son des femmes endormies. Un ronflement léger.

Les Écritures s'infiltraient dans ma tête, déformées en poésie.

Beaucoup de passereaux. Je pourrais compter tous mes os. Ne t'éloigne pas de moi quand la détresse est proche, quand personne ne vient à mon secours. Oui, le bonheur et la grâce m'accompagneront. Éternel ! Souviens-toi de ta miséricorde et de ta bonté. Tourne-toi vers moi ; beaucoup de passereaux.

Je me suis relevée, campée devant la couchette de Thea. Il y avait assez de lumière pour que je parvienne à voir qu'Anna Maria était allongée près d'elle, un bras autour d'elle. Toutes les deux endormies. Toutes les deux parfaitement immobiles. Mais je sentais la détresse de Thea émaner d'elle comme de la brume. Je savais que, si je touchais son visage, ma main le trouverait gonflé. Que, si la lumière avait été plus vive, j'aurais vu dessus quelque chose de brisé. Comme un arbre tombé. Une branche tordue.

— Ta miséricorde, ai-je murmuré, et j'ai abaissé la main, je l'ai laissée suspendue juste au-dessus de son visage.

J'ai senti l'air chauffé par son corps, la proximité de l'aura de la vie.

— Ta bonté, ai-je dit.

Une panique soudaine, animale, s'est emparée de moi à l'idée que je portais toujours mes habits. J'ai dénoué mon tablier, je me suis empressée de me dévêtir, de me débarrasser de mes jupons, que j'ai enfouis sous le lit de Thea. Me retrouver dans mes seuls sous-vêtements m'a procuré un soulagement immédiat. Depuis longtemps, Mutter nous demandait de dormir tout habillées à cause de la promiscuité et des alertes qui pouvaient être données à tout moment en cas de mauvais temps. J'avais oublié comme il était bon de s'ôter le poids de la laine et du coton, de mouvoir mon corps librement. Et puis, peut-être parce que ma peine m'avait anesthésiée, peut-être aussi par curiosité, j'ai retiré mon sarrau et baissé les yeux vers mon corps nu.

Il ressemblait trait pour trait à mon corps de vivante. Mes mains et mes bras étaient toujours brunis par le soleil, mon ventre et ma poitrine étaient de lait. Mes jambes longues, mes seins petits ; les taches de rousseur au-dessus de mon nombril n'étaient pas parties. La corne qui s'était formée lors de notre dernier printemps à Kay couvrait toujours la plante de mes pieds ; je me suis assise et j'ai examiné mes talons épais et calleux. Mais, lorsque j'ai levé le bras et cherché à humer ma peau, je n'ai rien senti d'autre qu'une légère odeur d'eau salée, une ombre de mer. J'ai léché ma paume, fait courir ma langue le long de ma ligne de vie. Rien. Cela n'avait aucun goût.

Quelles sont les choses qui ont changé ? me demandais-je. Allais-je toujours brûler sous le soleil ? Allais-je toujours me couvrir de taches de rousseur l'été, et devenir pâle l'hiver ? Si j'étais morte et si mon corps était parti, ce moi que je regardais alors, cette incarnation factice de vie, allait-il lentement faire disparaître ces os balancés dans la mer ? Allais-je garder à jamais l'âge que j'avais, ou avais eu : presque 17 étés ?

Dix-sept étés.

Une vie qui jamais n'aura dépassé le nombre des doigts. N'aura jamais été plus que la moitié d'une respiration.

Il fallait que je revoie Matthias, que je m'assure que j'étais morte pour lui aussi. Il me semblait impossible que nous ayons été séparés. Pour la première fois de ma vie, je me fichais de ne pas obéir aux règles qui me gouvernaient autrefois et nous éloignaient. Mutter Scheck n'était plus là pour regarder par-dessus mon épaule. Depuis mes funérailles, j'avais passé des jours entiers à imiter mon moi vivant, et tout cela pour quoi ? Pour recevoir les louanges et l'approbation de gens qui me croyaient morte ?

Rien n'a plus d'importance, ai-je pensé.

C'était une nuit claire et le ciel était lourd d'étoiles. Ce chaos parfait de lumière au sein de la nuit profonde et violette était si extraordinaire que mon chagrin s'est soudain levé, que je suis restée ébahie, émerveillée. Dans la mer étale se reflétait la gloire du ciel, qui s'étirait brillant jusqu'à l'horizon, si bien que le bateau semblait flotter dans les étoiles. Il voguait sur l'air nocturne, pas sur l'océan. Harmonie de lumière et d'eau.

Miséricordes.

Enjambant en silence les corps endormis, je suis allée trouver Matthias qui dormait à côté de Hans et des Simmel, un tas de couvertures faisant office de lit au milieu des tonneaux et autres contenants retenus ensemble par des cordes en prévision de nos derniers mois de traversée. Mon frère était beau.

Je me suis couchée près de lui et j'ai respiré contre son cou. J'ai compté les taches de rousseur sur la crête de son oreille et frotté mon visage dans ses cheveux.

— Matthias, c'est moi, Hanne. Ta sœur.

Il n'a pas bougé.

Je lui ai pincé le haut du bras.

— Réveille-toi.

Il ne décelait pas ma présence. Ne m'entendait pas.

C'est donc vrai, me suis-je dit, et je l'ai revu dans ma tête le poing serré, se donnant des coups sur le cœur au milieu des caisses. J'ai senti de l'eau remonter du fond de ma gorge. Je l'ai ravalée. Je voulais le veiller. Me réconforter.

Il sentait bon. Une odeur que je connaissais si bien. J'ai passé les bras autour de son dos large et je l'ai respiré pour que sa sérénité m'enveloppe.

Nous étions déjà ensemble au début de notre vie, ai-je pensé. *Tu me connais depuis mon premier souffle. Nous écoutions ensemble le pouls de notre mère.*

La nuit a posé sa joue sur nous et ma douleur s'est atténuée sous l'effet de sa tranquillité. Personne ne pourrait me trouver là, endormie contre lui. J'avais passé tant de nuits, à Kay, à me lamenter de ne pouvoir être à son côté, comme dans le ventre de notre mère. Son absence me donnait l'impression d'être disjointe, me condamnait à rester éveillée. Si être morte signifiait pouvoir enfin retourner auprès de lui, alors j'allais y retourner. Personne ne m'interdirait de faire ce que bon me semblait.

Je suis restée avec lui toute la nuit, à regarder le monde tourner lentement jusqu'à ce que les étoiles meurent dans la mer et que l'aube flamboyante se lève à l'est, feu de joie vidant le ciel de son air. Les hommes se sont mis à remuer dès que le soleil est apparu à l'horizon, formes inertes devenant soudain barbes mal taillées, bruits de toux, bras qui s'étirent. Daniel Simmel s'est levé pour se rendre d'un pas chancelant au bastingage et se soulager, cambré pour que jaillisse de lui un arc d'urine. Puis il est retourné rejoindre les autres derrière les tonneaux, écrasant au passage les doigts de Hans qui s'est assis, hirsute, et l'a foudroyé du regard.

— Désolé, a lancé Daniel en levant la main pour s'excuser. Tiens, lance-moi ma tasse, tu veux ?

Hans la lui a jetée à la figure. Quelque chose avait changé en lui depuis Kay. Sa peau avait pris une couleur brun doré, et toutes ces journées passées à plisser les paupières sous le soleil avaient laissé des rais blancs au coin de ses yeux. Ses cheveux, aussi, s'étaient éclaircis, et il s'était laissé pousser un début de barbe, clairsemée, que l'on devinait rêche, et qui lui donnait un air canaille, un peu rebelle. Je me suis rendu compte qu'il n'avait rien de son père. Rien de sa rigidité, de cette sévérité qui avait imprimé deux rides entre ses sourcils. En l'observant, en le regardant là, ouvrir ses couvertures pour en déloger délicatement un petit chaton noir au bout de la queue blanc, j'ai soudain compris que, depuis toujours, je savais quelle solitude devait être la sienne à vivre ainsi, auprès d'un père au caractère si méchant.

Daniel est revenu en terminant sa tasse.

— Tu as encore dormi avec la demoiselle ? lui a-t-il demandé.

— Elle me tient chaud.

Hans a serré le chaton contre sa poitrine et enfoui le menton dans son pelage.

— Allez, debout, Matthias, a fait Daniel en taquinant mon frère de sa botte.

L'étrange sensation que j'ai ressentie quand la pointe de son pied m'a traversée m'a donné la nausée.

Matthias a poussé un grognement, puis enfoui sa tête dans son coude.

— Tu comptes la garder ? a demandé Daniel.

Hans a ouvert son mouchoir, dans lequel était caché du gras de lard qu'il a donné à la petite chatte. Il a souri en la voyant lui lécher les doigts.

— Sa maison est ici, sur le bateau, a-t-il répondu.

Matthias a levé la tête.

— On dirait plutôt que c'est toi, sa maison, a-t-il fait remarquer.

— Tous les animaux aiment qu'on leur donne à manger.

— Je peux la prendre ? a demandé Matthias.

Mais, lorsque mon frère s'est assis et a tendu les mains vers le minuscule animal, tout son corps s'est raidi de peur. Le regard de la chatte était dirigé vers moi. Mon ventre s'est serré. Elle a ouvert la gueule, montrant ses petites dents pointues comme des aiguilles, et a feulé.

— Mais qu'est-ce que tu lui as fait ? s'est exclamé Hans.

— Rien ! a protesté Matthias. Je ne l'ai même pas touchée.

Elle m'a vue, me suis-je dit. *Elle sait que je suis là*. Je me suis avancée vers la chatte en la fixant. Son regard ne se détachait pas de moi. Quand j'ai tendu la main vers elle, elle a brusquement craché et, dans un mouvement de panique, s'est empressée de s'accrocher à Hans pour grimper jusqu'à son cou.

— Aïe ! a-t-il fait en grimaçant. Hé, mais qu'est-ce qui te prend ?

Puis la chatte a sauté sur le pont et déguerpi. De petits points de sang ont affleuré sur la peau de Hans, là où l'animal avait enfoncé ses griffes pour se sauver.

— Tu dois avoir une tête qui ne lui revient pas, s'est moqué Daniel en sortant sa pipe.

Matthias semblait consterné.

— On dirait bien.

Quelques heures plus tard, les passagers avaient émergé de l'entrepont pour assister à l'office du matin, mais, pour la toute première fois de ma vie, je ne me suis pas jointe à leurs prières et leurs chants. Je suis restée assise à distance pendant que la congrégation se mettait à genoux, se levait, puis s'agenouillait à nouveau. Alors que tous semblaient pétris de dévotion, j'étais pierre quant à moi. Dépourvue d'émotion. Chaque évocation de la grâce résonnait pour moi comme un mensonge.

Après les prières, mon frère est parti errer sur le côté du pont. J'ai passé le temps seule, à regarder les flots. Mon cœur était gonflé par la tendresse que j'éprouvais pour lui. J'avais envie de lui demander ce qu'il cherchait. Pensait-il à moi, à mon corps englouti par l'océan ? Je ne savais pas exactement combien de temps s'était écoulé depuis ma mort.

Hans s'est approché de l'endroit où il se trouvait, à tribord, près du plat-bord. Il s'est penché au-dessus du bastingage aussi loin qu'il le pouvait, les bras grands ouverts.

— T'es-tu déjà demandé quelle profondeur il y a là-dessous ?

Sa tête piquait vers le bas comme s'il s'apprêtait à plonger.

— Trois pieds, a murmuré Matthias.

Hans a ricané.

— Est-ce que tu l'as retrouvée ? a demandé mon frère.

— Qui donc ?

— La chatte.

— Pas encore. Mais je la retrouverai, a-t-il dit en tendant le bras derrière lui. Elle ne peut pas aller bien loin.

Ils ont planté tous les deux le regard sur la coque, à l'endroit où le bateau déchirait les flots laiteux. Des dauphins nous suivaient, rapides et luisants, tournant sur eux-mêmes sous la surface de l'eau.

— T'ai-je déjà raconté comment ma mère est morte ? a demandé Hans.

Matthias a secoué la tête.

— Non. Je crois que je ne sais même pas de quoi elle est morte.

— Le cœur. J'avais 8 ans.

— Je me souviens de son enterrement, a dit Matthias en levant les yeux. Ç'a dû être dur pour toi.

Hans a hoché la tête.

— Elle portait une sorte de chemisier. Une blouse. Je me souviens qu'elle me tenait dans ses bras quand j'étais petit. Je pétrissais le tissu entre mes doigts. J'y pense encore tout le temps.

— À cette blouse ? a demandé Mathias.

— À ses bras.

Le silence est retombé entre eux. Je les ai regardés, tous deux tournés vers l'horizon qui surplombait cette mer huileuse et toujours changeante. Des nuages sont apparus, se sont amassés tranquillement, de plus en plus gris.

— Elle ne part pas, a dit Hans. La peine, a-t-il ajouté.

Puis il s'est éclairci la gorge.

— J'aimais beaucoup Hanne. J'aimais bien sa différence.

Mon frère n'a rien dit. Je l'ai entendu déglutir.

— Dans le bon sens du terme, a précisé Hans. Elle courait vite, pas vrai ? Elle me battait tout le temps.

— Tout le monde te bat, a répondu Matthias avec un sourire.

Hans lui a donné une tape amicale près de l'oreille.

— Ce n'est pas vrai.

— Je sais.

Puis ils ont continué à regarder les dauphins.

— Comment fais-tu pour la supporter ? a demandé Matthias à voix basse. Cette peine. Si elle ne part pas.

Hans a réfléchi.

— Je lui ai fait une place, je crois.

— Il y a des fois où j'ai l'impression qu'elle finira par me tuer, a répondu Matthias.

J'ai vu alors, dans la façon dont tremblait son menton, qu'il avait pris ma mort sur lui, la portait dans ses entrailles.

— Je sais ce que tu ressens, lui a dit Hans.

— Je ne comprends pas comment Dieu a pu laisser faire ça, a dit mon frère avant de se racler la gorge. Ce n'est pas juste.

Les yeux plissés, Hans s'est tourné vers lui.

— Non. Non, ce n'est pas juste.

— Est-ce que tu la vois, parfois ?

— Hanne ?

— Non, ta mère. Est-ce que tu la vois ? Assise sur ton lit. À ton réveil, ou quand tu t'endors.

Hans s'est appuyé sur le plat-bord.

— Je rêve d'elle, parfois.

— Mais la vois-tu apparaître ?

Hans a secoué la tête.

— Tu vois Hanne, toi ?

Matthias a hésité. Sa bouche s'est tordue comme s'il se retenait de pleurer.

— Non, a-t-il dit, puis il s'est retourné vers la mer. Gottlob, parfois.

Il a inspiré très fort, par le nez, et ajouté :

— À la périphérie de ma vision.

— J'aimerais bien voir ma mère, moi aussi, a répondu Hans en hochant la tête. J'espère qu'elle m'apparaîtra un jour.

Ils se sont écartés du plat-bord, ont regardé Daniel Simmel qui coupait les cheveux de son petit frère. Rudolph riait en faisant la grimace chaque fois que les lames se refermaient, puis passait la paume sur sa nuque. J'ai ramassé par terre une touffe de ses cheveux coupés, je l'ai massée entre mes doigts. Ils sentaient la sueur et quelque chose de masculin. Les mèches étaient poussées par la brise le long du pont. J'ai levé la main jusqu'à ma propre tête pour sentir sous mes doigts les entrelacs serrés de mes tresses.

— Oh, vous, arrêtez !

Un matelot s'est approché d'eux avec une sombre expression. Il a arraché les ciseaux à Daniel avant de les pointer vers l'horizon, où les nuages s'amassaient.

— Tu vas nous attirer la malchance, s'est-il exclamé en jetant les ciseaux par terre.

Un bref éclair a illuminé le ciel et, comme pour lui répondre, le vent a soufflé. Les matelots se sont animés ; des mouvements rapides, des voiles qu'on enroule.

J'ai passé les doigts dans mes cheveux pour les défaire. Il y avait dans le poids que j'ai senti sur mes épaules, dans la manière dont le vent naissant les soulevait, quelque chose de satisfaisant.

Les passagers se sont attardés pour respirer cette fraîcheur qu'ils n'avaient pas connue depuis longtemps. Le tonnerre a grondé. Les matelots ont donné l'ordre aux femmes de regagner l'entrepont et Daniel, rouge de honte, a ramassé ses ciseaux pour les enfouir dans sa poche tandis que les cheveux coupés de son petit frère volaient par-dessus le bastingage, vers la mer.

Le vent soufflait plus fort à présent. Mes cheveux me fouettaient le visage. On aurait dit un feu qui prend.

Les femmes, docilement, se sont retirées avec leurs maris dans les bas étages obscurs du navire, pendant que les hommes qui n'étaient pas pères de famille, avant d'aller prêter main-forte aux matelots, tiraient leurs affaires jusqu'aux écoutilles pour les descendre à l'abri. J'attendais.

Le ciel s'est refermé sur la mer.

L'orage approchait.

Le vent voulait m'attirer dans sa danse. Quelle sensation que ce contact ! Les éléments promenaient leurs mains sur moi, cette invitation teintée de violence me procurait un plaisir inouï. L'océan se soulevait. Ma peau recevait comme des claques l'eau projetée par les vagues écumeuses, et je me suis soudain sentie perdue, en colère, pleine de désir. Alors que ce vent me forçait à lever la tête vers le poing serré du ciel, j'ai compris que je n'avais pas à me cacher. Que j'étais libre de faire ce que bon me semblait. Que, n'étant plus ancrée à la vie, je pouvais aussi me soustraire à la peur de la perdre.

Alors je suis restée.

Je me souviens d'avoir ri sous la tempête. D'avoir ouvert grand la bouche. D'avoir grimpé aux mâts et d'être restée suspendue là telle une araignée. L'écume se fracassait sur mes dents et mes cheveux se dressaient sur mon crâne comme si le vent cherchait à me scalper. Mais il ne pouvait rien contre moi. Je me souviens du froid sur ma peau, du sel qui me lacérait. Le bateau grinçait, ses lattes craquaient, et j'imaginais les passagers en dessous, agrippés aux planches qui séparaient les couchettes, malmenés par les vagues, priant pour qu'il ne leur arrive rien.

En secouant le gréement, les orteils enroulés autour d'une corde, je me suis mise à chanter.

— Louons Dieu, hurlais-je à l'orage, pour Son cœur grand et car je suis à Son image ! Louons Dieu pour Ses anges qui sont des oiseaux et leurs trompettes remplies de poissons ! Louons Dieu pour le vent qui déchire le ciel !

J'en ai fini de mourir. Je me rappelle avoir eu cette pensée pendant que la tempête m'inondait les poumons. *J'en ai fini de mourir.*

Je me suis réveillée collante de sel, la joue pressée contre la corde, et les mains et les pieds toujours attachés au gréement. La peau à vif à cause du froid, mais pas noyée.

Je suis redescendue et me suis assise au soleil, laissant libres dans mon dos mes cheveux aux boucles emmêlées. Je me sentais rebelle et mutine. Autour de moi, les matelots s'affairaient. Je ne leur prêtais pas attention. Mon corps tout entier bourdonnait. Mes yeux me piquaient à cause de la pluie et de l'eau de mer qui s'étaient abattues dessus, ma peau me tirait, j'avais mal aux mains à force de m'être accrochée à cette corde. Je ne me sentais pas invisible. J'avais l'impression de m'être battue et d'avoir gagné. D'avoir lutté pour obtenir une grâce.

Je n'ai pas refait ma tresse ce jour-là. J'ai laissé mes cheveux gorgés de sel lâchés. Telle a été la première marque de ma résistance. J'ai gardé mon sarrau également, même pour redescendre dans l'entrepont. Quel besoin avais-je de me montrer pudique quand personne ne me voyait ? Pour la première fois de ma vie, je ne me sentais gouvernée par rien ni personne.

Dans la proue, Anna Maria et Friedrich racontaient mes funérailles à Thea : les cantiques qu'on avait chantés, les prières prononcées, le lever de soleil. Anna Maria lui a dit que l'office n'était plus le même sans ma voix. Que ma famille était forte et tenait du mieux qu'elle le pouvait. Friedrich a entonné une prière dans laquelle il exprimait une si profonde gratitude que j'en ai frissonné. Je ne l'ai pas quitté des yeux tandis qu'il serrait les poings pour maîtriser le tremblement de ses doigts. Je l'ai écouté louer le Seigneur d'avoir épargné leur unique enfant et Le remercier, en refoulant ses sanglots, de leur avoir fait la grâce de lui accorder la guérison.

J'étais assise à côté de Thea, qui le regardait prier. Elle avait les yeux secs, et la bouche tordue comme si elle avait envie de l'interrompre. Sa prière terminée, une fois l'amen tombé de sa bouche comme un poids dont il se déchargeait, Friedrich a pris les mains de Thea et les a portées à son front.

— Mais Hanne ne s'est pas vu accorder la guérison, lui a dit Thea d'une voix de brindille brisée. Hanne n'a pas été épargnée.

Friedrich a levé vers elle ses yeux rougis.

— Non, a-t-il soufflé. Le Seigneur l'a prise à Son côté.

— Comment en être sûr ? a demandé Thea.

— Elle est morte dans la foi.

— Comment être sûr qu'elle n'est vraiment plus là ?

J'ai posé ma tête contre celle de Thea.

— Que veux-tu dire ? lui a demandé son père.

Thea a ouvert la bouche, l'a refermée. Anna Maria avait les sourcils froncés.

— Je les ai vus jeter son corps à la mer, a dit Friedrich. Prions pour elle.

Je n'avais aucune envie d'entendre ces prières pour mon âme, pas même de la bouche de Thea. Je suis passée à travers Friedrich pour m'en aller vers le compartiment principal. Plusieurs passagers essayaient d'écoper l'eau tombée dans l'entrepont pendant l'orage. Ils essoraient des lambeaux de tissu au-dessus de seaux, suspendaient leurs vêtements trempés sur des fils tirés entre les couchettes supérieures qui ne pouvaient plus servir. Sous les culottes et les tuniques qui dégouttaient encore, je me suis frayé un chemin jusqu'à ma mère. Elle était couchée sur son lit, Hermine debout entre ses jambes.

— Bonjour, maman, lui ai-je dit.

Je me suis assise près d'elle. J'ai touché ses beaux cheveux bruns.

Elle a fermé les yeux.

Son immobilité m'a fait peur.

— Bouh.

Hermine avait les yeux braqués sur moi. Je me suis décalée sur le côté. Ses yeux m'ont suivie.

— Hermine ?

Ma sœur a souri et enfoncé ses doigts dans sa bouche en bavant. J'ai touché sa joue. Elle a chassé ma main, puis perdu l'équilibre et s'est cogné la tête contre le poteau de la couchette. Maman s'est redressée d'un bond pendant que ma sœur ouvrait grand la bouche, prête à pleurer.

— Veux-tu que je la prenne ? a proposé Elize Geschke en soulevant le drap qui séparait les couchettes alors que les pleurs se transformaient en hurlements. Allons nous promener, a-t-elle ajouté en faisant passer Hermine par-dessus la planche qui servait de frontière pour l'asseoir sur ses genoux. Regarde, Hermine ! Mais qu'est-ce donc ? Un biscuit ! Reinhardt, montre-lui la petite marionnette que tu as fabriquée.

Le drap est retombé et maman s'est renfoncée dans le matelas.

— Dors, maman, lui ai-je dit. Je reste près de toi.

Cet après-midi-là, je lui ai caressé les cheveux jusqu'à ce qu'elle s'endorme. J'espérais qu'elle ressente de la douceur, même sans en connaître la provenance. Maman m'avait tenue dans ses bras à ma naissance et à l'heure de mes souffrances, et j'ai compris à cet instant qu'une partie d'elle était restée à Kay, dans la terre, et qu'une autre resterait aussi dans l'océan.

— Elle est avec Dieu, lui a dit papa plus tard ce soir-là, au cœur de la nuit.

Les yeux noirs de maman étaient plantés sur le lit à moitié détruit au-dessus d'elle, et ses lèvres n'arrêtaient pas de se pincer.

— Johanne ?

— Mmm ?

— Elle poursuit son chemin dans un lieu où il n'existe ni douleur ni peine, où elle servira le Seigneur et sera sous Sa protection.

— Dis-moi que c'est vrai, Heinrich.

— C'est vrai.

— Dis-moi qu'elle est auprès de Dieu.

— Elle poursuit son chemin dans Sa gloire. Elle est en paix.

Ma mère a murmuré un acquiescement.

Savoir que non seulement mon père disait un mensonge, mais qu'en plus il y croyait si ardemment a déchiré quelque chose au plus profond de mon cœur. Je n'étais pas auprès de Dieu. J'étais avec eux. J'espérais que l'œil aveugle de papa parvienne à me voir, à déceler le contour de ma silhouette. À percevoir un ondoiement dans l'air. Je l'ai suivi alors qu'il remontait sur le pont un seau d'eaux usées et, lorsqu'il s'est campé devant le bastingage après l'avoir vidé et a posé le récipient à ses pieds, j'ai jeté mes bras autour de lui. Il n'a eu aucune réaction.

— Papa ?

J'ai levé les mains pour lui faire tourner la tête vers mon visage. Je sentais sa barbe sous mes paumes, et sa mâchoire qui se contractait. Son œil était là, et cette brillance entre les cils et les paupières. J'ai cru un instant qu'il me serait possible de distinguer mon reflet dans cette pupille bénie des anges, capable de voir le paradis et toutes les saintes choses.

— Regarde-moi. Remarque-moi.

Je voulais être reconnue et, constatant qu'il ne réagissait pas, je me suis demandé si son œil défaillant voyait réellement le paradis et quel avait été son sentiment lorsqu'il ne m'avait pas vue apparaître dans son verger après ma mort. Avait-il menti à ma mère en lui disant que je m'y trouvais ? Ou m'avait-il menti depuis toujours ?

Son œil sacré n'est qu'un œil malade, ai-je soudain compris alors qu'il faisait demi-tour en me traversant pour s'en retourner dans l'entrepont avec son seau vide. Il ne voyait rien que les fantasmes de son propre esprit.

Je n'ai jamais vu maman me pleurer. Elle n'avait pas pleuré Gottlob non plus. J'avais toujours interprété cette absence de larmes comme une marque de son implacable stoïcisme. J'en voulais à cette force, je croyais son cœur de pierre. Mais, après l'avoir observée traîner son corps pendant des heures, j'ai compris que ma mère était possédée par le deuil. Que son sang hurlait de chagrin. Son lait s'était tari et elle avait dû passer le relais à la jeune femme rougeaude de Klemzig pour nourrir Hermine.

Maman avait compris que j'étais partie et, dans sa souffrance, j'ai vu la preuve de son amour. Et sa grandeur m'a ébahie. Elle m'avait aimée toute ma vie et m'aimait toujours, mais n'avait pas la place de garder en elle un pareil amour, un tel poids.

Si seulement je l'avais su quand j'étais en vie !

un événement réel

La tempête a fait bouger quelque chose en moi. Levé une ancre. Si mon baptême, à ma naissance, sous l'eau immobile et sainte, m'avait ouvert les portes de la lumière du Seigneur, alors l'océan, cette nuit-là, m'avait ouvert celles de Son ombre. J'ai été baptisée morte. Puisque ma brève et merveilleuse vie m'avait été enlevée, s'il ne me restait désormais que la liberté d'errer où je le voulais, alors j'allais en user.

Les jours ont passé, toujours plus fous. Affranchie de la religion de mon père, je vivais selon ma propre nature. J'explorais le bateau comme jamais je n'aurais pu le faire de mon vivant. Je regardais Christian et Rosina se lamenter tout bas et se retirer l'un l'autre des aliments coincés entre les dents. Emilie Pfeiffer donnait à sa fille la meilleure partie du pain et Beate Fröhlich s'isolait sur la lice du bateau pour pleurer. J'étudiais les longues et blanches rouflaquettes du père de Samuel Radtke, je m'amusais à mettre le doigt dans les narines de mammouth d'Eleonore Volkmann ou à écouter les grivoiseries des matelots, que je me répétais ensuite avec délice. Tous les jours ou presque, je grimpais aux mâts. Le vent dans les cheveux, je donnais des noms aux flots, me présentais au ciel.

Les femmes cherchaient à détourner, lentement, gentiment, l'attention de maman en lui demandant des services, en lui assignant des corvées, en l'incitant à se lever parce qu'il manquait une paire de bras pour brosser les biscuits moisis, parce qu'il fallait ses conseils pour savoir quel était le meilleur moyen de soulager un enfant que la chaleur démangeait, ou quels vœux inscrire sur une broderie à offrir. « Mieux vaut les brosser dans le sens du vent. » « Qu'il ne se gratte pas – un linge humide suffira. » « "Que Dieu vous bénisse pour vos noces de satin ; allez gaiement vers celles d'Argent !" » Elle mangeait davantage ; riait sous cape lorsque Eleonore Volkmann disait d'un air sarcastique que le médecin ressemblait à « *die beleidigte Leberwurst* », une saucisse offusquée, et tissait peu à peu une curieuse amitié avec la jeune femme devenue la nourrice de Hermine. Son nom était Augusta, et elle était née à Klemzig quelques années seulement avant moi. Son mari, un homme prénommé Karl, âgé de dix ans de plus qu'elle, avait été assez sévèrement touché par le scorbut pendant le voyage et avait perdu un poids considérable. Malgré les protestations de Magdalena, j'ai vu maman amener à sa couchette Anna Maria afin qu'elle guérisse ses gencives en sang. Hermine avait trouvé un camarade de jeu en la personne de Wilhelm, leur fils potelé. Les deux bébés, assis par terre, passaient leur temps à mâchonner des objets qu'ils ramassaient sous les couchettes.

Papa semblait favorable à cette nouvelle amitié. Sans doute devait-il éprouver du soulagement à voir sa femme redevenir elle-même. Il était à présent libre de reprendre ses activités d'Ancien et de représentant de la congrégation. Sa ferveur, alors qu'il reprenait sa place à la tête de ces gens, avait désormais quelque chose de plus intense encore. Il se donnait corps et âme à Dieu, l'invoquait pour chaque prise de décision, de la manière de trancher le lard aux doléances qu'il fallait ou non porter au capitaine au sujet des tonneaux d'eau, qui n'étaient désormais plus bons que pour préparer le thé ou le café. Il était difficile pour les autres de le contredire quand chacun de ses choix se voulait parole d'Évangile, si bien que les passagers courbaient l'échine et que les petites rixes qui s'étaient allumées entre les différents étages du bateau avaient, pour la plupart, fini par s'éteindre. Sa modestie suscitait l'estime ; il ne prenait jamais la plus grosse part, se proposait toujours pour accomplir les basses besognes. Si déjà à Kay mon père avait été apprécié de ses paysans, le respect dont il jouissait à présent frisait la vénération. Il ne cessait de répéter que les attendaient au bout du voyage une liberté et une prospérité inédites ; chaque jour qui passait, je sentais se répandre dans la congrégation une exaltation croissante.

Je souffrais de voir mes parents porter mon deuil, mais plus difficile encore était de les voir s'accommoder de leur chagrin et lui trouver une place dans leur vie. Leur foi leur donnait l'assurance que j'avais trouvé un lieu de paix, et cette certitude qu'ils nourrissaient me rendait ma mort plus dramatique encore. Les regrets et la colère me parcouraient parfois si fort que, dans les moments où je les entendais parler de choses triviales – les rations de harengs gâtées, les coups de soleil de Gottfried Volkmann –, l'envie me prenait d'arracher les lattes du plancher. Certains jours, je grimpais sur la première couchette libre, j'enfouissais mon visage dans mes mains et je restais ainsi jusqu'à devenir flaque. Comme je m'étais trompée ! Comment avais-je pu être assez stupide pour croire que des années encore s'étiraient devant moi, qui avais pourtant vu la vie de Gottlob fauchée brusquement ? Cette croyance de mes parents que ma mort était la volonté de Dieu me brisait le cœur.

Thea passait la majorité de son temps sur sa couchette, ignorant les autres filles qui cousaient assidûment et sans fin en vue de préparer leur dot, tournant les pages de la bible de son père sans, semblait-il, en lire un mot. Je regardais Anna Maria s'affairer dans les cuisines, maudissant son pilon d'argile qui sous ses bagues de cuivre avait commencé à se morceler, s'échinant à cuisiner quelque chose que sa fille accepterait de manger. De l'orge et du bœuf. Du riz cuit dans de l'eau sucrée. Thea promenait sa cuillère dans son assiette, finissait par la lécher d'un air distrait, mais invariablement l'assiette refroidissait, pleine.

Mutter Scheck avait perdu patience avec elle. Elle l'exhortait à se lever, à marcher autour de la proue. Les refus de Thea semblaient la désespérer. Mutter Scheck n'avait pas l'habitude qu'on lui désobéisse. Un jour, elle avait jeté un châle sur la couchette de Thea et s'était plantée devant elle, les poings sur les hanches.

« *Gott lässt uns wohl sinken, aber nicht ertrinken*. Dieu nous laisse couler, mais pas nous noyer. Cependant, je suis certaine qu'Il apprécierait que tu fasses l'effort de nager. »

Thea avait levé vers elle un visage vide d'expression.

— Je ne comprends pas ce que vous voulez dire.

— J'ai entendu qu'une baleine avait été aperçue depuis le pont, ce matin. Monte voir. L'air frais te fera du bien.

— Je suis fatiguée.

— Tu n'es pas obligée de rester longtemps, avait répondu Mutter avant d'attraper par la manche Henriette qui passait par là. Toi aussi. Monte. Emmène Thea là-haut et profitez-en un peu.

Henriette avait hésité, cherchant l'assentiment de Thea.

— Vraiment, Mutter Scheck, je préfère rester là.

— Non. Tu as le teint on ne peut plus cireux. Monte. Toi aussi, Henriette.

Mutter Scheck avait ramassé le châle pour le draper autour des épaules de Thea.

Je les avais suivies jusqu'en haut, sentant mon sang se remettre à bouillonner au souvenir du chant de cette baleine qui m'avait tenu compagnie peu avant mes derniers instants. Je voulais voir la bête. Je voulais chanter avec elle, et que Thea entende ma voix réverbérer ce chant de sirène.

Cette journée avait une bouche grise et grande de nuages hauts. Thea et Henriette se sont arrêtées quelques minutes dans le vent frais, tournées vers la mer, avant qu'un matelot, devinant ce qu'elles étaient montées faire, leur indique que la baleine n'avait plus été vue depuis plusieurs heures.

— Ne vaut-il pas mieux redescendre ? avait demandé Henriette à Thea. Il fait froid.

— Ne te prive pas pour moi.

Thea restait tournée vers l'océan. Les flots étaient sombres et hachés, leur surface semée de mouettes promenées de haut en bas au gré des vagues.

— Qu'est-ce donc ? Comme ces oiseaux sont bruyants ! avait fait remarquer tout bas Henriette.

Puis elle avait jeté un coup d'œil à la broderie qu'elle avait dans la main et ajouté :

— Je m'assieds là pour la continuer un peu. La lumière est meilleure. Oh, elle fait ressortir toutes mes erreurs !

Elle s'était installée contre un tonneau, à l'abri du vent. Thea a resserré son châle et laissé Henriette se concentrer sur le drap de lit qu'elle brodait. Je l'ai suivie jusqu'au plat-bord. Sur son visage ressortaient des os que je n'avais jamais remarqués, des arêtes nouvelles. Elle paraissait plus vieille. En même temps, cette image m'a rappelé la beauté que j'avais toujours vue en elle, qui se cachait dans les détails de son corps. Les petites fronces sur ses lèvres et, brusquement, d'un seul coup, l'intensité enchanteresse de ses dents lorsqu'elle souriait, et le blanc lumineux de ses cils, qui lui conféraient cette évanescence, cette surprenante différence. Une si grande part de sa beauté, me suis-je rendu compte, était due à ces petites étrangetés. Je l'ai regardée observer les oiseaux tournoyants, voyant naître au coin de sa bouche un petit sourire lorsqu'ils plongeaient soudain, puis remontaient à grand renfort de battements d'ailes, se disputant un poisson d'un air indigné. J'avais faim de ses imperfections. J'ai levé la main et posé le bout de mon doigt sur la cicatrice, sous son oreille, dont j'ai suivi le contour avec l'ongle.

Puis un plumet d'eau a soudain transpercé la surface de la mer. Pendant que les autres s'exclamaient et accouraient vers le garde-fou, Thea s'est penchée par-dessus la rambarde, les yeux brillants. Je me suis penchée avec elle. J'entendais monter une musique, cri de lamentation, plus puissante que tout ce que j'avais jamais entendu. Mon corps s'est mis à trembler à cause d'elle, du plaisir qu'elle me procurait.

Une baleine s'est montrée. Un autre puissant jet d'eau a jailli de son évent tandis qu'elle émergeait brièvement des flots.

— Henriette ! a lancé Thea sans quitter des yeux la mer déchirée. Henriette, viens voir !

— J'ai vu.

Henriette, qui s'était levée, a reculé un peu.

— Tu ne peux rien voir d'où tu es, a répondu Thea en se retournant.

— Crois-tu qu'elle pourrait renverser le bateau ?

— Non.

Henriette s'est alors avancée et a contemplé l'océan, les sourcils froncés.

— Viens, viens par ici, lui a dit Thea. Tu la vois ?

— Elle est si grande !

Thea s'est tournée vers elle avec un sourire immense et la jalousie m'a transpercée. La baleine avait craché de l'eau jusque sur le pont ; de fines gouttelettes de brume étaient restées posées sur ses cheveux et son visage était mouillé et splendide.

— N'est-ce pas merveilleux ?

— Je n'aime pas les voir de si près, a répondu Henriette avant de retourner à sa broderie.

Le visage de Thea s'est assombri, furtivement, et sa réaction m'a légèrement consolée. Elle pensait à moi, se disait que j'aurais aimé cette baleine, moi aussi. Et, ainsi donc, je suis restée près d'elle, à lui dire que j'étais là, que la baleine n'était que chant, masse aérienne et force tranquille. Sa musique se réverbérait dans mon sang.

La baleine est restée visible autour du *Kristi* toute la matinée. Henriette avait perdu son aiguille entre les lattes du pont et, n'ayant pas eu le courage de la chercher longtemps, elle a tenté de convaincre Thea de redescendre avec elle, en vain, puis a fini par s'en aller seule. Thea l'a à peine remarqué. Devant le bastingage, elle admirait l'animal qui sautait et sautait encore hors de l'eau, se laissant emplir tout entière par sa vision, sa couleur.

Je me suis penchée vers elle.

— C'est une bénédiction.

En la voyant sourire, je me suis laissé croire qu'elle répondait à ma voix, puis je l'ai vue glisser une main dans la poche de son jupon et en sortir la taie d'oreiller que j'avais commencée. J'ignorais qu'elle l'avait sur elle.

Elle a promené les mains sur le tissu jusqu'à mon initiale, celle que j'avais brodée au milieu du blanc. Du bout du doigt elle a tracé le contour des points, et je me suis efforcée de me rappeler la sensation de ses doigts, de la pression de ses mains. Qu'elles aient un jour pu s'imbriquer aux miennes me semblait tenir du miracle.

Une si belle chose m'est arrivée, pensais-je. *Ses mains ont gardé en elles un souvenir de moi.*

Et puis, rapidement, furtivement, Thea a porté mon initiale à ses lèvres et l'a baisée, puis a laissé pendre la taie derrière le bastingage comme si elle s'apprêtait à la jeter à la mer.

Elle a attendu. La baleine continuait à sauter, donnant avec sa queue de grandes claques à la surface de l'eau. J'ai regardé la broderie battue par le vent, qui cherchait à l'arracher à Thea. Mais Thea ne l'a pas lâchée. Elle s'est mise à pleurer. Elle a pleuré comme je ne l'avais jamais vue le faire. On aurait dit qu'elle ne pouvait plus respirer, qu'on la déchirait. Elle a ramené la broderie de l'autre côté du garde-fou et a enfoui son visage dedans, la main serrée autour de mon initiale comme autour d'une bouée de sauvetage.

La baleine a refait surface. Joyeux amas de bernacles. Elle a stabilisé sa nage. Pleine de grâce.

Après la baleine, Thea a commencé à passer de plus en plus de temps sur le pont. L'air marin lui a redonné de l'appétit, et les courbes de son visage se sont redessinées. Mais je me sentais toujours obligée de veiller sur elle quand venaient les heures qui séparaient ces moments. Chaque soir, je dépliais mon corps près du sien et j'attendais qu'un sommeil paisible l'enveloppe. Sa respiration semblait chercher à se caler sur les grincements du bateau, qui ne paraissait alors plus agité que par son seul souffle. Je faisais toujours en sorte de me trouver à son côté à l'aube, aussi, pour être là lorsqu'elle se réveillerait. J'écoutais le son de sa voix lorsqu'elle priait, retroussant les lèvres pour prononcer le nom de Dieu.

C'est uniquement pendant les heures où les lanternes étaient éteintes, où la respiration de Thea était régulière et son corps lourd contre le mien que je m'autorisais à monter voir mon frère sur le pont.

Pouvoir écouter les conversations des hommes était une chose rare et curieuse. Juste après la mort de Gottlob, Matthias avait été affecté aux champs et moi aux corvées domestiques. Les hommes étaient faits pour le monde du dehors, le travail au grand air, le labourage, la politique, les problèmes de société ; pour les femmes, c'était *Kinder, Küche und Kirche*. Enfants, cuisine, église. À l'église, les hommes se tenaient d'un côté, les femmes de l'autre. Mais je savais, comme tout enfant de paysan, ce que les mammifères faisaient ensemble. Je savais ce qui se passait pour que le bétail se multiplie et aussi ce que Gottfried Fröhlich sous-entendait lorsqu'il reprochait au taureau de Samuel Radtke de « tirer à vide ». Je savais que cet acte était réservé au mariage et que, si les hommes non mariés vivaient isolés sur le bateau, c'était pour qu'ils le demeurent.

Toutes ces choses faisaient que les hommes me mettaient mal à l'aise. Je les percevais comme des gens un peu dangereux, exception faite de mon frère et de Hans, et c'est sans doute en partie par désir de vérifier si tout ce que l'on disait était vrai que je montais, chaque nuit, dormir parmi eux. Ma peur d'être découverte a perduré des semaines. J'imaginais Mutter Scheck apparaissant cramoisie, tout essoufflée, ses petites lunettes embuées par la peur de m'avoir trouvée là, en leur compagnie. Je m'attendais à de scandaleuses découvertes : un langage grivois, et des comportements pis encore.

En vérité, j'ai moi-même été surprise par la chaleur que m'a procurée le contact de ces hommes. Rudolph, toutes les nuits, restait éveillé pour guetter dans le ciel les étoiles filantes. Il fumait la pipe de son frère et notait dans un carnet toutes sortes de remarques sur les constellations avec un minuscule bout de crayon. Hans s'acharnait à vouloir apprivoiser sa petite chatte en semant pour elle des chemins de petits morceaux de viande et en lui grattant doucement le ventre jusqu'à ce qu'elle s'endorme en ronronnant. Lorsque Matthias pleurait, la nuit, Hans se réveillait et lui parlait de la vie qui les attendait à la colonie. Sans doute espérait-il ainsi détourner mon frère de son chagrin, lui donner à voir quelque chose d'attrayant.

Tandis que Maria et les Johanne, Christiana et Henriette discutaient de leur côté à n'en plus finir de leurs futurs mariages et de la vie qu'ils leur apporteraient (« neuf enfants, avait déclaré Christiana, si Dieu le veut »), Matthias et Hans occupaient quant à eux leurs nuits par des conversations sur la pluie et la terre, se demandant quand viendrait le jour où ils pourraient labourer leurs propres champs. Ils restaient parfois éveillés jusqu'au petit matin, s'imaginant devenus des hommes indépendants.

— J'aimerais avoir une grande ferme, a dit Matthias, une fois. Une ferme à moi.

— Au moins, toi, tu hériteras de ton père, a répondu Hans. Chez moi, c'est Hermann qui aura les terres de papa, si Rosina ne lui donne pas de fils.

Matthias a secoué la tête.

— Je ne vais pas attendre jusque-là. Je veux construire moi-même ma vie. Avoir ma maison à moi. Faire les choses à ma façon.

— Dans ce cas, choisis-toi une veuve pour femme.

Matthias a fait la grimace et Hans a ri.

— Quoi ? Il n'y a pas de honte à se marier par intérêt.

— Et toi ? lui a demandé mon frère. Tu te marierais pour une terre ?

Hans est demeuré silencieux. Je m'attendais à ce qu'il réponde par des sarcasmes ou lui donne un petit coup dans les côtes, mais il est resté étendu, le regard rivé sur le firmament, les bras derrière la nuque.

Matthias a souri.

— Oh. Tu as déjà quelqu'un en tête.

Hans s'est tourné vers mon frère.

— J'avais. Mais non. Pas vraiment. Plus maintenant.

Il y a eu un long silence.

— Hanne ?

Hans a hoché la tête.

Je me suis figée. Jamais je ne m'étais doutée que Hans pensait à moi, et certainement pas d'une manière aussi sérieuse. La perspective d'épouser un homme n'avait jamais déclenché en moi d'espoir ou d'excitation comme chez Christiana et Henriette. Mes sentiments à cet égard oscillaient plutôt entre peur de sauter à pieds joints dans le monde adulte, qui ne promettait rien que des horizons encore plus cloisonnés, et un vague malaise face à cette notion de mariage et tout ce qu'elle impliquait. Je revoyais soudain le taureau du père Radtke et les vaches les babines retroussées, ces deux pattes indignement relevées et ces coups de pénis.

— Cela te met-il en colère ? lui a demandé Hans.

Matthias a hésité.

— Papa aurait approuvé cette idée. Il l'aurait d'ailleurs sûrement proposée.

— Mon père aussi.

— Je n'en savais rien, a ajouté Matthias. Tu ne m'en as jamais parlé.

— Tu sais, ta sœur m'avait dit un jour qu'elle pouvait entendre l'eau chanter sous terre. Quand nous étions petits. Neuf ans, peut-être. J'ai commencé à me moquer d'elle, mais elle m'a répondu, « Je vais te montrer, attends », et elle s'est mise à creuser. Bien sûr, elle n'a pas trouvé d'eau ; elle creusait juste avec les mains. Mais trois ans plus tard le vieux Hermann a repéré une nouvelle source, exactement à l'endroit où Hanne avait creusé. De l'eau douce comme je n'en avais jamais bu.

Je n'avais aucun souvenir de cette histoire.

Matthias a souri.

— Ça lui ressemble bien.

— Quand je la revois gratter la terre comme une folle avec les ongles, comme une poule enragée pour me montrer que j'avais tort…

— Et tu avais tort.

Matthias a haussé les épaules.

— Je sais.

— Mmm. Hanne et Hans. Pas facile à dire.

— Et toi, alors ?

— Comment ça, moi ?

Matthias s'est étiré ; son cou a craqué.

— Sur quelle petite veuve pourrais-tu jeter ton dévolu ? a demandé Hans en levant les sourcils, et mon frère a éclaté de rire. Pourquoi pas Mutter Scheck ?

Matthias a attrapé son oreiller pour le lui coller sur la figure.

— Hé ! s'est exclamé Daniel. Il y en a qui essaient de dormir !

Après quelques coups de coude de plus, Matthias et Hans se sont recouchés, et ont été gagnés par le sommeil.

J'étais quant à moi plus que réveillée. Mes doigts étaient engourdis, mes genoux en coton. La lueur orange de la pipe du veilleur de nuit flottait dans le noir. C'était une nuit sans nuages, semée d'étoiles ; le clair de lune baignait de ses doux reflets les vieilles lattes du bateau. L'air froid s'abattait sur mes joues chaudes.

Hans. J'aurais dû me voir mariée à Hans.

Mes parents le savaient-ils ? Matthias avait, je crois, raison : papa aurait aimé que ce soit Hans. Maman et lui m'avaient déjà expliqué ce qu'ils considéraient important dans le mariage : avoir foi en Dieu, être capable d'endurer le labeur. Savoir se servir de ses mains. Posséder des terres. Hans était l'enfant d'un Ancien de la congrégation, tout comme moi. Il semblait capable d'endurer le labeur. Et mes parents auraient apprécié l'idée de me voir épouser un garçon de Kay. Quelqu'un qu'ils connaissaient.

Hans s'est retourné dans son sommeil. J'ai regardé son visage. Christiana avait souvent dit qu'elle le trouvait beau ; j'avais toujours tenu cette idée pour acquise. Il était vrai que sa peau était belle, sous la lueur de la lune, qui projetait des ombres dans le creux de sa gorge, au coin de ses yeux, sur ses tempes.

Il aurait pu devenir mon époux.

Je me suis penchée sur lui, assez près pour voir les mouvements de ses yeux sous ses paupières closes et les poils au-dessus de sa lèvre supérieure. J'ai posé mes lèvres sur les siennes.

Rien. J'avais beau sentir sa bouche endormie, son souffle sur le mien, rien en moi ne s'est mis à battre et chaque recoin de mon être, aussitôt, s'est empli de gratitude pour cette mort qui m'épargnait de devenir sa femme.

Se réjouir d'être morte ! Qu'aurais-je préféré, à la place ? Qu'aurais-je espéré, sinon le mariage ?

La réponse m'est venue dans un battement de sang fantôme.

Je ne pouvais pas mentir au regard des étoiles : l'idée d'avoir risqué d'être mariée à Hans me troublait parce que je m'étais donnée à une autre personne.

À Thea.

Je voulais Thea. Je la voulais encore.

Cette prise de conscience soudaine a déferlé, s'est solidifiée dans un sentiment de honte et d'exaltation mêlées.

Voilà ce que j'avais senti. Voilà ce que j'avais désiré.

Une impossibilité.

Et, pourtant, Thea m'avait embrassée, dans l'assentiment de mon corps ; la mèche de mon âme s'était enflammée, embrasée.

Je voulais cela. Je le voulais.

Je me suis levée et, passant par l'écoutille, je suis redescendue dans la proue. J'ai trouvé la couchette de Thea. Elle dormait, une main glissée sous le menton, et l'amour que je ressentais pour elle est monté en moi, m'a comblée et rendue stable et sûre et suffisamment lourde pour ne pas perdre pied.

Avoir l'intuition de cet amour avait été une chose, mais le ressentir réellement et le reconnaître en était une autre.

— Thea.

Je prononçais son nom dans le ravissement de cette découverte.

— Thea, je préfère ton visage à celui de Dieu. Je préfère ton amour, je préfère ta grâce.

Et je me suis demandé si elle m'aimait comme je l'aimais.

C'est alors que je l'ai vue. La taie d'oreiller qu'elle avait failli jeter à la mer. À la lumière de la lanterne, j'ai vu qu'elle avait achevé le *Schlafe wohl*. Et, lorsque je l'ai soulevée, j'ai vu qu'à mon initiale était ajoutée la sienne.

Il s'est passé un temps où j'ai erré, pétrie de douleur. Où j'ai quitté la main protectrice de notre nouveau village, son giron, car je me sentais trahie. Ce départ m'a changée. Pendant cette absence, j'ai vu des choses que jamais je n'aurais pu voir si j'avais vécu. Des choses que mes propres parents, je le sais, ne verront jamais, que même à ce jour ils ne pourraient soupçonner.

Ces années ont pourtant été des années de froid et de ruine. Mais il m'est arrivé de voir des choses grâce auxquelles je me comprenais mieux. Parfois, le hasard me faisait tomber sur elles, et des feux de joie s'allumaient dans mon cœur.

Une fois, je suis tombée sur un amour comme le mien. Je m'étais enfuie dans la forêt aux arbres à l'écorce filandreuse qui surplombait nos pâturages. Rien n'était calculé de ma part. Tiers, comme on appelait cet endroit, bordait la piste au bout de laquelle s'étendaient les plaines. Je cherchais simplement à fouler le premier chemin qui m'emmènerait loin. Les arbres filandreux étaient denses, et les coteaux si raides par endroits que la colline était impossible à descendre. C'était un lieu d'ombres, où les forestiers vivaient et coupaient le bois.

La nuit est tombée. Je ne retrouvais pas le chemin. Je ne regardais pas où j'allais. J'ai trébuché, je suis tombée, puis j'ai continué d'arbre en arbre, de tronc en tronc. J'ai failli pleurer de soulagement en apercevant la lueur d'une petite cabane perdue dans la forêt. La porte était ouverte. Je me suis arrêtée sur le seuil.

À l'intérieur, deux hommes mangeaient du potage à même la marmite. Ils étaient tous deux élancés, avec des muscles secs, et cette image d'eux, de leur jeunesse, de leur façon de manger, la bouche poussée par la faim au bord de la marmite, cette image m'a puissamment évoqué le souvenir de Matthias. Une brusque envie de revoir mon frère m'a étreinte. Je n'avais jamais eu pour habitude de demeurer avec des inconnus. Pas même pendant cette période d'exode, alors que la solitude avait éveillé en moi un ardent désir de m'oublier. Jamais je ne me suis plantée au chevet des gens, dans leur lit. Je les regardais, évidemment, mais toujours de loin. Pourtant ces deux hommes, ces deux magnifiques hommes, ont fait naître en moi si vivement le souvenir de Matthias que je n'ai pu repartir. Je suis allée m'asseoir devant le feu, recroquevillée, et les ai regardés terminer leur repas. L'un d'eux, que l'autre avait appelé Tom, lavait à présent la marmite et leurs cuillères en sifflant. Il était plus petit que son compagnon, dont la carrure était un peu plus longiligne, et dont la nuque et la naissance du cuir chevelu étaient couvertes d'épaisses cicatrices. Il avait de très beaux yeux, très sombres.

— Prendras-tu à boire, Tom ? lui a demandé l'autre en se levant pour se rendre devant la fenêtre, sur le bord de laquelle était posée une bouteille.

Il l'a prise. Le bout de son petit doigt était amputé.

Tom a hoché la tête, s'est retourné et a souri à l'autre, qui s'approchait en débouchant la bouteille. Mais, au lieu de remplir les deux tasses qui attendaient sur la table, j'ai vu le plus grand porter le goulot aux lèvres de son ami. Tom a bu et le regard qu'ils ont alors échangé a fait résonner en moi comme le son d'une cloche, si bien que, lorsque la bouteille s'est retrouvée sur la table, à l'écart, et que les deux hommes se sont rapprochés pour s'embrasser, je n'ai eu que la sensation de reconnaître quelque chose. J'ignorais qu'une telle chose était possible. Même à l'époque où, sur le bateau, j'avais saisi la signification véritable de mes sentiments, jamais je n'aurais imaginé un jour l'entrevoir dans la vie des autres.

Je me suis levée. Je me souviens de cela. Je me suis levée devant cette image et, même si, au fond de moi, j'attendais que survienne le dégoût ou l'indignation, je n'ai ressenti ni l'un ni l'autre. Au lieu de cela, j'étais heureuse. Heureuse pour eux, pour ces deux beaux jeunes hommes qui, en s'écartant l'un de l'autre, se sont regardés avec une telle tendresse et un tel désir que j'en ai été jalouse. Tom est retourné à sa vaisselle, regardant le plus grand se dévêtir par-dessus son épaule, retirer sa chemise et la poser sur le dos de sa chaise. Je n'avais jamais vu un homme nu. Je n'avais jamais vu un homme se dévêtir devant un autre homme, et même lorsque, me ressaisissant, je suis passée près d'eux pour repartir dans l'obscurité et le chant des grenouilles, dans le bruit feutré de l'écorce qui se détache du tronc et des branches, j'ai senti mon corps onduler sous le coup de cette révélation.

Il y avait des années que je ne me faisais plus d'illusions sur mes sentiments, mais jamais je n'avais soupçonné qu'ils puissent exister chez d'autres.

Nous existons, cependant. Et cette nuit-là je me suis interrogée sur ce mystère et, repensant au désir de ces deux hommes s'étreignant à la lumière du feu, je me suis imaginée à leur place, avec Thea.

Que se serait-il passé ? Je me le demande, aujourd'hui encore. Que se serait-il passé si j'avais su que ces choses pouvaient exister, de mon vivant ?

Cette simple idée a suffi à me faire tomber à genoux.

un lieu à la mémoire longue

Le jour de notre arrivée s'est ouvert sur une aube céruléenne absolue, un horizon de ciel et de mer mêlés qui faisait perdre à qui le regardait toute notion d'espace, de gravité. J'avais passé la nuit à écouter marmonner l'océan, et la musique nouvelle qui parfois s'y tissait. Quand le soleil s'est levé, je suis montée sur le pont en suivant ce son et j'ai trouvé le *Kristi* flottant dans le ciel. L'océan portait au bout de ses mains tendues le bateau ; tout était bleu, bleu, bleu. Le vent était frais. Je me suis arrêtée sur la proue pour sentir l'air se découper autour de moi. J'ai levé les bras et fermé les yeux, et je l'ai entendu, clair : un fredonnement qui ondoyait sur l'eau comme de l'huile, en harmonie, si ancien qu'il semblait renfermer les notes d'une musique millénaire. Roche, eau, sel, soleil, terre, feu. Le son d'un lieu à la mémoire longue se rappelait au temps.

J'ai pensé : *Nous y sommes.*

L'île est apparue tel un mirage au milieu de l'eau et de l'air. Elle est arrivée comme un rêve, une chaîne d'ecchymoses qui séparait les éléments. Une longue nappe de non-eau, de non-air. Une masse. Gris et vert foncé.

Rochers immobiles adossés à une dense forêt. J'ai su à l'instant que ce fredonnement provenait de cette île.

Ma peau a tressailli. Une sensation étrange de dissipation a enflé dans mes doigts, dans mes pieds. Mes poils se sont dressés. J'avais soudain l'impression que le chant de ce lieu m'emplissait, comme les éclairs emplissent le ciel. Là, soubresaut de mon corps qui se séparait de lui-même. Mes mains se sont décrochées du mât. Là, comme si quelque chose de plus grand que moi me tirait de mon propre corps. Le chant m'inondait la bouche, faisait craquer mes os, et la sensation que toutes ces choses me procuraient était gratifiante et profonde.

Que se passe-t-il ? me demandais-je. Le sol se dérobait sous mes pieds, mes talons sur le pont se soulevaient.

Je suis en train de me défaire, ai-je pensé. Mais, alors que je me sentais sur le point de céder face à ce chant, de me briser, je me sentais également entière, à nouveau.

Que se passait-il ?

Le chant est redevenu un fredonnement. Un rivage émergent, parlant un langage connu de lui seulement.

La nouvelle s'est répandue rapidement. Aussitôt que le mousse a crié « Terre ! », derrière moi des voix ont commencé à s'élever, parlant avec excitation. Leur volume sonore augmentait, elles se multipliaient, et dans mon dos les passagers ont exercé une pression, si nombreux que leurs cris de joie couvraient le son de la terre.

— Nous avons réussi ! Nous y sommes !

— *Känguru Island*. Regardez ! Ce moment restera gravé dans nos mémoires.

— Nous n'avons pas encore accosté.

— Dieu pourvoie ! Loué soit Son nom.

— Le vent est bon ! Nous devrions atteindre le détroit ce soir.

Je sentais gonfler si fort autour de moi le soulagement, l'espoir, la gratitude de la congrégation que j'en aurais pleuré. Eleonore Volkmann serrait ses filles contre elle, et toutes riaient en essuyant leurs larmes. Mutter Scheck est sortie sur le pont en s'agrippant au bras d'Amalie et, découvrant l'île au loin, a demandé à cette dernière de lui nettoyer ses lunettes sur son tablier pour mieux voir cette « terre promise ». Samuel Radtke n'arrêtait pas de lever le bras pour essuyer ses joues dans le creux de son coude, pensant qu'on ne le voyait pas, et les frères Simmel poussaient de hauts cris dans le vent, chapeau à la main.

J'ai alors entendu s'élever la voix profonde, sûre et sonore de mon père, et, quelques instants plus tard, toutes les voix s'étaient unies en un cantique de prière. Ce chant terminé, un nouveau s'est élevé. Jamais je n'avais entendu notre congrégation chanter de la sorte ; j'en avais la chair de poule. Même lorsque le bateau, longeant l'île, s'est mis à cahoter dans le détroit comme un cheval qui cherche à expulser son cavalier, pour gagner notre destination, tout le monde est resté dehors, sur le pont, et les voix se déversaient si fort dans le ciel que l'air semblait scintiller de musique.

Le sud de l'Australie. Cette immuable certitude avait quelque chose du miracle. Je me tenais sur le pont, la tête pleine des sons de mon peuple qui se mêlaient au chant que déversait la nature. En entendant la voix de Thea percer le chœur, je me suis frayé un chemin à travers la foule. Elle était assise parmi le petit troupeau des femmes célibataires de Mutter Scheck, les yeux embués par le vent, un immense sourire sur le visage. Je me suis agenouillée à ses pieds, j'ai posé la tête sur ses cuisses et fermé les yeux. Je voulais graver dans ma mémoire la sensation du bateau voguant toutes voiles dehors. Me souvenir du mouvement qui avait accompagné les derniers jours de ma vie. De ma vie avec Thea, de nous deux dans le noir. De tout l'amour que j'avais ressenti pour elle, avant même de savoir qu'il s'agissait d'amour.

— Vous êtes là, ai-je dit en levant les yeux vers les visages extatiques de la congrégation. Vous êtes libres.

— Amen, disait la foule. Amen.

Le *Kristi* a jeté l'ancre dans le golfe le soir venu. Mon père a dirigé l'office, les mains brandies vers le rivage, priant, le corps baigné par la lumière dorée du couchant. Depuis le mât, j'ai regardé leur dévotion jusqu'à ce que le soleil plonge dans l'eau et que tombe sur le monde une nuit violacée. D'en haut, je voyais les petites lumières de la terre, au loin. Je voyais ma mère agenouillée, la tête couverte de sa plus belle coiffe. Matthias l'a aidée à se relever quand les prières ont pris fin. J'imaginais quel sourire devait emplir l'œil valide de papa.

Je ne suis pas descendue dans l'entrepont ce soir-là, même après l'intervention du capitaine, venu conseiller aux passagers, à la lueur de sa lanterne, de regagner leurs couchettes. Je n'avais pas envie de me mêler à l'effervescence des préparatifs du débarquement. À vrai dire, à présent que le bateau était arrivé, j'avais peur. Thea allait abandonner là tout ce qui pouvait lui permettre de se souvenir de moi. Il n'y aurait plus de forêt de pins, plus de chemin de la cabane, plus de pierre de rivière sur le portail, de neige pour nous bénir le visage. Elle dormirait désormais dans d'autres lieux, et cette couchette sous la proue, son petit berceau de malade, ces murmures de minuit, tout cela tomberait dans l'oubli. Je tomberais dans l'oubli. Elle s'en irait par des chemins sur lesquels je ne pourrais marquer mon empreinte ; elle s'en irait loin de la vie dans laquelle elle m'avait connue.

D'en haut, j'ai regardé fumer les matelots. Une à une, les lueurs de leurs pipes se sont éteintes dans le noir, remplacées peu après par les lumières que l'on voyait au loin. Les heures ont défilé, mais je n'y prêtais pas attention. Je suis restée assise au milieu des cordages, à contempler la lune qui se levait et caressait tendrement la surface changeante des flots. Cette vision m'apaisait.

Et maintenant, que se passera-t-il ? me demandais-je sans cesse. *Que va-t-il m'arriver ?*

Aux premières lueurs, le capitaine Olsen s'est rendu à la rame sur la terre ferme. Il est revenu le soir, chargé de nouvelles. Les conditions n'étaient pas bonnes pour jeter l'ancre dans la baie. Les passagers, excités et impatients, se sont attroupés sur le pont, et ont regardé Olsen envoyer son second ainsi que quatre de ses matelots sur le canot, à la recherche d'un endroit où s'amarrer dans le golfe. Deux jours plus tard, les eaux étant suffisamment hautes pour permettre au canot de guider sans risque le bateau, le *Kristi* est parvenu à entrer dans le port et à jeter l'ancre.

Je m'étais attendue à ce que le déchargement des passagers et de tout ce qu'ils transportaient ait lieu immédiatement ; le voyage avait été si long ! Mais apparemment le débarquement devait se dérouler selon un curieux rituel d'arrivée. Le capitaine a d'abord demandé aux passagers de redescendre dans l'entrepont afin de s'assurer que les compartiments étaient le plus propres possible ; quelques heures plus tard, plusieurs Anglais, brûlés par le soleil, sont descendus inspecter le navire en compagnie du capitaine. Je me suis hissée sur la table à tréteaux récurée pour les regarder faire le tour des lieux en examinant cuisines et couchettes.

Ce soir-là, trois moutons ont été amenés à la rame jusqu'au *Kristi*. Les passagers ont regardé, hilares, leurs têtes laineuses approcher entre les matelots qui s'échinaient à faire avancer le canot.

— Quoi ? Encore des Anglais ? s'est exclamé Gottfried Volkmann.

Il régnait une ambiance euphorique. Les moutons ont été déchargés sur le pont à l'aide de cordes, bêlant d'effarement, les pattes gigotant dans le vide.

— Cadeau de bienvenue, a expliqué le capitaine. Pour avoir fait excellente impression.

En ce dernier soir, une puissante odeur de graisse de mouton a envahi le bateau. Les gens ont bavardé jusqu'à tard, puis se sont endormis tout habillés, prêts pour le débarquement qui les attendait le lendemain. Les sacs étaient déjà prêts, bien alignés au pied des couchettes, et, sans ses guirlandes de vêtements, draps et autres effets suspendus à des fils, l'entrepont paraissait nu et mélancolique. Même le rideau qui séparait la proue du reste du compartiment avait été retiré.

Alors que j'étais assise en tailleur sur la couchette de Thea, une image est apparue dans mon esprit. Mes cheveux flottant dans les eaux en une sombre auréole. Des bulles d'air emprisonnées dans mes cils, des poissons regardant dans mes oreilles, mon linceul en lambeaux, pris autour de mes jambes. Ma peau de plus en plus laiteuse se dissolvant.

Le sel m'a piqué les gencives alors que je m'étendais auprès d'elle. L'eau ruisselait dans mon cou et trempait ses couvertures. Il y avait quelque chose sous ma langue, un fragment d'ormeau, ai-je découvert en le retirant. Il brillait.

— Ne m'oublie pas, ai-je dit.

Et j'ai glissé le morceau de coquille dans la bouche de Thea pendant qu'elle dormait.

Il n'y avait pas de quai dans ce port. Les uns après les autres, les passagers ont enjambé la paroi du *Kristi* pour descendre par une échelle en corde dans le canot où attendaient des matelots. Ils l'ont fait avancer à la rame jusqu'à ce que les eaux arrivent à hauteur de hanches. Il y avait du vent et il faisait chaud ; les rameurs peinaient à garder le cap. Après s'être approchés le plus possible des bancs de sable les plus stables, ils ont sauté, accompagnés par les hommes, pour conduire l'embarcation à travers les eaux basses et la vase, tout en s'efforçant de ne pas faire basculer femmes, enfants ou bagages. Perchée sur le plat-bord, je les regardais s'éloigner les uns après les autres, fournée après fournée.

Les visions de mon corps avalé par la mer m'empêchaient de me décrocher du bastingage. Que se serait-il passé si j'étais tombée à l'eau ? Aurais-je rejoint mes propres os tourbillonnants, nettoyés de leur chair par les créatures sous-marines et les vagues ? Comment aurais-je suivi, moi qui ne savais pas nager ?

Je me sentais pencher vers la mer. Si je tombais, allais-je disparaître ? Entrevoir Dieu ? Allais-je rester ?

Sur le pont des gens se retenaient de pouffer. J'ai levé les yeux : Magdalena Radtke, que le canot transportait avec sa famille, refusait d'être emmenée plus loin. Elle avait sauté dans l'eau, trempant immédiatement ses jupons et sa blouse dont le poids la tirait à chaque pas vers le bas. Je l'ai regardée patauger vers la terre ferme, se débattre dans ces eaux peu profondes, puis se retourner soudain comme si elle avait entendu les autres passagers rire au loin à ses dépens. Tout le monde a fait semblant de ne pas voir quand, trébuchant, Magdalena est tombée à genoux dans l'eau et s'est trempée entièrement. Elle s'est relevée tant bien que mal, a essuyé ses mains pleines de vase sur ses épaules, puis a poursuivi son chemin d'un air furieux.

Mon père a insisté pour que les autres familles accostent avant la sienne ; le soleil embrasait le ciel à l'ouest au moment où il a donné à maman, Matthias et Hermine, endormie dans les bras de mon frère, l'ordre d'embarquer sur le canot. Les groupes déposés tour à tour formaient des masses noires sur le sable. Je les imaginais plantés là dans l'attente de savoir où aller.

Quand Matthias et maman ont pris place dans la petite embarcation, leurs affaires à leurs pieds, j'ai quitté l'endroit où je me trouvais, sur le plat-bord, pour m'approcher de l'échelle qui pendait sur la paroi du bateau. Je me suis penchée par-dessus bord et j'ai vu mon père finir avec précaution sa descente vers le canot, puis accepter la main tendue par l'un des matelots.

— Ça y est, nous sommes bons ? a demandé le rameur.

— Nous sommes les derniers, a répondu mon père.

Il s'est tourné vers ma mère avec un sourire rayonnant.

— Nous y sommes, Johanne, a-t-il dit. Notre nouvelle vie commence.

Va, j'ai pensé. Vas-y, Hanne. Vite !

Les cordes de l'échelle ont plié sous le poids de mes pieds. Plus bas, plus bas, jusqu'à ce que le fracas et le suçotement des vagues ne soient plus qu'à quelques centimètres de mes talons. Mais, alors que mon pied quittait l'échelle pour faire basculer mon poids dans le canot, le matelot a donné une poussée de sa rame contre la paroi du bateau. Je suis tombée, cherchant désespérément à me raccrocher à la corde alors que l'eau m'avalait. Une panique terrible, fébrile, s'est emparée de moi ; je me débattais, apeurée, quand je me suis souvenue que je n'avais pas besoin d'air, que je ne pouvais pas me noyer.

La mer m'a tirée à elle et je l'ai laissée faire. J'ai ouvert les yeux, vu la vase soulevée par les flots, senti mes pieds s'enfoncer dans la douceur du sable, de la terre, des sédiments. J'ai ouvert la bouche et laissé entrer l'eau, tiède et chargée de poussière.

Je connais ton goût, lui ai-je dit. *Je connais la saveur de tes os.*

J'avançais avec peine. Je ne savais pas nager.

Tout finit par retourner sur terre, me disait l'eau, la bouche pleine de tourbe. *La terre est faite de morts.* Puis elle m'a rempli la gorge et les ténèbres m'ont emportée.

J'ai repris connaissance dans une odeur de marécage et de tourbe et de mangrove, les mains dans les roseaux. Il faisait nuit. Un vent puissant soufflait et le sable me piquait la peau. J'étais sur la terre ferme. Les yeux plissés dans le noir, j'ai gravi chancelante les dunes et découvert, au sommet, des grappes de lumières à l'horizon. Je suis partie dans leur direction, laissant derrière moi l'océan avide se fracasser sur les bancs de vase.

Je pensais que ces lumières indiquaient la présence d'une ville, mais en me rapprochant je n'ai trouvé là que trois maisons au bord d'un chemin de terre craquelé. La lumière s'échappait sous les portes et par les murs fissurés. Il n'y avait pas de fenêtres. Puis un bruit de toile fouettée par le vent m'a fait me retourner et, de l'autre côté du chemin, j'ai découvert plusieurs longues rangées de tentes autour desquelles sifflait le sable. Il n'y avait aucune lanterne – de toute façon, les flammes n'auraient pas tenu le coup avec un tel vent –, mais la lune était pleine et les bourrasques assez fortes pour repousser les nuages. J'ai compté 30 tentes, longé la rangée jusqu'à reconnaître les voix que j'entendais dedans. Me mettant alors à genoux, je suis entrée à quatre pattes dans celle où se trouvaient Friedrich, Thea et Anna Maria, assis dans le noir tous les trois.

Il y avait une autre famille avec eux et, à mesure que mes yeux s'accoutumaient à l'obscurité, j'ai reconnu les silhouettes endormies d'Augusta, la nourrice de Klemzig, son époux Karl et leur bébé, Wilhelm. Je me suis enfoncée plus loin, dans le coin le plus reculé de la tente.

— Maman, tu me fais peur, disait Thea.

— Anna Maria, arrête, disait Friedrich. Notre survie est étroitement liée à la congrégation. C'est par elle que nous sera donné l'accès à des terres. À un rang.

— Chut, a soufflé Anna Maria en tournant la tête, les yeux grands ouverts dans le noir.

— S'ils vont le dire au pasteur…

— Qu'était-ce ? a-t-elle soufflé.

— Quoi ?

— Augusta, c'est toi ?

— Maman, Augusta dort.

Thea semblait lasse.

— Quelqu'un est entré.

— Ce n'est que le vent. Il n'y a pas âme qui vive ici.

Friedrich parlait d'une voix basse et douce.

— Non…, a répondu Anna Maria en se dressant sur les genoux avant de tourner la tête dans ma direction. J'ai vu entrer quelque chose.

— *Liebling*, il se fait tard. Nous sommes tous fatigués.

— C'est peut-être un animal.

Friedrich a vérifié qu'il n'y avait rien dans les sacs en jute et les malles ouvertes.

— Non, Anna Maria.

Elle n'a pas répondu, mais sa respiration était forte et son regard sondait l'obscurité.

— Le Seigneur nous protège, a-t-elle murmuré. J'ai vu quelque chose.

— C'est moi, Hanne, ai-je dit.

Ma voix m'a paru étrange.

— N'ayez pas peur, ai-je ajouté.

— Tu l'as bien avec toi, Thea ? À l'abri ?

— Il est enveloppé dans un drap. Dans le sac.

La voix de Thea était tendue.

Friedrich a posé une main rassurante sur l'épaule de sa femme.

— Allez, dormons, maintenant. Nous en reparlerons demain.

Thea et son père se sont couchés et, quelques minutes plus tard, leur respiration était lente. Mais la Wende est restée éveillée des heures encore, fouillant du regard le coin de la tente où je me trouvais.

Sur le *Kristi*, j'avais un jour entendu l'un des matelots faire référence à notre destination sous le nom de Port-Misère. En sortant le lendemain matin sous la lumière crue, j'ai compris pourquoi. Autour des bancs de vase s'étalaient des restes de mares grisâtres, asséchées et craquelées par le soleil impitoyable. La marée ne montait plus jusqu'ici. Je voyais au loin le navire abandonné dans les eaux basses, devant ce port où se jetait une rivière si mince qu'elle ne parvenait plus à chasser la puanteur des eaux stagnantes.

Il faisait déjà très chaud. Un bruit de toux a attiré mon regard de l'autre côté du chemin, où le père Fröhlich se soulageait devant un tronc rabougri. Il transpirait abondamment, le cou sillonné de rigoles de sueur, la chemise trempée dans le dos. Peu à peu, les passagers émergeaient de leurs pitoyables tentes de toile, à la recherche d'un coin pour se laver ou de combustible pour cuisiner. J'ai vu sortir maman, Hermine sur la hanche, sa tasse du bateau à la main. Papa a suivi.

— Notre surplus de provisions devrait arriver cet après-midi, disait mon père à Matthias, qui arrivait derrière. Nous devons veiller à ce qu'il soit distribué à parts égales. Souviens-toi, le docteur a attribué des rations plus importantes à certaines familles. Nous devons suivre ses consignes.

— As-tu établi une liste ?

— Il nous faudra aller voir chacun. Essayer de savoir qui a reçu tout son poisson et son lard.

— Les gens mentiront.

— Alors le péché les accablera.

J'ai suivi Matthias et papa au-delà des dunes. Leurs pieds s'enfonçaient dans le sable.

— Le capitaine Olsen dit que le pasteur Flügel devrait arriver aujourd'hui. Il a envoyé quelqu'un le chercher à Holdfast Bay. Dieu soit loué ! Il pourra nous en dire davantage.

Papa s'est arrêté au bord d'un marécage, le nez froncé par la puanteur, puis il s'est penché en avant et, les mains en coupelle, a puisé de l'eau qu'il a aussitôt recrachée.

— Quelqu'un a-t-il trouvé de l'eau potable dans les parages ?

— Il n'y en a pas, a répondu Matthias. Apparemment, toute l'eau est acheminée par bœufs depuis le fleuve qui coule en ville.

— La ville d'*Adelheid*, a répondu papa avant de puiser à nouveau de l'eau pour se laver le visage.

Il s'est relevé, est resté ainsi un moment, la barbe ruisselante, avant d'ajouter :

— Matthias, va voir si les tonneaux d'eau ont été déchargés à quai hier. Les gens ont soif. Ils veulent se laver après ce voyage. Surtout ceux qui ont déjà appris l'arrivée imminente de notre pasteur.

La congrégation a retrouvé une énergie et un zèle nouveaux à l'annonce de l'arrivée prochaine de Flügel. Les femmes se sont installées sur la berge pour se frotter la figure à l'eau trouble, et les ciseaux de Daniel ont circulé parmi les hommes pour raccourcir barbes, poils de nez et sourcils en bataille.

Aussitôt le convoi aperçu au loin, sur la route d'Adélaïde, tous les anciens passagers se sont réunis sous le soleil et, agitant les mains pour chasser les mouches devant leur bouche ouverte, ils ont entonné l'un des cantiques préférés du pasteur Flügel, « *Nun danket alle Gott* ». Assise à l'ombre des quelques baraques miteuses, en face des tentes, j'ai regardé le pasteur arriver comme Jésus à Jérusalem. Même si je me sentais un peu agacée, un peu amère, pensant avoir été abandonnée par ce Dieu que tous remerciaient, leur réunion n'a pas manqué de m'ébahir. La dernière fois que la congrégation avait chanté en présence de Flügel, l'église de Kay avait encore sa cloche et Gottlob était en vie. Et tous ces gens étaient à présent là, à l'autre bout du monde, suant dans leurs vêtements trop lourds sous ce ciel si vaste et bleu qu'on l'aurait cru prêt à dévorer la terre.

Les Anciens ont aidé Flügel à descendre de son cheval et une grande vague d'acclamations a retenti au moment où ses bottes ont touché le sol. Flügel a levé les mains en signe de salutation et invité tout le monde à prier.

— Dieu est grand, Ses grâces sont sans limites. Béni soit Son nom !

Le pasteur portait les stigmates de sa persécution. J'avais le souvenir d'un homme râblé, mais devant nous se tenait une silhouette mince, au visage marqué, à la moustache grisonnante. L'arête de son nez proéminent avait pelé sévèrement et, lorsque Flügel a ôté son chapeau pour prier, j'ai vu que son front, lui aussi, avait souffert. De mon vivant, j'avais toujours un peu craint cet homme, toujours été impressionnée par son pouvoir. Je n'avais jamais aimé le regarder dans les yeux et ne m'étais jamais adressée à lui autrement que par des murmures d'approbation, y compris lorsqu'il m'avait donné ma confirmation. Mais, à présent que j'étais morte et que ne pesait plus sur moi le poids de sa religiosité, je pouvais le considérer comme un être plutôt qu'un représentant du Christ sur Terre. Pour la première fois je remarquai les poils qui sortaient de ses oreilles et les creux violacés au coin de ses yeux. Ses cheveux étaient fins et clairsemés, et la peau lâche de son cou, qui tremblotait lorsqu'il parlait, me rappelait le barbillon d'un coq aux petits yeux ronds.

Flügel a replacé son chapeau sur sa tête au moment où la congrégation a soufflé « Amen », laissant entrevoir dans un grand sourire une incisive manquante.

— Nous avons beaucoup à nous dire, a-t-il annoncé en serrant les mains des hommes et en saluant femmes et enfants de signes de tête. Passons la journée ensemble. Réjouissons-nous de nos libertés nouvelles et louons le nom de Celui qui, si prestement, vous a conduits dans ce paradis !

Dès que Flügel eut annoncé qu'il s'entretiendrait en premier lieu avec chaque Ancien de ses congrégations, Magdalena a posé la main au bas du dos de son époux pour le pousser en avant, la bouche proche de son oreille. Samuel s'est tourné vers elle avec un regard hésitant. Je l'ai suivi tandis qu'il s'approchait du pasteur.

— Père Radtke, a dit le pasteur Flügel en indiquant un arbre gris-vert, celui-là même sur lequel Fröhlich avait pissé le matin. Asseyons-nous, voulez-vous ? Les Anglais appellent cette variété d'arbres le chêne-féminin. Nous n'y trouverons pas beaucoup d'ombre, mais peut-être au moins un peu de vent.

Une fois installés, après avoir prié ensemble, Samuel a livré au pasteur son récit de la traversée, racontant la mort d'Elizabeth, ses craintes pour son âme, puisque son baptême avait eu lieu chez eux ; son soulagement a semblé immense lorsque, d'une voix douce, Flügel lui a assuré qu'Elizabeth se trouvait auprès du Christ, dans sa gloire.

Un peu plus loin, Magdalena le scrutait attentivement.

— Frau Radtke souhaiterait-elle se joindre à nous ? a demandé le pasteur en le remarquant.

Samuel a d'abord secoué la tête avant de changer d'avis et d'appeler Magdalena. Les lèvres pincées, le visage rougissant, celle-ci s'est approchée.

— Pasteur Flügel, a-t-elle dit. Nous débordons de joie de vous trouver en si bonne santé.

— Votre époux m'a fait savoir qu'il y a un sujet dont vous souhaiteriez discuter.

Samuel regardait par terre, triturant le sol du bout de sa botte. Magdalena lui a lancé un coup d'œil agacé.

— Mon intention n'est pas de vous tourmenter alors que votre retour parmi nous est encore si récent, pasteur, a-t-elle commencé en se retournant vers Flügel. Mais quelque chose de grave, d'assez préoccupant, s'est produit durant la traversée.

Les mains sur les cuisses, le pasteur a attendu qu'elle poursuive.

— J'ai des raisons de croire qu'une personne de notre congrégation posséderait un livre occulte, a-t-elle ajouté.

Le pasteur a froncé les sourcils.

— Il y a eu des incidents sur le bateau, a-t-elle dit avant de s'éclaircir la gorge. Un billet marqué de symboles occultes a été retrouvé sur le corps d'un homme qui avait péri. J'ai toutes les raisons de croire que ce sceau avait été placé là par la même personne qui, contre les recommandations du médecin de bord, avait administré des plantes aux malades. Cette même personne que Christiana a vue apposer le livre du diable sur la poitrine de sa fille mourante. Une fille que l'on savait condamnée par la maladie.

Magdalena a tourné la tête vers la zone du port où Anna Maria et Thea ramenaient une grosse branche en la traînant par terre.

— Cette fille a connu une rémission étrange.

Le pasteur, la main en visière, a suivi le regard de Magdalena.

— Savez-vous qui est cette personne ?

— Elle, là-bas, a répondu Magdalena. Anna Maria Eichenwald.

Le pasteur Flügel a hoché la tête.

— Je ne connais pas cette femme.

— C'est une Wende, a expliqué Magdalena.

— Mariée à un Allemand, Friedrich – un homme bien, a précisé Samuel, les yeux toujours baissés.

— Êtes-vous allé parler à son épouse ? a demandé le pasteur. Où se trouve le livre, à présent ?

Magdalena a hésité.

— Je l'ignore. Je présume qu'elle l'a caché.

— Je lui parlerai, a dit le pasteur Flügel en se mordant la lèvre supérieure avant d'adresser une nouvelle poignée de main à Samuel. Merci de m'avoir prévenu. Nous devons œuvrer à préserver la pureté et la sainteté de notre foi, maintenant qu'est venu le temps de bâtir notre communauté et de poser ses fondations morales.

Je suis restée auprès du pasteur, cet après-midi-là, pendant qu'il discutait avec chaque chef de famille, écoutait les questions, leurs préoccupations. La chaleur n'avait rien d'agréable, mais pas une fois Flügel ne s'est plaint ni n'a demandé un temps de pause à sa congrégation. Si je trouvais troublante l'abnégation qu'il affichait, je voyais que sa foi et sa conviction rassuraient les gens.

Il s'en est allé prier auprès de celles et ceux qui souffraient encore du scorbut, et a rassuré les autres qui nourrissaient des craintes au sujet de l'importante somme d'argent que nous devions encore à Angas, notre bienfaiteur anglais. Plusieurs familles venaient également le trouver pour lui faire part de problèmes nouveaux, que nous n'avions pas anticipés : certains avaient réalisé que ces terres étaient habitées par des *Eingeborene*, des indigènes, et redoutaient, après avoir passé la matinée à discuter avec les occupants des baraques et les matelots, de devenir la cible de leurs lances.

— Nous en voyons beaucoup à Neu Klemzig, a répondu le pasteur en faisant allusion au village qu'il avait fondé. Les Anglais les nomment Cowandilla, même si ces gens eux-mêmes ne se désignent pas ainsi. Vous en verrez, mais il n'y a pas à les craindre. Les personnes qui menacent notre mode de vie sont plutôt celles qu'attire la débauche. La proximité de Neu Klemzig avec Adélaïde ne m'inspire rien qui vaille. Je redoute l'influence que cette ville, où l'on pratique la beuverie et le jeu, pourrait avoir sur les plus jeunes.

Je savais que mon père était anxieux à l'idée de parler au pasteur. Il ne l'avait pas quitté des yeux de l'après-midi ; il désirait sans doute recueillir le plus d'informations possible sur Neu Klemzig. Papa, après tout, était un paysan : si son corps était habité par un quelconque appétit terrestre, cet appétit ne concernait rien que la terre, le désir d'un sol bon et fertile. J'ai donc été surprise quand je l'ai vu s'asseoir devant Flügel à l'ombre de cet arbre miteux et que son discours, plutôt que sur le nouveau village, s'est porté sur moi.

— Pasteur, a-t-il dit, je demande votre pardon. J'espère que vous prierez pour moi.

— Qu'y a-t-il, Friedrich ?

Papa a fait tourner son chapeau entre ses mains.

— Ma fille, Hanne – Johanne –, est morte au cours du voyage qui nous a amenés ici.

— Je suis désolé.

Papa s'est rapproché pour se mettre à genoux devant le pasteur. Des larmes ont commencé à couler de son œil valide.

— Pardonnez-moi, a-t-il dit en les essuyant.

— Ton chagrin est compréhensible.

— Je sais que notre Seigneur est juste. Mais il y a une si grande… colère. Une si grande colère dans mon cœur !

— Il s'agit du deuxième enfant que tu as perdu ?

À ces mots, mon père s'est effondré et j'ai senti ma poitrine se fendre en deux.

— Papa, lui ai-je dit. Papa !

J'ai jeté les bras autour de lui.

— Les grandes souffrances sont de grands instruments, Heinrich. Elles nous ouvrent aux trésors cachés de la grâce de Dieu.

Mon père, toujours en pleurant, a acquiescé.

Flügel a posé une main sur son épaule.

— Je prierai pour ta fille.

— Ne vous donnez pas cette peine, ai-je répondu d'un ton cinglant, avec l'envie de lui mordre les doigts. Je suis juste là.

— Merci, a dit papa.

— Comment se porte Frau Nussbaum ?

— Elle va bien, merci.

— Et Matthias ?

— C'est un jeune homme vigoureux, grâce à Dieu.

Le pasteur a pressé l'épaule de mon père.

— Quel âge a-t-il, à présent ?

— Dix-sept ans. Un homme.

Flügel a jeté un coup d'œil en direction de Matthias, assis à côté de Hans, qui riait en regardant la petite chatte courir après la touffe d'un roseau qu'ils traînaient comme appât sur le sol.

— Le besoin de main-d'œuvre est grand, ici, a répondu Flügel. Lorsque nous sommes arrivés, nous avons été assaillis par des visiteurs à la recherche d'ouvriers, de bras pour aider dans les fermes. Il ne fait aucun doute que Matthias recevra des propositions afin de rallier ces stations. Comme vous-même, je présume. Les femmes, quant à elles, seront invitées à travailler comme bonnes dans des maisons. Je comprends, bien sûr, les inquiétudes que vous partagez tous au sujet du remboursement de votre dette, et du coût de ses intérêts, et j'ai la certitude que Matthias aura à cœur de remplir son devoir. Mais nous ne pouvons nous disperser. Ne laissons pas nos jeunes céder à ces tentations : nous ne connaissons rien du tempérament de ces employeurs, nous ignorons si ces gens nous permettraient de pratiquer notre culte, d'observer le repos dominical. Le travail, les opportunités viendront en temps voulu, lorsque nous serons installés.

— À Neu Klemzig ? Y aura-t-il assez de terre là-bas pour nous tous ?

Le pasteur a semblé hésiter avant d'acquiescer. Mon père l'a remarqué aussi.

— J'ai parlé au capitaine, a-t-il osé.

Papa semblait mal à l'aise, s'essuyait encore les joues du plat de la main, mais il a continué :

— Il nous a conseillé de nous rendre là-bas pour voir le village par nous-mêmes.

— Oui, allez-y, faites-vous votre propre opinion, Heinrich. Mais souvenez-vous que nous avons tous émigré en vue de garantir notre foi.

Mon père a souri.

— Notre foi. Oui. Mais, comme l'a dit le capitaine, « Dieu nous a créés corps et âme ». Il craint que notre installation à Neu Klemzig ne nous expose aux tourments et à la faim.

Le pasteur Flügel s'est tourné dans la direction du capitaine, qui s'entretenait avec son second.

— Cette terre nous a été donnée grâce à Herr Angas. J'ai réussi à nous assurer un prêt de 12 000 livres sterling afin de pouvoir acheter du bétail à Neu Klemzig.

— Avec intérêts.

Flügel a souri.

— Dix pour cent. « Rendre à César… »

— Mais il faudra bien nourrir ces bêtes. Et nous devrons aussi nous nourrir grâce à ces terres, a dit papa avant de baisser la voix. Or, ici, le sol n'est pas bon. Nous le savons, pasteur. Nous avons été prévenus qu'il ne fallait pas nous installer ici. Comment pourrons-nous vivre en communauté indépendante si nous sommes incapables de rembourser nos dettes ? Si nous sommes incapables de nous nourrir ? Ne serait-il pas plus judicieux que les gens déjà installés à Neu Klemzig y restent, et que les nouveaux venus du *Kristi* fondent leur propre village ? Nous maintiendrions ainsi notre congrégation. Et vous pourriez vous-même vous partager entre plusieurs congrégations, plusieurs communautés. Comme dans notre ancien pays.

— Ainsi que je vous l'ai dit, Heinrich, il vous est parfaitement possible d'aller voir par vous-même afin de vous forger votre propre opinion.

Flügel a tendu la main à mon père pour la serrer fermement.

— Je me souviens de votre fille. Je prierai pour que le Seigneur apaise vos souffrances.

Puis il a attiré mon père vers lui et ajouté, plus bas :

— « Et Dieu essuiera toutes les larmes de leurs yeux, et la mort ne sera plus, et il n'y aura plus ni deuil, ni cri, ni douleur, car les premières choses ont disparu. »

— Merci, pasteur.

Une lumière aux doigts graisseux commençait à gagner les bancs de vase quand le pasteur Flügel est allé voir Anna Maria. Elle et Thea étaient occupées à faire cuire du riz sur le grand feu allumé sur le sable, derrière le campement. Elles ont levé les yeux en le voyant se faufiler entre les murs de toile.

— Bonsoir, a-t-il dit en désignant le feu. Puis-je me joindre à vous ?

— C'est un plaisir de vous rencontrer, pasteur Flügel, a répondu Anna Maria en inclinant la tête. La congrégation de Kay s'est montrée d'une gentillesse exceptionnelle à notre égard.

Le pasteur a ouvert les mains pour exprimer sa satisfaction.

— Nous sommes heureux d'accueillir tout croyant dont la foi est véritable. C'est pour cela que je souhaiterais vous parler, Frau Eichenwald.

Thea a lancé un regard à sa mère.

— Vous souhaitez me parler ?

— Frau Eichenwald, il m'a été rapporté que, au cours du voyage qui vous a amenés ici, vous aviez pratiqué la médecine homéopathique. Est-ce vrai ?

Le dos d'Anna Maria s'est redressé.

— Je suis sage-femme et guérisseuse. Il n'y a aucune honte à cela.

— Non, je le comprends, a répondu le pasteur en posant une main sur son torse. J'ai moi-même foi en l'homéopathie. Ce savoir m'a été amplement bénéfique. Je reconnais, cependant, qu'il existe des variantes parmi les différentes sortes de médecines par les plantes, et que de telles pratiques, faute d'une attention particulière, peuvent déraper vers l'immoralité.

Anna Maria ne quittait pas le pasteur du regard. Un sourire s'est étiré sur son visage.

— Frau Eichenwald, je vous le demanderai sans détour et vous prie de me répondre par la vérité. Si votre réponse devait être positive, alors je serais heureux de prier pour vous, d'entendre vos confessions et de faciliter vos pas vers l'expression publique de votre contrition afin que la congrégation puisse vivre avec vous et votre famille dans la confiance et la communion. Soyez tous bénis.

— Quelle est votre question, pasteur Flügel ?

Le vent tirait sur les flammes sous la marmite. Une lumière vacillante éclairait le visage d'Anna Maria.

— Avez-vous en votre possession un livre occulte ?

— Non.

La réponse d'Anna Maria était succincte et sûre. Le pasteur Flügel a laissé passer un silence et, clignant des yeux, s'est assis.

— Que répondriez-vous à ceux qui croient vous avoir vue en possession d'un tel ouvrage ?

Anna Maria a ramassé la cuillère et tourné le riz, les sourcils levés, avec sur le visage une expression de lassitude.

— Je demanderais qu'ils se rappellent les six choses que le Seigneur abhorre, plus la septième, qui à Ses yeux représente une abomination.

La bouche du pasteur s'est tordue d'incertitude tandis qu'Anna Maria poursuivait, le regard rivé sur lui, tout en continuant de remuer sa cuillère :

— Les yeux hautains, la langue menteuse, les mains qui répandent le sang innocent, le cœur qui médite des projets iniques, les pieds qui se hâtent de courir au mal, le faux témoin qui dit des mensonges, et, a ajouté Anna Maria avec un sourire, celui qui excite des querelles entre frères.

— Vous connaissez vos Écritures, Frau Eichenwald.

Anna Maria a posé une main dans le dos de Thea. On aurait dit deux répliques d'une même personne, mère et fille, toutes deux sous un voile de vapeur, toutes deux à fixer de leur regard bleu le pasteur qui, à présent, se levait, et déjà replaçait son chapeau sur sa tête.

— Nous aimons le Seigneur de tout notre cœur, pasteur Flügel. Nous n'avons pas passé six mois dans les entrailles d'un navire sans raison.

l'arbre

Apprendre quelques mots d'anglais des meneurs de taureaux venus d'Adélaïde a semblé être la seule chose apte à faire oublier à la congrégation l'angoisse sous laquelle le port tout entier a bientôt frissonné. Passé la joie et l'exaltation de l'arrivée, faute d'activité, les anciens passagers n'ont plus parlé que de cette terre à Neu Klemzig, que l'on disait calamiteuse, des dettes, de toutes ces choses qu'il faudrait acheter à crédit. C'est avec une horreur visible que les gens apprenaient les prix exorbitants des provisions dans la colonie. Six pence pour 10 pommes de terre. Plus de 1 shilling les graines de concombre. Au retour d'une expédition à Adélaïde, Traugott Geschke était blême. Deux taureaux, plus de 40 livres. Ainsi donc, lorsque le capitaine a appelé un rassemblement pour annoncer qu'il était parvenu à trouver, temporairement, du travail à la congrégation dans le port, la nouvelle a été reçue avec soulagement. Quel mal aurait-il pu y avoir à travailler pendant cette attente ? Flügel ne leur reprocherait tout de même pas de s'être occupés, d'avoir gagné de l'argent ? Le capitaine avait tout organisé pour que les jeunes hommes et femmes non mariés se chargent de l'acheminement de l'eau depuis la nouvelle source trouvée sur la route d'Adélaïde, afin d'épargner aux meneurs de taureaux des allers-retours jusqu'au Torrens ; les femmes mariées, quant à elles, travaillaient comme lavandières. Les hommes avaient été envoyés dans le quartier voisin, ainsi qu'en ville.

Le lendemain, Christiana, Matthias et Hans sont partis, munis de traîneaux improvisés avec des branches de chênes-féminins, sur la route empruntée par les chevaux de trait qui s'étirait vers les terres. Ils sont revenus à midi, tirant derrière eux de lourdes barriques d'eau sur le sable, puis se sont empressés de vendre le tout afin que Magdalena, Emilie, Beate, Eleonore et ma mère puissent bénéficier de l'eau restante pour laver le linge. Je les aurais suivis – curieuse que j'étais de découvrir autre chose que ce satané port – si Thea n'était pas restée avec sa mère. Anna Maria s'était portée volontaire comme cuisinière pour toutes les familles qui travaillaient, et avait insisté pour que Thea lui serve d'aide. Cependant, je voyais à la manière dont son regard restait planté sur les lavandières qu'elle se méfiait de Magdalena. Garder Thea auprès d'elle était pour elle le seul moyen de s'assurer que leurs effets ne resteraient jamais sans surveillance.

Chose étrange que ces jours passés à l'orée de cette vie nouvelle sans parvenir à y entrer. Un mois de mouchoirs sales. De chemises d'Anglais couvertes de sueur que maman frottait pour 4 shillings, si fort que la peau de ses mains se craquelait lorsque ses doigts se refermaient sur les pièces. Hans et Matthias, de retour avec leurs seaux d'eau, puis repartant comme la marée, indéfiniment, trois fois par jour et parfois plus encore jusqu'à ce que la plante de leurs pieds soit aussi dure que des semelles de bottes, que les bras de mon frère tressaillent dans son sommeil sous la réminiscence du poids. Un mois d'échardes à porter des poutres, de muscles ramollis par la traversée durcissant à nouveau à force de traîner, de fendre, de scier, de porter. La chatte de Hans, retrouvant son corps sinueux et musclé après sa dernière portée. Un mois de soleil à donner aux joues de Thea des taches de rousseur que j'ai observées si longtemps que je les retrouvais dans le noir.

Et puis un morceau de papier brandi par le capitaine, un grand sourire sur les lèvres. Ému par la détresse de ses anciens passagers, Olsen avait négocié pour eux un contrat. Des promesses contre des dettes, du travail, des intérêts. Grâce au capitaine Olsen étaient garanties 150 acres de terre à louer par ceux qui avaient voyagé à bord du *Kristi* : les gens de Kay, mais aussi de Tschicherzig, Klemzig et Züllichau. Un bail commun leur était proposé ; la terre serait ensuite divisée en parcelles égales pour chaque famille. Le capitaine avait aussi obtenu des crédits et des prêts pour la construction d'une église et d'une école. La dette serait collective, chaque communauté responsable de l'autre. Les familles déjà parties s'installer à Neu Klemzig avaient le choix d'y rester ou de rejoindre la nouvelle congrégation.

Dutton. MacFarlane. Finnis. Les noms des propriétaires anglais, les prix anglais, les unités de mesure anglaises faisaient suer ces langues pétries d'allemand, tandis que retentissaient en même temps des « Dieu vous le rendra, capitaine ! », « Vous êtes l'envoyé du Seigneur ! ». Volailles. Bétail. Cochons. Flügel pourrait-il le voir autrement que comme un signe de providence ? Une acre, 7 livres sterling. « Prospérons grâce à Lui. *Möge Gott Sie segnen !* »

Le son de cette campagne est une note soutenue qui n'en finit jamais. C'est un bourdonnement qui recèle en une même harmonie toutes les autres musiques de ce lieu. Tout autre son est tissé autour.

C'est dans ce port que j'ai commencé à égrener de nouvelles litanies. Entre les meneurs de taureaux arrivant à grand fracas d'Adélaïde, entre les matelots, les marchands, les Anglais à la recherche de paysans, j'ai trouvé les mots que je donnais ensuite à la musique du vent qui soufflait constamment dans les joncs et sur les dunes.

She-oak pour ces arbres dont les longues aiguilles écaillées sifflaient dans le vent à m'en donner des frissons.

Magpie lark pour ces oiseaux dont les deux cris résonnaient quand changeaient les heures.

Salt paperback pour ces arbres torturés sur lesquels grinçaient de petits fruits ronds et boisés.

Mangrove, wattle, saltbush.

Au cours des mois suivants, j'ai appris des mots à mesure qu'en apprenait la congrégation pendant ses expéditions dans les plaines poussiéreuses et crépitantes d'Adélaïde. Je les posais les uns à côté des autres par-dessus les vibrations plus profondes de ce pays.

Galah, cockatoo, lorikeet.

Kangaroo, wallaby, possum.

Emu, goanna, quoll.

Même aujourd'hui, toutes ces années après, assise au bord de cette vallée, je pourrais encore faire des chapelets de perles des noms de ces arbres qui m'entourent, de ces petits êtres que j'aperçois furtivement quand je me tiens immobile et silencieuse. *Red gum, blue gum, quandong, stringybark.* Et les oiseaux, toujours présents, toujours chantants, liturgie gouvernant les heures au bout desquelles attendent des dieux faits de cris, d'éclats, d'appels.

Kookaburra, magpie, shrike-thrush, wagtail.

Currawong, crow, boobook.

Les Écritures ne roulent peut-être plus sur ma langue avec l'assurance fluide d'autrefois, mais ma bouche est toujours emplie de leur esprit. Saintes Écritures que sont les choses vivantes, chacune résonnant sur les dents comme une prière.

Notre pèlerinage jusqu'à cette terre promise a duré des mois. Comme personne ne pouvait acheminer tous ses effets en un seul voyage, les familles ont réalisé à pied plusieurs allers-retours. Il fallait parfois deux semaines pour parcourir une distance qui, sans cela, aurait été couverte en moins d'un jour.

Pendant que la congrégation progressait lentement vers les étendues luxuriantes, bleu-vert, de la chaîne du Mont-Lofty, suivant les traces que les chevaux de trait avaient laissées dans les plaines, je me couchais à l'arrière de la charrette à bras de mon père, la tête ballottée contre la paroi de bois, et regardais le ciel. Il me semblait impossible qu'un tel bleu puisse exister. Ce ciel sans nuages était plus haut, plus grand que n'importe où. Tout semblait minuscule sous son infinitude. Tout allait mourir un jour, mais ce ciel resterait, et tout se passait comme si son intemporalité rendait plus douce l'impermanence des choses éphémères. Ma gorge se serrait à ces pensées, et je me glissais alors hors de la brouette pour marcher parmi les voyageurs, aller de l'un à l'autre, promenant mes mains sur leur front chaud, émerveillée par leur existence même. *Vous êtes tous ici, vivants, en même temps. Quel miracle !* leur disais-je. *Un jour, vous ne serez plus. Que le ciel qui s'est dressé au-dessus de vos têtes vous garde dans sa mémoire comme une étincelle !* J'ai crié cette phrase à Herr Pasche. Même l'acariâtre Christian pouvait passer, dans ces moments, pour une merveille de la vie.

La nature a toujours été ma pierre à aiguiser, m'a toujours rendue plus affûtée, et une fois la congrégation arrivée au pied des collines je me suis sentie devenir plus sensible à la vie. Les paysages, sur les versants des montagnes, ne ressemblaient à rien de ce que j'avais connu. Je croyais notre forêt de pins, à Kay, être un lieu divin, mais cette nature était infiniment plus souveraine. Chaque matin, alors qu'il faisait encore nuit, les oiseaux emplissaient l'air de leurs chants si bien que le soleil, en se levant, faisait resplendir une lumière symphonique. Les oiseaux étaient partout : incarnations d'anges tapageurs au corps noir, messagers à tête jaune piaillant la joie. Chefs de chœur rayés de gris. Kookaburras rondelets devenant subitement, étonnamment, les prosélytes de l'aube. Même les arbres semblaient pousser de manière à accueillir le soleil dans le monde. En Prusse, la canopée était épaisse et dense. Le sol des forêts couvert d'ombres. Mais, ici, les forêts étaient des lieux de lumière. Les feuilles tachetées par les rayons du soleil, minces et brillantes, passaient du rose au gris, au vert. Je les écrasais dans le creux de ma main pour sentir leur odeur guérisseuse. De remèdes. Sous ces jours chauds, sans souffle d'air, tombaient les branches des arbres, craquant comme des os, et se révélaient les sons des abeilles. Je sentais parfois l'odeur du miel réchauffer l'air. Les animaux n'étaient que fourrures musclées et yeux brillants comme de l'eau, ou couches d'écailles et furtifs coups de langue. Et tout, arbres, opossums, kangourous, fourmis encerclant un tronc telles des perles luisantes, toutes ces choses immobiles pouvaient en un clin d'œil se muer en un éclair filant. Il y avait de l'énergie là-dedans. Douceur crue. Lorsqu'il pleuvait, parfois, et que la pluie s'arrêtait, l'air était parfum, odeur propre de feuilles mouillées et d'humidité sucrée. J'aurais voulu boire l'air. Il aurait eu le goût du repos.

Mon père, lui aussi, était revigoré par toutes ces découvertes. Il faisait courir ses doigts sur la terre, la laissait s'incruster sous ses ongles. « Des présents de Dieu », disait-il à Matthias en souriant. Sa voix prononçant la prière était ce qui chaque jour rompait en premier l'obscurité. Royal, il faisait vibrer les crêtes sous ses grands pas, semant tout haut des remarques sur la magnificence du levant, l'orange léchant la roche, les paysages qui soudain se découvraient, paradisiaques, lorsque au loin les arbres laissaient place à une ceinture de mer scintillante. Il portait toutes les épreuves du voyage comme on porte le cilice : l'émerveillement, les privations, l'effort physique le rapprochaient de Dieu. Tout n'était que sanctification.

Personne à part lui ne semblait trouver dans ces trajets une joie aussi profonde ; les allers et retours devinrent rapidement laborieux. Alors que les Pasche, les Radtke et les Volkmann avaient pu, comme ma famille, acheter de petites charrettes à bras dans le port, certaines familles de Kay n'avaient d'autre choix que de porter leurs effets sur le dos et, à mesure que les jours devenaient plus durs, que la chaleur s'installait, le convoi des Anciens s'est clairsemé. Ayant quitté la charrette de papa pour marcher aux côtés des Eichenwald, j'ai fini par remarquer que certaines, parmi les femmes, évitaient Anna Maria.

Elles ont entendu les rumeurs, ai-je pensé en voyant Beate Fröhlich l'ignorer alors qu'elle demandait de l'aide, et laisser rouler sur le chemin les fioles d'herbes séchées de la Wende tombées de son sac en toile déchiré. Magdalena les avait montées contre elle.

Qu'ils l'aient voulu ou non, les Eichenwald se sont retrouvés à parcourir seuls ravines et versants. Ils installaient leur camp de bonne heure et profitaient des derniers rayons de soleil pour observer les environs.

Friedrich abattait des arbres pour examiner leur bois et, le sac déjà plein de salicornes ramassées dans le port, Anna Maria cueillait des plantes pour les sentir et les goûter.

— Elles me dessèchent la bouche, avait fait remarquer Friedrich un soir en mâchant les petites baies rouges qu'elle avait rapportées.

Anna Maria l'avait taquiné en lui jetant une cuillère.

— Tu ne me fais pas confiance ?

— Moi, je les aime bien, avait dit Thea en observant une baie entre ses doigts. On dirait une cerise, mais dont le noyau serait à l'extérieur.

— Sens dessus dessous, comme tout ici, avait répondu Friedrich en crachant son noyau dans le buisson, derrière eux.

Puis la Wende, brusquement, s'était figée.

— Friedrich ?

— Hm ?

Anna Maria a posé une main sur la cuisse de Thea, et c'est alors que j'ai vu ce qui l'avait fait réagir ainsi. Derrière Friedrich, un peu à l'écart, au-delà des arbres, se tenait un groupe de gens qui les regardaient en silence. Trois femmes, drapées sous des capes, deux hommes, ainsi que quelques enfants. Même dans la pénombre, leurs corps semblaient luire, et leurs cheveux gras avaient des reflets rouges. Leur stature, parfaitement droite, m'a saisie.

— *Eingeborene*, a soufflé Friedrich.

Lui aussi s'est figé, soudain très sérieux. Son regard s'est posé furtivement sur la petite hache laissée par terre, à ses pieds.

Thea l'a remarqué aussi. Mais elle a secoué la tête en le regardant d'un air alarmé.

Le groupe, calmement, a observé en retour les Eichenwald, puis l'une des femmes a désigné d'un geste de la tête le gros fagot de brindilles et de bois ramassé pour le feu, encore intact, au centre du campement. Elle a penché la tête pour murmurer quelque chose aux autres femmes.

C'est Anna Maria qui, la première, est intervenue.

Sans quitter le groupe des yeux, elle s'est levée et s'en est allée jusqu'à l'endroit où sa famille avait entassé ses affaires pour la nuit. Elle a adressé un sourire furtif aux femmes, tout en fouillant dans un sac en toile, avant d'en retirer un petit paquet de biscuits du bateau, enveloppé dans un linge.

— *Brot*, a-t-elle dit en s'approchant du groupe.

L'une des femmes a prononcé des mots dans une langue que je ne comprenais pas, puis a baissé les yeux vers les biscuits que tenait Anna Maria, avant de tourner à nouveau le regard vers le petit bois. Elle n'a pas pris l'offrande.

— Donne-leur du vrai pain, maman, a murmuré Thea.

Elle a ramassé le pain de riz et de blé qu'elle mangeait pour le leur donner. Le pain est resté suspendu en l'air un long moment avant qu'une autre femme ne s'avance et, prononçant quelques mots pour Thea, ne l'accepte. Dans le crépuscule, j'ai vu que cette femme était du même âge qu'Anna Maria, peut-être un peu plus vieille. De sa main libre, l'étrangère a montré les cheveux de Thea. Thea a retiré son fichu, et la femme a observé ses tresses blanches puis s'est retournée vers ses compagnons pour émettre une remarque qui a fait sourire les autres femmes.

— Vous pouvez partir, maintenant, a dit Friedrich. Partez. *Weggehen.*

Il était devenu tout pâle. Il leur a fait signe de quitter la clairière. Leurs sourires se sont fanés, et les hommes ont fixé Friedrich un instant avant de s'engager sur le sentier.

Ils ne regardent pas leurs pieds quand ils marchent, ai-je pensé.

Thea et Anna Maria fixaient toutes les deux Friedrich, qui venait de détruire le tas de petit bois d'un coup de pied.

— Mieux vaut ne pas faire de feu ce soir, a-t-il dit.

— Pourquoi ?

— Tu as envie qu'ils reviennent, toi ? Que crois-tu qu'il se passera ? Peut-être prévoyais-tu de leur donner toutes les provisions qu'il nous reste ?

— Papa...

— Je présume être le seul à avoir vu les lances de ces hommes ?

— Tu as toi-même une hache, lui a fait remarquer Thea.

Friedrich a ouvert la bouche pour lui répondre, mais s'est ravisé. Il a secoué la tête.

— Ce n'était qu'une question de temps, a dit Anna Maria, dont les lèvres s'étaient pincées à présent qu'elle s'adressait à son époux. Nous les avions déjà vus dans les plaines. Croyais-tu qu'ils se feraient plus rares ici ? Ces terres sont aussi les leurs.

— Si ces terres sont les leurs, alors pourquoi n'y trouvent-ils pas eux-mêmes de quoi manger ?

Anna Maria a lancé à Friedrich un regard mauvais.

— Je ne doute pas un instant qu'ils sachent comment faire.

— Mais tu as trouvé sage de leur montrer que cela n'était plus nécessaire ?

— Oh, Friedrich, ce n'était qu'un peu de pain !

Thea a enfoui son front dans ses mains. Elle semblait luire comme un fantôme dans la pénombre. La nuit tombait.

— Un peu de pain d'abord, et puis beaucoup ensuite, a renchéri Frierich. Et quoi d'autre encore ?

Anna Maria l'a foudroyé du regard.

— Cet égoïsme ne te sied pas.

— Tu me traites d'égoïste ?

Friedrich semblait avoir reçu une gifle. Thea a fermé les yeux.

— Oui ! s'est exclamée Anna Maria.

— Alors que je protège ma famille ?

— De quoi ? De familles comme la nôtre ?

— De la faim ! a crié Friedrich avant de se lever et d'écarter les bras face aux broussailles qui s'étiraient derrière eux. Vois-tu où nous sommes ? Dans une nature sauvage ! Regarde. Regarde ! Tout ce que nous possédons tient dans ce petit tas. Nous n'avons pas de bétail. Nous n'avons pas d'argent. Pas de maison ! Tout ce que nous avons, ce sont des dettes ! a-t-il dit en comptant sur ses doigts, faisant voler une pluie de postillons.

— Friedrich, le Seigneur…

— N'essaie même pas de me parler de foi. Je ne suis pas Heinrich Nussbaum, ivre de Dieu.

Son menton tremblait.

— Nous avons failli perdre notre fille, a-t-il ajouté.

Silence.

— Je sais, a fini par répondre Anna Maria, dont la colère s'atténuait peu à peu. Mais notre bon Seigneur l'a épargnée.

— Notre bon Seigneur, ou ta sorcellerie ?

Les mains d'Anna Maria ont bondi devant sa bouche. Friedrich a secoué la tête et jeté un regard las à Thea tandis qu'il se vidait de toute sa fureur.

— Tu m'as bien entendu, a-t-il dit. Toi et son satané livre. Crois-tu que je ne vois pas comment les autres te regardent ? Anna Maria, nous ne pouvons nous permettre de tomber en disgrâce. Nous avons besoin de cette congrégation.

— Ce livre m'a été envoyé par Dieu.

— Tu l'a collé sur elle de force, a rétorqué Friedrich.

Anna Maria a baissé les mains et fixé son époux d'un regard froid. Puis elle s'est tournée vers sa fille.

— Jamais je n'aurais fait cela.

Thea s'est levée.

— Je vais me coucher, a-t-elle dit.

— Avait-elle demandé quoi que ce soit ? Tu t'insinuais dans sa couchette en pleine nuit. Tu le tirais de ton sac, tu le cachais sous tes habits.

— Je ne voulais pas que les autres me voient, voilà tout ! a protesté Anna Maria.

Friedrich a penché la tête sur le côté.

— Et pourquoi pas ? Si ce livre est si chrétien ?

— Friedrich…

— Je vais me coucher, a répété Thea en leur tournant le dos.

Je l'ai suivie jusqu'à l'abri de fortune qu'ils avaient bâti contre un bosquet d'eucalyptus filandreux et me suis allongée à côté d'elle dans le parterre de feuilles mortes odorantes. Les premières étoiles brillaient entre les morceaux d'écorce. Appels lancinants et lointains.

Je continuais d'entendre les voix d'Anna Maria et de Friedrich qui se disputaient dans la nuit tombante.

— Ton père a peur, ai-je dit à Thea. C'est un mélange d'amour et de peur. Ces deux choses qui animent tout le monde.

Thea a levé les mains à ses oreilles.

Puis le silence est retombé et, au bout d'un moment, Anna Maria s'est glissée dans l'abri et s'est assise à côté de sa fille.

— Je suis désolée que tu aies entendu cela, a-t-elle fini par lui dire.

— Mmm.

— Je n'ai jamais collé ce livre contre toi de force, a-t-elle dit en lui caressant le bras. C'est toi qui l'acceptais. C'était ton choix.

J'ai senti Thea retenir sa respiration. Ses côtes se remplir d'air et garder ces mots prisonniers.

Anna Maria a hésité.

— J'avais tout essayé. C'était le seul moyen de te sauver la vie.

— À quel prix ? a demandé Thea en chassant la main de sa mère.

Sa tête a frôlé l'écorce. Je sentais la colère émaner d'elle.

— Que veux-tu dire ?

La voix de Thea est sortie étranglée.

— Tu as collé ce livre sur ma poitrine. Tu m'as forcée à l'accepter.

— Je n'ai...

— J'étais malade ! J'étais diminuée par la fièvre. Maman, j'étais mourante et tu as collé ce livre sur moi !

Plus loin, dans la forêt, ont retenti les bruissements d'un bref combat. Les pépiements des insectes.

J'ai attendu d'entendre les excuses d'Anna Maria. Mais rien n'est venu. Puis, après un silence, la voix de la Wende a percé l'obscurité, aiguisée par un agacement à peine masqué.

— Un jour, Thea, tu auras un enfant. Et tu aimeras cet enfant si fort que tu seras capable de n'importe quoi pour le protéger. Tu seras capable de donner ta vie pour lui.

— Tu n'as pas donné ta vie pour moi.

— Non, a répondu Anna Maria, mais ce que je veux dire, c'est que tu feras n'importe quoi pour que ton...

— Tu n'as pas donné ta vie pour moi. Hanne si.

Un autre silence. Seules résonnaient les pulsations des criquets alors que mon cœur s'emplissait d'une douleur immense et féroce.

Une chouette a crié dans la nuit.

— Thea...

Anna Maria parlait avec prudence.

— Thea, Hanne est morte parce qu'elle était malade.

— Je l'étais plus encore.

Respire, lui disais-je. *Respire.*

Thea s'est tournée vers sa mère.

— C'est moi qui aurais dû mourir. Mais tu m'as donné le Livre de Moïse et, à cause de lui, parce que la mort ne pouvait plus me toucher, c'est Hanne qui a été emportée.

— Ce n'est pas..., a soupiré Anna Maria. Non. Cela ne marche pas comme ça.

— Vraiment ? Parce qu'il me semble, à moi, que c'est précisément ainsi que les choses se sont passées.

Je me suis rapprochée de Thea et l'ai enlacée pour sentir l'écho de sa voix dans le creux de son ventre si mince.

— Je suis désolée que tu voies les choses comme ça, a dit Anna Maria.

Un rire creux, blessé.

— Te rappelles-tu m'avoir dit que j'avais frôlé la mort de si près que j'avais vu le visage de Dieu ? a demandé Thea.

— Sur le bateau ?

— Tu m'as dit avoir vu... un figement dans ma poitrine. Et, tout de suite après, je t'ai été rendue. C'est toi qui me l'as dit. « Tu as vu le visage de Dieu. »

— Je m'en souviens. Je te croyais partie. Tu nous as quittés. Pendant un instant.

— Eh bien, je n'ai jamais vu le visage de Dieu.

— Peut-être ne t'en souviens-tu pas.

— C'est le visage de Hanne que j'ai vu, a dit Thea en baissant les yeux. C'est son visage à elle que j'ai regardé.

— Thea, ai-je murmuré, et des larmes ont empli mes yeux.

Anna Maria est restée silencieuse. Puis elle a dirigé son regard vers le plafond d'écorce.

— Je sais qu'elle te manque.

J'ai enfoui mon visage dans le creux de l'épaule de Thea. Elle sentait la fatigue et la peur et la sève.

Elle a posé une main sur son cœur.

— J'ai mal.

Anna Maria a fermé les yeux.

— Je sais.

— J'ai si mal, a dit Thea en expirant longuement.

Elle semblait se trouver au bord d'un précipice. J'ai revu la broderie fouettée par le vent, suspendue au-dessus de l'océan.

— Il est normal qu'elle te manque.

Thea a secoué la tête, s'accrochant à sa propre poitrine comme par crainte que ses os ne tombent, comme pour apaiser les remous de son sang.

— Je la sens toujours si près. Je rêve d'elle chaque nuit.

— De quoi rêves-tu ?

— Parfois, je rêve que nous sommes toujours à Kay. Mais la plupart du temps je rêve que je me réveille et que Hanne est allongée près de moi.

Les cavités de mon cœur battant se sont inondées d'amour et d'eau de mer.

Anna Maria a levé la tête, puis fait basculer son poids sur son coude. Elle observait sa fille.

— Rêves-tu que tu te réveilles, ou te réveilles-tu vraiment ?

Thea a attendu un instant.

— Que veux-tu dire ?

— Je te demande s'il s'agit de rêves, ou si tu vois Hanne près de toi, réellement.

Thea a hésité. J'ai vu le doute la traverser.

— Tu as peut-être une ombre, a dit Anna Maria en scrutant attentivement Thea, courbant le cou pour la regarder dans les yeux. Je crois que tu me comprends.

Les yeux de Thea étaient écarquillés dans le noir. J'ai trouvé sa main. Je l'ai serrée.

— Je sens sa présence partout, a-t-elle soufflé. Même ici.

— Hanne.

Thea a hoché la tête.

— Ici.

— Oui.

— Dans cet abri, avec nous, ou dans ton cœur ?

— Les deux.

— Et cela te fait-il peur ?

Thea a secoué la tête.

— Tant mieux, a répondu Anna Maria avant de se laisser retomber en arrière, le regard toujours rivé sur sa fille. Parce qu'il y a certaines fois…

— Que veux-tu dire ?

La voix de Thea n'était qu'un murmure. Anna Maria est restée silencieuse avant de poursuivre :

— Quelqu'un. Une présence, mais seulement lorsque tu te trouves avec moi. Près de ton épaule. Un jour, alors que tu étais malade, que tu dormais, j'ai regardé ta main et vu que les jointures de tes doigts étaient blanches, mais le reste rose, comme si quelqu'un te tenait. Je me suis interrogée, à ce moment-là.

Un petit sourire est apparu sur les lèvres de Thea.

— Je rêve qu'elle me tient la main.

— Ce n'était peut-être pas un rêve.

Leurs deux regards se sont tournés vers les mains de Thea que je serrais, les doigts fermement enroulés autour des siens. Je n'aurais pas pu les serrer plus fort. Je les ai pressés à en avoir mal aux os.

Anna Maria a pris une lente inspiration.

— Est-ce que tu lui parles, parfois ?

Thea a secoué la tête.

— Tu devrais peut-être. Mais, Thea, mieux vaut ne raconter cela à personne. Ce serait indélicat pour la famille de Hanne et...

— Bien sûr.

— ... Et ça éveillerait les soupçons. Les gens douteraient de notre foi. Tu sais ce que Magdalena a dit de moi...

Thea a hoché la tête.

— Comprends-tu ?

— Oui.

— Mais parle-lui. Tu n'as pas peur ?

— Non. Penser à elle me...

Des larmes ont roulé sur son visage. Elle s'est penchée en avant et j'ai posé mon front sur nos doigts entrelacés, embrassé ses mains. Je tremblais.

Le regard d'Anna Maria n'a pas quitté sa fille et je me suis demandé si, à cet instant précis, elle n'avait pas deviné ce que nous avions été l'une pour l'autre. Je me suis demandé si cette idée lui inspirait de la peur ou si elle, dont les doigts trempaient dans d'étranges rivières, acceptait de ne pas tout comprendre. Jamais je n'ai rencontré personne d'aussi ouvert au mystère, aux choses qui dépassent l'entendement.

— Je crois qu'il vaudrait mieux que j'aille parler à ton père, a-t-elle fini par dire.

Mais Thea l'a attrapée par la manche alors qu'elle sortait à quatre pattes de l'abri.

— Que dois-je lui dire ? a-t-elle demandé. À Hanne.

— Tout ce que tu as dans le cœur, Thea. Les morts sont attirés par le cœur, par le puits d'amour qu'il incarne.

Thea s'est laissée retomber contre l'arbre quand sa mère est partie. Je la savais aux aguets ; elle se tenait parfaitement immobile pour mieux entendre le monde autour d'elle. Elle a fermé les yeux.

Je me suis couchée à son côté. J'ai posé mon oreille sur sa bouche, senti trembloter son souffle.

— Hanne, a-t-elle dit.

Sa voix autour de mon nom, cette douce invocation, m'a défaite. La tête posée sur sa poitrine, j'ai enfoncé dans ma bouche mon sarrau froissé et pleuré en silence, tout en sentant sous mon corps les douces vibrations de l'écho de sa voix qui disait, encore et encore, « Tu me manques, tu me manques ».

J'ai dormi les mains dans ses cheveux. Elle s'est réveillée, une fois, pendant la nuit, en prononçant à nouveau mon nom, et je lui ai répondu en prononçant le sien. Elle a souri. Je me suis demandé si elle m'avait entendue. Nos noms, passant entre nos deux souffles.

Le matin s'est levé doucement sur les montagnes. En sortant de l'abri, Thea et Anna Maria ont remarqué qu'un petit monticule gris s'élevait au milieu d'un trou peu profond, creusé dans la terre. Une partie était carbonisée, et près de leurs affaires était posé un petit tas de tubercules.

— Grand Dieu ! s'est exclamée Anna Maria en ramassant ce qui se trouvait dans le trou. Regarde, on dirait que cela se consume.

Thea a pris l'objet des mains de sa mère et soufflé dessus. Un peu de fumée s'est élevée, accompagnée d'une lueur rouge comme celle d'une braise qu'on ravive.

— Cela brûle, oui. Comme de l'encens. Qu'est-ce que c'est ? C'est trop léger pour être du bois.

— Peut-être une sorte de lichen ?

Le regard de Thea s'est tourné vers le tas de petit bois que Friedrich avait détruit, la veille.

— Ils ont cru que nous n'avions pas de quoi allumer notre feu.

Mère et fille se sont regardées.

Friedrich a refusé de toucher aux tubercules. Assis devant le feu, à présent bien haut, le corps raide d'avoir dormi à la belle étoile, il n'a pas prononcé un mot quand Anna Maria et Thea les ont goûtés, d'abord hésitantes, ni même lorsqu'elles lui ont assuré que ces racines étaient délicieuses.

— Tu es sûr que tu ne veux pas essayer, papa ? lui a demandé Thea en lui tendant un tubercule. C'est un peu sucré. Avec un goût de noisette.

— C'est bon, Friedrich, a renchéri Maria. Pas amer du tout.

Friedrich a secoué la tête.

— Je me contenterai des biscuits du bateau, a-t-il répondu.

— Vraiment ? a demandé Anna Maria en haussant les sourcils. Tu préfères prendre le peu de réserves qu'il nous reste ? Nos précieuses rations ? Alors que nous croulons sous les dettes ?

Friedrich n'a pas répondu immédiatement. Je l'ai vu se hérisser aux mots d'Anna Maria, mais il ne pouvait nier que, dans le fond, elle avait raison. Il a accepté une racine qu'il a croquée rapidement, en fermant les yeux.

— Alors, c'est bon, pas vrai ? a demandé Thea.

Friedrich a avalé le morceau.

— Ta fille t'a posé une question, lui a soufflé Anna Maria.

Friedrich a soupiré. Puis sa main s'est levée et doucement posée sur la joue de Thea.

— C'est bon, a-t-il répondu.

— Je n'ai pas bien entendu, a dit Anna Maria.

Friedrich s'est rué sur sa femme. J'ai fermé les yeux, grimaçant déjà à l'idée du coup qui allait fuser, mais à la place j'ai entendu un grand cri amusé et, lorsque j'ai rouvert les yeux, Anna Maria était en l'air, dans les bras de Friedrich. Elle tournait et tournait au milieu de la clairière sous le regard de Thea qui, un immense sourire aux lèvres, continuait de manger son tubercule.

— Pourquoi diable ai-je épousé une mégère pareille ? a-t-il crié en la faisant virevolter si fort qu'elle devait s'accrocher à ses épaules.

Anna Maria, en riant, a rejeté la tête en arrière.

— Parce que tu m'aimes, a-t-elle dit. Et que tu sais que j'ai toujours raison.

À partir de cette nuit-là, Thea m'a parlé. Au cours des longues et pénibles ascensions, elle murmurait mon nom. Sa voix m'arrimait à elle. Je n'aurais pas pu m'éloigner, même si je l'avais voulu. La journée, elle ne quittait pas ses parents. Même quand la piste était étroite et faisait planer sur eux, comme la brume du matin, la menace de se perdre, ou que la fatigue les emmenait sur un mauvais chemin, sur d'autres routes, qu'ils dérapaient sur des berges raides et rendues glissantes par les feuilles. Mais, la nuit venue, une fois Anna Maria et Friedrich endormis, Thea se glissait à quatre pattes hors de leur abri de fortune et s'en allait marcher d'arbre en arbre, posant les mains sur les troncs enveloppés d'une lueur fantomatique, promenant ses doigts sur leur corps d'écorce rêche. C'est à ce moment-là, dans la solitude, qu'elle chuchotait mon nom dans l'air nocturne.

— Hanne.

Le prononçant comme si elle m'appelait. Comme si elle n'était pas la lune et moi l'océan gonflé de désir, toujours tourné vers elle.

— Hanne…

Elle s'est interrompue.

— Je te sens comme un nœud dans ma gorge, a-t-elle dit.

J'ai posé les mains sur les siennes, glissant mes doigts entre ses jointures.

— Aujourd'hui, nous avons vu un feu. J'ai senti l'odeur de la fumée en premier. Il y avait des cendres qui volaient. C'est en grimpant sur une butte que j'ai vu le panache, et puis les flammes dessous. Papa a eu peur, il pensait qu'il s'agissait d'un feu de broussailles – le pasteur Flügel n'a cessé de nous mettre en garde contre eux. « Le souffle de Dieu, torrent de la damnation… » Mais les flammes formaient un cercle. Un cercle qui se resserrait de toute part. Se refermait sur lui-même. Pourtant, quand nous sommes arrivés sur la butte voisine, il n'y avait déjà plus rien à voir.

Elle s'est tournée vers l'arbre et a posé le front dessus.

— Hanne, a-t-elle murmuré. Hanne, c'est ce que je ressens lorsque je pense à toi. Un feu qui se ferme sur lui-même.

Je n'ai pas osé parler de peur de manquer un mot, un souffle, une hésitation.

Elle a fermé les yeux et tourné la tête pour coller sa joue contre le tronc pâle.

— Montre-moi, a-t-elle susurré. Montre-moi que tu es là.

Je ne sais pas comment c'est arrivé. La première fois, du moins. Sa voix, dans le noir, m'a fait frissonner. L'arbre devant lequel elle se trouvait était lisse, rayonnant sous le clair de lune, et je n'avais qu'une envie, prendre sa main et la poser contre mon visage. J'avais envie qu'elle sente qu'elle me touchait. Ce désir a grandi en moi au point de faire naître un tremblement étrange à la surface de mon corps, comme si je me dissolvais dans l'air.

Thea a plaqué sa peau contre l'écorce de l'arbre. L'arbre. Segments d'argent dressés dans la nuit, croulant sous les feuilles minces et immobiles dont les senteurs inondaient l'air paisible. Je ressentais l'arbre et son enracinement profond dans le sol. Ses fredonnements circulant sous la terre, l'air entre ses branches, et je savais que cet arbre n'était pas seulement lui-même, mais qu'il y avait en lui bien d'autres arbres, que sa pousse accompagnait celle de toutes les autres choses qui l'entouraient.

Et, tout à coup, je suis devenue arbre. Des rivières de sève nous parcouraient ; je sentais tout ce que nous étions, tout ce que nous serions. Les feuilles pas encore déployées, les bourgeons emprisonnés dans les noix du gommier, les racines taquinant le sol, à la recherche d'humidité. Nous étions à la fois le passé, et ce qui allait advenir, l'attendu. Oh, nous attendions. Nous attendions le brouillard. Nous attendions que les feuilles tombent. Nous attendions les gouttes et l'appel de l'oiseau et nous attendions la chaleur et l'élancement, à l'assaut du ciel.

J'étais arbre. L'arbre s'était uni à moi.

Et, quelque part, au cœur du grand déchargement des temps, nous sentions la pression d'un être vivant.

Petit arbrisseau blanc. Qui frissonne sous la nuit et le vent. Qui respire contre nous.

Thea.

Je voulais la toucher. Ployer vers elle.

Et, de tout notre bois, de tout notre cœur cerné par les années, nous nous sommes penchés vers son souffle, vers sa voix, et quelque chose alors a cédé, craqué. Pendant que la branche tombait, je suis tombée avec. Puis tout s'est arrêté, et le temps aussi.

J'étais l'arbre, et soudain ne l'étais plus.

À mon réveil, j'étais seule, recroquevillée par terre, au milieu des broussailles, sous la lune qui semblait se moquer de la nuit. Je me suis rassise, vaguement étourdie, puis, en approchant les mains de mon visage, j'ai vu qu'elles étaient semées de perles de sève et de fils suspendus comme des ponts collants. J'avais mal aux pieds. J'en ai levé un pour en examiner la plante. Sous chacun de mes orteils, un murmure de filament. Une vrille de racine.

Je n'ai rien compris du tout. C'était un rêve. Une drôle d'illusion. Mais Thea était partie et, autour de moi, brisée de part en part, pendait une grosse branche dont les feuilles effleuraient ma tête.

J'ai touché l'endroit où elle s'était séparée du tronc, et chaque écharde pointue était chargée de désir.

Puis des voix, plus loin, dans l'aube qui déployait ses serres. Thea et ses parents, traînant leurs affaires, stupéfaits d'avoir échappé à la branche. Je me suis levée, j'ai couru vers le son de la voix de Thea qui s'exclamait :

— C'est un miracle qu'elle ne m'ait pas touchée.

— Elle t'aurait brisé le dos.

— Mais elle ne m'a pas touchée.

Quand je suis arrivée à leur hauteur, Anna Maria passait le bras autour des épaules de Thea. Puis elle s'est penchée vers elle et a dit :

— Tu comprends, maintenant. Le livre.

La sève, les filaments qui avaient envahi mon corps ne sont pas revenus ce jour-là, et, sans cette sensation d'être restée tendue vers le ciel, d'altérité, de souvenirs ancestraux qui me parcourait encore, j'aurais pu croire que rien de tout cela ne s'était passé.

Les trois jours qui ont suivi, pendant que les Eichenwald grimpaient sur les collines, toujours plus haut, je me rendais au pied des eucalyptus et des arbres à thé et des cerisiers d'Australie, des acacias et des mimosas à bois noir, pour poser mes mains sur leurs branches et leurs feuilles et leurs troncs et les implorer de me ramener un instant à la vie.

Mais il ne s'est rien passé. Je ne comprenais pas pourquoi.

J'essayais d'enlacer les troncs blancs à écorce de bougie. J'attendais la nuit. Je demandais à Dieu de me rejoindre entre les frondes vert-gris d'acacia, et posais ma bouche sur les perles de sève. Mais rien.

Et puis. Et puis.

Je me trouvais un jour devant un banksia chargé de sonore nectar et de mangeurs de miel. Il émanait de l'arbre une musique si joyeuse que j'ai joint ma voix à son chant, en pensant à Thea. Je brûlais de désir pour elle, je brûlais de me voir absorber par le banksia et, tandis que s'élevaient les notes et que l'arbre, luttant, continuait de pousser, je l'ai senti m'accepter, et nous nous sommes unis. Nous partagions le plaisir de bourgeonner, de fleurir, de nous nourrir de lumière. Je sentais les oiseaux sur moi comme une visitation de Dieu.

Voilà comment cela s'est passé.

Dans la vallée, en contrebas, la cloche sonne le coucher du soleil. L'heure est venue de poser les outils, d'enfermer le bétail revenu des pâtures. L'heure est venue de regagner les maisons et de respirer lourdement au-dessus des pages de la Bible. La fin d'un autre jour.

Comment se fait-il que les jours se succèdent, encore et toujours ?

Je vais rester ici et réciter mes propres grâces. Exprimer ma gratitude envers cette toute première fois où m'a été offert ce don, à moi qui me pensais à jamais condamnée à ne plus vivre.

Stringybark, gommiers rouges, gommiers bleus, je vous remercie. De m'avoir fait savoir ce qu'est la souffrance de la racine qui cherche l'eau. Ce que cela fait de retenir le temps dans la douce circonférence de soi. Merci de m'avoir fait connaître le plaisir-désir tout au long de ce voyage auprès de Thea, en me laissant devenir sa canopée.

beten und arbeiten

C'était une vallée rouge et or, en pente douce. La première fois que je l'ai vue, débarquant avec les Eichenwald en ces derniers jours d'avril, les épis d'herbe kangourou qui nous chatouillaient la taille l'avaient transformée en nappe de bronze. Contrairement à la forêt qui recouvrait la chaîne de montagnes, la vallée était dégagée, immense, ponctuée seulement de temps à autre de quelques gommiers qui attiraient le regard vers le ciel et obligeaient à s'étirer le cou. Plantés là, bras tendus, portant les cicatrices noueuses de branches tombées, perdant leur écorce comme on pèle, ces arbres se dressaient, se torsadant de toute leur hauteur, tendus vers l'extérieur. Certains de ces gommiers avaient perdu toutes leurs feuilles, mais croulaient sous les cris perçants des blanches rangées de cacatoès. D'autres étaient creux. Pendant que je marchais au côté de Thea, suivant un bras du fleuve que nous avions traversé plus tôt, j'ai vu qu'une famille avait construit un habitat à l'intérieur de l'un de ces arbres, une toile tendue en guise de toit. Du linge séchait sur les branches, non loin. Fouillant les environs du regard, j'ai découvert une silhouette endormie sur des couvertures, posée sur l'herbe haute. Une malle de bateau faisait office de berceau, à quelques mètres de là ; le couvercle avait été séparé pour servir de table devant un petit monticule de cendres entouré de grosses pierres. J'ai posé la main sur le bord du trou dans le tronc d'arbre en me demandant ce que cela faisait d'avoir du bois pour chair, à la fois dure et tendre, bosselée par l'âge.

Par les âges. La nuit des temps.

— Ce doit être ici, a dit Friedrich en posant leur malle sur le chemin avant d'ôter son chapeau.

Thea et Anna Maria, le souffle court, se sont arrêtées. Une flopée de perroquets s'est envolée en un éclat dans un arbre voisin, et tous trois ont échangé un sourire.

— Nous y voilà enfin ! a déclaré Anna Maria d'une voix calme, en contemplant la vallée. Notre nouveau chez-nous.

Thea a déposé par terre son chargement.

— Quelqu'un vient.

Je me suis retournée et j'ai découvert mon père, avançant comme dans l'eau parmi les herbes hautes vers les Einchenwald. Mon cœur a fait un bond, malgré la stupeur qui m'a saisie en voyant sa chemise en lambeaux sur ses épaules.

— Bienvenue, pèlerins, a-t-il déclaré en soulevant son chapeau pour les saluer.

Il s'est essuyé la main sur sa chemise avant de serrer celle de Friedrich. De la terre était incrustée sous ses ongles longs.

— Bienvenue à Heiligendorf.

Puis il s'est retourné et, plongeant les doigts dans sa bouche, a poussé un puissant sifflement. Peu après, Matthias a débarqué avec Hans, en écartant les herbes.

— Par ici, les garçons ! a crié papa en désignant de la tête les Eichenwald. Donnez-leur un coup de main, voulez-vous ?

Matthias et Hans sont allés souhaiter la bienvenue à Friedrich et Anna Maria ; ils souriaient à Thea. Thea a semblé aussi choquée que moi de voir à quel point ils avaient maigri. Je me suis jetée sur mon frère pour l'étreindre alors qu'il se penchait pour attraper l'anse de la malle des Eichenwald et je l'ai humé, profondément. Il ressemblait à Gottlob, mais son odeur n'avait pas changé : herbe, sueur, son de blé. J'ai passé la main sur sa joue, et senti sous mes doigts les poils de sa jeune barbe.

— Bonjour, Thea.

Hans a soulevé l'autre côté de la malle, puis l'a emportée avec mon frère le long du chemin. Papa, quant à lui, a ramassé le ballot de Thea pour le jeter sur son épaule.

Friedrich a pointé du doigt le campement, un peu plus loin.

— Combien d'habitants, là-bas ?

— Tout le monde ou presque est arrivé, maintenant. Les premiers d'entre nous sont là depuis un mois, depuis mars. Quelle chaleur ! Te souviens-tu ? Mais il y avait quand même encore de l'eau dans la crique quand nous avons découvert ce paradis… Viens, suis-moi, il faut que tu voies ce que nous avons construit.

Les Eichenwald sont partis sur les talons de mon père, tout en regardant autour d'eux le campement, dont les habitations se succédaient à intervalles réguliers. Papa a bifurqué sur la gauche, puis s'est dirigé vers un petit abri de guingois, construit sous un gommier noueux. C'était à peine plus qu'une cabane de berger faite de branchages maintenus par un mélange de paille et de boue séchée.

— Qu'est-ce donc ? a demandé Anna Maria en se baissant pour entrer.

Malgré l'absence de porte, il faisait sombre à l'intérieur ; le soleil n'y pénétrait que par les trous sur le torchis. Levant les yeux, j'ai découvert qu'un drap faisait office de toit. Quelqu'un avait peint des étoiles dessus.

Papa a posé le ballot de Thea à l'entrée.

— Nous avons commencé à la bâtir dès notre arrivée. Le jour où notre voyage s'est achevé ici, nous avons brandi les mains vers le ciel et remercié le Seigneur. Le Saint-Esprit était avec nous. Tout le monde était d'accord pour dire que nous devions construire une église dès que nous aurions ouvert nos malles, avant même que le géomètre nous ait attribué nos parcelles, avant même que nous ayons construit nos propres habitations.

Hans a regardé le toit, puis s'est tourné vers Thea, la bouche tordue par le sourire qu'il retenait. Papa l'a remarqué.

— Ce n'est pas grand-chose, pour l'instant…, a-t-il admis. Mais nous allons l'améliorer. Imaginez un peu, a-t-il poursuivi en se tournant vers Friedrich et décrivant avec les bras un grand arc de cercle comme pour présenter un miracle. Imaginez la flèche qui se dressera ici, la cloche qui nous appellera aux champs, nous dictera le moment du repos et du culte !

Puis il a attrapé Friedrich par la main et a ajouté :

— « Que se réjouissent ceux qui agissent dans la foi. Le Seigneur les récompensera. »

— Formidable, a répondu Friedrich en souriant avant de lancer un regard en coin à sa femme. Le pasteur Flügel l'a-t-il vue ?

— Nous lui avons fait porter la nouvelle, afin qu'il vienne à nous et inaugure l'église. Il se partagera entre notre village et Neu Klemzig par périodes de six semaines environ. Il nous faut lui trouver un cheval afin de ne pas avoir à organiser tous nos mariages et nos enterrements en même temps. Les morts n'aiment pas attendre.

Hans a regardé Matthias avec un sourire.

— Les futurs mariés non plus.

— Demain, nous serons dimanche…, a commencé Friedrich.

— Christian Pasche se chargera du sermon, l'a arrêté mon père.

— C'est lui qui prononce tous les sermons depuis que nous sommes arrivés, a expliqué Hans.

— Et lui aussi qui a trouvé le nom de Heiligendorf ? a demandé Anna Maria.

— Non, moi, a déclaré mon père en se tournant finalement vers elle. Un nom qui sied à cet endroit où tous cherchent à marcher dans les pas du Christ. Notre saint village.

Anna Maria a répondu par un sourire, la bouche fermée. Papa s'est retourné vers Friedrich.

— Je m'en vais chercher le géomètre afin qu'il vous indique votre parcelle. Mais, avant tout, remercions Dieu de vous avoir conduits ici sains et saufs.

Mon père a attendu que le silence revienne, puis il a poursuivi :

— Très cher Dieu, je Te remercie de nous avoir donné cette terre riche et fertile afin que nous prospérions et Te servions en toute liberté. « Toute grâce excellente et tout don parfait descendent d'en haut, du Père des lumières, chez lequel il n'y a ni changement ni ombre de variation. »

— Papa, j'ai maintenant le pouvoir de me transformer en arbre, lui ai-je fait remarquer en posant un baiser sur sa paupière inerte.

— Amen, a dit mon père. Amen.

Les terres louées par la congrégation avaient été divisées. Le village était organisé suivant un plan appelé *Hufendorf*, qui prévoyait, autour des gommiers tortueux, une répartition en fer à cheval des étroites maisonnettes auxquelles s'ajoutaient l'église et son clayonnage en torchis, ainsi qu'un morceau de terrain pour l'école qui devait être construite. Le géomètre, un homme affable et instruit, originaire de Züllichau, a expliqué à Friedrich et Anna Maria que chaque famille ou couple marié de la congrégation recevrait une parcelle de terre égale d'une acre, autrement dit suffisante pour y installer une maison, un jardin, ainsi qu'une petite ferme ; les pâturages où brouterait le bétail seraient communs. Chaque lot portait un numéro, que le géomètre avait inscrit sur de petits morceaux de papier pliés qu'il conservait dans un pot à lait ébréché. Il s'était efforcé, autant que faire se peut, d'organiser la répartition des parcelles de la manière la plus équitable possible, afin que tout le monde bénéficie d'un terrain de même taille, fertile, et d'un accès à l'eau, leur avait-il expliqué. Même si, à voir l'expression de mon père au moment où Friedrich a pioché son numéro dans le pot, ce dernier était tombé sur l'un des meilleurs emplacements.

— La terre que nous avons ici est la preuve incontestable de la grâce de Dieu, a dit mon père pendant qu'ils conduisaient les Eichenwald à leur parcelle. Voilà donc où vous vivrez. Je suis juste derrière, à la hauteur de tous ces arbres. Ta parcelle est déjà presque prête à être exploitée.

Papa s'est agenouillé pour écarter les herbes hautes puis, levant son œil valide vers Friedrich, a ajouté :

— Voilà la providence de Dieu ! Regarde.

Papa a arraché une touffe d'herbe pour montrer la terre.

— Par endroits, il y a au moins trois pieds de sol fertile là-dessous, a-t-il poursuivi en massant entre ses doigts des morceaux de cette bonne terre noire. Trois pieds ! J'en arrive à plaindre ceux qui ont décidé de rester à Neu Klemzig. Que Dieu les bénisse. Comment feront-ils pousser des choux sur du gravier ?

Il s'est essuyé les mains sur son pantalon.

— Elle est douce. Spongieuse. Ses qualités se sentent rien qu'à la fouler. C'est une véritable réserve que nous a donnée Dieu. Nous Lui devons énormément.

— Au capitaine Olsen également, a fait remarquer Friedrich en se penchant pour examiner le sol.

— Oui, il est l'agent de Dieu. Attends un peu de goûter l'eau qui coule ici.

— De l'eau pure ? a demandé Friedrich.

Mon père a éclaté de rire et levé son chapeau vers le ciel.

La chaleur de la journée avait déjà commencé à retomber quand papa a laissé les Einchenwald à leur installation dans le camp. J'ai hésité à le suivre, car j'avais envie de retrouver Matthias et de revoir maman et Hermine, mais Thea bâillait déjà dans le creux de son coude, et j'avais perdu l'habitude de passer mes nuits loin d'elle. Assise par terre, en tailleur, je les ai regardées, elle et sa mère, allumer un feu avec ce lichen qui se consumait lentement, et commencer à installer leur abri. Friedrich a profité des derniers rayons du soleil pour contempler leurs terres.

— Combien de temps nous faudra-t-il pour bâtir une vraie maison ? a demandé Thea pendant qu'elle rangeait soigneusement ses affaires dans le creux d'un tronc tombé.

Anna Maria, tournée face à la structure penchée, faite de branches entrecroisées, qui leur servirait d'abri, s'est reculée.

— Je pense qu'il faudra tout reconstruire une fois que nous aurons récupéré le reste de nos affaires, a-t-elle dit d'un air dubitatif. Abattre des arbrisseaux que nous enfoncerons dans le sol, comme d'autres l'ont fait. Allez, va donc nous couper de l'herbe, a-t-elle ensuite demandé à Thea en lui tendant une lame de faux. Je dois boucher tous ces trous.

Puis elle a levé les yeux vers le ciel dégagé.

— Il fait froid, non ?

— Maman ?

— Enfin, il y a peut-être plus important à faire pour l'instant, Thea.

— Comme semer les récoltes.

— Tout ce qui pourra alléger notre dette, a répondu Anna Maria en désignant le sac de grains de blé que leur avait laissé le géomètre.

Friedrich est alors revenu, satisfait.

— La crique est facile d'accès, a-t-il annoncé en jetant une brassée de petit bois dans le feu.

Ses yeux se sont plissés à cause de la fumée, alors que les flammes commençaient à crépiter sous les feuilles.

— Heinrich a raison. L'eau et la terre sont bonnes.

— Es-tu heureux, papa ? a demandé Thea en passant les herbes coupées à Anna Maria.

— Heureux ? Oui. Je crois.

Puis il s'est brusquement détourné de sa fille et de sa femme, la mâchoire serrée.

Thea a posé sa lame par terre pour le serrer dans ses bras.

— Je suis content d'être là, a-t-il dit avant de couvrir les mains de Thea, posées sur son ventre, sous les siennes. Après toutes les épreuves que nous avons traversées…

Il a ouvert la bouche pour dire autre chose, mais les mots ont semblé rester collés dans sa gorge, le rendant incapable d'ajouter plus qu'une brève remarque étranglée.

— Oui. Louons Dieu.

Thea n'a pas dormi, cette nuit-là. Elle fermait les yeux, mais je savais qu'elle ne dormait pas, et lorsque, finalement, elle s'est glissée silencieusement hors de leur abri, je l'ai suivie. La nuit était claire. Une lune aussi jaune qu'une dent de chien brillait au-dessus de la silhouette noire des broussailles sur les terres qui s'étiraient par-delà la vallée.

Thea soufflait des nuages de vapeur. J'ai passé les doigts à travers.

— Hanne, a-t-elle dit en se tournant vers la lune, les bras croisés sur la poitrine pour se protéger du froid. Nous aurions été voisines.

Sur notre gauche, bien visible, luisait le feu allumé par ma famille.

— Je brûle, a-t-elle murmuré. Je brûle.

Puis il y a eu le bruit d'une branche qui craque. Thea a sursauté. Une silhouette est apparue au milieu des ombres.

— Qui va là ?

— Pardon. Pardon, je ne voulais pas t'effrayer.

— Qui est-ce ?

— Hans Pasche.

— Oh.

Toute la peur que contenait la voix de Thea s'est envolée alors qu'il s'approchait en ôtant son chapeau.

— Que fais-tu là ? lui a-t-elle demandé.

Hans a désigné la parcelle, de l'autre côté.

— Nous sommes voisins, tu sais.

Thea s'est tournée vers les terres sur lesquelles on distinguait un autre feu, qui projetait des étincelles dans la nuit.

— Vous êtes là-bas ?

— *Ja*. Je suis heureux que vous soyez arrivés sains et saufs. Toutes vos affaires ont-elles suivi ?

— Pas encore. Nous allons devoir patienter quelques semaines, le temps d'aller les récupérer.

Hans a hoché la tête.

— Et que fais-tu là, toute seule, dans le noir ? Je t'ai entendue parler.

— Comment ? Non. Je ne parvenais pas à dormir. C'est plutôt toi qui erres.

— Qui erre ? a répété Hans d'un air faussement indigné.

Il a ramassé un bâton et s'en est servi pour tisonner le feu des Eichenwald, révélant des braises rougeoyantes. Puis il s'est éclairci la gorge.

— Aurais-tu vu ma chatte ?

Thea a levé les sourcils. Hans a soufflé sur les charbons ardents. Une lueur orangée a éclairé son visage alors qu'il levait les yeux en lui souriant.

— Oui, une chatte noire, a-t-il poursuivi. Avec le bout de la queue blanc. Celle que le matelot m'avait donnée sur le *Kristi*. Elle ne m'a pas quitté depuis.

Feignant la suspicion, il a ajouté :

— Et voilà que tu arrives et qu'elle disparaît.

— Tu penses que j'ai volé ton chat ?

Hans a baissé la voix.

— Toutes les sorcières ont un chat, non ?

Il a marqué une pause avant de reprendre :

— D'après Christiana Radtke, il paraîtrait qu'un certain livre t'a été donné.

Thea n'a rien dit. J'ai vu son corps tressaillir de peur. Mais Hans s'est alors levé et, tout en lui tendant la main, lui a soufflé :

— Ne t'inquiète pas. Ton secret restera bien gardé avec moi.

Puis, jetant son bâton dans le feu :

— Je ne parlerai pas du livre à Flügel du moment que tu me rends mon chat.

Thea a jeté un coup d'œil à l'abri où dormaient ses parents. Hans a éclaté de rire.

— Mais regarde-toi ! Tu penses que je suis sérieux ?

— Je ne sais pas quoi penser, a répondu Thea en l'observant fixement.

— Crois-tu que je me soucie de ce que raconte Christiana Radtke ?

— Je ne sais rien de ce que tu penses de Christiana Radtke.

— Je n'en pense pas grand-chose, a répondu Hans en remettant son chapeau. Excuse-moi, je ne voulais pas être méchant…

— Les gens parlent, n'est-ce pas ?

— Oh, a répondu Hans en haussant les épaules. Tu connais les Radtke.

— Non, a répondu Thea en secouant la tête. Justement, je ne les connais pas. Et ils ne se sont jamais montrés aimables envers ma famille.

— Tu n'as pas à t'inquiéter, a répondu Hans après une hésitation. Le pasteur Flügel vous a ouvert sa congrégation. C'est lui qui fait autorité ici.

— Ma mère n'est pas une sorcière, a dit Thea avant de marquer une pause. Et moi non plus.

— Je sais, a répondu Hans d'une voix douce. Eh bien, fais-moi signe si tu l'aperçois. Elle est partie par là. Je la cherchais elle, mais c'est sur toi que je suis tombé.

— Eh bien, désolée de t'avoir déçue.

Hans a souri et la chaleur qui se lisait sur son visage m'a frappée.

— Je ne suis pas déçu.

Thea a hoché la tête puis, sans lui souhaiter bonne nuit, est retournée dans son abri.

Hans est resté près du feu mourant, le regard posé sur la cabane sous laquelle Thea avait disparu, puis il a fait volte-face, lentement, pour rentrer dans le noir sur ses terres, en jetant de temps à autre un coup d'œil par-dessus son épaule comme s'il espérait l'apercevoir une dernière fois, à la lueur du feu.

La lune était une pierre suspendue. De l'eau salée s'est écoulée de mes narines, a ruisselé sur mon menton.

Le mois de mai est arrivé et, avec lui, les dernières familles chargées de leurs affaires, ainsi que les premiers véritables jours de pluie qui faisaient verdir la terre et nettoyaient l'air que le vent, soufflant par les clairières, chargeait de poussière. Après la sécheresse de l'été, ce changement a été accueilli par la congrégation avec un mélange de soulagement et de perplexité. Je passais chaque nuit au côté de Thea, assise entre la douce chaleur de son dos et les aspérités des branches qui composaient le mur. Certains matins, l'aube blanchissait sous les premières gelées, et lorsqu'il m'arrivait de me blottir contre le poids et la grandeur d'un gommier voisin, je ressentais les frissons de la glace qui fondait sur nos feuilles.

Chaque fois que s'ouvrait une nouvelle journée d'un froid éclatant, je m'en allais rendre visite à ma famille. Mon père s'enorgueillissait toujours d'être le premier réveillé dans la vallée. Chaque matin, après être allé uriner au pied du même acacia, faisant monter dans l'air un petit panache de vapeur, il se baissait pour retourner dans sa hutte et annonçait d'une voix tonitruante : « Quelle autre occupation pour un homme que le travail et la prière continuelle ? Hm ? *Beten und arbeiten.* Prier et travailler ! » Maman et Matthias émergeaient quelques instants plus tard, hagards de sommeil, Hermine bien emmaillotée dans ses couvertures, se tortillant de colère sur l'épaule de ma mère. Une fois achevées ses prières devant le feu éteint de la veille, Matthias allait confier Hermine à Augusta, puis s'en allait au travail. Maman se chargeait de transporter d'arbre en arbre le sac de cales d'abattage et de cognées pour mon frère et mon père, et de scier elle-même les plus petites branches. L'herbe avait été fauchée, et les jeunes acacias et gommiers tombaient sous les haches. Il fallait plusieurs jours pour abattre les plus gros gommiers rouges. Je regardais Matthias et papa travailler toute la journée, creuser des tranchées autour, couper le plus de racines possible pour affaiblir les arbres. Il y en avait trois, trois grands arbres majestueux penchés les uns vers les autres, si grands qu'ils semblaient communier avec le ciel, et chaque jour papa les regardait en se frottant la barbe. Ces arbres se dressaient au milieu des terres qui deviendraient un jour ses champs de blé ; je voyais quel trouble provoquait chez lui cette présence intempestive. J'ai chanté pour m'unir au plus petit des trois arbres, voyant du dessus mon père nous tourner autour en marmonnant des menaces d'écorchage et d'incendie pendant que, en nous, nous ressentions les mouvements des petits animaux à fourrure qui se retournaient dans nos creux. Au bout du compte, la grandeur de ces gommiers a fini par l'intimider, et mon père s'est résolu à les épargner, non sans avoir au préalable passé plusieurs soirées à se plaindre à ma mère de l'injustice de s'être vu attribuer une parcelle habitée par ces géants.

J'étais contente que mon père ait décidé de laisser tranquilles ces trois sœurs gommier ; j'ai pris l'habitude de jouer les sentinelles dans le champ, unie à la plus petite d'entre elles. Ensemble, nous nous sentions vivantes, palpitions sous la sève. Nous étions sillonnées de cicatrices laissées par les galeries de termites, les années nous avaient rendues lourdes, marquées par les entailles de toutes les bêtes qui s'étaient reposées sur et en nous. Un koala endormi, lové entre les fourches de nos branches, était aussi doux qu'une main qui se pose sur une épaule anxieuse. Depuis les hauteurs, nous sentions la congrégation faire brûler la terre, la creuser, la racler. La bruine posait sur nous ses baisers. La fumée des feux nous enveloppait de ses tourbillons. Et, toujours, dessous, se poursuivait le va-et-vient hypnotique des scies, les arcs que décrivaient dans l'air les herminettes, inlassablement. Tandis que les jours devenaient de plus en plus courts et froids, tout sentait le feu et la terre retournée et le piquant, entêtant et brutal, du bois fraîchement abattu.

La nuit, redevenue moi-même, le souvenir des vibrations retentissantes du sol sous les coups des troncs tombés se réverbérait jusque dans mes dents. Je me consolais en m'installant devant le feu avec les Eichenwald, pour écouter Thea raconter à ses parents quelles graines elle avait plantées en vue de leur futur potager. Elle les rangeait dans un papier, dans un sac en toile récupéré sur le bateau, qu'elle gardait au sec dans la malle qu'ils avaient entreposée près de leur parcelle. Je l'écoutais réciter le nom des plantes comme on récite le catéchisme.

— Laitues, petits pois, radis, choux. Navets. Épinards et cresson.

Aux premières lueurs, elle s'en allait arpenter ses sillons comme un petit oiseau, plissant les yeux à la recherche des premières pousses. Quand les graines ont germé et que les tendres miracles de verdure sont sortis de terre, elle s'est agenouillée pour remercier Dieu ; même mon cœur qui ne croyait plus s'est émerveillé. Je suis restée assise sur le sol à côté d'elle pendant qu'elle priait, étalant sur son front cette terre si friable, pour que ce jardin sache qu'elle faisait partie de lui.

Il était curieux de voir la terre se transformer si rapidement. Les dimanches, quand la congrégation se réunissait autour de la modeste église en torchis, le père Pasche ouvrait sa bible au Livre de Josué, et comparait les arbres aux murs de Jéricho. Dieu aiderait à les faire tomber. J'ai vu la victoire dans le port de tête des hommes quand ils ont enfin réussi à remporter la bataille contre les derniers arbres entêtés, et j'ai moi-même admis que, s'il m'avait été donné de participer, de déboiser chaque jour cette terre, j'aurais comme eux été assaillie par ce soulagement profond, à chaque progrès accompli. Mais, tout au fond de mon cœur de bois, de mes veines de racines et de feuilles, je sentais plus fort encore qu'en rasant cette terre nous la mutilions, et ce triomphe que nous retirions à le faire me semblait mauvais, impie. Je ne chantais pas de louanges aux arbres tombés. Je ne chantais pas à la gloire des graines de pomme de terre, des sacs de blé dont on revendait le boisseau pour une livre.

Je ne les loue pas davantage aujourd'hui. Voilà bien longtemps qu'est révolue cette époque où je m'unissais à la vie qui traversait la sève d'un gommier rouge du fleuve, mais mes souvenirs sont restés intacts. Mes connaissances sont même plus grandes. C'est d'ailleurs pour cette raison que je ne le fais plus. Je ne désire pas nettoyer la terre de ses arbres.

L'hiver s'est installé, s'accroupissant sur la nature, pissant sa pluie gelée jusqu'à ce que la crique se gonfle de flots sauvages et agités, dangereusement proches des berges, menaçant de nous inonder. Souvent, après une grosse pluie, de petits groupes d'*Eingeborene* pouvaient être aperçus. Ils traversaient Heiligendorf et observaient les abris de fortune et la terre mise à nu avant de s'attrouper au bord de la crique pour récupérer les poissons pris dans les pièges qu'ils avaient essaimés. Ils ne s'attardaient jamais, si bien que nos Anciens en avaient tiré la conclusion qu'ils n'appréciaient pas particulièrement la vallée. Quand MacFarlane, l'un des propriétaires terriens avec qui un contrat avait été négocié, est venu chercher dans notre congrégation des hommes pour l'aider à installer des clôtures autour de ses terres, à leur retour Matthias et Hans nous ont raconté que les campements qu'ils avaient vus plus haut dans la vallée abritaient des maisons modernes, en pierre, et d'autres, adossées à des arbres creux, faites de branches, d'écorces et de feuilles.

— Un confort comme je n'en ai jamais vu, décrivait Hans, venu rendre visite à Thea un dimanche après-midi. Ils cousent des peaux d'opossum pour en faire des couvre-lits. Rien à voir avec les taudis dans lesquels nous vivons.

— Rosina s'en plaignait hier encore, a fait remarquer Thea.

— J'ai dit à mon père que nous devrions travailler sur nos maisons, a répondu Hans. Mais il a déclaré : « Le blé d'abord, le foyer après. »

Il a levé les yeux au ciel.

— Et maintenant il me reproche que notre toit fuie, a-t-il ajouté.

— Je suis désolée, a murmuré Thea.

— C'est pour cela que je suis venu vous voir. Je me demandais si ton père accepterait de me donner les jeunes troncs entreposés à la limite de vos terres.

— Va le lui demander toi-même, a répondu Thea. Tu n'as pas besoin de passer par moi.

Quelque chose dans le sourire de Hans m'a troublée.

— Je voulais aussi te donner ceci.

Il lui a tendu un petit chat sculpté dans du bois. Thea l'a fait tourner entre ses mains.

— Tu peux le garder si tu veux.

— Que veux-tu qu'une sorcière fasse de cela ?

— Garde-le, a-t-il répondu. Je l'ai fait pour toi.

Thea n'a pas parlé de la visite de Hans à sa mère. Le petit chat en bois, rangé dans son sac en toile, n'en a jamais été ressorti. J'avais beau guetter sur elle le même rosissement, la même exaltation que chez Christiana et Henriette lorsqu'elles parlaient de mariage, de dot et d'enfants, Thea semblait rester insensible à ces questions. Tenaillée cependant par un sentiment de malaise, je n'ai réussi à me changer les idées que le jour où, marchant à travers le village, j'ai aperçu Magdalena dans une charrette tirée par la nouvelle vache des Radtke, Samuel à son côté, sa pipe dans une main, les rênes dans l'autre. Christiana suivait la charrue à pied, chargée d'un panier de graines de pommes de terre, et ses joues étaient si rouges de honte que je suis allée m'unir à la terre de leur potager en chantant tant cette vision m'a réjouie.

Quelle douce euphorie de devenir oignon, de grandir dans le sol fraîchement retourné ! Sentir grossir mon minuscule bulbe me donnait l'impression d'éprouver l'univers de l'intérieur.

La montée d'une nappe phréatique a rendu plus humide encore toute la vallée, si bien que chaque matin le village se réveillait désormais au son d'un chœur de toux. Les malades étaient ceux qu'avait touché le mal de mer sur le bateau. Ces anciens passagers dont les gencives saignaient, ou qui marchaient en boitant sur des chevilles enflées par la maladie, ont tous cessé de travailler en même temps. Le reste des provisions de la traversée s'était amoindri. Il n'y avait plus de *Sauerkraut*, seulement du riz qui, après avoir été moulu, était mélangé aux restes encore plus maigres de farine de blé. Matthias a rapporté à ma mère que le mari d'Augusta n'était même plus capable de travailler sa propre terre ; il mettait de côté une partie de son petit déjeuner pour Wilhelm.

Le froid, la pluie, le gel ne me dérangeaient pas. J'appréciais même de sentir le tranchant du vent d'hiver sur mon visage et les gouttelettes qui volaient des branches des gommiers abattus. Les mains en coupelle, je puisais l'eau de la crique et savourais la douleur dans mes doigts raidis. Mais je voyais à quel point les pluies rongeaient les vivants. Ils avaient faim. Froid. Les conversations ne tournaient plus qu'autour des malles contenant les vêtements d'hiver qu'ils avaient laissés sur les quais d'Altona, les bas de laine et la flanelle dont personne n'avait pensé avoir besoin.

— Qui sait si nous les reverrons un jour ? disait Beate Fröhlich. En plus, il ne neige même pas.

— Ce n'est pas du froid que souffre Karl, mais de la pluie, a murmuré Augusta à ma mère. Il se plaint d'avoir mal aux os, et ses maux s'aggravent par temps de pluie. Il a le souffle court.

Sa voix s'est faite encore plus basse :

— Voilà des jours qu'il n'a rien évacué. Ce matin, il a demandé le pasteur.

Maman a hoché la tête.

— Je vais venir le voir.

— Et Anna Maria ?

À ce nom, plusieurs femmes ont levé les yeux. Un silence gêné s'est installé.

Puis ma mère s'est éclairci la gorge. Même si ses joues s'étaient empourprées, sa voix est restée calme et assurée.

— Je lui demanderai de venir aussi.

Les lèvres pincées, Beate Fröhlich a secoué la tête.

— Tu as quelque chose à dire, Beate ? Tu souhaites peut-être nous accompagner pour tenter de soigner Karl toi-même ?

— Ce n'est pas à moi d'intervenir, a répondu Beate. Mais au pasteur.

— Je suis d'accord. Laissons le pasteur Flügel décider de ce qui sera le mieux pour nous tous.

Puis maman a suspendu son seau sur la palanche qu'elle portait à l'épaule, et s'est éloignée sur la rive boueuse de la crique.

— Je vais la chercher, Augusta, a-t-elle dit.

Le cri de l'enfant s'entendait déjà alors qu'Anna Maria, Thea et ma mère se trouvaient encore loin de la parcelle d'Augusta et Karl. Là-bas se dressait l'arbre creux que j'avais remarqué en arrivant pour la toute première fois sur le campement. La pluie tambourinait sur la toile de leur toit, et le feu fumait sous leur bouilloire noire. Wilhelm était assis sur le coffre rapporté du bateau ; il hurlait. Karl était allongé près de lui sous un tas de couvertures et de vêtements.

— Karl ? a crié Augusta dans le tronc creux en se baissant sous le toit détrempé. Nous avons de la visite. Anna Maria Eichenwald et Frau Nussbaum. Elles voudraient te voir.

Il y a eu un silence, puis Karl a levé la tête en poussant un grognement.

— *Ein Fest, oder ?*

Les mots sont sortis de sa poitrine en sifflant.

Anna Maria est passée à quatre pattes par le trou.

— Une vraie fête, oui. Comment te sens-tu, Karl ?

— Je crois que je n'en ai plus pour longtemps dans ce monde.

— Ne dis pas ça, Karl, a répondu Augusta.

Puis elle a fait signe à Anna Maria de lui donner son bébé.

— Karl est morose, ces derniers temps, a-t-elle soufflé à maman.

Je me suis à mon tour mise à quatre pattes pour m'insinuer dans l'arbre et me poster au chevet de Karl, couché sur le dos. Anna Maria l'examinait en lui faisant tourner doucement la tête dans un sens puis dans l'autre. Elle a inspecté sa langue, ses bras et ses jambes. Lorsqu'elle a soulevé les couvertures, j'ai vu que ses pieds étaient si enflés qu'on ne les reconnaissait plus. Le bas de son pantalon avait été coupé afin qu'il puisse continuer à le porter.

— Mais comment diable as-tu fait pour traverser la chaîne de montagnes ? s'est exclamée Anna Maria.

Karl a tenté de sourire.

— Augusta…

Il s'est interrompu le temps de respirer.

— … m'a traîné. C'est qu'elle a de la force.

— Il te faut du vinaigre, a dit doucement Anna Maria. Et des légumes.

Elle a tendu le cou en direction du toit, sous lequel Thea s'amusait à faire la grimace à Wilhelm.

— Thea, où en sont les radis ?

— Pas encore prêts.

— Mais les fanes sont sorties ?

— Oui.

— Alors va m'en couper.

Elle a caressé la main de Karl et ajouté :

— De la verdure te fera du bien.

Karl a hoché la tête. Le simple fait de parler semblait l'épuiser.

— Assure-toi qu'elle se remarie, a-t-il soufflé.

— Elle n'en aura pas besoin ; elle a déjà un formidable mari, a répondu Anna Maria.

— S'il te plaît. Je veux… que mon fils ait un père. Comment survivra-t-elle, toute seule ?

Anna Maria lui a tapoté la main.

— Ne pense pas à cela. Repose-toi, je reviendrai t'apporter de quoi manger très bientôt.

— Je ne sais pas si je serai encore là, a soufflé Karl. Je le vois.

— Qui ?

— L'ange.

Il a pointé du doigt le coin de l'abri où je m'étais recroquevillée, les genoux contre la poitrine, adossée à la paroi de l'arbre.

Les poils sur ma nuque se sont dressés.

Anna Maria est restée silencieuse. Elle a jeté un coup d'œil dans ma direction.

— Tu vois quelque chose ?

Karl a hoché la tête.

Je me suis penchée en avant. Mon corps fourmillait, j'avais la bouche sèche.

— Tu me vois ?

— Elle parle, a-t-il dit.

— Que dit-elle ?

La voix d'Anna Maria était calme. Sérieuse.

J'ai posé une main sur sa jambe. Je l'ai sentie se raidir sous ma paume.

— Karl ?

Les yeux de Karl se sont plissés en un sourire.

— *Nun ruhe ich in Gottes Händen.* À présent je repose entre les mains de Dieu.

À quatre pattes, je me suis rapprochée et penchée au-dessus de son visage. Mes cheveux tombaient sur son front.

— *Sie sehen mich ?!* Tu me vois ?

Il a fermé les yeux.

— Je vois tout, a-t-il répondu d'une voix douce, puis il s'est mis à tousser.

La quinte est passée, mais il avait perdu connaissance.

— Qu'y a-t-il ? s'est écriée Augusta de l'extérieur. Anna Maria, qu'y a-t-il ?

Thea est revenue dans l'arbre avec les fanes de radis, les cheveux embrumés par la pluie. Elle était essoufflée.

— J'ai couru, a-t-elle expliqué à sa mère avant de baisser les yeux vers Karl.

Puis elle a demandé d'un air hésitant à Anna Maria :

— Est il mort ?

Anna Maria a secoué légèrement la tête.

— Bientôt, a-t-elle murmuré.

— Est-ce qu'il dort ? a demandé Augusta, qui venait de réapparaître.

Anna Maria est sortie de l'arbre à quatre pattes. Je l'ai entendue emmener Augusta un peu plus loin.

— Son état s'améliorera peut-être, lui disait-elle. Mais peut-être pas. Je crois que cela fait longtemps qu'il est malade.

Thea était restée assise, le regard rivé sur Karl. Elle a ramassé un coin de couverture et s'en est servie pour lui essuyer le visage avant de le border délicatement. Je l'ai vue balayer des yeux l'intérieur de l'arbre. Frissonner.

J'ai touché les pointes brillantes de ses cheveux illuminés par l'eau de pluie. Je les ai portées à mes lèvres.

Vinaigre et hysope.

Anna Maria est demeurée avec Augusta tout l'après-midi. Pendant qu'elles faisaient cuire les fanes de radis, je suis restée auprès de Karl, dans le creux de l'arbre. Je le maintenais éveillé. Chaque fois qu'il sombrait ou grognait, je lui parlais.

— Réveille-toi, lui soufflais-je. Réveille-toi.

Mais il a fini par perdre connaissance. Cet après-midi-là, sa respiration est devenue laborieuse et, d'une voix douce, Anna Maria a conseillé à Augusta d'aller prévenir les Anciens. J'ai regardé la poitrine de Karl se soulever et s'abaisser au rythme de respirations mouillées pendant que mon père priait pour lui et le bénissait. Je frappais des coups sur sa poitrine.

— Réveille-toi ! Dis-leur que tu me vois ! Dis à mon père que tu me vois !

La pluie s'est mise à tomber pour de bon. Les cris de Wilhelm ont été noyés par les bruits de l'averse sur le toit.

Le corps de Karl a été veillé pendant trois jours, sous un drap que des fleurs et des feuilles mortes inconnues sont venues recouvrir à mesure que la congrégation défilait pour lui dire au revoir. J'ai passé chaque heure de ces jours à son côté, en me demandant s'il allait réapparaître sous la même forme que moi. Mais, quand son corps a fini par être inhumé, près de l'église – première tombe solitaire du cimetière –, il n'était pas avec moi.

Si d'autres sont là, comme moi, nous ne nous voyons pas plus que les vivants ne me voient. Morts esseulés, cherchant la compagnie de leurs semblables.

faim

La nuit tombe à présent. Un sentiment de vide émane du pied de la vallée.

Un jour, j'ai retrouvé la côte. Je l'ai longée pendant des semaines. Je me souviens d'un temps froid. L'océan se fracassait avec rage sur la terre et les rochers ; je regardais comment le sel avait façonné le monde. Je suis passée près d'un endroit où le fleuve se jetait dans la mer. Il y avait là-bas des gens qui vivaient et lisaient la nature comme mon père lit sa bible : assurés de ses grâces et des moyens à déployer pour les obtenir. Je suis restée assise à distance pour les voir cuisiner dans des fours en pierre. Il y avait là-bas des tas de coquillages vides et si vieux qu'ils fredonnaient en chœur avec la terre. Mais sur certains de ces visages se lisaient des marques d'affliction et, plus je demeurais auprès d'eux, plus je voyais la variole et la violence, comme des pâtres, forcer ces gens à une transhumance non voulue, loin des terres auxquelles ils appartenaient.

Je passais mes nuits recroquevillée sur les dunes, au milieu des herbes. Le matin venu, le sable me recouvrait.

J'ai trouvé une station baleinière qui empestait la mort et le chaos, peuplée d'hommes blancs sans dents, au visage graissé par la méchanceté que leur insufflait leur avidité pour les peaux de phoques. Pourtant, tout autour d'eux, cette côte n'était que chanson, chant d'amour profond du granit qui se soumet au temps. Un sentiment de malaise m'a gagnée. J'ai poursuivi mon chemin mais, plus tard, quand le vent du sud s'est levé, il n'était qu'une bouche remplie d'horreurs et disait des choses noires et urgentes que je ne comprenais pas mais qui me faisaient trembler de peur. Cet après-midi-là, en marchant sur le rivage, j'ai vu une femme aborigène à moitié dans l'eau et à moitié en dehors.

Elle voulait fuir l'île, disait la mer en s'écoulant à travers ses cheveux. *Elle voulait rentrer chez elle et, comme elle ne savait pas nager, nous l'avons portée.*

J'ignorais tout de ces choses quand je suis arrivée dans la vallée. Je n'avais aucune compréhension du monde.

La nuit tombe à présent. Je ne suis pas encore partie. Écoute, vent. Il y a plus. Il y a toujours plus.

Par un jour de temps clair, vers la fin de l'hiver, le jour où Flügel est finalement parvenu à Heiligendorf, un groupe important de Peramangk est arrivé dans la vallée.

Au départ, la congrégation les a observés de loin, calmement. Mais les jours suivants des huttes en écorce d'arbre ont commencé à apparaître à la lisière des parcelles à présent déboisées, creusées de sillons, semées de blé, et la curiosité s'est muée en une sorte d'appréhension non formulée. Il était évident que ces gens avaient abandonné leurs camps installés plus haut dans les vallées – que nous avions pris, à tort, pour leur habitat permanent –, et nourrissaient l'intention de rester dans les environs du village.

Le lendemain matin, alors que j'errais au sein de la congrégation après le premier office du pasteur, j'ai entendu Rudolph Simmel raconter à Matthias et à Hans qu'il s'était aventuré près de chez eux la veille au soir pour les voir de plus près et les dessiner dans son carnet. Mais les *Schwarze* – les Noirs –, comme il les appelait, s'étaient empressés de couvrir leurs braises. « J'ai l'impression qu'ils n'avaient pas très envie de me voir », a conclu Rudolph.

Flügel a passé l'après-midi à faire le tour des parcelles, à écouter les préoccupations des différentes familles, à se voir présenter les porcelets et les volailles que les hommes de MacFarlane nous avaient apportés. Il essayait surtout de dissiper les craintes qui planaient sur la congrégation comme un nuage noir à propos de la dette ; lasse d'entendre ces interminables discussions sur le devenir du blé, je suis retournée auprès de Thea.

Alors que j'approchais de la parcelle des Eichenwald, j'ai remarqué un groupe de femmes aborigènes qui marchaient dans le sens opposé. Anna Maria les regardait passer. Au moment où je suis arrivée devant chez eux, elle s'est levée et a fait signe à Thea de l'accompagner pour les suivre de loin. Si elles jetaient de temps à autre des coups d'œil à la Wende par-dessus l'épaule, les femmes n'ont rien dit. Elles ont poursuivi leur chemin pour finir par bifurquer hors du sentier, vers la forêt qui s'étalait derrière la parcelle des Eichenwald. Un moment plus tard, elles se sont arrêtées devant un vieil arbre et se sont mises à genoux. Anna Maria les observait sans cacher sa curiosité, et, après avoir échangé un regard, les femmes ont accepté de lui ouvrir leur cercle pour la laisser venir voir leur travail de plus près.

Je les ai regardées moi aussi. La femme installée au centre du groupe s'est tournée vers Thea, lui a indiqué une proéminence sur l'arbre, ainsi qu'un petit trou dessous. Après avoir coupé une branche, elle en a ensuite tordu le bout pour en faire un crochet qu'elle a enfoncé dans le trou et en sortir une chose blanche et visqueuse.

Anna Maria a haussé les sourcils. La femme lui a souri et a déposé dans sa main cette chose qui, lentement, se tortillait. Elle a fait signe à Anna Maria de la manger.

Anna Maria ne semblait pas sûre d'elle.

— C'est une chenille ? a murmuré Thea.

— *Eat*, a dit la femme en anglais, tout en lui faisant signe de porter sa main à sa bouche.

Anna Maria s'est exécutée, a mâché, puis avalé lentement.

— Quel goût cela a-t-il ? lui a demandé Thea.

— Je ne sais pas trop. Un goût de noix.

Elles ont regardé les femmes en extraire davantage.

— *Warum isst du sie nicht ?* a demandé Anna Maria en levant les doigts à ses lèvres avant de se tourner vers Thea. Pourquoi n'en mangent-elles pas ?

La femme qui avait déposé la larve dans la main d'Anna Maria a indiqué d'un signe de tête un camp où fumait un feu dans une clairière, derrière l'arbre.

— J'ai l'impression qu'elle les préfère cuits. *Cook ?* a-t-elle demandé. *Das Feuer ?*

— Oui. Feu.

Une nouvelle fois, la femme a hoché la tête puis pointé du doigt Anna Maria en imitant son expression médusée. Toutes les femmes sont parties d'un grand rire.

Magdalena et le pasteur Flügel attendaient devant l'abri des Eichenwald quand Anna Maria et Thea sont rentrées. Thea a été la première à repérer le pasteur, dont les manches claquaient sous le vent qui s'était levé. Une main sur la tête, il tenait son chapeau. Thea a touché discrètement le coude de sa mère.

Anna Maria a baissé les yeux vers les larves qu'elle avait dans les mains.

— Thea, lui a-t-elle soufflé sans quitter Magdalena du regard. Où est le livre ?

Thea s'est figée. Elle se mordait la lèvre.

— Dans le trou de l'arbre, a-t-elle murmuré.

— Continue à marcher, lui a dit Anna Maria avant de lever la main pour les saluer. Tu es bien sûre qu'il n'est pas dans l'un de nos sacs ?

— Non, il est enveloppé et caché tout au fond du tronc mort.

— Dieu nous protège, a dit tout bas Anna Maria.

Puis elle a pris une grande inspiration et, tandis qu'elles se rapprochaient du camp, a souri aux visiteurs.

— Pasteur Flügel, nous sommes si heureux de vous compter de nouveau parmi nous. Merci pour votre sermon de ce matin.

Puis elle s'est tournée vers Magdalena.

— Frau Radtke.

— Qu'as-tu dans les mains ? a demandé Magdalena en regardant les vers avec horreur.

— Les femmes d'ici m'ont montré qu'ils étaient comestibles. Tu en veux un ?

— Maman…

Thea a enfoncé un doigt sur le bras de sa mère.

Sans quitter les larves des yeux, le pasteur s'est assis sur le tronc d'arbre, près du feu.

— Frau Eichenwald, Frau Radtke m'a conduit ici avec une plainte, a-t-il annoncé en soupirant. Elle prétend avoir des raisons de croire que vous auriez jeté un sort sur son potager.

Anna Maria a éclaté de rire.

— Comment ?

Le menton de Magdalena a tremblоté.

— Anna Maria, je sais que nous n'avons pas toujours été d'accord sur tout. Et je n'éprouve aucun plaisir à jeter l'opprobre. Je sais que bien des gens répandent l'œuvre du diable à leur insu. L'ignorance…

— L'œuvre du diable ?

Magdalena la regardait fixement.

— Christiana l'a vu. Elle a vu le livre.

Le pasteur Flügel a joint les mains devant lui.

— Frau Eichenwald, Frau Radtke prétend avoir des raisons de croire que son potager aurait subi un sort, a-t-il répété.

Anna Maria a ouvert la bouche pour protester, mais le pasteur a levé une main pour l'arrêter.

— Laissez-moi terminer. Il est vrai qu'un mal s'est abattu sur les légumes de la famille Radtke. Un mal possiblement surnaturel.

— Tous mes légumes flétris en une nuit, est intervenue Magdalena, dont l'expression de colère s'est soudain transformée en peine.

Anna Maria l'a regardée.

— En une nuit ?

À côté d'elle, Thea était pâle. Puis la Wende a fini par dire :

— Montre-moi.

Le potager était mort. Il ne restait plus une seule graine vivante. Les fanes des betteraves fourragères étaient molles et jaunies, elles se décomposaient déjà, les pousses d'oignon fanées, anéanties.

— J'ignore ce que nous allons faire, a déclaré Magdalena. Ce que nous mangerons une fois nos provisions terminées.

Elle était au bord des larmes.

Anna Maria, la main sur la bouche, s'est tournée vers elle.

— Magdalena, je n'aurais jamais fait une chose pareille.

Le pasteur lui a jeté un regard sévère.

— Parce que vous savez comment faire ?

— Non, a répondu paisiblement la Wende en posant une main sur sa coiffe, les sourcils froncés. Non, bien sûr que non.

— Il existe des textes occultes qui enseignent ces choses. La bible des sorcières.

— Je n'ai pas un tel ouvrage en ma possession, a répondu Anna Maria avant de se tourner vers Thea, les lèvres pincées. Thea, nous reste-t-il des graines chez nous ?

Thea a avalé sa salive.

— Oui. Quelques-unes.

— Elles sont à toi, a dit Anna Maria en levant le menton vers Magdalena. Je ne suis pas responsable de ce fléau. Et je n'ai aucun désir de voir ta famille avoir faim. Seras-tu satisfaite de cette proposition ?

Magdalena a jeté au loin une betterave flétrie.

— Pour l'heure, oui.

Le pasteur Flügel a raccompagné Anna Maria et Thea jusqu'à leur parcelle.

— Frau Eichenwald, a-t-il dit en s'arrêtant devant leur abri. Je me sens dans l'obligation de vous inviter de nouveau à vous ouvrir à moi si vous vous trouvez en possession du texte que dit avoir vu de ses yeux Christiana Radtke.

— Je ne possède aucun livre occulte.

Thea s'est assise sur le tronc creux, les doigts écartés sur le bois grisâtre. Elle regardait le feu sans ciller.

Le pasteur Flügel a reniflé.

— Vous n'êtes pas familière de cette congrégation.

— Ma famille et moi en faisons partie depuis notre arrivée à Kay. Cela fait trois ans.

— Vous n'êtes pas familière de mes pratiques, dans ce cas, a répondu le pasteur. Je me fie à nos lois en matière de discipline religieuse. Il existe trois degrés de châtiments que je suis apte à imposer à tous les membres de notre congrégation sans distinction de rang, d'âge ou de sexe. Le premier est l'exclusion du souper, remplacé par un temps de pénitence et d'observation de soi. Le second est une audience devant la congrégation et une confrontation au péché commis. Le troisième est une excommunication avec déclaration d'allégeance à Satan, dans le cas où la pécheresse, quoique déclarée coupable de transgression, s'obstinerait à nier et persisterait à perpétuer ses offenses.

Je suis allée m'asseoir à côté de Thea et j'ai posé ma tête sur son épaule. Je la sentais trembler.

Anna Maria a souri au pasteur.

— Je suis au courant.

— Bien, a répondu Flügel en hochant la tête. Bien. Dans ce cas, j'ai dit tout ce que j'avais à dire.

Alors que le printemps s'installait et que les acacias s'auréolaient de feuilles jaunes, le silence méfiant qui avait d'abord tenu à distance la congrégation et les peuples natifs s'est mué en une ébauche d'amitié prudente. Magdalena, Elize, maman et Amalie, qui désormais recevaient régulièrement à laver le linge des familles anglaises du coin, partageaient le cours d'eau avec les femmes Peramangk venues attraper des écrevisses sorties de la vase ; toutes étaient d'accord pour dire que leur chair chaude avait un goût succulent.

Anna Maria continuait de suivre la femme qui lui avait donné les larves et, au bout d'un moment, cette dernière a fini par lui montrer comment trouver elle-même des larves blanches de fourmis et les meilleurs œufs d'oiseaux. Hans Pasche, qui s'arrêtait souvent chez les Eichenwald sur son trajet depuis la parcelle de son père, goûtait à tout ce que la Wende lui présentait. Thea était hilare de le voir sucer le nectar des fleurs d'eucalyptus et, même si je me réjouissais de cette amitié, j'éprouvais désormais une crainte lorsque je voyais Hans approcher sur le chemin.

— Il faut que tu viennes voir quelque chose, a-t-il annoncé un jour à Thea, qui arrosait son potager. Peux-tu m'accompagner ?

Je les ai suivis tandis que Hans, un grand sourire aux lèvres, l'emmenait au pied des trois gommiers rouges où se tenait déjà mon frère, sur la terre de mes parents. Il regardait vers le ciel, une main en visière pour se protéger du soleil du matin.

— Qu'est-ce donc ? a demandé Thea.

Hans lui a fait signe d'approcher, puis a pointé du doigt la cime des arbres. En m'approchant à mon tour, j'ai découvert un homme, un Peramangk qui, avec une souplesse et une agilité extraordinaires, grimpait sur le plus haut des trois arbres. Faute de branches basses auxquelles s'accrocher, il taillait à l'aide d'un pieu pointu et aiguisé, à même l'écorce, des encoches où enfoncer ses pieds au fil de son ascension. Puis, arrivé devant un trou, l'homme a brusquement délogé un opossum avant de le tuer d'un unique coup sur la tête.

Je me suis souvenue de la sensation que procurait au creux de mon tronc la fourrure chaude des animaux et, ce faisant, j'ai remarqué que le plus petit des gommiers avait jauni ; aucune fleur n'avait poussé dessus. On aurait dit qu'il mourait.

Matthias et Hans ont applaudi quand l'homme est redescendu, puis se sont avancés vers lui pour admirer et examiner l'outil qu'il avait utilisé pour grimper au sommet de cet arbre gargantuesque. Avec patience, l'homme leur a montré le pieu en leur parlant tour à tour dans sa langue natale et en anglais. Thea, quant à elle, se tenait en retrait, les yeux rivés sur l'opossum qui pendait dans sa main.

— Je crois qu'il nous dit que nous pouvons le manger, a fait remarquer Hans en se tournant vers elle.

— Ce n'est pas pour sa fourrure qu'il l'a tué ?

Tout le monde était à présent habitué à voir des dames en manteau de peau d'opossum.

— Non, a répondu Hans. On peut aussi le manger.

L'homme a ensuite découpé sa proie et, ce soir-là, Hans est resté manger devant le feu des Eichenwald, hochant la tête avec enthousiasme pendant que Thea racontait la scène à ses parents. Le regard complice qu'Anna Maria et Friedrich ont échangé a résonné en moi comme une vague.

— Ce Hans Pasche est un jeune homme étonnant, a fait remarquer Anna Maria plus tard ce soir-là en le regardant, dans le crépuscule, regagner la parcelle où vivait sa famille. Tu ne trouves pas ?

Sous cette lumière douce, Thea a levé les yeux de sa broderie blanche et suivi le regard de sa mère. Elle a haussé les épaules.

— Il nous rend souvent visite ces derniers temps, a ajouté Anna Maria en lui tapotant le genou. Tu ne t'es jamais demandé pourquoi ?

— Sans doute pour échapper à son père, a répondu Thea en cassant le fil avec les dents. Christian les fait travailler comme des chiens, lui et ses frères.

— Il n'empêche, a glissé tout bas Anna Maria.

— Et il aime ta cuisine. Ces ignames que te donnent ces femmes.

— Franchement, Thea.

Anna Maria a posé les yeux sur sa fille, puis recouvert son ouvrage de la main en voyant qu'elle évitait son regard.

Thea a fini par lever les yeux, exaspérée.

— Que veux-tu que je te dise ?

— Il est amoureux de toi.

J'étais assise aux pieds de Thea, le visage levé vers elle, la tête posée sur ses cuisses. Mais, en entendant ces mots, mon regard s'est braqué sur le feu. J'aurais pu me précipiter dans les braises. Je ne voulais pas regarder Thea. Une douleur aiguë avait envahi mon ventre.

— Je...

Thea a hésité. Une tension s'insinuait dans son corps. Elle a ramené ses genoux contre sa poitrine.

— Je sais que cela t'embarrasse.

Elle n'a rien répondu. De la sève sortie d'une branche a fait crépiter le feu.

— Le moment est peut-être venu de penser à l'avenir, a poursuivi Anna Maria d'une voix calme. Dans le cas où il aurait à l'esprit de te demander en mariage.

Thea a lâché un rire puis est redevenue parfaitement silencieuse. De l'eau coulait de mes cheveux. Du liquide s'accumulait au bout de mes doigts.

— Je ne comprends pas pourquoi il me faudrait penser à cela.

La voix de Thea était paisible. Étrangement vide.

— Eh bien..., a soupiré Anna Maria. Hans est l'aîné de sa fratrie. Il a deux frères. Cela fait quatre hommes sur cette parcelle. Dans peu de temps, il devra trouver son propre foyer, sa propre terre. Comme tu le dis toi-même, a-t-elle ajouté après une hésitation, Christian le fait travailler comme un chien.

Je me noyais, là, juste à côté du feu. Mon cœur était pris dans un courant salé.

— Je ne comprends pas pourquoi il me rendrait visite… pour cette raison.

J'ai entendu Anna Maria se glisser tout près d'elle. En me retournant, j'ai vu qu'elle avait passé le bras autour de Thea. Amour maternel enveloppant une fille qui doute.

— Il aurait de la chance d'avoir une femme comme toi. Je crois qu'il le sait.

— Pourquoi pas une autre ? Christiana ferait n'importe quoi pour se marier.

— Ça, c'est à lui qu'il faudra le demander.

Autour de nous la lumière a ondoyé. J'ai levé les yeux et vu des requins encercler le ciel qui s'assombrissait.

Il fait peu de doute à mes yeux que, si les Peramangk ne leur avaient pas montré comment trouver de la nourriture, beaucoup de gens de la congrégation auraient péri. En ce premier printemps, les porcelets avaient grossi, mais pas assez pour être égorgés, et les poules fournies par MacFarlane étaient encore trop jeunes pour pondre. Le blé poussait sur les versants déboisés – mon père ne s'était pas trompé à propos de la fertilité des sols –, mais il était encore vert, pas prêt pour la récolte. Une grande partie de ce qui restait des biscuits du bateau s'était vu envahir par la même moisissure que sur le *Kristi* ; plutôt qu'une denrée de base, le pain de riz et de blé était devenu une friandise du dimanche.

MacFarlane avait aussi fourni des armes à certains hommes, mais les tirs effrayaient les kangourous, les pigeons et les canards plus qu'ils ne servaient à les abattre. Seuls les Aborigènes, à l'aide de leurs lances et de leurs triques, ou grâce à des pièges ou à des filets, parvenaient à chasser en quantité suffisante pour nourrir leur famille. La déflagration d'un tir n'égalait jamais l'élégance des collets faits de minuscules branches qui, subrepticement, en silence, étranglaient les oiseaux dans les herbes hautes.

J'aimais regarder les Peramangk communier avec la nature. J'aimais écouter leur langue, même si je ne la comprenais pas. Avec le temps, cependant, il m'est apparu que, lorsque je m'approchais trop près, certains hommes ou certaines femmes finissaient par sembler mal à l'aise.

« *Kinkri* », disaient-ils, et chacun se figeait en plein travail pour dresser la tête, comme si tous sentaient qu'on les observait. Comme s'ils savaient que j'étais là, parmi eux, cherchant à me souvenir de la sensation de la faim.

Au début de l'été, je me trouvais un matin chez Thea, devant le feu, quand, levant les yeux, j'ai vu ma mère approcher. Hermine marchait d'un pas mal assuré à son côté. Ma petite sœur avait grandi ; je cherchais parfois à attirer son attention en lui chatouillant les pieds avec des roseaux de la crique ou en lui murmurant son nom à l'oreille, mais elle semblait ne plus me remarquer. Elle avait perdu ses rondeurs de bébé, son petit cou se dessinait. Je l'ai regardée se pencher en avant maladroitement pour ramasser un morceau de quartz, tout en rougissant alors que me revenait le moment de sa naissance.

Thea se tenait devant l'âtre, sa main sur la mienne.

— Bonjour, a dit ma mère à Anna Maria.

— Johanne.

Maman s'est tournée vers Thea, qui travaillait dans le potager.

— J'ai discuté avec Eleonore et Emilie. Elles ont décidé d'envoyer leurs filles à Adélaïde. Le pasteur Flügel a dit au père Pasche que les Anglais étaient frappés par une pénurie de légumes. En ce moment, les femmes de Neu Klemzig arrivent à tirer 2 ou 3 shillings pour un chou. J'ai pensé que Thea aimerait peut-être les accompagner. Comme vous avez déjà beaucoup produit.

— Quand la lune monte, sème sur le sol. Quand la lune descend, sème en dessous tes plants.

— Quand partent-elles ? a demandé Thea.

Maman s'est assise près du feu et a éloigné Hermine des braises.

— Demain soir, a-t-elle répondu. Augusta et Elize seront aussi du voyage.

Elle s'est éclairci la gorge avant d'ajouter :

— Et Christiana Radtke.

J'ai vu que Thea avait lancé un regard à Anna Maria.

— Thea, en partant à minuit, vous aurez atteint les plaines au lever du jour. Vous n'aurez plus qu'à vendre vos légumes et revenir avec l'argent. La lune sera pleine, vous arriverez à y voir. Vous n'aurez qu'à suivre le nouveau chemin qui passe par Tiers.

Maman a pris Hermine sur ses genoux pour éviter que le vent ne lui envoie de la fumée dans les yeux.

— J'espérais, Thea, que tu acceptes de prendre avec toi quelques-uns de mes légumes, a-t-elle poursuivi. Jusqu'à ce que je parvienne à me libérer, puisque je n'ai plus…

Mais elle s'est interrompue, les lèvres pincées. Thea a regardé maman et quelque chose a semblé passer entre elles.

— Bien sûr qu'elle ira, a répondu gentiment Anna Maria en penchant la tête vers ma mère. Et toi, comment vas-tu ?

Maman a retiré son fichu et l'a donné à Hermine en guise de jouet.

— Tout se passe aussi bien que prévu. Notre nouvelle vache donne un excellent lait, a-t-elle répondu, puis elle a souri à Thea. J'ai du beurre que j'aimerais que tu emmènes. Les Anglais considèrent cela comme de l'or, aux dires du pasteur.

— Et Matthias ? Comment va-t-il ?

Maman a haussé les sourcils.

— Il va bien. Le travail, cette terre…

Elle a haussé les épaules.

— Il se prend pour un homme, maintenant, a-t-elle poursuivi. Il voudrait se marier. Fonder une famille.

Je suis restée bouche bée, réprimant une soudaine montée de jalousie. Matthias ? Si tôt ? Une famille ! J'avais été sa famille. Nous avions tout partagé pendant si longtemps que, un instant, je n'ai pas compris pourquoi il ne m'avait pas annoncé toutes ces nouvelles.

— Vraiment ? a demandé Anna Maria d'un air surpris. Il travaille dur. Je l'aperçois souvent.

— C'est vrai. Et oui, tu as raison, a répondu maman en baissant les yeux vers Hermine, qui suçotait son fichu. Comme ils grandissent vite !

Matthias, tu m'abandonnes. Cette pensée m'a emplie de tristesse.

— Je pense tout le temps à Hanne, a dit Thea. Je suis désolée. Je suis sincèrement…

Les yeux pleins de larmes, elle a levé la main vers sa joue.

— « Car nos légères afflictions du moment présent produisent sur nous, a répondu ma mère, au-delà de toute mesure, un poids éternel de gloire, parce que nous regardons, non point aux choses visibles, mais à celles qui sont invisibles ; car les choses visibles sont passagères, et les invisibles sont éternelles. » Cela fait longtemps que je pense à ces Écritures. Que je prie dessus.

Puis, comme gagnée par l'impression d'en avoir trop dit, ma mère s'est levée, a mis Hermine sur sa hanche et s'en est allée sous le regard de Thea et d'Anna Maria.

Le lendemain soir, j'ai suivi Thea comme une ombre. Personne ne parlait tandis que les jeunes femmes étaient sur le départ, à minuit, coiffées de tresses serrées et enroulées sur la tête, leurs jupons sombres couverts par des tabliers du dimanche, les pieds nus foulant le chemin sans un bruit.

Chacune était chargée d'un lourd panier ou d'une palanche, et, tandis que la lune se levait, grosse et orange, j'ai écouté leur respiration tout en marchant derrière Thea sur la piste de plus en plus étroite. Les filles, en file indienne, ont commencé à gravir la côte qui les éloignait de la vallée.

C'est au moment où les lueurs des feux de Heiligendorf ont disparu et où le terrain s'est aplani qu'elles ont commencé à parler.

— Elize ? a demandé Henriette en lui tapant sur l'épaule.

— Hm ?

— Pourquoi portes-tu un bâton ?

Elize a jeté un coup d'œil derrière elle.

— Reinhardt m'a dit qu'il fallait nous méfier des Tiersois, a-t-elle répondu en regardant ledit bâton. C'est lui qui m'a demandé de le prendre.

— Les Tiersois ?

— Les hommes de Tiers. Qui vivent dans la forêt d'eucalyptus. Il a déjà scié et écorché des arbres avec eux à la station, et dit qu'ils sont de vrais scélérats.

— Comment cela, des scélérats ? a demandé Augusta.

— Des bagnards venus de l'est. Échappés, peut-être. Ou relâchés, je ne sais pas. Mais un jour il a vu des traces de coups de fouet sur le dos de l'un d'entre eux. Il a dit que ces hommes jouaient, buvaient et vivaient comme des bêtes dans la forêt.

— Et tu comptes nous protéger avec ton bâton ? a piaillé la voix de Christiana, derrière. Je ne vois pas à quoi il servira.

Je me suis retournée et l'ai vue observer le bush noir de part et d'autre du chemin.

— Oh, Reinhardt est ainsi. Protecteur, voilà tout.

— Que Dieu nous sauve ! a murmuré Augusta.

Puis un craquement de branche a retenti. Henriette a poussé un petit cri.

— Oh, bon sang ! a soufflé Elize. Oubliez ce que je viens de dire.

Le silence est retombé. La piste serpentait sur une côte semée de pierres. À tour de rôle, les filles s'entraidaient pour la gravir, déséquilibrées par leurs fardeaux.

— Et si nous chantions ? a proposé Elizabeth Volkmann.

— Gardons nos cantiques pour quand nous serons en bas, a répondu Elsa Pfeiffer en reprenant son souffle.

— Mais il y a trop de silence, est intervenue Elizabeth.

— Bavardons, dans ce cas. Alors, que nous racontes-tu, Christiana ?

— Pourquoi moi ?

Elize a éclaté de rire.

— Tu connais tous les cancans.

— Non, c'est faux.

— Mais si ! ont clamé les autres en chœur.

La piste s'élargissait. Les filles de l'arrière ont couru maladroitement pour rattraper Elize, Thea et Henriette à la tête du groupe.

— C'est faux, a répété Christiana. Il n'y a rien à dire. Vous n'avez qu'à demander à Augusta.

— Quoi ? a demandé Henriette en jetant un coup d'œil en coin à son amie. Qu'y a-t-il ?

— *Ja*, Christiana. Tu nous caches une grande nouvelle, j'en suis sûre.

— Enfin, pas une nouvelle qui me concerne moi, a répondu Christiana. Allez, vas-y, Augusta. Dis-leur.

Le groupe a ralenti. Toutes les têtes se sont tournées vers Augusta.

— Eh bien..., a-t-elle commencé en foudroyant Christiana du regard. Ce n'est pas... Christiana, tu n'aurais pas dû...

Christiana a haussé les épaules. Elle souriait, mais il y avait quelque chose de dur dans ses lèvres.

— Tu ne sais vraiment pas garder un secret.

— Oh, allez, Augusta, qu'on en finisse ! s'est exclamée Elize.

— Matthias Nussbaum et moi allons nous marier.

Toutes se sont arrêtées.

J'ai senti ma peau me tirailler. Mon frère. Mon jumeau. Voilà donc à quoi faisait allusion ma mère. J'ai repensé à tous ces matins où Matthias était allé donner Hermine à Augusta. Aux petits morceaux dc biscuits qu'il avait mis de côté pour Wilhelm.

— Oh, Augusta.

Il y avait de la chaleur dans la voix d'Elize. Elle lui a serré la main.

— Le pasteur Flügel lira les bans ce dimanche, à son retour de Neu Klemzig, a ajouté Augusta avec sobriété.

— Je ne savais pas que vous étiez amoureux, a dit Amalie.

— Nous ne le sommes pas.

Les femmes sont restées silencieuses.

— Je veux dire…, a poursuivi Augusta. Avec ce qui est arrivé à Karl…

Elize lui a tapoté gentiment l'épaule.

— Tu n'as pas besoin de t'expliquer, l'a-t-elle rassurée.

Toutes les femmes se sont attroupées autour d'Augusta pour la féliciter, posant leurs paniers pour la serrer dans leurs bras. Un sombre sentiment de jalousie s'est insinué en moi lorsque Thea a apposé ses lèvres sur sa joue.

— Sois heureuse, lui a-t-elle dit d'une voix douce.

— Je sais que c'est précipité, a fait remarquer Augusta sans s'adresser à personne en particulier.

— Tu seras contente d'avoir quelqu'un pour t'aider à la ferme maintenant que Karl n'est plus là, lui a dit Elize. Je veux dire que tu n'auras pas besoin de partir travailler ailleurs. Que tu pourras rester.

— Oui… C'est ce que Matthias a dit.

— Toi et ton fils.

— *Ja*, ainsi, il aura un homme pour modèle.

Toutes les femmes ont remis leur panier sur l'épaule et sont reparties dans un silence chaleureux.

— Comment te sens-tu ? lui a demandé Thea.

Sa voix était une plume dans la nuit.

— Soulagée, a reconnu Augusta en ajustant sa palanche. La parcelle représente beaucoup trop de travail pour moi seule.

— Oui, et puis Matthias et toi serez voisins de ses parents. Ses terres seront grandes lorsqu'il rassemblera les deux parcelles, a ajouté Christiana.

Augusta a haussé les épaules.
— Je pense à mon avenir, Christiana. Tout comme toi.

Aux heures grisonnantes, juste avant le lever du jour, les jeunes femmes se sont arrêtées devant un ruisseau pour se reposer et plonger leurs pieds endoloris dans l'eau. Puis, alors que le soleil glissait par-dessus l'horizon, le groupe a repris son chemin, descendant des collines. Les habitants les ont accueillies avec joie et, même si aucune d'entre elles ne parlait l'anglais, j'ai constaté avec soulagement que les prix annoncés par Thea pour leurs œufs, leur beurre et autres produits – expliqués par des doigts levés ou en montrant des pièces dans des paumes ouvertes – étaient acceptés sans discuter. Des esclaffements enthousiastes résonnaient devant les légumes tout frais ; même le client le plus renfrogné acceptait de payer 1 shilling ses deux carottes, 1 shilling et 6 pence ses trois oignons. Au milieu de la matinée, les seaux des palanches et les paniers étaient tous vides et, sous la supervision d'Elize, les filles ont troqué une partie de cette monnaie étrangère contre du fil à coudre, des aiguilles et du sucre. Après avoir réussi à trouver et acheter du tabac pour Gottfried Volkmann – « Il y tenait vraiment », s'est excusée Henriette –, Elize a conduit le groupe en direction des berges du fleuve, où les briques étaient fabriquées, pour en acheter quelques-unes.
— Pour l'église, a-t-elle dit en les faisant passer deux par deux. Christian Pasche demande à ce qu'on en rapporte un peu chaque fois que l'on vient ici. C'est une idée du pasteur.

— Une bien petite église, a marmonné Amalie en chargeant son panier sur son dos.

Elize a levé les yeux au ciel.

— Avec le temps, nous finirons par en avoir assez.

— Mais combien de briques faudra-t-il ? a demandé Elsa Pfeiffer.

Elize a haussé les épaules.

— Je n'ai pas à remettre en question les demandes du pasteur.

— En même temps, nous aurons ainsi plus de chances de nous en sortir face aux hommes de Tiers, a fait remarquer Thea avec un air amusé, en soupesant deux briques.

C'est au retour des filles à Heiligendorf que j'ai appris ce qui s'était passé. Ce que j'avais fait.

Le lendemain, à peine étions-nous arrivées sur le chemin, au pied de la vallée, que Magdalena Radtke a accouru pour enlacer Christiana.

— Heureusement, il va bien ! a-t-elle annoncé en jetant un regard curieux à Thea, qui suivait. Ne t'inquiète pas, mais ton père a failli être victime d'un très grave accident ce matin.

À ces mots, Elize s'est avancée et a posé la main sur l'épaule de Magdalena.

— Samuel Radtke ?

— À cause d'un arbre, a craché Magdalena. Un arbre qui a failli l'écraser.

Les yeux écarquillés, Christiana s'est figée.

— Comment ?

— Grâce à Dieu, il l'a raté, a ajouté sa mère. De ça.

Toutes les filles se sont regardées.

— Quel arbre ? a demandé Thea.

Magdalena s'est tournée vers elle.

— L'un des gommiers de la parcelle de Herr Nussbaum.

Alors que les femmes s'en allaient vers le centre du village et que Thea bifurquait en direction de la parcelle de ses parents, j'ai reconnu non loin des bruits de scie qui se réverbéraient dans l'air. Thea s'est arrêtée devant la clôture. La plus petite des sœurs gommier s'était fracassée par terre avec une telle force que ses branches énormes s'étaient plantées en profondeur dans le champ de blé ; on aurait dit une charrue abandonnée. La base de ses racines était dressée en l'air, nue au milieu d'une masse de terre emmêlée. Matthias, papa, Samuel Radtke et Hans étaient déjà à pied d'œuvre pour détailler des tronçons. Ma mère transportait les branches les plus petites en fagot hérissé de feuilles mortes pour le feu.

Ma sœur gommier. L'arbre que j'avais été. Je me suis arrêtée près de Thea et me suis souvenue de ces rivières de sève qui m'avaient parcourue. J'ai senti, aussi, la chute de l'arbre comme si ce souvenir était imprimé en moi. La terre qui s'éventre, un grand fracas sous lequel les oiseaux s'envolent en criant. J'ai imaginé la vibration de mes propres os, les ai sentis se réduire en poussière.

Tout cela à cause de moi.

La branche cassée. Les pousses d'oignon flétries. Et, maintenant, ma sœur gommier. Ces arbres et ces plantes qui m'avaient acceptée, accueillie, permis de sentir à nouveau l'exaltation d'être, de boire de la lumière et de grandir, mon absence de vie les avait empoisonnés.

Je repensais aux banksias et aux arbres à thé, et aux eucalyptus qui bordaient le chemin que j'avais emprunté pour traverser la chaîne de montagnes. Après la découverte de ce premier arbre, je m'étais unie à eux, un à un, pour veiller depuis les cimes sur Thea, pour l'aimer avec des feuilles et des fleurs et des noix de gommier. Étaient-ils tous morts eux aussi ?

Je l'ignorais.

cochon

Matthias et Augusta ont été mariés par le pasteur Flügel sous les deux sœurs restantes, sur la parcelle de mon père. Des tronçons ou de grosses branches de l'arbre mort servaient de bancs pour les invités, séparés en deux groupes, les hommes d'un côté, les femmes de l'autre. J'ai grimpé sur l'une des branches basses et tortueuses d'un des gommiers pour regarder Augusta, dans sa plus belle robe noire, marcher vers mon frère, emmenée par Christian Pasche puisqu'elle n'avait pas de père. Matthias portait lc pantalon du dimanche de papa, et j'ai souri en imaginant ma mère raccourcir l'ourlet pour l'adapter à sa stature, plus petite. Tandis que le pasteur conduisait la longue et morose cérémonie, j'ai cueilli des feuilles sur le gommier et les ai jetées, tourbillonnantes, sur les mariés, pour les bénir tous les deux.

Matthias, puisses-tu apprendre à l'aimer, ai-je pensé.

Et qu'elle apprenne à t'aimer en retour.

Du lard et des abats.

Puis j'ai arraché les étamines des fleurs et je les ai lancées en l'air. *Et, si vous ne vous aimez pas mutuelle-*

ment, j'espère que vous serez heureux grâce à ce que vous donnera la terre. J'espère que tu seras heureux, mon frère.

— « Deux valent mieux qu'un, a entonné Flügel, parce qu'ils retirent un bon salaire de leur travail. Car s'ils tombent, l'un relève son compagnon ; mais malheur à celui qui est seul et qui tombe, sans avoir un second pour le relever. »

Matthias a levé les yeux vers les grands arbres et, dans l'esquisse d'un sourire, j'ai aperçu ses dents écartées. Un souvenir de lui me postillonnant dessus à travers ses dents tant il riait fort m'est soudain revenu. J'ai dû agripper la branche afin de ne pas tomber dans le puits d'amour qui soudain s'était ouvert sous mes pieds.

J'espère que tu trouveras le bonheur auprès d'elle, mon frère, ai-je soufflé, et sur ma langue mes larmes avaient le goût du sel.

Le petit déjeuner de mariage était composé de perroquets bouillis et de pommes de terre nouvelles, mangés sur des draps et des nappes étendus par terre, sous les arbres. À Kay, même par temps de vache maigre, les banquets de noce avaient toujours été fastes. Soupe d'abats et de vermicelles, poulet, oie et canard. Vin et bière, et gâteaux aux prunes tièdes si les fruits étaient de saison. Pourtant, Matthias semblait satisfait, suçant ses petits os de perroquet à côté d'Augusta, qui tenait Wilhelm sur ses genoux. C'était une journée chaude. Les insectes chantaient dans les blés. Au-dessous de moi, Gottfried Volkmann monopolisait la parole au milieu d'un groupe d'hommes, laissant échapper de ses lèvres violacées la fumée de sa pipe.

— La piste passe juste devant ma porte, voyez-vous ? disait-il. Tous ces hommes, toutes ces bêtes en route pour Melbourne ! Et que boivent-ils ? L'eau de notre crique. Et que mangent-ils ? Toutes les cochonneries qui traînent au fond de leur besace. J'aurais été bien bête – non, ç'aurait été une offense à Dieu de ne pas tirer parti d'une telle occasion !

— Mais sais-tu seulement en quoi consiste le travail d'un tavernier ?

— À servir du bon et du chaud ! s'est exclamé Gottfried.

— Mais si ton entreprise ne fonctionne pas ? De quoi te nourriras-tu pendant que tu déboiseras ta parcelle ?

Gottfried a souri en désignant les arbres.

— Je n'aurai qu'à passer un an de plus à faire bouillir ces petits oiseaux bruyants. Plus j'en mangerai, plus mes oreilles auront la paix ! Mais tous ces éleveurs me jetteront leurs shillings. Avez-vous déjà goûté le pain d'Eleonore ?

Dans l'assistance, certains ont levé les yeux au ciel alors que Gottfried, un grand sourire aux lèvres, regardait autour de lui. Puis il a désigné quelque chose du bout de sa pipe en haussant les sourcils : il regardait, ainsi que d'autres hommes, Hans rejoindre Thea, à genoux sur une couverture à côté de Henriette.

Quelque chose en moi s'est figé. Je me suis sentie sombrer dans une mare alors que, dans ma tête, tout s'éclairait brusquement. Puis, prise de panique, je me suis accrochée à l'arbre et j'ai dégringolé, atterrissant par terre pour me jeter sur Thea au moment même où j'entendais Hans lui proposer de venir se promener un peu avec lui. Je l'ai ceinturée par la taille, tirée vers moi.

— N'y va pas, ai-je soufflé dans son oreille.

Henriette a donné un coup de genou amical à Thea.

— N'y va pas. Par pitié.

Mes lèvres étaient posées sur son lobe.

Thea s'est mise à triturer la couture de la couverture en rougissant.

— Si tu veux, a-t-elle murmuré.

— Pardon ? lui a demandé Hans. Excuse-moi, mais tu parles si bas aujourd'hui.

Ne t'approche pas d'elle, ai-je pensé. Je fulminais. Il me semblait être une tache noire entre eux. Et, tandis que les femmes échangeaient des sourires malicieux, j'ai foudroyé Hans d'un regard noir corbeau jusqu'à ce qu'il se tourne vers l'endroit où je me tenais.

— Qu'y a-t-il ? a demandé Henriette en se retournant.

— Rien, a-t-il répondu.

— Elle disait qu'elle serait ravie de se promener avec toi, a déclaré Henriette en serrant le coude de Thea.

Christiana les fixait du regard, la bouche ouverte.

Hans s'est un peu redressé.

— Merci. Avec plaisir.

Il est resté campé là encore quelques atroces instants avant de s'incliner et de reculer, s'éloignant des regards complices qu'échangeait le groupe de femmes. Henriette, exaltée, a tiré plusieurs fois sur la robe de Thea tandis qu'elle se levait, avant de laisser Hans la conduire vers le point d'eau.

Je ne pouvais plus bouger. Tout mon être vacillait, je me dissolvais dans la trame des couvertures étalées sous moi, dans la chaleur du soleil, l'ombre pommelée de mes deux sœurs gommier. J'ai regardé mon corps : des graines d'herbes tombaient de mes cheveux, et mes orteils se désagrégeaient dans le sol. Ma peau était couverte d'eau et les filaments blancs et fins du mycélium s'enroulaient lentement autour de mes genoux. Je me décomposais dans la terre.

Puis je me suis levée. J'ai couru après eux. Je voulais sentir de la force, sentir les coups puissants de mes pieds sur le sol, et mes bras brandis en l'air comme si je m'échappais d'un incendie, comme si je courais pour sauver ma vie. Je voulais faire le tour du monde et ne jamais m'arrêter. Je voulais de la distance et de l'oubli parce que tout cela me dépassait, voir cette femme que j'aimais, pour qui j'aurais saigné, être entraînée vers une vie dans laquelle je n'avais pas ma place. Comment allais-je la veiller la nuit avec un mari ? Je ne pouvais pas rester assise là et le regarder dormir à côté d'elle. Je ne pouvais pas la regarder lui servir son dîner, lui verser son café. La souffrance allait être réelle si je devais aimer Thea alors qu'un autre entrait dans sa vie. Elle allait m'oublier. Une autre vie de femme allait s'ouvrir à elle et lui faire abandonner tous les traits de celle qu'elle n'avait jamais pu être, tout ce qu'elle avait gardé de moi et ce que j'avais été pour elle.

Je me suis arrêtée, chancelante, juste avant le point d'eau. La puissance de ma course faisait encore vibrer mes talons, mes chevilles saignaient, et le sang se dissipait dans l'air, en vapeur.

Au bord de l'eau, Hans et Thea contemplaient le reflet du ciel et des arbres. Thea, d'un air distrait, tirait sur les touffes des roseaux pendant que Hans lui parlait, les mains enfoncées dans les poches.

— Tu es une fille que le travail n'effraie pas, une fille respectable…

De l'eau salée est montée dans ma gorge, une marée qui m'a noyée jusqu'à la moelle.

D'un air hésitant, Hans a souri à Thea.

— La terre est bonne ici, mais elle ne m'appartient pas. Je suis un homme maintenant. J'aimerais bâtir ma propre vie. Et il me faudrait quelqu'un pour… Eh bien, pour tenir mon foyer. Pour…

Il s'est éclairci la gorge et a ôté son chapeau.

— Thea, je sais…, a-t-il tenté de poursuivre. Je sais que des soupçons pèsent sur ta mère. Je sais que certains se réjouiraient de voir ta famille perdre sa place au sein de la congrégation. Perdre sa parcelle…

Thea s'est raidie, les lèvres entrouvertes. Elle avait soudain compris. Je voyais ce qu'elle pensait, je voyais la tempête sous sa peau. Je la connaissais ; je savais ce que voulait dire cette immobilité.

— Thea, je serai bon avec toi, a-t-il ajouté d'une voix douce, les yeux baissés vers l'eau qui s'étalait devant eux. Ils ne pourront pas vous chasser, a-t-il dit en passant une main dans ses cheveux. Mon père est un Ancien. Il…

Hans a soupiré.

Thea a levé les yeux vers lui, l'a dévisagé.

— Nous pourrions être de bons amis, a-t-il dit.

Thea a jeté en l'air les touffes de roseau. Les graines ont volé avant de retomber sur la pellicule d'eau.

— Es-tu en train de me demander en mariage, Hans ?

— Me suis-je ridiculisé ?

— Non.

La voix de Thea était si faible que je n'étais même pas sûre que Hans puisse l'entendre. Mais un sourire s'est dessiné sur ses lèvres.

— Acceptes-tu ?

Thea a hésité.

Je me brisais. Je me délitais. La mer me balayait.

Thea a hoché la tête.

Hans a ri et jeté son chapeau, le rattrapant juste avant qu'il ne tombe dans l'eau.

— Mieux vaut y retourner, a-t-il dit avec un grand sourire. Ils vont finir par se poser des questions !

— Je te rejoindrai. Pars devant. Je...

Thea a indiqué d'un geste qu'elle voulait continuer à marcher.

— Est-ce que tout va bien ?

— Oui.

Elle lui a souri et j'ai pensé que je ne l'avais jamais trouvée si belle. Je me brisais.

Hans l'a quittée à contrecœur, se retournant une dernière fois pour lui sourire encore et lancer son chapeau en l'air avant de disparaître au coin du chemin.

Une fois seule, le sourire de Thea s'est envolé. Elle regardait ses doigts tremblants. Elle se retenait de pleurer.

Et puis, alors que je m'apprêtais à la toucher, à la serrer contre moi, à me rassurer par sa proximité, par l'odeur de sa peau, elle est partie en courant, dans l'eau, laissant bouffer son jupon autour d'elle. Son visage a disparu sous la surface, puis est ressorti. Elle soufflait, la poitrine secouée par des sanglots. Ses cheveux mouillés luisaient sur son front, dans le reflet dérangé des eucalyptus et des roseaux.

Je n'aurais su dire si elle pleurait de joie ou de peine. Mon propre cœur était brisé.

J'ai marché. Je me suis éloignée du point d'eau, de la noce, des champs de blé. J'ai marché jusqu'à ce que le crépuscule tombe, gravissant la colline, m'éloignant du village, sans savoir où j'allais, écoutant seulement ce besoin impérieux de bouger, de fuir. J'ai parcouru, titubante, le bush qui s'étirait par-delà Heiligendorf jusqu'à ce que la nuit se soit installée, puis je me suis écroulée par terre, recroquevillée sur moi-même. Ma souffrance était telle que je me sentais sur le point de me déchirer, comme si ma peau allait se crever et mes entrailles se déverser comme des plumes. *Thea ne t'aime pas comme tu l'aimes*, me disais-je. *Thea ne t'aime pas. Elle ne t'aime pas.*

Et pourtant, et pourtant.

Encore et encore, le souvenir me revenait de ses bras qu'elle jetait autour de moi, de son rire qui m'enchantait autant que la vision des reflets du soleil sur l'eau. Du soleil qui nous chauffait les épaules. De nos mains brunies par l'été, de ses doigts entrelacés aux miens. De son visage lorsqu'elle s'était penchée vers moi dans la forêt.

Elle m'avait embrassée.

Une image soudaine de Thea dans notre couchette, dans le noir, m'a brûlé tout le corps. Aucune d'entre nous ne parlait, nos têtes étaient si proches que je sentais son souffle sur ma peau. Thea faisant lentement glisser son doigt sur ma joue, puis sa langue.

— Sel.

Un mot, murmuré, chaud et précieux. Le matin venu, je m'étais réveillée le cœur battant, en me demandant si tout cela s'était réellement produit, incapable de le lui demander, ces images comme un nœud en moi, si serré que je me sentais pétrifiée, ligotée, en attente.

Ses mains, furtives, exquises, sur mon corps dans le noir du bateau.

Je me sentais trahie et honteuse, et plus sûre de rien. L'idée de son mariage avec Hans me donnait l'impression profonde d'être oubliée.

L'aube s'est levée. Le soleil fendait la terre quand, à la périphérie de ma vision, j'ai aperçu derrière un gommier bleu une créature noire qui tenait dans sa gueule une chose mouillée, couverte de plumes.

La chatte de Hans, ai-je pensé.

Elle m'a regardée, tout en faisant onduler un grognement au fond de sa gorge, puis a disparu dans les broussailles.

Dans ma tête, l'océan s'est soulevé. J'ai songé à mes os dans cette immensité glacée, et quand l'obscurité est retombée je l'ai laissée m'emporter.

C'était la première fois que je montais là-haut, où je suis aujourd'hui, attendant que vienne la fin.

L'été s'est poursuivi malgré mes souffrances continuelles, lancinantes. Je pleurais de savoir mon cœur brisé ; à Heiligendorf, chaque maudite heure n'était plus remplie que par le travail de la congrégation. Et, à mesure que s'écoulaient ces jours où je me consolais seule en chantant des lamentations sous le vent, dans les feuilles écailleuses de chênes-féminins, consciente que je leur faisais du mal mais incapable de m'en soucier, dans la congrégation le moral a commencé à remonter.

Les vaches donnaient de bonnes quantités de lait et le vert des champs de blé s'est transformé en or. Le travail hors du village – tonte, lavage du linge, installation de clôtures – remboursait tranquillement la dette collective et, quelque temps plus tard, les abris de fortune, faits d'arbrisseaux, ont été remplacés par la charpente en gommier rouge des *Fachwerk*, comblée par de l'argile. Les tronçons taillés par les herminettes étaient transformés en chaises ou en tables, et dans les enclos le bétail foulait désormais de l'herbe verte. Matthias s'est servi du bois de ma sœur gommier pour entamer la construction d'une maison pour lui et Augusta. Sous l'œil attentif de Mutter Scheck, des puits étaient creusés et Samuel Radtke s'est lancé dans la fabrication d'une réplique de la charrette qu'il avait à regret abandonnée à Kay.

Je regardais tout cela sans jamais quitter l'orbite de celle que j'aimais.

Ne trouvant pas judicieux d'installer un *Schwarzekuche* dans un pays si chaud, Anna Maria a embarqué Thea dans la construction d'un four et d'un fumoir à l'arrière de leur maison, en coupant des branches tordues qu'elles mélangeaient à des pierres et à une boue épaisse qu'elles faisaient ensuite durcir sous le feu.

— Mieux vaut que je t'apprenne ces choses dès à présent, lui disait-elle en raclant la cendre sur le bois brûlé. Sous peu, tu auras ta propre maison. Quand est prévue la prochaine visite du pasteur ?

— Ce vendredi, a répondu Thea en retirant des croûtes de boue collées sur ses poignets. Hans en profitera pour aller lui parler.

— Comment te sens-tu ?

Thea a haussé les épaules.

— Tu ne me parles plus comme avant, a ajouté Anna Maria.

Thea l'a rejointe, l'a enlacée et a posé la tête contre son dos.

— Il n'y a rien à dire, a-t-elle murmuré.

Ce vendredi soir là, Thea et Hans se sont rendus à l'église. Ils sont restés, hésitants, devant la porte en attendant que Flügel sorte et serre la main de Hans.

— Entrez, leur a dit le pasteur en retournant à l'intérieur.

Il s'est assis sur une chaise entre les bancs. Le ventre noué, j'ai pris place à côté de Thea. Elle était nerveuse – je le voyais à sa mâchoire, à la manière dont elle appuyait les pieds contre le sol –, mais je ne parvenais toujours pas à savoir si cet état était dû à la peur ou à l'excitation.

Le pasteur s'est penché en avant, regardant tour à tour Hans et Thea.

— Vous souhaitiez me parler ?

Hans s'est éclairci la gorge.

— Merci, pasteur. Nous voudrions nous marier. À l'automne, a-t-il ajouté. Après les récoltes.

Flügel lui a souri.

— Vous voudriez vous marier. Nous allons donc accomplir les quelques formalités d'usage, a-t-il répondu avant de se lever pour s'en aller chercher une feuille de papier, un stylet et de l'encre sur l'écritoire, dans un coin de la salle. Noms de baptême complets ?

Hans a jeté un coup d'œil enthousiaste à Thea.

— Hans Reinhardt Pasche.

— Et la future mariée ?

— Dorothea Anna Eichenwald.

J'ai posé les pieds sur le banc à côté de Thea.

— Noms de vos pères respectifs ?

— Son père se nomme Friedrich Eichenwald, et le mien est un Ancien, Christian Gottfried Pasche.

Le pasteur a levé les yeux de sa feuille.

— Est-ce une union souhaitée par vous deux, de plein gré, avec votre volonté pleine et entière ?

— Oui, a répondu Hans.

— Dorothea ?

— Je consens.

— Êtes-vous restés chastes ?

Le rouge est monté de la gorge de Thea à ses joues. Elle a baissé les yeux vers ses mains croisées. Hans semblait mal à l'aise lui aussi.

J'ai repensé au baiser qu'elle m'avait donné dans la forêt. J'ai repensé au *Kristi*, à sa langue goûtant le sel sur ma peau.

Thea a répondu par un hochement de tête imperceptible.

— Et toi, fils ?

— Oui.

Flügel, ensuite, a semblé hésiter, puis a regardé Thea d'un air grave.

— Si personne ne s'oppose à l'annonce des bans et que ce mariage est prononcé, chacun de vous doit comprendre qu'il vous sera demandé de vous comporter en vertu des principes de l'Église et de porter la foi de la congrégation.

— Oui, pasteur, a répondu Hans.

— Dans ce cas, je vous donne ma bénédiction et serai honoré de conduire votre union.

Il s'est adossé sur sa chaise et, se tournant de nouveau vers Thea, a ajouté :

— Je me dois de te le rappeler, ma chère : « La crainte n'est pas dans l'amour, mais l'amour parfait bannit la crainte ; car la crainte suppose un châtiment, et celui qui craint n'est pas parfait dans l'amour. »

— Merci, Pasteur Flügel.

— Que le Seigneur vous bénisse tous les deux.

Ce dimanche-là, je me suis installée par terre devant l'église, le visage tourné vers les nuages qui striaient le ciel d'été, et j'ai écouté l'office. Quand la congrégation a entonné les cantiques, j'ai fermé les yeux et imaginé d'autres mots sur ces harmonies, et, tandis que je fredonnais, la terre s'est mise à vibrer et mon être, lui aussi, a frémi. Je me sentais comme tirée hors du temps. J'étais une feuille de papier qu'on déchire ; je tombais, délicieusement, en cendres. Mais le chant est arrivé à sa fin et j'ai entendu le pasteur clore la prière. Plongée dans une sorte de délire, je me suis dirigée vers la porte de l'église restée ouverte à cause de la chaleur.

Rangées de bonnettes et de chapeaux. Nuques brûlées par le soleil sagement alignées. Tous tournés vers le pasteur Flügel, qui sous sa robe noire faisait rouler ses épaules. La peau de sa gorge était serrée dans son *Bäffchen* blanc amidonné.

— Quelques annonces, à présent, a-t-il dit en propulsant sa voix jusqu'aux derniers rangs. Certains commencent à avoir du retard sur le remboursement de la traversée. Il leur est demandé de procéder au paiement le plus rapidement possible, ou de présenter leurs excuses publiques : les concernés sont Herr Pfeiffer et Herr Kirschke.

Emilie Pfeiffer s'est enfoncée sur son banc.

— J'annonce également les bans pour le mariage de Hans Reinhardt Pasche et Dorothea Anna Eichenwald, de Heiligendorf.

Un léger mouvement a agité la salle. Christiana s'est retournée vers Hans. On aurait dit qu'elle venait de recevoir une gifle.

— Si quelqu'un parmi vous souhaite s'opposer à l'union de ces deux personnes par les saints sacrements du mariage, qu'il parle à cet instant. Il s'agit d'une première demande.

Je me suis avancée dans l'église au milieu des rumeurs de l'assistance. Mes os se défaisaient de mes ligaments.

— Moi, ai-je dit. Je m'y oppose.

J'ai traversé l'allée et me suis arrêtée près de Thea. Tournée vers le pasteur, j'ai dit :

— Ils ne peuvent pas se marier car…

Le pasteur a souri.

— Fort bien.

— … nous sommes promises l'une à l'autre.

J'ai voulu toucher Thea et, ce faisant, le bruit de l'océan, d'abord ténu, puis se transformant en rugissement, s'est élevé. La lumière qui filtrait dans l'église est devenue obscurité. Je me suis retournée au moment où une vague déferlait sur la congrégation, balayait les bancs, se soulevait en une masse avant de s'abattre sur moi comme un mur et de me noyer.

Je me suis réveillée à côté de ma mère, trempée et grelottante, des algues emmêlées à mes jambes. J'étais dans la maison de mes parents et maman se tenait par terre, à genoux, à mon côté, devant le coffre ouvert rapporté du *Kristi*. J'ai retiré les algues collées à mes pieds et je me suis assise sur leur lit en la regardant se pencher sur le coffre et en sortir le rouleau d'étoffe noire qu'elle avait prévu pour ma robe de mariage. Elle l'a posé sur ses cuisses et, brusquement, le chagrin lui a déformé la bouche. Mais, même dans la solitude, elle n'a pas laissé résonner le son de ses propres larmes.

Puis, tout à coup, maman s'est levée, a lissé ses cheveux de sa main libre avant de sortir de la maison.

Mon père était assis près du feu, sous le ciel cerise qui s'étalait derrière lui. Il mangeait quelque chose qu'il piochait dans un bol posé en équilibre sur une de ses cuisses, tandis que Hermine était assise sur l'autre.

— Qu'en penses-tu, Heinrich ?

Papa a levé les yeux de son repas, s'est essuyé la barbe du revers de la main. Il est resté silencieux un long moment.

— Ne devrait-on pas le garder pour Hermine ? a-t-il demandé en lui tapotant doucement le nez du bout de sa cuillère.

— Il aura été dévoré par les mites quand viendra le moment.

— Et pour toi ?

Maman a passé la main sur les froissures du tissu.

— Non. Pas ça.

Je l'ai suivie jusqu'à la cabane des Eichenwald. On aurait dit que Thea l'attendait. La toile qui leur servait de rideau était tirée et, le temps d'un lourd instant, Thea a considéré ma mère.

— Frau Nussbaum.

— Prends-le, Thea, lui a dit ma mère d'une voix hachée. Pour ton mariage.

Thea avait la mine grave.

— Je ne sais pas… Pensez-vous que…

— J'en suis sûre, a répondu maman en lui tendant le rouleau de tissu. Je ne serais pas là, sinon.

Ma mère et Thea sont restées ainsi, l'une en face de l'autre, un long moment.

— Bien, a fini par dire maman en s'essuyant les mains sur son tablier. Mieux vaut maintenant que je…

— Elle me manque terriblement, a alors dit Thea en serrant l'étoffe contre sa poitrine. J'espère que tu le sais.

Les lèvres de maman ont tressailli.

— Comme j'aimerais qu'elle soit là ! Je pense à elle chaque jour et parle d'elle dans mes prières.

— Eh bien, c'est pour cette raison que j'ai pensé que tu aimerais que je te donne cette étoffe.

— Oui. Elle m'avait dit que tu l'avais emmenée.

Maman a baissé les yeux vers ses mains vides.

— Merci, lui a doucement soufflé Thea.

Maman s'est avancée vers elle et, furtivement, brusquement, a posé un baiser sur son front, si fort qu'une marque rouge est restée.

— Félicitations, lui a-t-elle dit en jetant ce mot pardessus son épaule, car elle s'était déjà retournée.

Thea a déroulé l'étoffe sur le lit de ses parents, puis promené la main dessus pour en lisser les plis. Je l'ai regardée se coucher dessus. Sur le noir du tissu, on aurait dit de l'or.

— Hanne.

Je me suis rapprochée. Elle était si belle. Je l'imaginais déjà dans sa robe noire, des feuilles de myrte dans ses cheveux blancs comme la fumée.

— Je vais me marier, a-t-elle murmuré.

C'était la première fois qu'elle me parlait depuis qu'elle avait accepté la demande en mariage de Hans. J'ai grimpé sur le lit à côté d'elle, et posé la tête près de la sienne. Elle s'est tournée vers moi. Nos fronts se touchaient, nos corps placés en miroir. En cet instant saint, tout était comme avant : nous deux seulement, et l'univers tout entier arrêté à la frontière de nos corps recroquevillés.

Les bans ont été lus pendant les deux offices suivants. Chaque fois, je me suis opposée à cette union. J'aimais Thea. Nous nous étions données l'une à l'autre, nous avions scellé un accord, devant les arbres témoins. Nous nous sommes mariées toutes seules, ai-je dit à la congrégation. Demandez à la forêt. Demandez aux lattes du bateau. Vous trouverez notre signature dans les lamelles grises des champignons. Dans l'air salé de la mer.

Personne n'a rien dit. Chaque fois, l'océan venait me réclamer.

Je me suis réveillée là, où je suis assise en ce moment, dans le bush, au milieu des branches mortes et des broussailles. J'ai posé les mains sur des arbres si grands qu'ils semblaient avaler le temps et, me dressant face à leur imposante masse, j'ai pleuré pour moi-même.

Ces arbres étaient beaux et rugueux et indociles. *Tu ne sais rien*, me disaient-ils, mais sans méchanceté. Ils n'étaient pas indifférents.

Quelques semaines avant le mariage, Hans est allé dire aux Eichenwald que son père avait accepté que l'on égorge un cochon pour offrir un banquet digne à la congrégation.

— La ferme se porte bien, a-t-il expliqué à Friedrich et Anna Maria. Et il fait moins chaud à présent. La tuaille aura lieu demain après-midi s'il ne pleut pas.

Puis il s'est tourné en souriant vers Thea.

— Venez, s'il vous plaît. Venez tous. Toi aussi, Anna Maria. Rosina se plaint d'être la seule femme à la maison.

J'ai jeté un coup d'œil à Thea, dont le visage s'était voilé.

— Bien sûr, a répondu Anna Maria avant de sourire à sa fille. Lard, *Wurst*, pain frais et *Sauergurken*. Oh, ce sera presque comme autrefois !

— Et pas de perroquets, a plaisanté Hans.

— Pas de perroquets ! Oh, Friedrich, te souviens-tu de cet oiseau aux plumes blanches ?

— Le cacatoès ?

— On aurait cru manger de la corde.

Friedrich a levé une main vers le visage livide de Thea.

— Tu sais, Hans, Thea n'aime pas beaucoup la tuaille. Elle est assez sensible à ces choses-là.

Le visage de Hans s'est fermé.

— C'est à cause du cri, a commencé Thea. Il me…

— Elle viendra, a annoncé Anna Maria. Et dis à Rosina qu'elle peut compter sur mon aide, bien sûr. Remercie Christian pour sa générosité. Thea ne voulait pas se montrer impolie.

Elle a donné un petit coup à sa fille.

— N'oublie pas que tu élèveras dans peu de temps tes propres cochons.

Cette nuit-là, je suis restée couchée près de Thea. Je l'ai regardée allongée, le regard rivé sur le chaume du toit. J'ai tracé du bout du doigt la courbe de ses sourcils, les tendres rais au coin de ses yeux. J'essayais de l'imaginer vieille dame, le visage ridé, les cheveux tout blancs.

Nous nous verrons tous les jours. Nous serons assises côte à côte à l'église.

Elle a poussé un soupir.

— Hanne ?

Je donnerai ton prénom à ma fille.

J'ai fermé les yeux, le cœur lourd.

— Tout cela me semble si étrange.

— Le cochon sait que tu l'as trahi, ai-je soufflé.

— J'ai l'impression de ne plus savoir qui je suis. Il n'y a personne ici pour me rappeler qui je suis.

Sa voix était un murmure chaud dans la nuit.

— Je t'aime, Thea, ai-je chuchoté. Et je sais qui tu es.

Le lendemain, Christian Pasche s'est détourné de la pierre sur laquelle il aiguisait son couteau pour saluer les Eichenwald à leur arrivée devant sa cour.

— Ce sera lui, a-t-il annoncé en pointant sa lame sur un gros cochon aux poils longs et drus, mis à l'écart des autres. Hans !

Hans est sorti de la maison, suivi par Rosina.

— Eh bien, tout le monde est prêt ? a-t-elle demandé.

Christian a testé la lame sur les poils de son bras.

— Prêt, a-t-il marmonné.

Rosina a donné un fouet à Anna Maria puis fait signe à Thea de s'approcher pour prendre le seau à ses pieds.

Thea n'a pas bougé. Livide de peur, elle s'était éloignée de la porcherie.

— Thea, a dit Anna Maria sur un ton patient.

— Je me sens un peu…, a-t-elle répondu en secouant la tête.

— Ramasse ce seau, a dit Anna Maria.

Thea s'est exécutée, sans quitter le cochon des yeux. Un souvenir d'elle, sur le *Kristi*, m'est revenu.

Hanne, parle-moi. Chante-moi quelque chose. Dis-moi quelque chose.

Alors je me suis mise à fredonner. J'ai laissé ma voix se joindre au chant qui provenait de la terre, note mélodieuse et ancestrale, puis je me suis tournée vers la bête, dont les cris s'élevaient de l'échine comme une vapeur. *Ode à la chaleur de ses frères ventrus, aux reniflements mouillés des groins sur les mamelles de mère truie.* J'ai fredonné et, ce faisant, senti quelque chose se dissoudre. Un vacillement se produisait en moi. Tout s'est brouillé, à l'exception du cochon, qui m'apparaissait avec une exceptionnelle netteté. Je distinguais sous le soleil chacun de ses poils drus, voyais se dilater ses petites pupilles. Le brillant du groin. Iridescent, le cochon était là, devant moi, courant, fuyant à présent. Et, tandis que je m'effaçais dans l'air, le cochon prenait de plus en plus de place. Je ne le voyais plus seulement, mais l'entendais aussi comme je n'avais jamais entendu. Le martèlement de son cœur, oui, mais aussi le sang qui déferlait dans ses veines, les gargouillements de son ventre vide. J'entendais ses tendons et les claquements de la boue entre ses pieds et l'air qu'aspiraient ses poumons. Respiration apeurée. Je me suis alors concentrée dessus, sur cette peur qui traversait le cochon. Cette peur que je partageais avec lui. Notre peur. Et, tout à coup, ces petites pupilles sont devenues les miennes, et nous avons vu s'approcher la boue et des mains, senti notre chaleur se battre avec le froid de l'automne.

J'étais devenue cochon.

Nous étions cochon.

Nous avons cessé de courir. Nous étions merveilleux.

Nous étions une masse, et cette masse était bonne. Sur notre ventre, la boue luisante était un coup de langue frais et béni. Nous voulions continuer. Continuer à nous rouler dedans, à sentir l'exquise humidité de la terre sur notre corps. Et ces odeurs ! Nous sentions tout. Odeurs de l'humus et des lichens dans des recoins obscurs. De l'eucalyptus épicé brûlant sous les chaudrons emplis de céréales qui éclataient. Le soleil avait une odeur d'herbe, sentait la vie. Peau et lait caillé – quel bonheur ! Bouillie de légumes aigres, haleines humaines, vers de terre. Fumée. Argile et roche fendue.

Il y avait des rires et des exclamations. Et puis ces mains nous ont attrapés et l'euphorie m'a envahie. Des mains, des mains humaines ! Être touchée. Cela faisait si longtemps. Et puis les larmes. De vraies larmes au contact de ces bras musclés qui nous entouraient. Je me souvenais du contact de la peau, de la petitesse de ma main dans celle de mon père, de l'épaule de Matthias contre la mienne dans la charrette. J'étais profondément heureuse de sentir la vie d'une autre personne, pressée là sur notre corps de cochon, et j'ai compris alors quelle soif m'habitait depuis ma mort : soif de toucher et d'être touchée. Comme le contact de cette chair était bon !

Nous avons regardé les visages des gens. Ils étaient tous si beaux. Des fronts brillants sous la lumière feutrée de l'après-midi, des poitrines qui se soulevaient au rythme des respirations. Des mains qui nous caressaient les flancs. Le plaisir était partout. Il y avait Hans. Il a regardé Thea, lui a souri, a haussé les épaules. Nous n'avions aucune raison de vouloir fuir leurs caresses. Nous voulions que ce moment dure toujours. J'avais oublié combien les mains des hommes étaient grandes, quelle force renfermaient leurs paumes dures. Mais ils étaient doux avec nous. Ils étaient heureux de reprendre leur souffle. Hans a ramassé une corde et nous l'avons senti nous la nouer autour de la patte avant de l'attacher à la clôture. À cet instant, nous pensions qu'il n'avait aucun désir de nous faire mal.

— Gentil cochon.

Nous avons senti sa voix résonner sur ses mains. Il nous a gratté les oreilles et nous nous sommes penchés vers lui, l'avons senti vaciller, surpris par notre poids. Il y a eu des rires.

— On dirait que tu lui plais, Hans, a fait la voix de Friedrich.

Nous étions caressés, cajolés. Des ongles rongés grattaient notre corps splendide. Nous avons fermé les yeux. Extase. Être touchés par l'amour. Notre groin se remplissait de toute l'âme de la terre. Nous avions une envie soudaine de lait.

Et puis quelque chose de vif, de gris. Notre tête. Nous étions devenus muets. Un flou soudain, la surprise, blanche et chaude, vive, tranchante, devant notre gorge, et le monde se renversant et notre visage couvert de rouge et de chaud. Du métal, un jet. Des gouttes. Un seau. La vision furtive du bras blanc d'Anna Maria commençant à faire tourner le fouet.

oblitération

Je me suis réveillée et il faisait nuit. La terre était humide. J'étais dans la porcherie.

Ces derniers instants se rejouaient en moi comme une note de musique mourante. Le sang s'égouttant du bout de notre groin et la panique. Les yeux écarquillés de peur, puis les battements du vertige. Le souffle de plus en plus court. Et puis l'immolation.

Le cochon et moi, ensemble. Pas partis, puis partis. Cédant.

Quelle paix ! Quel absolu abandon !

Autour de moi, dans le noir, mes mains ont trouvé les petits poils drus. Les restes du corps que j'avais senti. De ce que nous étions.

Je savais ce qui était arrivé depuis que tout était devenu noir. Je l'avais vu bien des fois de mon vivant. Le sang fouetté dans un seau pour éviter qu'il ne coagule. La tête fendue, trempant dans l'eau sur la table de la cuisine. Les organes séparés dans des jarres à la gueule béante, recouvertes par des torchons pour les protéger de la poussière et des mouches. Les boyaux étalés entre des couches de sel, nettoyés, prêts à servir de gaine. Et le corps, sans tête, éviscéré, trempé. Séché et pendu.

Il y a eu un craquement. Je me suis retournée et j'ai vu un gros sac pendre sur un arbre, au bout d'une corde. La carcasse.

À l'intérieur de la toile, le cochon était frais et raide sous mes mains. Il n'avait plus rien à voir avec le cochon habité, qui n'était que vie, odeur et mouvement. J'ai posé la tête sur son dos qui se balançait, entouré ses côtes de mes bras. *J'étais moi aussi dans ces côtes*, ai-je pensé. *Je les ai fait bouger.* Je pleurais. Je pleurais comme si le corps que j'avais devant moi était le mien, et je pleurais, aussi, d'avoir été réellement morte pendant ces quelques heures, ne sachant plus rien de rien ; le soulagement m'avait alors envahie.

Je voulais mourir à nouveau.

Je l'ai dit tout haut. « Je veux mourir. » Je voulais sentir la mort déferler sur moi. À présent que Thea allait se marier, il n'y aurait plus rien pour moi dans cette entre-vie. *Je devrais être comme ce cochon*, ai-je pensé. Morte, attendant le son des trompettes et de retourner dans les tréfonds de la mer pour être jugée.

Les Eichenwald sont revenus le lendemain matin à l'aube, Thea les yeux gonflés et ses parents excités à la perspective du travail qui les attendait. La corde a été détachée. Ils ont emporté la carcasse sur leurs épaules. Je les ai suivis jusqu'à la maison, où ils l'ont déposée sur la table comme un corps avant la veillée funèbre, au milieu du chant des lames que l'on frottait sur la pierre à aiguiser.

Rosina avait encore les yeux ensommeillés. Ses manches étaient retroussées.

— Étrange créature, a-t-elle dit en grattant le gros grain de beauté qu'elle avait sur le bras.

— Comme je dis toujours, rien ne se perd dans le cochon, hormis ses cris, a fait remarquer Anna Maria.

— Ne trouves-tu pas curieuse la manière dont il s'est rué sur Hans ?

— Au moins, il ne criera plus.

— Tant mieux, a marmonné Thea. J'espère ne plus jamais avoir à entendre crier un cochon.

Je les ai laissés à leur rite viandeux.

Dehors, Georg et Hermann mettaient en route le fumoir. Les copeaux humides de gommier rouge pleuraient d'impressionnantes quantités de fumée ; leur odeur âcre dans l'air frais était une consolation. Le ciel était déjà clair, haut. Mais mes pensées n'étaient habitées que par cette mort. Et, avant elle, cette étrange dissolution du corps dans un autre corps. Je pouvais me glisser dans l'écorce d'un arbre. Pouvais-je me glisser aussi dans une peau ? Et si un arbre flétrissait, tombait malade, périssait à cause de moi, en était-il de même pour un animal ?

C'était un jour tranquille. J'ai laissé mes pieds me porter jusqu'à des broussailles restées intactes. Les Peramangk étaient occupés à creuser la terre dans une clairière semée de fleurs jaunes, à la recherche de ces tubercules auxquels Anna Maria avait pris goût. Deux femmes ont tourné la tête dans ma direction et, une fois encore, je me suis demandé si elles sentaient ma présence. J'ai pressé le pas pour me soustraire à leur regard. Je marchais d'arbre en arbre, sur la pierre, sur la terre, posant parfois les mains sur le sol, laissant le fredonnement de la nature me soulager. Plus je restais immobile longtemps, plus je voyais la vie. Les mouvements infimes des feuilles sur lesquelles cheminaient les fourmis, et les oiseaux – des oiseaux partout. Le ciel était un chœur. Les arbres un métronome grave et battant.

J'avais déjà entendu les arbres et les rivières et les champs, à Kay, mais ces bruits n'avaient rien à voir avec ceux que j'entendais à présent, tout mon être ouvert, attentif. J'écoutais la musique qui se déversait des feuilles, et puis les sons plus petits des insectes, du koala qui me scrutait derrière ses yeux mi-clos, blotti entre la fourche des branches d'un eucalyptus, et la danse papillonnante de la bergeronnette. Je chantais peut-être déjà bien de mon vivant, mais ce chant n'était rien en comparaison des harmonies qui s'échappaient de moi face à ces piaillements, ces pousses sortant de terre, ces lents déploiements de langue, la résonance des griffes, face au chant de la terre, au murmure de l'eau.

Au départ, tout était furtif ; un papillon qui passait. Mais la gravité me tirait vers le bas à chacun de ses battements d'ailes. Mon combat ne consistait plus qu'à chercher la suspension ; *Volerpourtomberpourvoler*, me disais-je avant de me retrouver par terre, les doigts doux comme de la poussière. J'étais une larve blanche ; il y avait cette faim. Et puis, à la tombée du crépuscule, le souvenir du cochon me rattrapait et, revivant la pression de la vie que j'avais brièvement sentie, je cherchais à la retrouver dans un aigle.

Un aigle dans le vent est un apôtre qui parle des langues que nous ne comprenons pas : touché par le Saint-Esprit comme lors de la Pentecôte.

Je me suis réveillée au milieu de corps inertes, aux ailes grandes ouvertes comme pour dire adieu au ciel.

Cet automne-là, quand les habitants de Heiligendorf se sont réunis pour égorger leurs cochons, pas une seule bête n'a crié. Chaque fois qu'était annoncée une tuaille, je dormais avec l'animal, lovée dans sa chaleur et sa boue et les reniflements de son groin, puis frissonnais le matin venu. Je nous sommais d'accueillir le couteau avec placidité. Même quand la lame mordait et que nous sentions la panique palpiter dans notre cœur de cochon, que nous voulions lancer des ruades et courir en hurlant face à la menace, je jugulais cette pulsion, nous nous soumettions et allions en silence. Je ne voulais pas qu'ils souffrent, et je ne voulais pas que Thea entende leurs hurlements.

J'ai pris goût à cette manière malsaine de me sacrifier moi-même. Une fois tous les cochons condamnés tués, j'ai habité les coqs dont personne ne voulait, les rares oies. J'allais jusqu'aux mains des femmes, je plaçais mon cou entre leurs doigts et fermais les yeux ; j'attendais qu'on le rompe. Je me disais que j'épargnais à ces bêtes de la peur et de la détresse. Mais voir la mort se refermer, voir cette oblitération : voilà ce que je recherchais en réalité. Oh Dieu, quel bonheur que cette brève immolation, ces instants qui m'ont fait oublier le mariage à venir et mon propre cœur souffrant !

J'étais à moi seule mon remède contre les montées d'amour constantes qui menaçaient de me faire suffoquer.

Lorsque Anna Maria et Thea confectionnaient la robe, le soir, éclairées par des chandelles autour desquelles dansaient les mites, je me laissais hypnotiser par les reflets de leurs aiguilles jusqu'à ce que, moi aussi, la lueur des bougies et le chant des mites finisse par m'étourdir. Ma tête se vidait alors de tout, hormis de l'euphorie que me procurait l'éclat de cette flamme. Oh, ce crépitement exquis ! J'étais un moustique qui attend, avide, la fatale tape.

Sottement, je croyais que ces minuscules, funestes retours à la vie passeraient presque inaperçus. Mais, les jours qui suivaient chaque *Schweineschlachten*, le seuil des maisons et la cuisine étaient tous emplis d'un émerveillement silencieux au souvenir de ces cochons morts sans un bruit. Peu après, le sujet était sur toutes les lèvres. J'errais autour des cercles d'hommes et de femmes qui se formaient après l'office du dimanche, et je les écoutais énumérer toutes les manières dont j'étais morte au cours de la semaine.

— Il était grand temps que nous plantions un if dans la cour de l'église, a fait remarquer Henriette en se penchant vers Christiana.

— Qu'est-ce qu'un if pour une sorcière ? a marmonné Christiana.

Plusieurs femmes, à côté, se sont tournées vers elle.

— Vous m'avez entendue. Ces morts ne sont pas naturelles. Qui parmi vous a déjà vu un cochon tendre le cou devant le couteau qui va l'égorger ? Un coq poser la tête sur le billot sitôt que la hache est sortie ?

— C'est étrange, je te le concède, a répondu Elize. Mais quel mal y aurait-il là-dedans ?

— Quel mal ? a répété Christiana. Cela montre que parmi nous certains savent ensorceler. Que dans cette congrégation certains possèdent des textes occultes.

Elize a soupiré.

— Nous savons très bien de qui tu veux parler.

— Je l'ai vue le donner à Thea ! s'est exclamée Christiana. C'est une bible de sorcière !

— Le livre dont tu parles est une encyclopédie des plantes médicinales, l'a coupée Elize. Pas de sorcellerie.

Elize a rougi en voyant les femmes se tourner vers elle.

— Je n'en possède pas moi-même. Mais... une amie de ma mère, dans ma jeunesse..., a-t-elle poursuivi en se tournant vers Christiana. C'est de cela que tu parles, n'est-ce pas ? Le Sixième et le Septième Livre de Moïse ?

— En effet. Et Dieu vous pardonne, toi et ta mère, Elize. Le pasteur a dit à maman qu'il avait brûlé des exemplaires de cet ouvrage. Qu'il comportait des conversations avec le diable.

Un silence gêné s'est abattu.

— Penses-tu que Thea Eichenwald soit en possession d'un tel ouvrage ? a demandé Emilie Pfeiffer.

— Elle ou sa mère.

Christiana a jeté un coup d'œil en direction de Hans et Thea, qui discutaient devant l'église.

— Elle a jeté un sort sur notre potager, a-t-elle repris. Et si elle peut ensorceler des bêtes, alors pourquoi pas des âmes humaines ?

Elize a secoué la tête.

— Arrête, Christiana. Le pasteur a parlé avec Anna Maria. Elle a nié être en possession d'un tel livre.

— Je ne suis pas une menteuse ! a rétorqué Christiana avant de prendre une profonde inspiration. Il y avait un livre. Il est caché ici, quelque part. Et lorsqu'on l'aura trouvé, le pasteur viendra s'assurer qu'il soit détruit. Il n'y a pas de place pour le diable à Heiligendorf.

Le lendemain matin, un coup discret à la porte a réveillé Thea qui dormait dans son lit, près du feu. Elle est allée ouvrir en chemise de nuit, drapée dans sa couverture, les yeux plissés dans l'obscurité. Il était très tôt. Personne n'était encore réveillé.

— Johanne ?

Ma mère est entrée, tenant son fichu serré sur sa tête. Elle a fermé la porte d'une main résolue.

Thea a jeté un coup d'œil vers celle qui ouvrait sur la chambre de ses parents.

— Faut-il que j'aille réveiller maman ? Veux-tu t'asseoir ?

— Non, a répondu ma mère. C'est toi que je suis venue voir.

— Oh, a dit Thea en fronçant les sourcils. Quelle heure est-il ?

— Tôt.

Maman a retiré son fichu. Elle s'est appuyée contre le bord de la table et a balayé la petite pièce du regard.

— C'est une belle maison que ton père vous a construite, a-t-elle dit. Même si j'imagine que dans peu de temps tu vivras chez les Pasche.

— Hans a construit une dépendance pour nous deux. Mais il espère acheter une terre à lui une fois que nous serons mariés.

Maman a hoché la tête.

— Assure-toi qu'il y aura une cheminée.

Thea ne comprenait pas.

— Et n'oublie pas de laisser quelques briques décollées, a ajouté maman en baissant la voix. Qui sait, tu pourrais avoir besoin d'une cachette ?

— Frau Nussbaum..., a bredouillé Thea en tirant sur une peau morte sur sa lèvre.

— Tu me comprends parfaitement. Je sais que tu me comprends.

Son regard était planté sur Thea.

— Quand le pasteur te rendra visite au matin, je suis certaine qu'il sera ravi de voir la belle maison que ton père a construite. Qu'il voudra tout examiner attentivement.

— Le pasteur est retourné à Neu Klemzig.

— Non. Pas du tout. Le pasteur Flügel va venir vous voir ce matin.

Ma mère a tapé des doigts sur la table.

— Et si vraiment tu ne m'as pas comprise, alors transmets ce message à Anna Maria. Même si je crois que tu tiens beaucoup d'elle.

Thea était livide.

— Elle m'a sauvé la vie, a poursuivi ma mère calmement. Et je crois qu'elle a essayé de sauver celle de ma fille.

Elle s'est arrêtée devant la porte avant de demander :

— As-tu terminé la robe ?

— Presque.

Maman a hoché la tête avant de s'engouffrer dans l'air froid. La porte s'est refermée derrière elle.

Le pasteur Flügel s'est présenté devant la petite maison des Eichenwald aux premières lueurs de l'aube et s'est invité à l'intérieur sans même laisser le temps à Anna Maria de l'accueillir. Thea ne lui avait rien dit de la visite de ma mère, si bien que sa surprise était sincère. Et, même si elle a tenté de ne pas le montrer, j'ai vu la peur s'emparer d'elle lorsque le pasteur lui a annoncé qu'il était venu chercher un livre qui, sur ordre de l'Église luthérienne, devait être brûlé. Quelqu'un avait ensorcelé les animaux. Assise à la table, Anna Maria cherchait le regard de Thea pendant que le pasteur regardait sous les lits, toquait contre les murs et ouvrait sa corbeille à pâte et les jarres en argile dans lesquelles elle faisait fermenter ses légumes. Thea était un calme lac d'innocence campé patiemment dans un coin de la pièce, les mains devant son tablier. Ce n'est qu'après le départ du pasteur, lorsque Anna Maria a fait volte-face vers elle, le visage rouge, que Thea a pointé du doigt le sol en terre sous ses pieds.

— Va chercher la pelle, lui a-t-elle dit.

Anna Maria a joint les mains et éclaté de rire.

— Comment as-tu su où le cacher ? lui a-t-elle demandé. Tu es intelligente, ma fille.

— Johanne Nussbaum m'a prévenue.

— Johanne Nussbaum ? a répété Anna Maria en haussant les sourcils. Quand ?

— Elle est venue ce matin.

— Cela m'étonne.

Thea a baissé les yeux vers le sol.

— J'ai failli le jeter moi-même au feu.

— Oh, Thea.

— Vraiment. J'ai failli le brûler.

— Mais enfin, pourquoi ?

— Parce que je n'en peux plus du soupçon, maman. Pour quelle autre raison penses-tu que je vais épouser Hans ? Pour quelle autre raison rejoindrais-je la famille d'un Ancien ?

— Comment ?

— Les Pasche sont une famille respectable. Les Radtke seront moins enclins à porter des accusations face à la belle-mère de Hans Pasche.

Anna Maria a secoué la tête.

— Un jour, tu étudieras ce livre donné par Dieu et tu trouveras dans ses pages la sagesse à laquelle tu aspires. Ces livres sont aussi saints que les cinq livres que le pasteur lit de la Bible. Et je ne t'ai jamais demandé d'épouser Hans.

Thea a levé les mains en l'air.

— Mais je…

— Tu quoi ?

— Je sais. Je sais que si tu ne me l'avais pas donné, Hanne serait encore là.

— Je l'ignore moi-même. Hanne était malade. « Hanne, Hanne. » Mais pense à toi, bon sang ! Tu… tu aurais pu mourir ! Tu as vu le visage de Dieu sur ce bateau.

— Dans ce cas, il a de beaux cheveux bouclés, a répondu Thea.

— Pas de blasphème, l'a sèchement coupée Anna Maria.

— Et toi, ne parle pas de Hanne de cette manière.

— Thea ! Que t'est-il arrivé ? Toi qui étais une jeune fille si ouverte, si radieuse, si curieuse, tu ne… tu n'as plus aucune estime pour moi ! a dit Anna Maria en se levant de sa chaise. Où est passée ta lumière ? Cette lumière intérieure toute à toi ? Tu ne me parles presque plus. Tu ne parles presque plus du tout. Et les rares fois où il t'arrive de…

— Je ne suis plus une enfant, maman. Et tu ne sais plus ce qui est le mieux pour moi.

— Une mère sait toujours ce qui est le mieux pour son enfant.

— Pour son enfant, oui, mais je suis adulte à présent. Adulte ! a crié Thea en passant les mains sur son visage. Et je t'estime, maman. Si ce n'était pas le cas, ton livre serait en cendres.

Anna Maria a regardé fixement sa fille en hochant lentement la tête avant de sortir.

Thea s'est laissée glisser contre le mur.

— « Où est passée ta lumière ? » a-t-elle répété avec un rire triste. Quelle cruauté que de dire cela à quelqu'un !

Il y a une grotte non loin d'ici. Je m'y suis réfugiée pendant ces années d'errance, lorsque je n'avais plus la notion des jours ni des changements de lune. À l'intérieur se trouvaient des peintures ocre qui brusquement m'ont happée dans le temps. Je me suis assise, je les ai contemplées, et le temps alors a passé, je savais qu'il passait, mais sa direction n'était pas tout à fait claire, il y avait dedans quelque chose de courbé, et les jours filaient comme un tourbillon circonscrit ne s'étirant qu'entre et contre lui-même.

Il y a de l'ocre sur ce sol où je suis assise. Je le sens sous mes pieds, même dans le noir. Ce pays est un pays d'argile. Un pays d'ocre.

Je pourrais dessiner son visage avec. Nous dessiner, nous marquer dans le temps. Nous étions ici. Nous avons existé dans le temps. Nous existons.

La veille du mariage, Thea a prononcé mon nom.

C'était le soir, elle était au lit. Ma tête, posée sur sa poitrine, montait et descendait au rythme de sa respiration, et ma main remplissait sa paume ouverte. Il n'y avait aucun bruit dans la maison. Je mémorisais les plis de ses coudes et les spires de ses doigts comme s'ils étaient une langue maternelle que je craignais d'oublier. Je lui disais au revoir.

— J'ai rêvé de toi, Hanne, a-t-elle murmuré.

J'ai senti plutôt qu'entendu sa voix. Elle m'a traversée comme un chant.

— J'ai rêvé que nous étions des oiseaux. Je sentais mon duvet frémir sur ma peau. J'ai vu qu'il y avait de l'eau au-dessous de moi. Nous volions. Et puis, alors que tu étais dans le ciel, tout à coup, un matelot t'a tiré dessus et tu es tombée dans la mer, et je me suis noyée en allant te chercher. J'avais oublié que je ne savais pas nager. Hanne, tu me manques.

Sa poitrine était serrée par l'émotion.

— Je pensais que la foi me sauverait, a-t-elle repris. Je pensais que la forêt…

Puis elle s'est mise à pleurer. J'ai pris sa main et attendu qu'elle s'endorme. Je ne savais pas quoi dire.

Toute cette nuit-là, j'ai inventé des cantiques que je chantais en écoutant son cœur. Des cantiques qui pour toujours feraient battre régulièrement son cœur une fois qu'elle serait mariée et m'aurait quittée.

Au matin de ses noces, un lourd brouillard d'automne flottait au-dessus du sol. Il m'était impossible de ne pas repenser au jour de notre rencontre, toutes ces années auparavant.

Deux fantômes, tu imagines ? Qui se racontent qu'ils sont vivants.

La cloche de Flügel a appelé la congrégation à l'église pendant qu'Anna Maria guettait à la fenêtre, près de la porte de leur maisonnette, coiffée de sa bonnette blanche amidonnée, bien plissée. Elle a appelé Thea qui s'habillait dans la chambre.

— Les Radtke sont déjà arrivés avec leur charrette pour récupérer Hans. Mon Dieu, dépêche-toi un peu !

— J'arrive.

Et puis Thea est apparue, ses cheveux blancs ornés d'une couronne de feuilles vertes contrastant avec le noir de sa robe. On aurait dit une sylphide. On aurait dit une femme. Sombre et sérieuse. La voir ainsi me donnait l'envie de la vénérer.

— Oh. Thea.

— Je n'arrive pas à fermer ces boutons.

Anna Maria s'est avancée lentement vers sa fille, époustouflante, et a fermé les boutons de son col montant.

— Tu trembles, lui a-t-elle dit.

— Je sais.

— Es-tu nerveuse ?

— J'ai l'impression que je vais être malade, a répondu Thea en regardant sa mère avec détresse. Qu'en penses-tu ?

— Que tu es magnifique.

J'étais un pèlerin devant une apparition. À cet instant, il m'était impossible de ne pas imaginer, même furtivement, que c'était avec moi que Thea allait se marier. C'était impossible, je le savais. Je savais que personne n'aurait pu nourrir une telle idée. Et, pourtant, le temps d'un battement de cœur manqué, ce moment a pris vie. Un lit partagé sous deux couronnes de myrte dans des cadres accrochés au mur. Une peau contre une peau. Les heures d'une vie ordinaire et des jours de pluie, des marches de nuit dans la crique, des brassées de vêtements chauffés par le soleil. Plus de temps ensemble que jamais. Plus de temps. Plus de temps.

Anna Maria a attiré sa fille contre elle pour l'étreindre, puis a posé son menton sur la tête de Thea.

— Ainsi donc, ton mariage est arrivé.

Mais ce moment a pris fin, et je suis redevenue une ombre qui admirait la lumière.

Le silence s'est étiré dans toute la pièce. Anna Maria a fait un pas en arrière, dégagé les cheveux de Thea derrière son oreille. Son expression a vacillé.

— Tu pleures.

Sa fille a hoché la tête.

— Qu'y a-t-il ?

Thea a haussé les épaules. Ses larmes se sont mises à couler, ont continué de ruisseler sur ses joues alors même qu'elle les essuyait d'une main furieuse. Eau salée. Par torrents. Mes os et mon sang étaient inondés. Je ne comprenais pas comment Thea et Anna Maria pouvaient ne pas sentir l'océan, ne pas se noyer dans l'eau qui envahissait le sol.

— Je sais que je devrais être heureuse, a dit Thea. Je le suis, je crois. Je ne sais pas. Je crois que j'attendais que quelque chose change. Je…

— Oh, Thea.

Anna Maria a pris sa fille dans ses bras puissants. Un mur de force.

La voix de Thea était étouffée sous toute cette chair, tous ces vêtements. Sa mère s'est écartée.

— Que dis-tu ?

Thea s'est essuyé le nez sur la manche de sa robe de mariée et a posé la tête contre l'épaule d'Anna Maria.

— J'aurais aimé que Hanne soit là.

La manière dont elle a prononcé mon nom m'a fait éclater en sanglots. Je me suis retrouvée à genoux, le visage enfoui dans mon bras. Tout mon corps tremblait, et mes larmes étaient un océan sur ma peau.

Anna Maria est restée silencieuse une éternité. Puis, heureusement, un bruit a résonné, autre que ma respiration hachée.

— Je sais.

La Wende, perdue dans ses pensées, s'est tournée vers la fenêtre, derrière laquelle la charrette approchait.

— Je sais, a-t-elle répété, puis elle a embrassé la chevelure brillante de sa fille au moment où résonnait un coup à la porte. Ils sont là.

Elle a donné un mouchoir à Thea et l'a regardée s'essuyer le visage avec précaution.

— Cela se voit que j'ai pleuré ?

Anna Maria a souri, puis a gentiment pincé les joues de sa fille.

— Ce sera mieux avec un peu de couleur.

De nouveau, un coup à la porte.

— Êtes-vous prêtes ?

Thea a inspiré un grand coup, puis lissé le devant de sa robe.

— Non, a-t-elle murmuré.

Puis elle a ouvert la porte.

J'ai suivi la charrette jusqu'à l'église, enjambant le crottin laissé par le cheval de Samuel Radtke dans le sillage du véhicule. Le dos de Thea était très droit, et son regard rivé sur l'horizon. Hans, à sa droite, était tout animé. Quelques enfants les suivaient en courant avec une corde, qu'ils ont tendue en travers du chemin. Hans leur a jeté quelques pièces, et les enfants se sont dispersés en riant. Il souriait en lançant d'un coup du pouce ses pennies, un petit brin de myrte accroché à sa veste.

J'aurais aimé le détester, mais mes sentiments étaient beaucoup plus complexes. Je ne ressentais rien envers lui, en fait. Je ne pensais qu'à moi : je n'étais plus qu'eau ruisselante et os brisés.

— *Vorwärts.*

Samuel Radtke a fait claquer sa langue pour faire avancer le cheval.

Les enfants ont ramassé leur corde et la charrette s'est remise en mouvement avant de bifurquer vers l'église.

La congrégation les attendait à l'intérieur, prévenue par la cloche de Flügel. Le brouhaha résonnait à travers les murs. Une ruche.

— Et voilà, a annoncé Samuel en faisant un clin d'œil à Hans et Thea. Nous y sommes.

Hans a regardé Thea, les sourcils levés. Puis Christian Pasche est sorti de l'église et les a aidés à descendre de la charrette. Hans transpirait. Son front brillait. Thea semblait perdue dans son monde. Elle a suivi Hans et Christian jusqu'à la porte de l'église, se retournant juste avant d'entrer. Elle semblait chercher quelque chose derrière elle. Quelqu'un.

— Thea, ai-je dit d'une voix brisée. Thea, je suis toujours là.

Elle a froncé les sourcils, retiré quelque chose de collé sur sa lèvre. Elle a regardé sa main.

— Dorothea ?

D'un signe de tête, Christian Pasche a désigné la porte ouverte devant laquelle attendait Hans.

Thea s'est empressée de le rejoindre. Puis tous deux sont entrés dans l'église au son morne de « *Jésus sauveur, pilote-moi* ». La porte s'est refermée. J'étais soudain seule.

Le cheval attaché à un poteau a henni doucement. J'ai baissé la main vers lui pour le caresser, mais ses oreilles se sont aplaties et la bête a fait quelques pas de côté. Le chant de la congrégation me parvenait de l'église.

— « Jésus sauveur, pilote-moi, sur la mer pleine d'effroi, vers moi roulent les flots noirs, qui font perdre tout espoir, ma carte mon compas c'est toi… »

Je me suis avancée jusqu'à l'endroit où Thea s'était arrêtée, près de la porte.

— « La mère sait calmer l'enfant, et comme elle aux flots bruyants… »

Je distinguais sa voix dans le bourdonnement de la congrégation. Légèrement voilée, légèrement forcée.

— « Quand tu dis, Apaisez-vous, le vent perd tout son courroux, Toi, de la mer puissant roi, Ô Seigneur pilote-moi. »

J'ai poussé la porte avant de parvenir à trouver la force de m'éloigner.

Hans et Thea étaient assis sur leurs chaises de mariés, deux chaises identiques, au bout de l'allée. J'ai marché jusqu'à eux sous les dernières strophes du cantique chantées par la congrégation. Flügel était tourné vers son troupeau, posant tour à tour le regard sur chacun de ses membres. Au moment où les dernières notes ont résonné, j'étais arrivée devant elle.

Thea semblait luire dans la pénombre de l'église. Elle se tenait parfaitement immobile, le dos droit, les mains croisées sur les cuisses, la tête ornée de sa seule couronne de myrte. Je me suis agenouillée à ses pieds et, courbant la tête sur ses genoux, j'ai vu qu'elle tenait entre les doigts un petit objet. Un rai de lumière. Un morceau de coquillage nacré.

J'ai rivé le regard dessus pendant que Flügel entonnait son sermon derrière moi.

Ne m'oublie pas.

Il était réel. Le coquillage était réel.

Pendant que le pasteur parlait du cadeau terrestre de Dieu qu'étaient les liens du mariage et des enseignements qu'ils nous apportaient sur l'amour et la contrainte, j'ai tenu la main de Thea contre mon visage et parlé par-dessus ses mots. J'ai empli ses oreilles de mes propres supplications.

— Ne m'oublie pas, lui disais-je tandis que je me brisais. Thea, ne me chasse pas de ton cœur. Écoute, écoute, je connais la parole de Dieu. « Fais de moi comme une empreinte sur ton cœur, comme une empreinte sur ton bras, car l'amour est aussi fort que la mort. »

Je me suis rapprochée et lui ai soufflé à l'oreille :

— « La passion est aussi inflexible que le séjour des morts. »

— Ainsi donc, nous célébrons l'union de ces deux jeunes…

— « Ses ardeurs sont des ardeurs de feu. »

J'ai enfoui mon visage dans son cou, pleuré sur cette étoffe qui aurait dû être mienne.

— Thea, écoute-moi. Je t'en supplie, entends-moi. « Les grandes eaux ne pourront pas éteindre l'amour, ni les fleuves le submerger… »

J'ai rapproché ma bouche de la sienne.

— « Tes lèvres distillent le miel, ma fiancée ; il y a sous ta langue du miel et du lait… »

— Dorothea Anna Eichenwald…

— « Fais de moi comme une empreinte sur ton cœur, comme une empreinte sur ton bras. »

— Hans Reinhardt Pasche…

— « Car l'amour est aussi fort que la mort. »

J'ai embrassé le morceau de coquillage entre ses doigts alors qu'elle se levait et le cachait dans le creux de sa main.

— « Car l'amour est aussi fort que la mort. »

Et j'ai entendu l'océan déferler alors qu'elle se mariait. Éternel. Ancestral.

— « Car l'amour est aussi fort que la mort. » Souviens-toi, Thea. Souviens-toi de moi.

Mon cantique des cantiques : voilà ce qu'elle resterait à jamais pour moi.

Au moment où Thea et Hans remontaient l'allée de l'église, j'ai senti mon sang se vider de toute émotion. Ma vision vacillait. J'ai vaguement vu la congrégation s'agiter tandis que ses membres voulaient serrer la main de Hans, débordant de joie. Et Thea sourire aux femmes penchées vers elle. Le flot discordant de ces voix qui se soulevaient et retombaient m'a balayée, et j'ai fermé les yeux pour tenter de me recentrer sur moi-même, pour permettre à mon esprit de se concentrer sur une unique pensée.

Laisse-la.

Je ne pouvais plus bouger. Je me suis effondrée, accroupie. Autour de moi, le pasteur exhortait tout son troupeau à sortir dans la lumière douce du matin. J'ai senti sa robe m'effleurer, fermé les yeux et attendu que le silence retombe et que l'église se vide. Puis je me suis couchée par terre, dans l'allée.

— Père, je remets mon âme entre tes mains.

Mon âme, mais pas mon esprit.

J'ai levé les yeux vers les corps célestes peints sur la toile tendue au-dessus de moi.

Point de vision divine. Seulement une araignée aux longues pattes dont les petits pas rapides dérangeaient l'étendue d'étoiles.

Je suis partie.

Je ne marchais jamais dans la même direction. Le soleil, à un moment, se dressait au-dessus de moi, puis se levait à ma droite, se couchait au même endroit. Des jours et des nuits ont passé, et même si je n'arrêtais jamais d'avancer, poussée de manière compulsive par l'intuition de devoir mettre entre Thea et moi la plus grande distance possible, je me perdais en moi-même. Certaines nuits, je me réveillais et voyais que la lune avait changé, je la trouvais soudain cireuse et pleine, elle qui le soir d'avant n'était qu'une pâle coquille vide, et je comprenais que j'avais perdu le rythme des jours, qu'à mon insu ils s'étaient égrenés. Il n'existait là-bas pour marquer les heures aucune cloche sonnée par Christian Pasche ou le pasteur Flügel. Pas d'office pour entamer la semaine. Je ne sentais ni le froid ni le soleil, ni la faim ni la soif. Mon esprit était accordé sur un autre rythme ; j'avais oublié la révolution tranquille de la Terre.

J'ai vu des choses. J'ai vu deux hommes s'embrasser dans une cabane, dans la forêt. Une grotte d'ocre et le rivage qu'empruntait une femme Ramindjeri pour rentrer chez elle. J'ai vu des choses qui m'ont écœurée, qui m'ont fait vieillir, qui m'ont fait peur, mais j'ai continué. Je ne savais que faire d'autre.

Je pensais à Thea et je saignais dans les arbres. Je me moquais de les faire tomber. Je m'unissais aux oiseaux pour me faire exploser sous leur chant et emplir mes os creux de désir, et je me réveillais sous le soleil, leurs corps légers comme des plumes sur mes doigts. Je me suis insinuée dans un dingo simplement pour sentir le sang sur ma langue, car seul le sang, désormais, était à la hauteur de ma peine : battements sacrés du cœur des marsupiaux broyés en silence sous mes dents. Je perdais connaissance sous l'extase de ce goût ferreux, tenaillée par la faim et le malheur, et me réveillais dans ce monde le menton en sang, de la fourrure dans les oreilles. Je les caressais la nuit jusqu'à ce que tout disparaisse et que je redevienne moi-même, habitée par ce cœur qui ne battait plus, par ces poumons qui ne respiraient plus. Moi, simple ombre poussée par l'amour et le souvenir d'une tête blanche se courbant vers moi, de lèvres apposant leur sceau sur la cire fondue de mon être.

La distance et le temps n'ont rien changé.

Des années ont passé. Je croyais l'avoir vue pour la dernière fois. Je pensais l'histoire terminée.

Et puis. Et puis.

LE
TROISIÈME
JOUR

ALORS

incarnations

Thea, à chaque être que j'ai incarné, partout où mon âme a résidé, je t'ai aimée, je t'aime et t'aimerai toujours. Si la terre, un jour, achève de se consumer, tu me trouveras dans ses cendres. Si la mer s'assèche, tu me trouveras dans le sable. Des doigts qui écrivent, encore et encore, ton nom dans la cendre, dans le sable, éternellement, dans une friche dessinée par les boucles de l'amour.

affluent

L'aube va bientôt se lever. Heure des premiers oiseaux et de leurs appels à la lumière et à la chaleur. Je sens la nuit quitter le rebord du monde comme une nappe glissant sur le sol.

J'en ai presque fini. Cela fera le troisième matin que je vois le soleil se lever à l'est. Le voilà. Il se lève, si doré que le monde passerait pour un autel baigné par sa gloire. Le voilà.

Ma voix est tenue par le vent. Faites que j'écrive mon histoire dans l'air, et faites que la pluie qui tombe s'amasse pour que boive la vallée. Faites que ce testament retourne à la terre. Mes eaux à l'eau. Ma voix à cette contrée.

Quand je serai partie, toutes ces choses resteront.

Mes pensées, toujours, tournaient autour de Thea.

Mais un soir, alors que je me trouvais étendue sur un bout de falaise, dans les hautes terres rocheuses, sur la chaleur que la pierre avait accumulée, j'ai vu dans mon esprit son visage, et mes oreilles ont entendu sa voix, si vivement que je me suis redressée. J'avais passé tant de temps à la graver dans mon esprit ; et voilà qu'à présent mon esprit relâchait ces images. J'ai revu ses lèvres, la courbe de son menton, le soleil sur ses cils, auréolant son regard de lumière. Le ciel du soir s'est fondu dans la douce hauteur des pins.

— Hanne.

Je l'ai entendue. Ma peau a fourmillé.

— *Ersurgant mortui, et ad me veniunt*, les morts se lèvent et viennent à moi.

Sa voix, de nouveau. Je l'ai sentie se pencher sur moi, promener son regard sur moi, et, lorsque j'ai tendu la main dans le noir pour la toucher, j'ai senti du feu.

Thea tout illuminée, ma flamme vacillant dans le noir. M'appelant. M'invoquant.

La chaleur de la pierre s'est renforcée, a grandi jusqu'à devenir si chaude que j'ai dû me lever.

— Hanne !

Sa voix à nouveau, mais lointaine cette fois. Thea m'appelait d'un endroit lointain. Ce n'était pas un tour de mon esprit, de mon imagination. J'entendais mon nom, lancé dans les airs encore et encore, à des kilomètres de là, mais il parvenait malgré tout jusqu'à moi. Je l'ai entendue.

Je ne l'ai pas imaginé. Ce n'était pas l'œuvre d'un cœur brisé. Elle m'appelait.

Et ainsi donc je suis partie la chercher.

J'ai marché toute la nuit, suivant le son de mon nom. Je ne savais pas où j'allais, seulement que je devais continuer. L'aube s'est levée, rose-rouge et violente ; le ciel était en feu. Quelque chose me poussait. Le jour s'est mué en un bain de lumière. Et puis j'ai entendu des voix d'enfant qui m'appelaient en allemand, et, levant les yeux, j'ai vu que je me trouvais au sommet d'une vallée, dans une zone qui me semblait aussi familière qu'étrangère.

Il m'a fallu un moment pour être sûre que j'étais bien de retour à Heiligendorf. Le village avait changé depuis que je l'avais quitté, et cette prise de conscience m'a mis un coup au cœur. Je n'avais pas compris qu'autant de temps s'était écoulé ; j'avais calqué mon pas sur la marche régulière du monde.

Les coteaux qui entouraient le village avaient fini d'être déboisés en mon absence, et les champs de blé s'étaient étendus. Alors que je marchais entre les maisons serrées les unes contre les autres, j'ai découvert que la plupart d'entre elles avaient été remplacées ou avaient subi des transformations qui les rendaient méconnaissables. Le chaume était devenu de la paille plutôt que de l'herbe kangourou, et je ne voyais nulle part les hautes herbes de bronze, ni les fleurs jaunes des ignames qui avaient marqué mes souvenirs de ce premier été. Chaque espace était occupé par des fermes ou des pâtures pour le bétail et les moutons. Des maisons avaient été construites sur le chemin lui-même pour laisser plus de place aux potagers ; les vergers, derrière, étaient en fleurs. Il y avait des cabanons en rondins de gommier rouge qui abritaient du foin, des harnais de chevaux, des charrettes, des charrues à main et des herses. Il y avait des porcheries, avec à côté des tas de crottin ; des conduits de cheminée trapus sur les toits pentus, des étables construites avec des troncs de jeunes arbres, des fours à pain extérieurs.

Ils ont recréé Kay, ai-je pensé. Avoir fait tout ce chemin pour défigurer la terre afin qu'elle ressemble à la Prusse !

La seule différence venait des gommiers qui se dressaient un peu partout sur le terrain. Ils étaient moins nombreux que dans mon souvenir ; sans leur présence ancestrale, familière, je n'étais plus sûre de connaître ma place. Cette sensation d'égarement était renforcée par la présence d'animaux, partout, et de leurs bruits puissants, incessants. Il y avait plus de vaches à lait que je n'aurais pu en compter, et tandis qu'elles défilaient devant moi, menées par des enfants à la voix sucrée par le rire, j'ai perçu en arrière-plan un chœur de cocoricos triomphants et de cris d'oie au milieu du chant plus doux et haut perché des pies.

L'après-midi était chargé de brume de printemps. Chaque chose qui poussait avait une couleur vert tendre, mais le chant qui émanait de la terre était différent. Comme étouffé. Seuls les gommiers rouges et les quelques acacias épargnés chantaient des airs plus graves, plus anciens. Et puis le son d'un marteau abattu sur une enclume a retenti et tout brisé.

— Hanne.

Sa voix, de nouveau. Un contre-courant, brusquement, m'a traversée. Quelque part dans cette vallée de pignons de bois brut et de jardins bien tenus se trouvait Thea. J'ai prononcé son nom tout haut. Il était une prière et cette prière a empli mon corps, me poussant vers elle.

La ferme des Pasche fourmillait d'activité. J'ai vu Hermann et Georg dans la cour, en compagnie de Christian. Les frères de Hans, à présent plus âgés que lui à l'époque de son mariage. Ils étaient devenus des hommes forts, à la stature droite. Georg s'est arrêté pour parler à une femme que je n'ai pas reconnue, mais qui semblait être son épouse. Je l'ai vue lui adresser un signe de la main tandis qu'il repartait, puis baisser la tête pour s'engouffrer dans un appentis.

J'ai hésité, alors. J'imaginais déjà Thea sortir par cette même porte, passer de l'ombre à la lumière du soleil mais, tandis que j'attendais, seule l'épouse de Georg est ressortie, avec sur l'épaule un nouveau-né hurlant.

Je me suis rapprochée. L'appentis était vide. Dans la maison principale, Rosina cuisinait. Une petite fille de 5 ou 6 ans attendait à côté d'elle.

— Bertha, va donc voir ce que fait Frieda, a-t-elle dit en faisant tomber des pelures de légumes dans un seau.

— Le bébé s'est réveillé. Je l'ai entendu pleurer, a répondu la petite.

— Va donner ces épluchures aux cochons, dans ce cas.

Je suis passée devant Rosina pour entrer dans la pièce attenante à la cuisine. C'était une chambre à coucher, avec un lit inoccupé au-dessus duquel était accroché un crucifix. Cette chambre débouchait sur une autre, en enfilade, meublée par deux lits que l'on avait réunis en les poussant l'un contre l'autre. Je ne voyais Thea nulle part.

Je suis retournée dans la cuisine, sans trop savoir que faire. Rosina versait de l'eau dans une marmite sur le feu.

— Maman, ils sont de retour !

Près de la porte, à l'arrière de la maison, a résonné le bruit métallique d'un seau posé par terre.

— Où sont-ils, Bertha ?

— Dans le champ de pommes de terre.

Rosina s'est essuyé les mains sur son tablier, puis précipitée vers la porte. Je l'ai suivie, pensant que la fillette parlait de Thea et Hans, les imaginant déjà au milieu du champ de pommes de terre. Mais là-bas j'ai découvert plusieurs Peramangk, hommes et femmes, à genoux sur le sol, occupés à déterrer les pommes de terre nouvelles pour les ranger dans des sacs en filet.

— Fichez-moi le camp ! leur a crié Rosina en accourant vers eux les mains brandies en l'air. Voleurs !

Les femmes ont levé les yeux, sans s'arrêter. Rosina a fait signe d'approcher à Bertha, qui regardait la scène bouche bée.

— Va chercher ton père.

Mais elle n'a pas eu le temps de s'exécuter que l'épouse de Georg est arrivée en courant, munie d'un fouet. Elle était rouge, furieuse. Je l'ai regardée avec horreur se ruer vers les femmes en faisant claquer son fouet et toucher l'une des plus âgées au visage. La femme a hurlé et fait tomber ses pommes de terre en portant ses mains à ses yeux, pendant que les autres se levaient et prenaient la fuite, entraînant la blessée, leurs filets solidement enroulés autour des poignets, laissant entrevoir la plante claire de leurs pieds. Les hommes ont suivi, tout en lançant par-dessus l'épaule des cris de colère à l'épouse de Georg.

Rosina les a regardés s'éloigner les poings sur les hanches, essoufflée.

— Merci, Frieda.

Frieda a jeté le fouet par terre et s'est assise à côté avant d'essuyer de la sueur qui perlait sur son visage et son cou.

— C'est ainsi que faisait mon père à Neu Klemzig, a-t-elle dit.

— Dire qu'ils osent aussi venir ici en plein jour !

Derrière eux, la voix de Bertha est alors sortie de la maison, pleine de peur.

— Maman…

J'ai levé les yeux en même temps que Rosina. Un homme était revenu sur ses pas dans le champ de pommes de terre, une lance à la main. Il a levé sa main libre. Elle était couverte de sang.

— Frieda…, a dit Rosina en aidant l'autre femme, plus jeune qu'elle, à se relever.

Frieda s'est figée, a hésité à ramasser son fouet, puis s'est ravisée et s'est précipitée dans la maison avec Rosina en faisant claquer la porte derrière elles.

J'ai vu la lance fendre l'air. Un jet tellement fluide, tellement sûr qu'on aurait dit non seulement une extension du bras de l'homme, mais aussi un souffle, pur, puissant, qui contenait toute sa colère, tout son mépris. C'était un ruban qui déroulait toute sa puissance et son exaspération. Une affirmation. Dans l'air, le bois était aussi chaud qu'un couteau, perçant la lumière de l'après-midi.

La lance s'est plantée au centre de la porte avec un petit bruit sourd. Elle a oscillé, tremblotant comme sous l'effet du dégoût de l'homme.

Je me suis tournée vers lui, mais il avait déjà fait demi-tour dans le champ et rejoignait sa famille, à la lisière du village. Tous étaient silencieux, à l'exception de la femme hurlante que Frieda avait aveuglée de son fouet.

Thea n'est pas là, me suis-je dit. Et c'est alors que j'ai vu Anna Maria au loin, derrière la ferme, un poing sur la hanche, l'autre main sur sa bouche.

— Hanne.

La voix de Thea m'est revenue, si lointaine et si proche, si pressante que mes genoux ont manqué se dérober.

Je suis allée en chancelant jusqu'à la petite maison des Eichenwald, le corps ramolli par l'espoir.

Anna Maria était seule. Elle était occupée à poser des jarres en terre cuite sur sa table en bois. Il flottait une odeur d'herbes séchées et de pommade. J'ai balayé du regard la maison vide, puis j'ai observé son travail, ses mains fortes qui enveloppaient de la cire dans un linge. Mais, alors qu'elle soulevait un maillet pour la briser, quelque chose l'a arrêtée. Elle est restée ainsi un instant, levant lentement le regard de ses baumes.

— Ce n'est que moi, lui ai-je dit. Hanne. Je suis revenue.

Je l'ai sentie hésiter, j'ai senti l'air crépiter sous l'intensité de son écoute.

— Je suis venue voir Thea.

J'ai touché sa main. Ses bras nus se sont couverts de chair de poule.

Anna Maria a posé le maillet sur la table. Sa voix, quand elle a parlé, n'était qu'un murmure.

— Que veux-tu ?

— Thea, ai-je dit. Elle m'a appelée.

J'ai levé la main pour la toucher à nouveau, mais la Wende a reculé, puis regardé tout autour d'elle dans la pièce. J'ai approché la bouche de son oreille.

— Où est Thea ?

Ses cheveux se sont dressés sur sa nuque. Sa respiration est devenue hachée. Posant une main sur son cœur, elle a fermé les yeux.

Je suis restée immobile et j'ai reformulé ma question.

La Wende, alors, a posé le bout de ses doigts sur ses lèvres.

— Elle n'est pas là, a-t-elle murmuré, et à cet instant j'ai de nouveau entendu ces étranges paroles.

— *Ersurgant mortui, et ad me veniunt.*

Une incantation provenant du dehors, de cette gorge de broussailles gris-vert qui s'étirait derrière le village.

Anna Maria a ouvert les yeux alors que j'allais sortir. Avant de franchir la porte de la maison, je l'ai vue ramasser son maillet et le serrer contre sa poitrine, l'ombre d'un sourire sur les lèvres.

L'air de l'après-midi sentait le pain tout juste cuit et le lard rissolé. J'ai perçu ces odeurs tandis que je courais sur le chemin. Elles provenaient de la maison de Gottfried Volkmann, qui se trouvait lui-même dehors, à côté d'un panneau sur lequel était écrit, en anglais, *The German Arms*. Il discutait avec un autre homme, qui se tenait dos à moi. On distinguait à l'intérieur, par la fenêtre ouverte, plusieurs autres hommes souriant à une femme qui leur tendait une cafetière.

La porte s'est ouverte. Elizabeth Volkmann a passé la tête au-dehors, attendant un blanc dans la conversation pour appeler son père à l'intérieur.

— Quelqu'un voudrait te poser une question à propos de la charrette de courrier, a-t-elle dit.

Elle avait perdu ses joues de bébé. Plus fine, on aurait dit la copie de Henriette, en moins agitée.

À cet instant, le deuxième homme s'est retourné et mon cœur a bondi. C'était Matthias. Il portait une barbe noire à présent, et sa carrure était plus large que dans mon souvenir. Son sourire aux dents écartées, néanmoins, était resté le même. Il tenait dans ses bras un bébé, et a hélé un petit garçon qui courait après un chiot entre la porte des Volkmann et le chemin. *Wilhelm*, ai-je pensé en regardant le bébé, avant de me rendre compte, le cœur gros, que je me trompais. Wilhelm devait avoir l'âge du petit garçon qui courait après le chiot. La vie avait filé, inaltérée : à voir sa taille, Wilhelm devait avoir dans les 7 ou 8 ans. Je l'ai regardé, bouleversée de voir combien les enfants attestaient du temps qui passe, comprenant que le bébé, dans les bras de mon frère, était ma nièce ou mon neveu.

Je sentais l'appel de Thea comme une main autour de mon cœur, mais je voulais voir mon frère. Je peinais à croire que Matthias était bien cet homme. Je l'ai suivi tandis qu'il bifurquait sur le chemin en direction d'une petite maison en bardeaux de bois, derrière Whilelm qui courait toujours après le chiot. Dans son jardin, j'ai découvert deux petits garçons, âgés de 4 ans, guère plus. Ils ramassaient des œufs qu'ils déposaient avec précaution dans un panier tenu par Augusta, et quelque chose alors s'est brisé en moi, car sur leur visage se lisait un air de Matthias, un air de Gottlob comme je les avais moi-même connus pendant mon enfance. Bruns, petits.

— Papa, celui-là est cassé, a dit l'un des garçons en lui montrant un œuf.

— Il n'est plus bon ? a demandé Matthias.

Le petit garçon a levé l'œuf devant le nez de son frère, puis éclaté de rire en le voyant grimacer.

— Je peux le jeter ?

Matthias a hoché la tête en souriant à Augusta pendant que les deux garçonnets s'en allaient en courant par le petit verger, puis traversaient le potager et le poulailler. Wilhelm s'est élancé derrière eux, suivi par le chiot.

Tu es papa, maintenant, ai-je pensé. *Tu es père, Matthias.*

— Veux-tu que je la prenne ? a demandé Augusta en posant son panier d'œufs pour tendre les bras vers le bébé.

Mon frère a secoué la tête.

— Elle dort.

— Tu es gâteux avec elle, a répondu Augusta.

Matthias s'est accroupi avec précaution sur la petite bande de pelouse qui précédait le potager tout en rajustant le lange de sa fille, toujours lovée dans ses bras.

Augusta a ramassé le panier d'œufs.

— Appelle-moi si elle pleure, lui a-t-elle dit avant de rentrer dans leur maisonnette.

Je suis allée m'asseoir près de mon frère et j'ai posé le menton sur son épaule pour admirer sa fille. Matthias avait gardé la même odeur, et un instant j'aurais pu croire que nous étions redevenus deux enfants, assis dehors, à Kay. Comme s'il ne s'était jamais rien passé. Tous deux en vie, indivisés.

— Elle est belle, lui ai-je dit.

Le bébé a froncé le nez et retroussé les lèvres tandis qu'il se réveillait en clignant des yeux.

Matthias a souri à sa fille. Du bout de son doigt calleux, il a délicatement tracé le contour de ses jeunes cheveux châtains.

— Coucou, Esther, lui a-t-il soufflé. C'est papa.

— Esther, ai-je répété dans un murmure.

Le bébé m'a regardée et a souri. Matthias a éclaté de rire.

— Augusta ! s'est-il exclamé. Augusta, viens voir !

— Qu'y a-t-il, papa ? a lancé Wilhelm en revenant au petit trot du verger, le chiot dans les bras.

Matthias a tendu la main vers lui pour qu'il le rejoigne.

— Regarde, elle sourit.

— Mais qu'est-ce qu'elle regarde comme ça ? a demandé Wilhelm d'un air réjoui.

Matthias a posé la main sur la tête du petit garçon.

— Qui sait, a-t-il répondu doucement. Qui sait.

Le vent se levait. Par-delà les arbres, sur les coteaux, les champs de blé s'agitaient en vagues vertes. Je ne savais pas comment faire pour supporter que le temps passe.

— Je dois partir, ai-je dit à Matthias.

Je me suis penchée vers son épaule pour y déposer un baiser, puis j'ai ajouté :

— Ne m'oublie pas.

Je me suis éloignée de la maison de mon frère. Le soleil se couchait ; le ciel était d'un violet délavé. J'étais prête à voir Thea. J'étais prête. Mais, alors que je poursuivais mon chemin pour sortir du village, en passant devant un potager semé de plants nouveaux, près d'une petite maison, j'ai entendu la voix de mon père.

Je me suis arrêtée. À travers la fenêtre au rideau ouvert, j'ai vu mon père prier au bout d'une table, devant sa bible. Maman était installée à côté de lui, les cheveux couverts, les yeux clos. En face d'eux se tenait une petite fille aux traits gracieux, aux cheveux bruns.

Hermine.

Je l'ai à peine reconnue. Ce bébé énervant, qui hurlait pour un rien, était devenu une petite fille calme et attentive qui priait avec ses parents. Elle se mordait la lèvre supérieure. C'était le portrait craché de ma mère.

Combien de fois avais-je été cette fille assise à une table, qui courbait la tête pendant que son ventre criait famine ? Cette scène m'était si familière que, une seconde, je me suis imaginée rejoindre moi aussi mes parents, recevoir des réprimandes pour être restée trop longtemps dehors, ne pas avoir aidé ma mère à préparer le repas du soir. Quelque part au fond de moi, j'avais envie d'entrer dans cette maison, de prendre place à table et de faire comme si rien n'était arrivé.

Mais ta place n'est plus ici, me suis-je dit. *Tu as été appelée par d'autres mers.*

— Je suis contente que vous soyez heureux, ai-je dit contre le carreau. Je suis contente que vous ayez eu la fille que vous vouliez.

L'amour et l'espoir ont fait de moi une flaque. Je suis repartie sur le chemin, m'éloignant de Heiligendorf pour m'enfoncer dans la nuit.

À minuit, j'ai bifurqué sur le petit chemin étroit pour longer une clôture qui menait vers le bleu profond du bush. Au loin, une lumière solitaire vacillait devant une grande ombre.

La maison de Thea, ai-je pensé. J'en étais aussi sûre que de mon propre nom.

— Hanne.

Il se passait quelque chose. Je sentais un écho dans les fibres et les tendons de mon corps ; j'étais les cordes d'un instrument que l'on gratte. Un tremblement s'est répandu en moi, chargé d'une musique entêtante. J'ai dû m'accrocher à la clôture pour ne pas perdre l'équilibre, quand mon pied a heurté quelque chose de dur.

Une pierre.

Je l'ai ramassée, soupesée. Elle était lisse, polie par l'eau, et j'entendais dessus la rivière comme une peau.

Je suis repartie dans la direction de la lumière. En posant la main sur le poteau suivant, j'ai découvert une nouvelle pierre par terre. Puis une autre au poteau suivant. Chaque poteau de la clôture avait été couronné.

Alors j'ai couru pour rejoindre la lumière. La terre imprimait chacun de mes pas, me poussait vers elle, vers cette petite maison que je distinguais à présent dans le noir, vers cette fenêtre illuminée, vers elle.

Thea.

Elle était là. Éclairée par une lanterne qui brûlait sur la table d'une maison de plain-pied, penchée sur le Livre de Moïse, une main sur la bouche, les yeux embués.

J'étais redevenue l'aigle qui plane dans les cieux. L'extase me parcourait comme le sang dans les veines.

Elle était plus âgée, plus belle, plus parfaite. Ses dents dépassaient toujours un peu derrière ses lèvres, mais elle était plus mince, vieillie par le soleil et le temps. Quelques mèches s'échappaient de ses tresses et formaient des arabesques dans son cou, comme depuis toujours.

— Thea.

Elle s'est figée. Comme si elle m'avait entendue.

J'ai répété son nom.

Elle s'est levée d'un coup.

— Hanne ?

Sa voix était un murmure.

Je suis allée jusqu'à elle et je l'ai enlacée, la tête posée contre la sienne, et Thea s'est laissée aller vers moi, le visage tourné vers le mien, comme si j'avais un poids, comme si elle me sentait.

Puis elle s'est mise à pleurer. Les sanglots résonnaient dans ma cage thoracique. C'en était trop pour moi ; les larmes ont roulé sur mon visage.

Je me suis écartée d'elle.

— Les pierres, j'ai dit. J'ai vu les pierres.

— Hanne, si je rêve, viendras-tu à moi ?

— Thea ?

Une voix d'homme, calme et ensommeillée, a résonné dans un coin de la pièce. Je me suis retournée. Dans le lit, Hans s'était assis et plissait les yeux à la lumière de la lanterne.

— Tu pleures. Que se passe-t-il ?

— Rien, lui a répondu Thea en se tournant vers lui. Rendors-toi.

Mais Hans s'est levé et est venu vers elle, puis son regard s'est arrêté sur le Livre de Moïse posé sur la table.

— Que fais-tu ?

Thea s'est essuyé les yeux du revers de la main.

— Rien.

Elle a éclaté de rire.

— Je ne sais pas ce qui m'arrive, a-t-elle ajouté. Je… je vois des choses.

Je me suis défendu de le faire, je savais qu'il ne fallait pas, mais je me suis quand même approchée de Hans, détachant mes mains qui s'étaient accrochées à la table pour me retenir. Mes doigts ont glissé sur le bois sans le pincer – il n'y avait aucune volonté en eux. Je me suis placée derrière lui, si près que mes lèvres touchaient pratiquement sa peau chaude et nue. Je voyais ses beaux cheveux dorés sur sa nuque. J'ai fermé les yeux et effleuré de mes lèvres le haut de son dos.

Est-ce comme cela qu'elle fait ? me suis-je demandé.

— Thea, a dit Hans d'une voix légèrement rauque.

Sa respiration s'était accélérée.

— Qui est là ? a-t-il demandé.

Par-dessus son épaule, j'ai vu Thea lever les yeux.

Elle m'a regardée. Elle m'a vue.

— Hanne, a-t-elle dit.

Hans s'est retourné et, un instant, nous nous sommes regardés. Pendant un bref moment, il m'a vue et ses yeux se sont écarquillés, emplis de douceur car il m'avait reconnue, et à travers ses larmes Thea a souri et plaqué ses mains sur sa bouche. J'ai senti mes os retourner à l'océan, ma bouche se remplir d'eau de mer. Sel sel sel.

Et soudain tout était fini. L'air m'a emportée, et j'ai vu Hans me chercher dans la pénombre, entendu un sanglot se bloquer dans la gorge de Thea.

Ils m'avaient vue, je le savais. À présent Hans était bien réveillé.

— Était-elle… ?

Thea me cherchait aussi.

— Elle est toujours là, a-t-elle soufflé.

Elle est allée s'asseoir sur leur lit.

— Hanne, reste, a-t-elle dit.

Elle était lumineuse. Une perle dans l'eau. La lune dans le ciel. Hans s'est agenouillé à côté d'elle.

— Qu'as-tu fait ? lui a-t-il murmuré.

Le regard de Thea s'est posé sur le livre ouvert.

— Je l'ai appelée.

Hans a levé vers elle des yeux incrédules.

— Est-ce que c'est un rêve ?

J'ai senti l'image de Thea le frapper comme le vent sur l'eau. Comme elle me frappait moi, autrefois. Comme elle m'avait toujours frappée.

Thea a secoué lentement la tête.

Je me suis avancée, j'ai posé la main sur l'épaule de Hans et perçu son désir, si différent du mien, qui était un amour profond, le fruit d'années de souffrance, le poids de l'attente.

Ne fais pas ça, ai-je pensé. Mais je l'ai fait quand même. La soif qui habitait mon cœur m'y a poussée.

Ce fut aussi facile que de me glisser dans l'eau.

Nous l'avons embrassée. J'ai cru mourir en ressentant la force de vie qu'il y avait dans ce geste, la douceur de sa bouche sur la nôtre, la même que dans mon souvenir, celle à laquelle j'avais pensé chaque jour depuis ce baiser. Puis j'ai senti sa langue contre la nôtre, ses mains autour de notre cou, ses doigts qui nous transformaient en feu. J'ai senti le besoin qu'elle avait de moi. Je savais qu'elle me sentait près de lui, avec lui. Et qu'il le sentait aussi : il me laissait une place dans notre corps partagé, m'ouvrait la porte de son désir, s'abandonnait pour me permettre d'agir. Nous étions de retour dans la forêt. La couverture du lit s'est transformée en tapis d'aiguilles de pin, le chaume en ciel étoilé.

Thea nous a attirés sur le lit, contre elle, et ses hanches, lentement, ont ondulé sur nous. Je me suis laissée aller contre elle. Elle s'est rassise pour se déshabiller, les yeux clos, et nous l'avons contemplée, nous avons contemplé son insaisissable beauté, la perfection de ses côtes, de ses seins, de son ventre, de ses hanches, de ses cuisses, de son cou. L'extase nous a balayés comme une vague, jusqu'à devenir insoutenable. Je ne pouvais plus supporter mon propre désir, plus aiguisé encore que celui de Hans. Portant un son différent.

Clou sacré me crucifiant sur cette croix.

Puis Hans a fermé les yeux, ces yeux qui étaient aussi les miens, et de nouveau je me suis sentie dans mon propre corps, et Thea a senti ce corps comme étant le mien. Nous avons rabattu la couverture sur nous et, au contact de sa peau sur la mienne, j'ai su qu'elle devinait ma peau aussi, me voyait là, avec Hans, et percevait ma chaleur telle qu'elle l'avait imaginée. Nos lèvres ont effleuré son corps, nous l'entendions respirer dans notre oreille, nous la sentions douce et mouillée sous nos doigts, odeur de sève, de terre. Nous l'avons touchée, encore et encore ; nous étions en elle. Mon cœur brûlait de désir comme brûle la racine qui veut boire de l'eau, elle était l'affluent du fleuve, le fleuve lui-même, et lorsqu'elle a joui mon nom a résonné.

Je me suis réveillée plus tard. J'ai gardé les yeux fermés ; je ne supportais pas de me savoir à nouveau loin d'elle. Mais, alors que j'étais étendue là, immobile, j'ai senti Thea remuer près de nous. Je n'avais pas encore été expulsée de la vie, même si le moment était proche. Les ténèbres arrivaient. Hans dormait et j'étais, moi, éveillée en lui ; le bras nu de Thea était enroulé autour de notre taille, sa tête posée sur notre épaule. Je sentais la pression de ses lèvres sur cette oreille qui n'était pas la mienne, mais qui aurait pu l'être.

Je ne pouvais pas parler. Mais j'ai embrassé ses cheveux et porté ses doigts à nos lèvres.

— Ne pars pas, a-t-elle murmuré à moitié endormie. Ne me quitte pas. Pas encore.

Je ne savais pas quoi faire. Une force me tirait hors de l'intensité de la vie. Mais je voulais qu'elle sache que j'avais été là, que lui comme elle pouvaient croire à cette nuit, devaient être certains de ce qui s'était passé en ces moments irréels.

Et, tandis que revenait en moi la sensation de l'appel du départ, j'ai posé la main de Thea sur les initiales brodées sur sa taie. Un *H* et un *T*, entrelacés. Elle a ouvert les yeux et les a vues, puis elle s'est tournée vers moi et m'a vue. Hans dormait encore dans le lit à côté d'elle, la main sur la sienne. Je me tenais debout près du lit, et Thea savait que j'étais là.

Son regard a trouvé le mien.

— Ne pars pas, a-t-elle murmuré.

Au prix d'un immense effort, j'ai parcouru les trois pas qui me séparaient des ténèbres et les ai senties se refermer sur moi, m'engloutir.

noix

Je me suis réveillée au son des cris et des piaillements du bush, à midi, allongée sur les aiguilles des chênes-féminins. Pendant un instant, je ne savais plus où j'étais, ce qu'il s'était passé. Et puis je me suis rappelé les mains de Thea sur ma peau, son cou tendu sous mes lèvres, les palpitations de mon corps, si fortes que j'ai dû me mordre la main.

Qu'avais-je fait ?

Qu'avions-nous fait ?

Cette chaleur fluide faisait grogner les pierres froides. Le chant de la terre résonnait fort autour de moi.

Mes mains tremblaient mais, lorsque j'ai baissé les yeux vers elles, je n'ai pas reconnu la jointure de mes doigts. Mes ongles étaient incrustés de terre alors que je ne travaillais pas. Sur mes paumes les lignes n'étaient pas les miennes.

— Hans, ai-je dit. Oh mon Dieu ! Hans.

Le soulagement m'a envahie lorsque j'ai trouvé Hans en vie, assis en face de Thea à leur table. Il n'était pas mort. Je ne l'avais pas tué.

— Je sais que c'était réel, disait Hans d'une voix calme.

Le repas de midi se trouvait sur la table, entre eux deux, mais ni lui ni Thea ne mangeait. Près du pain encore intact dans leurs assiettes, j'ai vu la taie en broderie blanche sur laquelle était posée la main de Thea lorsque j'étais partie.

Elle était immobile. Un bûcher funéraire. Je le voyais à ses bras, à ses jambes, à la manière dont elle levait le menton. Ses doigts sur la table tressautaient.

— Je sais que c'était réel, a répété Hans. Mais je n'arrive pas à comprendre ce qui s'est passé.

Thea a ouvert le livre à la troisième page. Là, à côté de ses caractères gothiques, étaient inscrits les mots *Gespräche mit Toten zu führen*. Thea a retourné le livre et l'a fait glisser vers Hans sur la table.

Hans a blêmi.

— Parler avec les morts ? Thea...

Il a levé les yeux vers elle, refermé le livre avec précaution et le lui a rendu.

— Tu m'avais dit que tu n'utilisais que le Septième Livre. Pour les plantes médicinales. Celui-là n'est pas..., a-t-il ajouté en secouant la tête.

— Je sais.

— Tu l'as invoquée ?

Thea a hoché la tête.

— Il y a trois jours. La nuit, pendant que tu dormais. J'ai cru que cela n'avait pas marché. J'allais réessayer, hier soir, quand elle est arrivée.

Ses mains tremblaient.

— Je l'ai vue, a-t-elle dit.

Hans a repoussé le pain pour se pencher vers Thea et lui prendre les mains.

— Je l'ai vue moi aussi, a-t-il répondu avant de lâcher un rire épouvanté. Je l'ai sentie.

Thea s'est à son tour penchée vers lui pour poser son front contre leurs mains entrelacées.

— S'il te plaît, ne le dis à personne.

— J'ignore comment, j'ignore pourquoi tu as fait cela, Thea, mais... Il n'y avait aucun mal là-dedans, a-t-il ajouté en tentant d'esquisser un sourire. Pas si c'était Hanne.

Thea a relevé la tête et l'a regardé.

— Tu ne sais pas pourquoi je l'ai fait, vraiment ? a-t-elle demandé.

Hans a semblé douter.

— Parce qu'elle te manque. Vous étiez amies.

Thea s'est redressée sur sa chaise. A posé une main sur sa nuque.

— Je l'aimais, a-t-elle fini par dire.

Sa voix était comme une mousse sous le pied. Une main sur une pellicule d'eau. Je ne pouvais détacher le regard d'elle.

Hans l'a observée sans rien dire.

— Je l'aime toujours.

Ses yeux étaient d'un bleu intempérant. Le cœur d'une flamme.

— Savais-tu qu'une telle chose était possible ? lui a-t-elle demandé.

Hans s'est figé.

— Si je savais que l'amour était possible ?

Thea s'est mordu la lèvre et s'est laissée retomber contre le dossier de sa chaise.

— Je ne voulais pas te blesser, a-t-elle dit.

— Thea…, a répondu Hans en lui reprenant la main. Comment puis-je te rendre heureuse ?

— Je ne sais pas. Je ne sais plus ce qui est réel ou non. J'ai l'impression…, a-t-elle poursuivi en prenant une respiration tremblante. J'ai l'impression de brûler, constamment.

— Que veux-tu dire ?

Elle a secoué la tête.

— Que la profondeur des sentiments que j'éprouve pour elle me consume.

— À moi aussi, elle me manque.

Thea a inspiré, puis levé les yeux vers le plafond.

— Pas comme à moi.

Hans, alors, lui a raconté cette petite histoire qui datait de notre enfance. Thea s'est mise à rire et pleurer en même temps, à hocher la tête tandis qu'il lui décrivait notre dispute, et moi à quatre pattes, grattant le sol à la recherche de cette source dont je disais avoir entendu le chant, et la découverte du puits, toutes ces années après.

— Oui, a-t-elle dit. Oui, c'était Hanne. Elle entendait ces chants. Elle me les chantait.

Hans a essuyé les larmes sur les joues de Thea.

— Je suis désolé. Je suis désolé qu'elle soit morte.

— Je suis désolée moi aussi.

Elle continuait de pleurer. Elle ne pouvait pas s'arrêter.

— J'ai quelque chose.

Hans, soudain, a reculé sur sa chaise, puis traversé la pièce pour se rendre au coin du lit, sous lequel était cachée une petite bourse. Il l'a sortie, ouverte, et en a fait tomber un pochon.

— Tiens, a-t-il dit à Thea en le posant doucement sur la table, devant elle.

Thea a ouvert le pochon et regardé à l'intérieur. Elle semblait sur le point de se remettre à pleurer lorsqu'elle a relevé les yeux vers Hans.

— Des noix.

— Te souviens-tu de l'arbre que les Nussbaum avaient dans leur verger ?

Thea a hoché la tête. Les larmes ruisselaient sur ses joues.

— C'est toi qui les as ramassées ?

— Pour elle, a répondu Hans en se passant une main sur le visage. Oh, comme il est étrange de parler de cela avec toi !

Les yeux mouillés, Thea a ri.

— Nous sommes des gens étranges, oui.

Hans a souri.

— Je voulais me marier avec elle, a-t-il dit en montrant les noix. C'était un cadeau de mariage. Pour qu'elle les plante ici.

Thea s'est levée.

— Allons les planter.

— Maintenant ?

— Allons les planter pour nous. Pour Hanne.

Thea et Hans ont planté les noix dans leur petit verger, où des fleurs couleur crème alourdissaient déjà les branches des arbres. J'ai grimpé dans un eucalyptus voisin et, la joue posée sur son écorce rugueuse, je les ai regardés d'en haut, sans savoir quoi ressentir, et ressentant tout en même temps. Savoir que Thea m'aimait m'avait illuminée comme une lanterne autour d'une flamme.

Ce mystère est peut-être plus profond que je ne le pensais. Peut-être que ce mystère cache encore des secrets qu'il ne nous révélera jamais. Peut-être que la grâce est encore possible pour moi, ai-je pensé, et cette idée est tombée comme une goutte sur mon front, comme un doigt sur mon échine, comme de la neige sur ma langue.

— Hans ? a soudain fait la voix de Thea d'un ton alarmé.

Hans était appuyé sur sa pelle, immobile. Il a craché par terre.

— Qu'y a-t-il ? a demandé Thea.

— Rien, a-t-il répondu en se redressant.

Mais il a ensuite vomi, de l'eau de mer, ai-je vu en me glissant jusqu'au bas de l'arbre pour me rapprocher d'eux. Et, tandis que Thea l'aidait à regagner la maison, j'ai senti son odeur : celle de l'océan, de ses eaux saumâtres sous le vent naissant, qui soufflait sur les champs et poussait les nuages d'ardoise.

Hans est allé se coucher, se plaignant d'une sensation d'étau sur la tête, incapable de manger quoi que ce soit. Il disait perdre ses os, sentir du sable sous sa langue. Pendant que Thea tournait les pages du Livre de Moïse, je suis allée m'asseoir à côté de lui et je l'ai sommé de guérir. Quand Thea a posé une compresse froide sur son front, Hans s'est écrié que son crâne était un calice d'eau de mer, et que des ténèbres s'échappaient de lui.

— Le temps se recourbe, a-t-il gémi. Le trou dans le cœur de Dieu.

— Hans, a dit Thea en tenant d'une main la compresse et de l'autre le livre. Hans, reste tranquille. Essaie de te reposer.

Hans s'est remis à cracher de l'eau de mer.

— Je n'arrive pas à respirer. Je me noie.

Mon Dieu, ai-je pensé. *Tout est ma faute. Je l'ai tué.*

Thea a cessé de tourner les pages du livre et s'est brusquement levée. Je l'ai regardée aller chercher leur bible et déchirer l'une des dernières pages en disant : « Dieu tout-puissant, pardonne-moi. » Puis elle s'est mise à écrire. Je me suis levée à mon tour et, regardant par-dessus son épaule, j'ai lu : « *Ainsi parle le Seigneur, l'Éternel : je chercherai celle qui était perdue, je panserai celle qui est blessée, je fortifierai celle qui est malade. Je les protégerai.* »

Sept matins durant, Thea a fait fumer ce papier avant le lever de l'aube, mais chaque fois l'aube se levait sur un tableau plus sombre. La fièvre est montée au point que Hans ne parvenait plus du tout à parler ; ses vêtements étaient couverts d'auréoles de sel. De l'eau s'écoulait de ses oreilles. Thea glissait le papier sous ses vêtements, le collait sur son torse. Il ressortait humide de l'océan qui montait en lui. Mais Thea a persisté puis, passé le septième jour, a enterré le papier brûlé, taché, à quelques mètres des noix qu'ils avaient plantées.

Des semaines durant je l'ai regardée travailler seule à la ferme, pendant que Hans était alité. Après avoir allumé un feu dans la cuisine, Thea sortait nourrir leur vache et la traire, puis la confiait au berger qui l'emmenait paître. Elle passait ensuite la matinée à transvaser le lait dans des casseroles, à aller chercher dans la crique de l'eau pour le bétail, le jardin, les arbres fruitiers et les vignes. Elle coupait du bois pour le feu, faisait bouillir les vêtements nauséabonds et salés de Hans, les frottait, les essorait. Une fois, je l'ai vue hurler dans l'air vide lorsque sa bassine a débordé et que son linge est tombé par terre.

Thea se perdait dans son travail et moi, quoique anéantie par les souffrances de Hans, par la faute que je portais, je ne pouvais m'empêcher de m'émerveiller de la voir faire corps avec la palanche, la hache, les casseroles, la faux, la bêche. Tant d'années avaient passé depuis que j'avais senti son poids sur moi que j'avais oublié ce que voulait dire se servir de tout son corps pour travailler. Thea m'apparaissait comme extraordinaire. Comme l'incarnation argentée, silencieuse, de la vigueur et de la détermination.

Et puis, sept semaines après que Thea avait enterré le papier fumé, alors que l'été s'étirait sur la vallée dans un écheveau de chaleur pâle, Hans a guéri. Lui qui ne quittait plus son lit, lui dont la langue était asséchée par le sel, s'est levé du jour au lendemain, a mangé quelques cuillerées de *Schlippermilch*. Le lendemain, il ne s'est pas recouché avant la tombée de la nuit et peu de temps après plus rien ne laissait entrevoir sa maladie, hormis sa maigreur nouvelle et cette odeur de mer qu'il traînait partout.

— Tu sembles aller mieux, lui a dit Thea ce soir-là.

Elle l'a regardé saucer son assiette avec un morceau de pain. Hans lui a souri.

— Tu trouves ?

— Oui.

— Je me sens mieux, c'est vrai. Comme si tout cela n'avait été qu'un mauvais rêve, a-t-il dit avant de se reprendre. Non, un cauchemar.

— Tu comprends, maintenant, ce que je te disais. À propos du livre. De ses pouvoirs.

Hans a bu une grande gorgée dans sa coupe de vin tout en la regardant par-dessus, les yeux plissés.

— Je t'ai toujours crue. Ce n'est pas à moi de juger de quelle manière le Tout-Puissant œuvre dans le monde.

Il s'est essuyé la bouche avant d'ajouter :

— Tu ne manges rien.

— Non, a répondu Thea en faisant glisser son assiette vers lui. Tiens.

— Tu dois manger aussi, a-t-il insisté sans la quitter du regard, une main toujours enroulée autour de sa coupe.

Thea avait la mine pâle. Elle regardait fixement les deux assiettes luisantes de gras.

— Qu'y a-t-il ? a demandé Hans en posant sa coupe. Thea ?

— Je t'en prie, mange, a-t-elle murmuré en se reculant sur sa chaise. Mange.

Et elle s'est précipitée dehors, une main sur la bouche.

Hans l'a trouvée près de l'appentis, penchée en avant, les mains sur les genoux. Thea ne voulait pas qu'il la voie ainsi.

La voix de Hans était douce. Il l'a aidée à se redresser, a passé un bras autour de ses épaules.

Alors qu'ils franchissaient la porte, j'ai posé la main sur la poitrine de Thea, puis je les ai suivis à l'intérieur. J'ai laissé Hans l'allonger sur le lit, lui retirer ses vêtements, rabattre la couverture sur elle.

— Je vais te chercher de l'eau, a-t-il dit.

— Il n'y en a plus, a-t-elle répondu d'une voix éraillée.

— Je vais en chercher à la crique.

Dès que Hans est sorti, je me suis glissée dans le lit à côté de Thea et j'ai enfoui mon visage dans son cou, passé les bras autour de son ventre. Son cœur battait vite. Mais il y avait aussi quelque chose d'autre. Derrière les coups sourds de son cœur, d'autres coups réguliers. Un autre cœur, un autre corps dans son corps. Je les ai écoutés battre, je me suis laissé envelopper par ce son jusqu'à le ressentir comme une vague qui m'attirait vers une mer noire, grondant sous sa propre force. Inéluctable.

Les jours ont passé. La fatigue et les nausées, cumulées à la chaleur de l'été, mettaient Thea à rude épreuve. Ses corvées quotidiennes de lessive et de cuisine lui laissaient les mains rouges, l'accablaient. Certains jours, lorsque Hans se trouvait aux champs, elle se déshabillait et, en silence, examinait les changements de son corps, posant ses deux mains grandes ouvertes sur les rondeurs de son ventre, émerveillée. Lorsque le temps devenait particulièrement chaud, elle allait à la crique et plongeait les pieds dans l'eau pour soulager ses chevilles enflées. Adossée à la berge, les yeux fermés, elle restait face au soleil.

Le vent est arrivé, puis la pluie. Le sol a donné des champignons que Thea cueillait, accroupie car désormais incapable de se pencher. Elle se trouvait dehors, un matin, son couteau à la main, quand Anna Maria est arrivée, longeant la clôture avec de grands gestes pour attirer l'attention de sa fille. En la voyant, Thea a poussé un cri ravi avant de s'asseoir par terre et de se mettre à pleurer.

— Oh, Thea ! a ri Anna Maria avant de courir jusqu'à elle. Oh, Thea. Mais regarde comme tu es grosse, maintenant !

Thea a levé les bras comme une enfant.

— Maman.

— Oh, ma fille, a répondu Anna Maria en aidant Thea à se relever.

Puis elle a reculé et a posé les mains sur la protubérance qui tendait le tablier de Thea.

— Oui. Un garçon, a-t-elle dit. Où est Hans ?

— À Adélaïde. Il devait acheter du cuir pour ressemeler ses bottes.

— Attends, laisse-moi les prendre, a dit Anna Maria en récupérant par terre les champignons.

— Rentrons, veux-tu ? Nous avons tant de choses à nous dire !

Une fois à l'intérieur, Anna Maria a demandé à Thea de s'asseoir pendant qu'elle leur préparait le café et lui donnait des nouvelles de Heiligendorf.

— Ton père voulait venir, évidemment, mais il a tellement de travail à présent qu'il n'a pas pu se libérer.

Elle a posé une tasse devant Thea et lui a embrassé le front.

— Il rendra visite à son petit-fils une fois qu'il sera arrivé.

— Et quand arrivera-t-il, selon toi ? a demandé Thea en soufflant sur son café.

Anna Maria a souri.

— Bientôt.

— Tu le sens ?

— Je le sais.

Thea a souri.

— Comment sais-tu que tu sais ?

Anna Maria a plongé la main dans son panier pour sortir un bloc emballé dans un linge.

— Je t'ai apporté du *Streuselkuchen*, a-t-elle annoncé en ramassant un couteau pour donner une part de gâteau à sa fille.

— C'est vrai, a insisté Thea en regardant sa mère d'un air inquisiteur. Comment peux-tu en être sûre ?

Anna Maria a posé la main sur son ventre.

— Je le sens ici. Je le sais ici.

— J'ai invoqué Hanne.

Anna Maria a reposé le gâteau sur la table et regardé Thea.

— Tu l'as invoquée.

— Grâce au Sixième Livre.

— Est-elle venue ?

— Oui. Hans l'a vue aussi. Elle était avec nous.

Anna Maria a pris les mains de Thea entre les siennes.

— Thea, était-ce un rêve ? T'est-elle apparue en rêve ?

— Pas en rêve, non. J'étais réveillée, a murmuré Thea. Elle semblait plus vieille. Du même âge que moi. Elle se tenait juste là. Puis, brusquement, je ne suis plus arrivée à la voir, mais je sentais toujours sa présence.

— Je me demandais…

— Quoi ?

— J'ai senti une présence, moi aussi, un soir. Quelque chose qui cherchait. Qui te cherchait, toi.

De nouveau, Anna Maria a posé la main sur le ventre de Thea.

— Sens-tu sa présence ici ? lui a-t-elle demandé.

Thea a secoué la tête.

— Je la sens partout.

Les doigts devant la bouche, elle s'est mise à rire.

— Le lendemain, j'ai cru que j'étais devenue folle. Je me sentais si seule…, a-t-elle poursuivi. Je pensais qu'il s'agissait d'un rêve.

— Et quand bien même ? a demandé Anna Maria.

— Non ! Non, j'ai besoin de savoir que tout était réel. Qu'elle est avec moi. Tu avais dit, un jour, que c'était possible.

— Mais quelle différence cela ferait-il pour toi ? a demandé doucement Anna Maria en désignant le ventre de Thea. Qu'est-ce que cela changerait ?

Thea a posé une main sur son cœur.

— Tout.

Le travail s'est déclenché trois nuits plus tard, juste au moment où se déclarait une tempête accompagnée d'une pluie torrentielle qui a transformé la cour en une étendue de boue, menaçant de souffler le toit en chaume. Au moment où Thea s'est retrouvée pliée en deux, appuyée sur le lit, fermant fort les yeux chaque fois que la douleur la traversait, le tonnerre grondait si fort que je le sentais résonner dans mes poumons.

Anna Maria riait toute seule.

— Cet enfant a bien choisi son moment pour arriver !

Après être allé clouer un linge devant la petite fenêtre pour éviter que l'eau ne rentre, Hans s'est assis devant le feu. Pâle et anxieux, il ne cessait d'ajouter des bûches dans la cheminée.

— Hans, je ne suis pas en train de soigner une fièvre, lui a dit Anna Maria. On ne fait pas sortir les bébés en les faisant transpirer.

— Je m'en vais... voir les animaux, a-t-il répondu.

Un éclair, dehors. Un flash de lumière sous la porte.

— Ne sois pas bête, lui a dit Thea entre deux souffles. Tu vas te noyer.

Une nouvelle contraction l'a assaillie. Thea a grogné en enfonçant le visage dans le matelas.

— Laisse-le s'occuper, lui a dit Anna Maria en lui caressant le dos. Tu n'y es pas encore, de toute façon.

Thea s'est retournée vers sa mère, les yeux écarquillés.

— Il y a un problème ?

Anna Maria a souri.

— Pas du tout, ma fille.

La nuit s'est écoulée sous un déversement ininterrompu de sons. Hans est rentré, trempé jusqu'aux os, et s'est assoupi malgré lui près du feu après qu'Anna Maria lui avait assuré que tout se déroulait comme prévu. À un moment, alors que le lever du soleil approchait, que Thea disait à sa mère qu'elle ne pouvait plus, n'y arriverait pas, je suis sortie prendre l'air. On aurait dit que la mer avait remplacé le ciel, que le monde était à l'envers et que les océans, désormais au-dessus de nos têtes, masse sombre et brumeuse, métallique, allaient tomber sur la terre dans une scène d'apocalypse.

J'ai tourné le visage vers le ciel et ouvert la bouche, et la mer s'est retrouvée sur ma langue.

Il était parfait. Du seuil, j'ai regardé le bébé, dont la voix n'était que tendres et demandeuses vibrations, se faire déposer sur la poitrine de Thea. Pendant qu'elle lui donnait le sein, Hans et Anna Maria se sont assis sur le lit, à côté d'elle, pour témoigner leur gratitude à Dieu. Chacun de leurs mots était chargé de soulagement et de joie.

— Johann, a dit Thea lorsque Hans et Anna Maria ont relevé la tête à la fin de leur prière. Son nom est Johann.

La pluie s'est arrêtée à sa naissance, comme si elle n'était tombée que pour proclamer sa venue.

J'ai attendu qu'ils dorment profondément avant de m'approcher de la petite caisse en bois installée près du lit.

Je suis restée ébahie devant lui. À peine arrivé dans le monde, il semblait déjà frémir sous les mystères de la vie. Je me suis approchée de son visage, j'ai entendu ses drôles de babillages, et sa respiration infime, légère, rapide.

J'ai posé la main sur sa poitrine, remarqué ses cils pas encore déployés.

Dans son sommeil, il suçait sa couverture et, n'y trouvant pas ce qu'il cherchait, sa figure s'est froncée pour pousser un cri de chaton. Je me suis levée. Thea était déjà sortie du lit, les mains tendues pour l'attraper. Elle a tiré sur sa chemise de nuit et l'a mis à son sein, dans ses bras, les yeux mi-clos alors qu'il se mettait à téter en poussant de petits grognements.

Émerveillée face à lui, en cet instant, je l'ai senti mien.

divin ordinaire

L'hiver est passé, tout de lait et d'amour, de vêtements mouillés suspendus devant le feu, de sommeil abîmé. La nouvelle est parvenue jusqu'à Heiligendorf, et les femmes de la congrégation se sont rendues à pied jusqu'à la maisonnette pour apporter nourriture, présents et habits. Anna Maria leur rendait visite aussi souvent que possible, frappant à la porte avec des baumes, des petits plats et autres offrandes, avant de prendre le bébé pour laisser Thea dormir un peu. Mère et fille passaient leurs nuits à parcourir le Septième Livre de Moïse. Anna Maria énumérait à Thea les remèdes qu'elle lui avait prodigués lorsqu'elle était enfant.

— Tu devrais planter un chêne, lui a-t-elle dit. Un jeune chêne te sera d'une grande aide s'il se fracture un os un jour.

Je restais dans la maisonnette, heureuse de regarder grandir Johann, de le voir trouver sa prise sur le monde. Je me sentais submergée par toutes les possibilités qu'il renfermait. Par tout ce qu'il pourrait faire, comment il mourrait. Je ne pouvais m'empêcher d'espérer qu'il devienne un homme bon, se comporte avec bienveillance envers tous, sache quand il fallait parler et se taire. La nuit, je m'installais près de son berceau et lui souhaitais tout ce qui fait de la vie quelque chose de beau. Aimer ce qui pousse, remarquer l'inaperçu. Avoir un cœur tendre mais solide, toujours ouvert au divin ordinaire : un oreillon d'abricot mûr sur la langue ; la courbe de la nuque d'un être aimé ; le bruit du canard qui atterrit sur l'eau. Je lui souhaitais de voir au cours de sa vie assez de levers de soleil pour que le dernier n'ait pas un goût tragique. Les jours ne m'offraient jamais assez d'heures pour lui dire tout ce que j'espérais pour lui.

Le printemps s'est insinué dans le vent et, sous le soleil, la vallée s'est parée de splendeurs ; un lot de consolation après toutes ces nuits entrecoupées par les pleurs, les tétées, les heures à consoler. Le verger se recouvrait lentement de pousses vertes et des tiges tourbillonnantes des acacias florissants dans le bush, derrière la maison. La cour était couverte de flaques asséchées. Les habits de Johann, sur le fil à linge, saupoudrés de poussière jaune. L'air se réchauffait.

J'étais assise par terre, en tailleur, un après-midi, près de Johann qui se trouvait dans son berceau. Il avait passé presque la journée entière à hurler. Thea, les yeux mi-clos, le front plissé par l'inquiétude, penchée sur lui, balançait le berceau. Un coup a retenti à la porte mais, épuisée, Thea a crié à Anna Maria d'entrer sans prendre la peine de se retourner. C'est en entendant le visiteur s'éclaircir la gorge que j'ai moi-même tourné la tête et découvert Christiana Radtke sur le seuil de la maisonnette.

Thea a jeté un coup d'œil par-dessus son épaule puis s'est levée, surprise.

— Oh, Christiana. Je ne t'attendais pas.

— Félicitations, a répondu Christiana avec un sourire forcé. Pardon de n'avoir pu venir plus tôt.

Elle a pointé du doigt le bébé qui pleurait.

— Johann, c'est bien cela ?

Thea l'a pris dans ses bras, et ses pleurs se sont enfin calmés, se transformant en hoquets tremblotants.

— Je crois qu'il fait ses dents, a-t-elle dit. Nous ne dormons plus beaucoup, ici. Oh, Christiana, assieds-toi, je t'en prie. Tiens, a-t-elle ajouté en se servant de sa main libre pour lui tirer une chaise.

Christiana s'est assise, le dos raide. Son regard se promenait sur la petite maison, se posant tour à tour sur le lit dans le coin de la pièce, la chaise près du feu, les petits animaux sculptés alignés sur le rebord de la fenêtre.

— Où est Hans ?

— À Heiligendorf, a répondu Thea en s'asseyant à table, en face d'elle. Chez le forgeron. Il devrait rentrer ce soir.

Au lieu de poursuivre la conversation, Christiana a promené le doigt sur les marques que l'herminette avait laissées sur le plateau de la table.

— J'aurais dû venir avant, a-t-elle dit. Avec maman.

— Ce n'est pas grave, a répondu gentiment Thea. Vous devez avoir fort à faire.

— Oui. Nous lavons le linge des Anglais. Henriette est fiancée, a-t-elle ajouté. Le pasteur Flügel doit lire les bans ce dimanche.

— Oh, quelle bonne nouvelle !

Christiana a levé les yeux vers le plafond en hochant la tête, mais sans sourire, contrairement à Thea.

— Elle se marie à Rudolph Simmel.

Thea s'apprêtait à parler, mais Christiana l'a coupée :

— Enfin... Je t'ai apporté quelque chose. Pour Johann. Cependant, je crains que ce ne soit déjà trop petit.

Elle a posé son panier sur ses genoux.

— Merci, Christiana. C'est gentil à toi de...

— Elle prenait la poussière chez nous, l'a encore coupée Christiana en sortant une barboteuse soigneusement pliée, au col brodé. J'en ai une autre à donner à Henriette. Lorsque le moment viendra.

Christiana a posé le vêtement sur la table et son panier par terre.

Thea a soulevé Johann à la hauteur de son épaule pour que le bébé puisse regarder le cadeau de plus près.

— Elle est belle, a dit Thea. Mais ne préfères-tu pas la garder pour toi ?

— Je ne suis pas mariée, a répondu Christiana en levant le menton.

— Tu le seras peut-être un jour.

— Un jour..., a répété Christiana en lançant un regard noir à Thea. Mon malheur te réjouit, n'est-ce pas ?

Le sourire bienveillant de Thea s'est fané.

— Pas du tout.

— Tu es néanmoins d'accord pour dire que je n'ai pas de chance.

Thea, perplexe, a froncé les sourcils.

— Non, Christiana, tu m'as mal comprise.

— Tu es au courant pour Georg, je présume.

— Non, pourquoi ?

Christiana s'est levée brusquement.

— Il n'avait pas le choix. Elle était déjà enceinte.

Thea a reculé sur sa chaise et tendu le bébé à Christiana.

— Tiens, veux-tu prendre Johann dans tes bras ? Je ne voulais pas te faire de peine. C'est un très joli cadeau, sincèrement.

Christiana s'est soudain figée, le regard rivé sur l'âtre.

— Qu'est-ce donc ? a-t-elle soufflé.

Je me suis tournée, et j'ai vu ce qui avait attiré son attention. Deux briques décollées, posées côte à côte. Son regard est remonté au-dessus du feu, jusqu'au trou que Thea n'avait pas rebouché.

Thea a blêmi.

— Ce n'est rien, a-t-elle dit alors que Johann se remettait à pleurer.

Christiana a levé une main en la regardant fixement. Quelques secondes se sont écoulées, puis elle s'est précipitée vers la cheminée, repoussant Thea qui cherchait à lui barrer le passage. J'ai tenté, moi aussi, de me lever pour l'arrêter, comme si j'avais le pouvoir de protéger Thea de la fureur de Christiana. Mais je ne pouvais rien faire. La main de Christiana est passée à travers mon corps qui tentait de faire barrage, pour sortir de son trou le Livre de Moïse.

— Christiana, a commencé Thea. Ce n'est pas ce que…

Christiana, une main serrée sur le sarrau de Thea, a levé les yeux vers elle, le visage illuminé par la victoire et l'horreur.

— Tu as menti. Toutes ces choses étaient donc vraies.

— Non.

Christiana, le menton tremblant, a hésité puis relâché Thea avant de baisser les yeux vers la couverture du livre. Elle l'a lue, puis a jeté avec rage le livre dans le feu. Un nuage de cendres s'est soulevé, éparpillant des braises dans la pièce.

Thea a bondi en arrière en voyant les étincelles, une main sur la bouche, l'autre serrant Johann contre son épaule. Elle tremblait.

Non, ai-je pensé. *Non, non, non.* Je me suis penchée par-dessus les flammes pour tenter de le récupérer. Mes doigts ratissaient les braises, mais ne trouvaient que des cendres.

Non. Elle a besoin de ce livre. Elle en a besoin.

— Ta mère est une menteuse, et toi aussi.

Thea s'est avancée à son tour vers le feu pour récupérer le livre, mais Christiana l'a de nouveau attrapée par son sarrau pour la pousser. Puis elle a levé un doigt devant la bouche de Thea.

— Tu l'as ensorcelé.

— Quoi ? a-t-elle murmuré, les mains autour de son fils.

Elle était livide.

Christiana a planté son regard sur elle.

— Hans, a-t-elle répondu d'une voix soudain ténue, plaintive, brisée.

Et puis, alors que le livre commençait à se consumer sur les braises, Christiana a brusquement tourné les talons pour partir à grands pas vers la porte.

Thea a posé Johann dans son berceau et s'est ruée sur le feu juste au moment où une fumée noire et âcre commençait à s'élever en tourbillons. Elle a ramassé le livre mais, sous le cuir de la couverture, les pages sont tombées, immédiatement noircies par les braises pour se recroqueviller, transformées en cendres sous mes yeux.

Thea, la couverture à la main, s'est effondrée. Il était trop tard. Les pleurs de Johann se sont transformés en hurlements étranglés, insistants.

Je me suis agenouillée près d'elle. Le papier refusait de s'enflammer, il noircissait, se réduisait en cendres sans que surgisse de flamme chaude, lumineuse ; il se dissolvait en une fumée toxique qui envahissait la pièce, si piquante que Thea a dû fermer les yeux.

— Il est parti, ai-je dit.

Et, comme si elle m'avait entendue, Thea, avec un sanglot, a jeté la couverture au feu.

Puis elle a commencé à tousser. La maison tout entière était déjà embrumée par la fumée. Thea s'est couvert le nez et la bouche et s'est levée avec effort. Johann toussait, lui aussi. Je l'ai vue chercher du bois, des brindilles, n'importe quoi pour nourrir le feu et l'empêcher de fumer. Mais, ne trouvant rien, elle a ramassé Johann dans son berceau et s'est enfuie dehors. Je l'ai suivie. Elle est allée en titubant jusqu'à une pile de bois, à côté du poulailler, la poitrine soulevée par une respiration laborieuse. Elle s'est assise sur un billot, s'est essuyé les yeux du revers de la manche. Le bébé respirait rapidement, les yeux fermés très fort. Derrière nous, de la fumée noire sortait par la porte de la maisonnette, par la cheminée, chargée d'une sombre odeur de gras, de peau de cochon. On aurait dit l'odeur de la moelle brûlant dans un os.

Une pile de petit bois avait été entreposée contre le mur du poulailler. Tenant Johann contre son épaule, Thea a mordu le bas de son tablier pour en entreposer le plus possible dedans, en choisissant les branches les plus sèches.

Tout à coup, un grognement sourd, profond, s'est élevé derrière elle.

Je me suis retournée en même temps qu'elle. Cette chatte noire, que j'avais déjà aperçue, se trouvait là à fixer du regard la pile de petit bois. Le dos courbé, sa queue à la pointe blanche dressée. La chatte a poussé un nouveau miaulement, puis a feulé avant de détaler vers le bush, derrière la maison.

Les yeux de Thea se sont écarquillés de stupeur.

— La chatte de Hans, a-t-elle soufflé.

Puis, brusquement, je l'ai entendue respirer de façon saccadée, aiguë.

Le tablier qu'elle tenait entre ses dents est retombé, et le petit bois avec. Tenant toujours Johann d'un bras, elle a reculé précipitamment, d'un pas chancelant.

Et c'est alors que je l'ai vu.

Un corps enroulé, luisant, dans le tas de bois, surmonté d'une petite tête remuante.

Thea a posé sur son cœur sa main blessée par la morsure, les yeux rivés sur le serpent qui déjà se glissait hors du tas de bois, qui déjà se faufilait dans le paysage, se fondait dedans.

Mon Dieu, ai-je pensé. *Mon Dieu, que s'est-il passé ?*

À l'instant où Thea rentrait dans la maison, le livre qui se consumait dans les braises s'est soudain embrasé. L'air, toxique, empoisonné, s'est éclairci.

Thea était pâle. Des mèches de cheveux s'échappaient de ses tresses. Elle arpentait la pièce tout en examinant les marques laissées sur sa paume. Puis, comme sur une décision soudaine, Thea a posé son fils dans son berceau et s'en est allée laver la plaie sous l'eau du broc posé sur la table. Johann pleurait toujours, ses poings tremblants dressés au-dessus de sa tête, comme s'il avait compris ce qui s'était passé, comme s'il voulait se révolter.

Je ne pouvais rien faire d'autre que regarder. Thea s'est empressée de tamponner sa main avec son tablier, puis d'enrouler autour le vêtement que Christiana avait apporté. Le feu rugissait sous le papier brûlé, les flammes projetaient sur les murs d'étranges lueurs. L'air était lourd de fumée.

Puis j'ai vu Thea perdre l'équilibre, et une peur froide m'a envahie. J'étais de retour sur le bateau, dans le noir, terrifiée, sur le sol qui tanguait, et l'eau déferlait pour nous noyer. Un instant, elle est restée immobile. Elle s'est ensuite penchée pour ramasser Johann, mais tout se passait comme si le plancher n'était plus droit, comme si le monde avait dévié de son axe, plus rien n'était sûr, plus rien n'était stable. L'océan était là. Affamé. Thea s'est éloignée en titubant.

Je ne pouvais rien faire.

Au lieu de prendre Johann dans son berceau, Thea a tenté de le tirer jusqu'au lit, installé dans l'angle de la pièce. Elle a posé une main sur sa tête, comme si une douleur l'avait envahie. Elle a de nouveau perdu l'équilibre. Je voyais de l'eau noire s'infiltrer par terre. Laissant finalement le berceau au milieu de la pièce, Thea s'est rendue jusqu'au lit.

Je m'y suis glissée avec elle. Je la voulais dans mes bras. Pour la protéger de ce qui était en train d'advenir, de ces eaux terribles qui montaient.

Thea s'était couchée sur le flanc, sa main blessée sous le menton, son bras libre pendant au bord du lit. Ses doigts s'agitaient pour faire signe à Johann.

— Chhhut, lui disait-elle. Tu es à l'abri. Tu es aimé.

J'ai posé ma bouche sur la morsure, sur sa main, et senti sur mes lèvres son pouls battant. Son poignet était chaud et doux, et dessus se décelaient une veine et une artère et de petits os cachés sous la peau. Ma langue a touché les petits trous de la morsure et senti un goût étrangement sucré, un peu acide. J'ai aspiré, dans l'espoir vain de pouvoir faire quelque chose, de l'aider. Je n'ai senti aucune amertume.

— Tu es à l'abri, répétait-elle à Johann.

Elle avait du mal à parler.

— Tu es aimé, a-t-elle dit, encore et encore, jusqu'à ce que le bébé cesse de pleurer.

Elle l'a répété jusqu'à ne plus pouvoir former de mots, comme si sa langue ne savait plus comment fonctionner. J'entendais le rugissement de la mer se retirer vers le bush, remplir les vallées et les sommets, priver la maison de son air.

Ensuite la respiration de Thea a changé. Les battements de son cœur n'étaient plus accordés sur les cantiques que j'avais composés pour eux. Sa poitrine se soulevait, s'abaissait trop vite. J'avais l'impression qu'elle ne parvenait plus à reprendre d'air. Son corps tremblait.

J'aurais donné n'importe quoi pour prier, mais ma langue avait oublié le goût du Seigneur. Alors j'ai chanté. Tandis que ses yeux se fermaient et que son visage devenait marbre, tandis que son souffle s'étranglait, j'ai chanté. J'ai chanté pour repousser le fracas des vagues. Ses doigts tremblaient, mais il n'y avait en eux plus aucune volonté ; ils étaient inertes, et Thea aussi, et mon chant s'est transformé en pleurs. Autour du lit, l'océan s'est gonflé ; j'ai demandé aux arbres et à la terre et au feu qui brûlait dans l'âtre de faire quelque chose. Qu'ils continuent, comme si de rien n'était, leur course, leurs lentes révolutions, n'était pas chose possible ; ils devaient arrêter tout cela puisque je ne le pouvais pas. Je ne pouvais rien faire.

Oh Dieu en Ton Royaume, oh Thea. Thea. Ouvre les yeux !

Je la serrais contre moi. Je portais son poids, je la portais. Je ne la lâchais pas.

Les vagues montaient, nous étions sous l'eau, et brusquement il n'y a plus eu que du silence et du calme.

Je la serrais contre moi. Je la serrais contre moi lorsqu'elle est morte.

Hans est rentré plus tard ce soir-là. Il avait une lanterne pour percer l'obscurité, et j'ai lu sur son visage son inquiétude, sa peur en découvrant Johann hurlant dans son berceau, les langes rejetés et le visage rouge et crispé, couvert de larmes, et le feu éteint dans la cheminée. J'avais passé des heures à l'écouter s'étouffer dans ses propres sanglots sans pouvoir bouger. J'avais trop peur de laisser Thea.

Hans a posé la lanterne sur la table et pris Johann dans ses bras. Je l'ai vu regarder les cendres froides, remarquer la chandelle éteinte que Thea allumait pourtant toujours dans un coin de la pièce, près de la chaise qu'il avait construite pour elle. Il a caressé le dos de Johann pour le calmer.

— Thea ?

Sa voix semblait trop forte pour un si petit espace. La peur l'habitait, et je devinais ses pensées. *Elle est partie chercher de l'aide. Elle est bloquée quelque part. Quelqu'un l'a enlevée. Un puits. Un incendie. Une chute.* C'est alors qu'il s'est tourné vers le lit et l'a vue.

Hans a ramassé sa lanterne en tenant d'un bras Johann, frémissant, qui déjà s'endormait, épuisé, soulagé d'être enfin porté.

— Thea ?

Thea n'a pas bougé alors qu'il répétait son nom.

Hans a posé par terre sa lanterne pour pouvoir la toucher.

Ce geste a confirmé ce qu'il avait craint au moment où il avait passé la porte et entendu les hurlements de son fils. Je l'ai vu comprendre que sa femme était partie.

Hans a posé doucement Johann sur le lit, entre le corps de Thea et le mur, puis s'est penché vers elle pour l'embrasser. Il s'est alors assis et, un long moment, l'a regardée. Je me demandais s'il savait ce qui s'était passé.

Et, finalement, dans le silence de la nuit profonde, Hans s'est levé, a enfilé son manteau, pris son fils dans ses bras et l'a enveloppé dans une couverture avant de s'en aller, sa lanterne à la main.

Pendant toute cette longue nuit, j'ai espéré que Thea reste, comme j'étais moi-même restée. Je serrais son corps contre moi et revoyais l'image de l'albatros. Je me demandais si Thea, elle aussi, pourrait se retrouver dehors, devant la petite maison, près du figuier, à dresser l'oreille au son d'une pie solitaire chantant à minuit, à se poser des questions sur les anges. J'avais beau la serrer contre moi, je guettais le bruit de ses pas. Un instant, lorsque le chant des oiseaux a appelé le crépuscule et que j'ai entendu des voix, j'ai cru la revoir. Mais la lumière grise n'a révélé que Hans, Flügel et Anna Maria, qui tenait Johann dans ses bras.

Le pasteur a trouvé la morsure sur sa main, et sur ses lèvres se sont formées des prières et condoléances. Anna Maria s'est effondrée en pleurs, envahie par un si puissant chagrin que Hans est sorti de la maisonnette. Flügel a tendu les mains pour prendre Johann, mais Anna Maria a refusé de lâcher le bébé, et l'enfant et la femme ont pleuré ensemble, sous les paroles du pasteur qui affirmait la grâce de Dieu. Quand Flügel s'est finalement éloigné pour laisser Anna Maria seule un moment avec sa fille, j'ai vu la Wende s'essuyer les yeux et se rendre à la cheminée. Elle s'est figée en découvrant les briques par terre, et le trou découvert, vide. Elle s'est agenouillée, a tendu une main vers les cendres et, lentement, comme si le feu était toujours allumé, a ramassé un petit morceau de papier calciné. Anna Maria l'a posé contre son cœur et s'est mise à hurler.

Alors je suis partie.

J'ai embrassé Thea sur le front à travers le drap que l'on avait rabattu sur elle, et, sans vraiment savoir ce que je faisais, poussée par la seule certitude qu'il me fallait partir, je suis sortie de la maison en passant devant Flügel qui attendait près de la porte, devant Hans qui jetait des pierres vers le ciel, et j'ai grimpé jusqu'aux sommets. Je me suis assise là et j'ai regardé le soleil se lever sur le monde. J'ai senti le moment approcher.

Puis j'ai senti en moi l'urgence de parler.

MAINTENANT

cœur qui luit, cœur qui tremble

Thea est morte il y a trois jours, et je sens que depuis quelque chose a changé en moi. Même sous ce soleil, ma peau me semble étrange, comme si les rayons se déversaient à travers moi, comme si mon corps ne pouvait retenir la chaleur. Le temps est à l'œuvre également, alors que pendant si longtemps je me suis sentie dériver sur l'infini. Mes os me paraissent noués par les années. Je crois que j'attends peut-être enfin le repli. La dissolution.

Je repense à ces ténèbres qui m'avaient enveloppée lorsque la baleine avait chanté près du *Kristi*, et ce moment n'est plus à mes yeux un souvenir abstrait, mais une promesse. La preuve d'un acte de bienfaisance. Cette suspension du rien dans le tout. Quelque chose vient. Un événement.

La fin est proche.

Ainsi donc, j'ai parlé. Pendant que ces derniers jours s'écoulaient, j'ai décrit ce qui m'était arrivé, ce que j'avais ressenti, ce que je ressens aujourd'hui encore. Cette réunion de moi-même, cette projection sous le vent, dans les airs. Faire remuer des feuilles et vaciller la flamme des chandelles et remplir les voiles des bateaux. Je ne suis plus attachée à cela. Je suis le chas vide d'une aiguille.

Ces deux filles se retrouveront peut-être à la croisée des chemins ; elles se connaîtront déjà. S'aimeront peut-être déjà.

Une main en trouvant une autre.

Je croyais qu'en posant la mienne devant les bourrasques, en jurant notre amour, en m'en faisant l'apôtre, en m'émerveillant devant le miracle qu'il représente, je parviendrais à me prémunir contre la douleur de la séparation. Je voulais me poser en témoin, également, tout reprendre depuis le début, pour comprendre. Je voulais lui dire au revoir. Lui faire part de mes adieux.

Une cloche sonne dans la vallée. Pas pour donner l'heure.

À ce moment de la journée, la cloche ne sonne que pour les morts. Elle sonne le début du travail, referme le jour. Elle appelle les fidèles et les disperse. Elle signale les feux, les inondations. Et, quand quelqu'un meurt, elle sonne un coup pour chaque année de vie bénie de Dieu, rythme lent, régulier, jusqu'à ce que l'âge du mort soit atteint.

Vingt et un. Vingt-deux.

Chaque coup de cloche est une année de saisons, de peine et de joie. De repas digérés et de prières offertes. De bourgeons éclos, de fleurs, de flétrissure et de décomposition.

Vingt-cinq. Vingt-six. Vingt-sept.

Voilà. Elle s'est arrêtée. Son profond écho inonde la vallée avant de disparaître. Voilà, la durée d'une vie marquée par ce son.

Ils vont maintenant enterrer Thea.

J'irai, je la verrai descendre dans la terre, et alors je saurai qu'elle est partie. Il n'y aura pour moi plus de raison de rester, et j'attendrai que l'absence de temps vienne. Je l'imagine déjà léchant le bord de chaque heure.

Descendre, descendre, descendre dans la vallée. Il y a la cicatrice laissée par les poteaux de la clôture, à présent nettoyés de leurs pierres, promesses de nous réunies. À mesure que je les suis, je distingue au loin les endeuillés, vêtus de noir, rassemblés dans la cour.

Hans fait partie des six qui portent le cercueil. Matthias est derrière lui, un bras sur l'épaule de son ami. Augusta et l'aîné de Matthias conduisent la procession vers le cimetière. La solennité qui se lit sur le visage du garçon portant sa croix noire est telle que j'en aurais souri si Thea n'était pas morte, si ce n'était pas elle dans ce cercueil, si Thea était toujours là, ne s'en était pas allée là où tout le monde finit par se rendre.

Douces et accueillantes ténèbres.

Je veux porter du noir, moi aussi. Je veux attraper une nuit sans lune et m'en faire un linceul, draper ma tête dedans et pleurer dans ce ciel. J'attraperai l'obscurité d'un puits pour m'en vêtir, me cacher sous l'eau jusqu'à ce que ma bouche soit remplie, que je me noie et la rejoigne, peut-être.

Le cimetière n'est encore qu'une étendue de terre brute. Je suis contente que Thea se retrouve sous cette bonne terre. La tombe a été creusée face à l'ouest, et le cercueil y est désormais déposé. Le pasteur parle de trompettes et de jour du jugement dernier. Tandis qu'il parle, j'imagine Thea se relevant sous cette terre, vers le soleil. Pas dans un miracle, mais plutôt comme une graine sortie du sol.

— Dorothea quitte notre communauté de fidèles pour rejoindre la compagnie de ceux qui n'ont plus besoin de la foi mais peuvent regarder le visage de Dieu, dit le pasteur.

Il se tourne alors vers Hans en hochant la tête, et Hans ramasse une poignée de terre qu'il jette sur le cercueil.

Le corps de Thea est donné à la terre.

Johann dort dans les bras de mon frère. Je regarde Matthias embrasser son crâne pâle.

Je me tiens seule, à l'écart, pendant que les endeuillés entonnent « *Mitten wir im Leben sind mit dem Tod umfangen* ». Ces voix que je connais si bien s'accordent naturellement, et je tremble en entendant la fusion de ces graves, de ces aigus. Je revois Thea, lors de ce tout premier office dans la forêt de pins, postée près de sa mère et se tournant vers moi. Thea soutenant mon regard.

Je chante, à présent. Pour la première fois depuis le bateau, je chante un cantique. Il gonfle en moi comme une vague et j'entends ma propre voix comme une cloche, je tiens la dernière note un instant encore, pour qu'il ne s'arrête pas.

Ce chant sans fin, me dis-je alors que l'assemblée se détourne et s'en va sur le chemin. *Je veux chanter ce chant sans fin.*

Et puis je suis seule. Toujours dévouée.

— Ta voix est un cadeau.

Je me tourne. Je tourne, je suis le monde en orbite qui se tourne, le cœur gros, vers le soleil, et elle est ici, elle scintille, toute dorée. Thea, mon amour, mon cœur qui luit, mon cœur qui tremble. Le rideau se déchire. La graine se fend. La lumière se déverse par une fenêtre ouverte et ses rayons sacrés m'aveuglent.

— Hanne, crie-t-elle, et ses mains sont sur mes joues, le bout de ses doigts sur ma bouche, ses paumes épousent mon visage en pleurs, me maintiennent dans la lumière, dans l'amour.

Je tombe à genoux et elle s'agenouille près de moi. Thea, Thea devant moi, nous deux agenouillées sous une cathédrale de ciel.

L'amour la parcourt comme un courant doré. Il me parcourt aussi, et nous sommes illuminées.

le chant est sans fin

Nous sommes d'or, ici. La lumière nous rend dorées.

Si le raisin est doux, c'est parce que nous dormons sous les mains noueuses qui nous le donnent. Si l'eau a un goût de sel, c'est parce que la pluie coule à travers nos cheveux, parce que nous la laissons ruisseler sur notre peau et la bénir.

Si tu allumes un feu, nous nous réchaufferons devant. Nous nous réchaufferons devant chaque feu que tu allumes. Verse ton vin et permets-nous de boire et de communier avec le monde qui l'a fait. Qui nous a faits nous, et toi. Petits miracles de vie.

Si tu ressens un jour une douleur venue de la certitude profonde que tout cela ne durera pas, ne peut pas durer, que cela passera, est en train de passer, sache que certaines choses restent.

Le chant est sans fin.

Nous t'attendrons, et nous partirons ensemble.

Note de l'autrice

Hanne, comme tous les autres personnages de ce roman, est un personnage fictif, mais les lecteurs dotés de quelques connaissances sur l'histoire coloniale de l'Australie reconnaîtront sans doute des similitudes entre sa communauté et d'autres ayant réellement existé. L'écriture de ce livre m'a donné l'occasion d'étudier en profondeur l'épopée, en 1838, du *Zebra* d'Altona à Adelaïde, ainsi que la vie des vieux-luthériens qui, à leur arrivée en Australie du Sud, ont fondé la ville de Hahndorf (Bukartilla) sur les terres Peramangk.

Ce livre n'a pas pour objet de glorifier, de simplifier ou d'offrir une vision sentimentaliste de la colonisation de l'Australie. La terre « investie » par les vieux-luthériens qui se sont établis à Hahndorf et dans les autres villages des vallées d'Adélaïde était habitée depuis des millénaires par un peuple indigène, les Peramangk. Peu d'événements violents ont été recensés à Hahndorf entre les vieux-luthériens et les Peramangk – il est très probable que ces derniers leur aient permis d'échapper à la famine en leur apprenant à trouver de la nourriture les mois qui ont suivi leur arrivée –, mais à ce jour encore les conséquences de la colonisation perdurent, et aucun traité n'a été passé avec les peuples aborigènes.

Remerciements

Je suis extrêmement reconnaissante envers tous ceux qui m'ont encouragée au cours de ces cinq années d'écriture. *Incandescentes* n'aurait jamais vu le jour sans votre soutien.

Merci Pippa Masson pour ta foi en moi, ton honnêteté et ta chaleur, merci d'avoir toujours été là. Je suis chanceuse de t'avoir comme agente, et d'être entourée par la formidable équipe de Curtis Brown Australia. Merci à Gordon Wise, ainsi qu'à Kate Cooper et à l'équipe de Curtis Brown UK. Votre soutien et votre enthousiasme sont précieux, et je suis honorée d'être représentée par vous. Merci à Dan Lazar, de la Writers House, pour ses suggestions bienveillantes et attentionnées, pour son énergie positive. Merci à Jerry Kalajian, de l'Intellectual Property Group, pour sa patience et sa passion.

Merci à Cate Paterson pour son calme et ses encouragements constants. C'est un privilège que d'être publiée chez Picador. Merci à Mathilda Imlah de m'avoir si généreusement donné de son temps et de son génie, même lorsqu'elle avait des choses bien plus intéressantes et importantes à faire. Merci à Ali Lavau, la superstar, pour son travail attentif d'édition. Merci à Tracey Cheetham (la légendaire), à Danielle Walker et à toute l'incroyable équipe de Pan Macmillan Australia pour votre passion et tout ce que vous avez apporté à ce livre. Je vous serrerais tous dans mes bras si je le pouvais.

Merci à Sophie Jonathan d'avoir su quand il fallait creuser plus profond et pour son esprit si vif et intelligent. Merci à Kate Green, ainsi qu'à la merveilleuse équipe de Picador UK d'aimer les livres comme vous les aimez. Je serai à jamais ravie de faire partie de vos auteurs.

Merci Mandy Brown, une Ancienne, d'avoir partagé avec moi ton temps, tes points de vue, tes récits. Merci à toi de m'avoir parlé et de m'avoir ouvert tes connaissances. Nos discussions ont eu un profond impact sur moi.

Merci à toi, Anni Luur Fox, pour tes anecdotes sur Hahndorf et l'enthousiasme avec lequel tu partages son histoire. Merci à toi, Annette Humphries, pour tous tes bons services.

À Kristie Hedley, pour avoir si généreusement participé aux enchères en faveur de #authorsforfireys au début de l'année 2020. (J'espère que tu me pardonneras d'utiliser la racine latine de ton nom.)

Merci à Margot McGovern et Lisa Bennett de m'avoir rassurée sur le fait qu'un fantôme luthérien était une bonne idée, et pour toutes nos assemblées nocturnes d'écrivains. Merci à mes amis qui continuent à rester en contact avec moi malgré les semaines qu'il me faut pour leur répondre et qui, je ne sais pourquoi, me pardonnent toujours de disparaître. Merci à Gail et David pour leur soutien. Merci à Pam, Alan, Briony et Owen pour leur amour inconditionnel et pour m'avoir rappelé que, malgré tout, je finis toujours par arriver au bout de mes projets.

Merci à mes enfants (nés pendant l'écriture de ce livre), je vous aime tous les deux plus que tout. Anouk, merci pour tes douces interruptions, pour chaque dessin que tu as laissé sur mes documents de recherche. Rory, merci pour ton rire facile, et pour tous ces câlins.

Et, pour finir, merci à Heidi, mon amour. Merci pour nos conversations au-dessus des berceaux, pour nos pique-niques à même le sol de la maison, pour les interminables explications que tu as données aux enfants pour qu'ils me laissent encore écrire une heure tranquille. Mais, par-dessus tout, merci d'avoir cru en moi et en cette histoire. *Incandescentes* est pour toi.

Composition et mise en pages
Nord Compo à Villeneuve-d'Ascq

#lisez! engagé
Pour plus d'information :
www.lisez.com
Imprimé sur du papier issu de forêts gérées durablement.

Achevé d'imprimer par
Normandie Roto Impression s.a.s.
61250 Lonrai (Orne)
N° d'imprimeur : 2305064

Imprimé en France